LA COURSE

DU MÊME AUTEUR *(aux éditions Grasset)*

La poursuite, coll. « Grand Format », 2009.

Avec Justin Scott

Le saboteur, coll. « Grand Format », 2012.
L'espion, coll. « Grand Format », 2013.

Série Dirk Pitt

Vent mortel, coll. « Grand Format », 2007.
Odyssée, coll. « Grand Format », 2004.
Walhalla, coll. « Grand Format », 2003.
Atlantide, coll. « Grand Format », 2001.
Raz de marée, coll. « Grand Format », 1999.
Onde de choc, 1997.
L'or des Incas, coll. « Grand Format », 1995.
Sahara, 1992.
Dragon, 1991.
Trésor, 1989.

Avec Dirk Cussier

Le trésor du Khan, coll. « Grand Format », 2009.

Série Numa.
Avec Paul Kemprecos

Le navigateur, coll.« Grand Format », 2010.
Tempête polaire, coll. « Grand Format », 2009.
À la recherche de la cité perdue, coll. « Grand Format », 2007.
Mort blanche, coll. « Grand Format », 2006.
Glace de feu, coll. « Grand Format », 2005.
L'or bleu, coll. « Grand Format », 2002.
Serpent, coll. « Grand Format », 2000.
Méduse bleue, coll. « Grand Format », 2012.

Série Orégon.
Avec Jack du Brul

Quart mortel, coll. « Grand Format », 2008.
Corsaire
Croisière fatale, coll. « Grand Format », 2010.
La mer silencieuse, coll. « Grand Format », 2013.

Avec Craig Dirgo

Pierre sacrée, coll. « Grand Format », 2007.
Bouddha, coll. « Grand Format », 2005.

Série Chasseurs d'épaves

Chasseurs d'épaves, nouvelles aventures, 2006.
Chasseurs d'épaves, 1996.

CLIVE CUSSLER & JUSTIN SCOTT

LA COURSE

roman

Traduit de l'anglais (États-Unis)
par
BERNARD GILLES

BERNARD GRASSET
PARIS

L'édition originale de cet ouvrage a été publiée par Putman, en 2011, sous le titre :

THE RACE

Photos de couverture :
Avion : © R. Stiggins/Collection Hulton Archive/Getty Images. Foule : © J.A. Hampton/Collection Hulton Archive/Getty Images. Ciel : © David Buffington/Collection Stockbyte/Getty Images.

ISBN 978-2-246-79800-2
ISSN 1263-9559

PROLOGUE

« La lune est en feu. »

Chicago, 1899

UN GRAND IVROGNE DANSAIT TOUT SEUL dans le caniveau en chantant une chanson de Stephen Foster, adoptée par la Ligue antialcoolique. Sur un rythme lent de valse, la mélodie, lugubre, n'était pas sans rappeler les cornemuses écossaises, tandis que sa voix chaude et grave évoquait les cœurs brisés et les cruelles déceptions.

« Ô, camarades, ne remplissez pas mon verre

Pour noyer mon âme dans les flammes liquides… »

Sous ses cheveux d'un blond doré on devinait un visage aux traits puissants, d'une extrême jeunesse – il ne devait pas avoir plus de vingt ans – il faisait pitié. Il semblait avoir dormi tout habillé car des brins de paille étaient encore accrochés à ses vêtements trop courts, comme récupérés dans une église ou chipés sur une corde à linge. Son col en lin était de guingois, il manquait une manchette à sa chemise, et, en dépit du froid, il ne portait pas de chapeau. Visiblement, il avait vendu sa garde-robe pour acheter à boire, et de son ancienne splendeur ne demeuraient plus que des bottines sur mesure en box-calf.

Il buta contre un réverbère et perdit le fil des paroles. Il se mit alors à fredonner la lugubre chanson, et, sans interrompre ses pas de valse titubants, il esquiva un fourgon mortuaire qui se rangeait le long du trottoir. Le cocher attacha ses chevaux et disparut derrière les portes battantes d'un des nombreux saloons de la rue, éclaboussant les pavés de lumière jaune.

Le jeune homme ivre s'appuya contre la voiture noire et se redressa.

Il fixa la façade du saloon. Y serait-il le bienvenu ou bien en avait-il déjà été jeté dehors ? Il tapota ses poches vides et haussa tristement les épaules. Du regard, il parcourut les devantures : pensions à cinq *cents* la nuit, bordels, prêteurs sur gages, puis il examina ses bottines. Relevant la tête, il aperçut alors au coin de la rue le dépôt où des voitures de presse venaient chercher les premières éditions des journaux de Chicago.

Pourrait-il gagner quelques *cents* en déchargeant des ballots de journaux ? Il se mit en marche vers le dépôt en esquissant un pas de valse.

« Quand j'étais jeune je sentais monter en moi
La marée des désirs inassouvis.
Adulte maintenant, depuis tant d'années,
J'ai déçu la fierté que mes parents avaient de moi. »

Des gamins des rues, des petits durs de douze ans, attendaient de pouvoir acheter les journaux qu'ils allaient vendre à la criée, et ils raillèrent l'ivrogne qui approchait. Jusqu'à ce que l'un d'eux, un gosse aux yeux d'un bleu violet, s'écrie :

— Fichez-lui la paix !

Le grand jeune homme lui murmura alors :

— Merci, mon garçon. Comment tu t'appelles ?

— Wally Laughlin.

— Tu es quelqu'un de gentil, Wally Laughlin. Ne finis pas comme moi.

— Je t'avais dit de te débarrasser de ce déchet, dit Harry Frost, un géant aux mâchoires carrées et au regard cruel, assis à califourchon sur une caisse de dynamite Vulcan à l'intérieur du fourgon mortuaire. Deux anciens champions de boxe, appartenant à sa bande du West Side, étaient accroupis à ses pieds. Par un petit trou pratiqué dans la paroi de la voiture, ils surveillaient le dépôt et attendaient que le propriétaire revienne de son souper.

— Je l'ai chassé mais il est revenu.

— Conduis-le dans la ruelle. Je ne veux plus le revoir, sauf à la morgue.

— C'est qu'un ivrogne, monsieur Frost.

— Ah bon? Et si ce vendeur de journaux avait engagé des détectives pour protéger son dépôt ?

— Vous êtes fou ? C'est pas un détective.

Le poing de Harry Frost partit avec la puissance d'un marteau de forgeron. L'homme tomba à la renverse, serrant son flanc douloureux d'un air incrédule car une côte cassée lui perçait le poumon.

— Vous m'avez cassé les côtes, dit-il, haletant.

Frost avait le visage cramoisi.

— Je ne suis pas fou, répliqua-t-il avec colère.

— Vous ne connaissez pas votre force, protesta l'autre boxeur. Vous auriez pu le tuer.

— Si j'avais voulu le tuer, j'aurais frappé plus fort. Et maintenant, débarrasse-moi de lui !

L'homme s'extirpa de la voiture, referma la portière derrière lui et fendit la petite foule des vendeurs de journaux.

— Hé, toi ! lança-t-il à l'adresse de l'ivrogne.

Celui-ci ne l'entendit pas mais s'engagea de son plein gré dans la ruelle en titubant, lui évitant ainsi d'avoir à l'y traîner de force. L'homme se précipita à sa suite et tira une matraque plombée de son manteau. Bordée des deux côtés de murs aveugles, la ruelle était étroite et à peine suffisante pour le passage d'une brouette. L'ivrogne se trouvait à la hauteur d'une porte éclairée par une lanterne, à l'extrémité du passage.

— Hé, toi !

L'ivrogne se retourna. La lampe à pétrole éclaira sa chevelure dorée et un vague sourire apparut sur son visage.

— Nous nous connaissons, monsieur? Comme si l'homme pouvait à tout hasard lui prêter de l'argent.

— On va faire connaissance.

Le boxeur balança sa matraque par en dessous. C'était une arme redoutable, faite d'un manchon en cuir rempli de chevrotines. Les billes de plomb la rendaient flexible, capable d'épouser les traits de la victime, de briser os et chairs et de transformer en bouillie le beau profil du jeune homme. Mais à sa grande surprise, l'ivrogne réagit avec vivacité. Il évita le coup de matraque et abattit le boxeur d'un puissant crochet du droit.

La porte s'ouvrit à la volée.

— Bien joué, mon garçon.

Deux détectives privés de la société Van Dorn, Mack Fulton, un costaud au regard glacé, et Walter Kisley, vêtu d'un complet à carreaux, saisirent par les bras l'homme assommé et le tirèrent à l'intérieur.

— Est-ce que Harry Frost se cache dans la voiture ?

Mais le boxeur était incapable de répondre.

Fulton le gifla mais ne parvint pas à le réveiller.

— Mon jeune Isaac, tu ne connais pas ta force.

— Nous t'avons formé aux interrogatoires, dit Kisley.

— Et la consigne était ? fit en écho Fulton.

A l'Agence de détectives Van Dorn, on les surnommait Weber et Fields, en référence aux deux acteurs comiques.

— Garder le suspect conscient, répondit Kinsley.

— En sorte, lancèrent-ils en chœur, qu'il puisse répondre à tes questions.

L'apprenti détective Isaac Bell baissa la tête.

— Désolé, messieurs. Je ne voulais pas frapper si fort.

— Tu apprendras, mon garçon. C'est pour ça que M. Van Dorm a mis dans la même équipe un jeune homme instruit comme toi et deux vieilles bêtes ignorantes comme nous.

— Grâce à notre expérience, le patron espère que même un gosse de riche pourra se transformer en brillant détective.

— En attendant, qu'est-ce que vous diriez d'aller voir si Harry Frost se trouve dans ce fourgon mortuaire ?

Les deux hommes tirèrent de gros revolvers de sous leurs vestes.

— Reste en arrière, Isaac. Pas question d'aller chatouiller Harry Frost sans arme.

— Et comme tu es un apprenti, renchérit son collègue, tu n'as pas le droit d'en porter.

— J'ai acheté un derringer, fit Bell.

— Imprudent. Fais en sorte que le patron ne l'apprenne pas.

— En tout cas, reste derrière. C'est pas un derringer qui va arrêter Harry Frost.

Ils s'engagèrent dans la rue. Une lame brilla alors dans l'obscurité. Les liens qui entravaient les chevaux de la voiture mortuaire furent tranchés, tandis qu'une silhouette trapue abattait le fouet du cocher sur leur croupe. Les animaux se ruèrent en avant, tirant derrière eux le fourgon. Les jeunes livreurs de journaux s'éparpillèrent pour échapper aux sabots et aux roues meurtrières. Soudain, juste devant le dépôt, la voiture explosa dans un bruit de tonnerre et un éclair de flammes. L'onde de choc projeta les détectives à travers les portes vitrées du saloon.

Isaac Bell se précipita. Les flammes jaillissaient des fenêtres du dépôt de presse. Devant les voitures couchées sur le flanc, les chevaux tombaient sous leurs jambes brisées. La rue était jonchée de débris de verre et de journaux enflammés. Bell chercha du regard les jeunes livreurs et en découvrit quelques-uns terrés dans une porte cochère, terrifiés. Trois autres gisaient morts sur le trottoir. Le premier auprès duquel il s'agenouilla était Wally Laughlin.

VENEZ, JOSÉPHINE, DANS MA MACHINE VOLANTE.
Par Alfred Bryan et Fred Fischer.

Allez ! Ma chère, nous allons voler
Où donc, mon ami ? Dans le ciel, ma chère
Oh, sautez donc, mademoiselle Joséphine
Dans la machine volante
Ohé du navire ! Oh joie, quelle sensation !
Où donc, mon ami ? Tout en haut
Hisse et ho, et hop nous volons
Dans le ciel si haut.

Venez Joséphine, dans ma machine volante,
Elle grimpe, elle grimpe !
Balancez-vous comme un oiseau sur sa branche
Elle file dans les airs ! La voilà !
En haut, en haut, toujours plus haut
Ça par exemple ! La lune est en feu
Venez, Joséphine, dans ma machine volante,
Tout en haut, tout en haut, au revoir !

LIVRE UN

« Venez, Joséphine, dans ma machine volante. »

1

Monts Adirondacks, au nord de l'Etat de New York, 1909.

Mlle Joséphine Josephs Frost pilotait son biplan Celere à deux hélices propulsives au-dessus des collines boisées qui formaient le domaine de son mari. Petite, les joues roses, la jeune femme aux allures de garçon manqué avait des mains robustes de paysanne et de beaux yeux vifs couleur noisette. Pilotant en plein vent dans un siège en osier placé à l'avant de l'appareil, elle s'était habillée en conséquence pour se prémunir du froid : veste fourrée, jodhpur, casque en cuir, écharpe de laine, gants, lunettes et bottes. Derrière elle, le moteur faisait entendre son ronronnement régulier, syncopé par le ragtime des chaînes qui entraînaient les hélices.

Constituée d'une structure légère de bois et de bambou, maintenue par des câbles et recouverte de toile, sa machine volante pesait moins de 450 kilos. Elle était plus solide qu'on ne pouvait le croire au premier abord et résistait aux violents courants d'air ascendants que falaises et ravins faisaient naître dans l'atmosphère. De soudaines colonnes d'air l'auraient renversée et des trous dans le ciel l'auraient engloutie si elle n'avait su naviguer.

Une soudaine bourrasque venue de derrière sembla arracher l'air qui soutenait ses ailes.

Le biplan tomba comme une enclume.

Un sourire illumina le visage de Joséphine.

Elle poussa sur l'élévateur. La machine plongea vers l'avant, ce qui la fit accélérer.

— Brave fille, Elsie !

Les machines volantes restent en hauteur en poussant l'air vers le bas. Elle s'en était rendu compte la première fois qu'elle avait quitté le sol. L'air est fort. La vitesse le rend plus fort encore. Et meilleure est la machine, plus elle veut voler. Cette « Elsie » était sa troisième mais certainement pas sa dernière.

Les gens admiraient son courage, mais elle-même ne se considérait pas comme très courageuse. Dans les airs, elle se sentait chez elle, plus qu'à terre en tout cas, là où les choses ne se passent pas toujours comme on le voudrait. Dans le ciel, elle savait d'emblée comment réagir et connaissait à l'avance les conséquences de ses actions. Ses yeux étaient partout, parcouraient les montagnes bleues à l'horizon, se posaient régulièrement sur le baromètre anéroïde accroché à l'aile supérieure et qui la renseignait sur l'altitude, vérifiaient la jauge de pression d'huile entre ses jambes et scrutaient le sol à la recherche d'une trouée dans la forêt, assez longue pour lui permettre d'atterrir au cas où le moteur tomberait soudain en panne. Pour connaître la quantité d'essence qui lui restait, elle avait cousu une montre de femme à sa manche, mais elle avait laissé à la maison la boîte de cartes et le compas d'habitude posée sur ses genoux. Née dans ces montagnes, elle se repérait sans difficulté grâce aux lacs, aux voies ferrées et à la North River.

Elle aperçut bientôt le lit de la rivière, si profond et escarpé qu'on l'eût dit taillé à la hache dans le flanc de la montagne par un géant. Au loin, on apercevait les eaux brillantes du fleuve. Une trouée dans les arbres après la gorge révéla une prairie dorée, première ouverture praticable depuis son envol.

Une petite tache rouge apparut au sommet.

C'était le chapeau de chasse de Marco Celere, l'inventeur italien qui construisait ses machines volantes. Marco se tenait en haut de la falaise, le fusil dans le dos, et scrutait les environs avec ses jumelles à la recherche d'un ours. De l'autre côté de la prairie, à la lisière des arbres, elle distinguait la silhouette massive de son mari.

Harry Frost leva son fusil et le braqua en direction de Marco.

Joséphine entendit le coup de feu, plus fort que le bruit du moteur et que le cliquetis des chaînes derrière elle.

Harry Frost eut l'étrange impression d'avoir manqué l'Italien.

Il avait pourtant l'habitude de chasser le gros gibier. Depuis qu'il avait pris sa retraite, très riche, il avait tiré le wapiti et le mouflon canadien dans le Montana, le lion en Afrique du Sud, l'éléphant en Rhodésie, et là, il aurait juré que la balle était passée trop haut. Pourtant, l'amant de sa femme se tortillait au bord de la falaise, touché mais pas mort.

Frost introduisit une cartouche de 45-70 dans son Marlin 1895 et braqua sur lui la lunette. La vue de Marco Celere, cet Italien basané, lui était odieuse : ses cheveux graisseux brillantinés jusqu'au crâne, son front haut qui lui donnait des allures de César de comédie, ses sourcils épais, ses yeux sombres profondément enfoncés dans leurs orbites, sa moustache cirée recourbée aux extrémités comme des queues de cochon. Il prenait un plaisir immense à viser, sans se presser, lorsqu'un bruit étrange se mit à retentir dans sa tête. Un bruit qui ressemblait à celui de la batteuse de l'asile pour aliénés criminels de Matawan, là où ses ennemis l'avaient fait enfermer pour le meurtre de son chauffeur au Country Club.

Cet asile de fous était pire que tous les orphelinats qu'il avait connus. Des politiciens puissants et des avocats hors de prix se disputaient l'honneur de l'avoir fait évader, mais ce n'était que justice ! Le chauffeur était l'amant de sa première femme.

Et voilà que cela recommençait avec sa nouvelle épouse ! Chaque fois que Joséphine venait réclamer de l'argent pour les inventions de Marco, cette demande sonnait comme un aveu. A présent, elle le suppliait de racheter à ses créanciers la dernière machine de l'Italien, avec laquelle elle comptait remporter la course aérienne Atlantique-Pacifique, la Whiteway Cup, dotée d'un prix de cinquante mille dollars.

Ne serait-ce pas formidable ? En remportant cette course, son aviatrice de femme et son amant l'inventeur deviendraient célèbres. Et puis il y avait Preston Whiteway, l'éditeur de journaux de San Francisco qui commanditait la course : né avec une cuiller d'argent dans la bouche, celui-là ! Il ferait d'eux des vedettes et vendrait cinquante millions de journaux par la même occasion. Leur célébrité rejaillirait sur le ballot de mari : le gros mari riche et cocu deviendrait la risée de tous ceux qui le méprisaient.

Car il était riche, effectivement, et même l'un des hommes les plus riches d'Amérique, mais chaque dollar, il l'avait gagné. Cela dit, Harry Frost n'était pas si vieux que ça. A un peu plus de quarante ans, on n'est pas encore vieux. Quant à ceux qui disent qu'il a plus de graisse que de muscles, ils ne l'ont pas vu tuer un cheval d'un seul coup de poing, un exploit qui remontait à sa jeunesse et qu'il avait réédité ensuite comme un rituel d'anniversaire.

L'affaire du chauffeur ne se répétera pas, cette fois-ci, on ne le coincerait pas. Plus d'improvisation. Savourant à l'avance sa revanche, il avait préparé son coup dans les moindres détails, comme un homme d'affaires, stratège et combinard, et proposé au trop confiant Celere une partie de chasse à l'ours. Les ours ne parlent pas. Et dans les forêts du Nord, il n'y a pas de témoins.

Il avait tiré trop haut : il visa plus bas et fit feu à nouveau.

Joséphine vit Celere arraché au rebord de la falaise par la force de la balle.

— Marco !

Le bruit enfla dans le crâne de Harry Frost. Au bout du canon de son fusil, il contemplait toujours l'espace désormais vide, où Marco Celere se tenait, lorsqu'il se rendit compte que, loin d'être un souvenir de la ferme de Matawan, le bruit était aussi réel que la balle de 405 qui avait projeté le voleur de femmes au bas de la falaise. Il leva les yeux. Joséphine le survolait dans son satané biplan. Elle l'avait vu tuer Celere.

Il lui restait trois cartouches dans son chargeur.

Il leva son fusil.

Pourtant, ce n'était pas elle qu'il voulait tuer. Maintenant que Marco avait vidé les lieux, elle était censée rester avec lui. Mais elle l'avait vu le tuer. On allait à nouveau l'enfermer dans l'asile de fous. Et cette fois il n'en sortirait pas. Ce n'était pas juste. Ce n'était pas lui qui avait trahi, mais elle.

Il balaya le ciel de son fusil et tira deux fois.

Il avait mal évalué sa vitesse. Un coup au moins passa derrière elle. Il ne lui restait plus qu'une balle. Il se concentra et suivit le biplan avec le canon de son fusil.

En plein dans le mille !

Il l'avait sûrement touché. La machine volante amorça un tournant maladroit. Il attendit sa chute, mais elle poursuivit sa route en direction de la propriété. Elle était trop haute, hors d'atteinte pour un pistolet, mais Frost en tira quand même un de sa ceinture et vida son chargeur. Le visage congestionné de rage, il sortit ensuite un petit derringer de sa manche et tira en vain deux coups avant de brandir son poignard de chasse, prêt à lui arracher le cœur quand elle s'écraserait au milieu des arbres.

Le claquement de chaînes diminua petit à petit et Harry Frost vit sa femme infidèle disparaître derrière la ligne des arbres et échapper à sa juste vengeance.

Au moins avait-il réussi à balancer son amant dans le ravin.

Il traversa la prairie, dans l'espoir d'apercevoir le corps de Celere disloqué sur les rochers, mais avant d'atteindre le rebord de la falaise, il s'immobilisa, frappé par une pensée soudaine. Il fallait fuir avant qu'on l'enferme à nouveau dans la maison de fous.

Joséphine dut faire appel à toute son habileté pour ramener sa machine au sol.

Harry avait fait mouche deux fois. Une balle avait percé le réservoir d'essence. La deuxième avait sectionné derrière elle le lien entre le levier de commande et le câble qui modifiait l'inclinaison des ailes. Elle devait s'en remettre entièrement au gouvernail de profondeur. Mais tourner sans virer sur l'aile c'était comme conduire un planeur avant que les frères Wright n'inventent le gauchissement des ailes : une entreprise périlleuse qui risquait fort de se terminer par une vrille mortelle.

Les lèvres serrées, elle manœuvra le gouvernail comme un chirurgien son scalpel, par toutes petites touches, en suivant le vent. Sa mère, incapable de s'acquitter de la moindre tâche, même la plus simple, l'accusait d'avoir de « l'eau glacée dans les veines ». Mais, chère maman, n'est-il pas utile d'avoir du sang-froid à bord d'une machine volante endommagée ? Petit à petit, elle remit le biplan dans la bonne direction.

Soudain, une bourrasque de vent arrière charria avec elle une odeur d'essence ; elle se retourna et vit le liquide s'échapper du réservoir.

Que va-t-il se passer en premier ? se demanda-t-elle froidement. Le moteur s'arrêterait-il avant l'atterrissage ou bien les étincelles jaillies du moteur et des chaînes enflammeraient-elles l'essence ? Sur une machine volante, un incendie était synonyme de mort. Le vernis à base de nitrate qui servait à raidir la toile recouvrant les ailes était inflammable comme de la poudre à canon.

Le terrain d'atterrissage le plus proche était la prairie, mais si elle se posait là, Harry la tuerait. Elle n'avait pas le choix. Il fallait regagner la maison de campagne… si elle disposait de suffisamment d'essence.

— Allez, Elsie, ramène-nous à la maison.

La forêt montait lentement vers elle. Des courants ascendants secouèrent les ailes, mais, incapable de contrer le roulis de l'appareil, elle tenta de le maintenir droit en utilisant le gouvernail et les élévateurs.

Finalement, elle aperçut le lac à côté de la maison de Harry.

Au moment où elle fut assez proche pour distinguer la maison principale et les granges, son moteur se mit à cracher ses dernières fumées noires. Les hélices cessèrent de tourner. Le biplan pousseur réduit au silence, on n'entendait plus que le vent sifflant à travers les câbles.

Elle dut terminer en vol plané.

Mais les hélices, qui auparavant la poussaient, faisaient à présent office de freins. Bientôt, elle ralentirait au point que l'appareil ne pourrait plus se maintenir en vol.

Elle se retourna et tira le câble qui ouvrait la soupape de compression du moteur, de façon à ce que les pistons puissent permettre aux hélices de tourner librement. Le changement fut immédiat. L'aéroplane se mit à glisser comme un planeur.

Elle voyait à présent la prairie où broutaient les vaches, parsemée de barrières : impossible de s'y poser en toute sécurité. Il y avait la maison, une belle demeure en bois, et derrière une pelouse en pente d'où elle s'était envolée auparavant. Mais d'abord, il fallait dépasser la maison et elle perdait rapidement de l'altitude. Elle parvint à se glisser entre les cheminées, effleura le toit et cajola le gouvernail de façon à tourner dans le vent tout en évitant la vrille.

A deux mètres cinquante au-dessus du sol, elle se rendit compte qu'elle allait trop vite. Compressé entre les ailes et le sol, l'air l'empêchait d'atterrir. Le biplan poursuivait son vol avec obstination tandis que devant elle se dressait une muraille d'arbres.

L'essence qui avait fini par détremper la toile des ailes s'enflamma soudain.

Laissant derrière elle une traînée de flammes orange, incapable d'incliner les ailes pour permettre à son appareil de ralentir et de toucher le sol, Joséphine tira de nouveau le câble de compression. La fermeture de la soupape bloqua les hélices de deux mètres quarante de diamètre. Elles frappèrent l'air comme deux poings : ses roues et ses patins heurtèrent violemment le sol herbeux.

Le biplan en feu roula sur une cinquantaine de mètres mais il se mit à ralentir. Lorsqu'elle sentit la chaleur derrière son casque, Joséphine sauta, s'aplatit sur le sol pour laisser passer la machine au-dessus d'elle, puis rebondit sur ses pieds et se mit à courir pour échapper aux flammes.

Le majordome de Harry se ruait dans sa direction, suivi du jardinier, du cuisinier et des gardes du corps de son mari.

— Madame Frost ! Vous n'êtes pas blessée ?

Joséphine considéra la colonne de fumée noire. La magnifique machine de Marco brûlait comme un bûcher funéraire. Pauvre Marco. La force qui lui avait permis d'échapper au supplice commençait à lui manquer et ses lèvres se mirent à trembler. Elle eut l'impression que le feu rugissait sous l'eau mais elle se rendit compte alors que ses yeux se remplissaient de larmes. Pleurait-elle pour Marco ou pour elle ?

— Madame Frost ! répéta le majordome. Vous n'êtes pas blessée ?

Jamais elle n'avait à ce point frôlé la mort en aéroplane.

Elle voulut tirer son mouchoir de sa manche, sans y parvenir, et dut pour cela ôter son gant. Elle s'aperçut alors que sa peau était livide, comme si tout le sang avait disparu. Elle savait à présent ce qu'était la peur.

— Madame Frost ?

Ils avaient tous les yeux rivés sur elle, comme si elle était un fantôme ou avait triché avec la mort.

— Ça va.

— Puis-je faire quelque chose pour vous aider, madame Frost ?

Les pensées se bousculaient dans son esprit. Il fallait agir. Elle pressa le mouchoir contre son visage. Un millier d'hommes et de femmes avaient appris à voler depuis que Wilbur Wright avait remporté la Coupe Michelin, en France, et jusqu'à aujourd'hui, Joséphine Josephs Frost n'avait jamais douté de pouvoir piloter un aéroplane aussi loin et aussi vite qu'eux. Maintenant, chaque fois qu'elle grimperait dans une machine volante, il lui faudrait du courage. Enfin, cela valait mieux que d'être clouée au sol !

Elle s'essuya les joues et se moucha.

— Oui, dit-elle. Rendez-vous en ville et dites à l'agent Hodge que M. Frost vient d'abattre M. Celere.

— Quoi ?

Elle le fusilla du regard. Comment pouvait-il se montrer à ce point surpris ? Il savait pourtant bien que son mari était violent et qu'il avait déjà tué.

— En êtes-vous tout à fait sûre, madame Frost ?

— Si j'en suis sûre ? Oui, je l'ai vu de mes yeux.

L'air soupçonneux du majordome lui rappela soudain, et de manière effrayante, que c'était Harry qui lui versait son salaire, et que Mme Frost était à présent une femme seule qui ne pouvait compter que sur elle-même.

Les gardes du corps, eux, n'avaient pas l'air étonné et leur air lugubre disait qu'ils voyaient s'envoler leurs moyens de subsistance. Puis le majordome, à son tour, reprit ses esprits, et, comme si elle venait de lui commander un thé glacé, lui demanda :

— Désirez-vous autre chose, madame Frost ?

— Non, dit-elle d'une voix tremblante sans quitter des yeux l'appareil en flammes. Dites à l'agent de police que mon mari a tué M. Celere.

— Bien, madame.

Joséphine tourna le dos à l'incendie. Ses yeux noisette viraient à présent au vert ou au gris. Nul besoin de se trouver face à un miroir pour savoir qu'ils reflétaient la peur. Elle était seule et vulnérable. Marco Celere était mort et son mari était un tueur fou : elle ne pouvait s'appuyer sur personne. Le nom de Preston Whiteway s'imposa alors à son esprit.

Oui, lui la protégerait.

— Autre chose, dit-elle alors que le majordome s'apprêtait à partir. Envoyez un télégramme à M. Preston Whiteway, au *San Francisco Inquirer*, et dites-lui que j'irai le voir la semaine prochaine.

2

Hop la !

ISAAC BELL, ENQUÊTEUR EN CHEF de l'Agence de détectives Van Dorn, remontait à toute allure Market Street, à San Francisco, au volant d'une voiture de pompiers Locomobile, de couleur rouge, avec le pot d'échappement coupé pour augmenter au maximum la puissance du moteur à essence. Bell, âgé d'une trentaine d'années, était un homme mince, de haute taille, les cheveux d'un blond doré peignés avec soin, la lèvre supérieure ornée d'une épaisse moustache de même couleur. Il était vêtu d'un complet immaculé et coiffé d'un chapeau blanc à larges bords.

Ses bottines cirées touchaient rarement la pédale de frein, un accessoire notoirement inefficace sur la Locomobile. Ses longs doigts agiles passaient du papillon des gaz au changement de vitesses. Ses yeux, d'ordinaire d'un beau bleu tirant sur le violet, semblaient à présent assombris tant il se concentrait sur la conduite. Les mâchoires crispées, l'air déterminé tempéré par un sourire de plaisir, il menait son automobile à toute allure, dépassant trolleybus, camions, voitures hippomobiles, motocyclettes et automobiles plus lentes.

A sa gauche, calé sur le siège en cuir rouge, avait pris place Joseph Van Dorn, son patron.

Plutôt rond, le teint fleuri, le fondateur de cette agence de détectives qui couvrait l'ensemble du pays était un homme courageux, redouté par les criminels de toutes sortes. Mais il pâlit lorsque Bell, à toute vitesse, se glissa entre une charrette de charbon et un camion Buick chargé de bidons de naphte et de pétrole lampant.

— Nous sommes à l'heure, fit remarquer Van Dorn. Voire un peu en avance.

Isaac Bell semblait ne pas l'avoir entendu.

Soulagé, Van Dorn aperçut un bâtiment qui dominait les autres de ses onze étages : l'immeuble du *San Francisco Inquirer*, quartier général de l'empire du flamboyant patron de presse Preston Whiteway.

— Regardez-moi ça ! hurla Van Dorn pour couvrir le rugissement du moteur.

Une gigantesque bannière jaune entourait l'étage supérieur, sur laquelle était écrit en lettres d'un mètre de haut que les journaux de Whiteway commanditaient la

COURSE AÉRIENNE WHITEWAY
ATLANTIQUE-PACIFIQUE.
Le premier pilote aéronautique à traverser l'Amérique
en cinquante jours remportera
la Coupe Whiteway et 50 000 $

— C'est un défi extraordinaire ! répondit Bell en hurlant lui aussi mais sans quitter la route des yeux.

Fasciné par les machines volantes, Isaac Bell suivait avec intérêt leur rapide développement dans l'intention d'en acheter une lui-même. Au cours des deux années précédentes, les inventions dans ce domaine s'étaient multipliées et les aéroplanes devenaient à la fois plus solides et plus rapides : le *Wright Flyer III*, le *June Bug*, le *Silver Dart* à la structure en bambou, les énormes appareils français comme les *Voisin* ou les *Antoinette*, propulsés par des moteurs V-8 de bateaux de course, la *Demoiselle* de Santos-Dumont, le *Blériot* qui avait traversé la Manche, le robuste *Curtiss Pusher*, la machine du Signal Corps des frères Wright, Le *Farman III* et le monoplan à entretoises métalliques de Celere.

Pour remporter la Coupe Whiteway et traverser les Etats-Unis d'un océan à l'autre – ce qui restait encore un défi – il faudrait faire appel aussi bien au courage et à l'endurance des pilotes qu'à l'ingéniosité des inventeurs. Car il restait à accroître la puissance des moteurs et à affiner le dessin des ailes, afin que les aéroplanes grimpent plus vite et tournent plus aisément. Le vainqueur aurait à franchir environ cent trente kilomètres tous les jours et devrait passer près de deux heures dans les airs. Chaque journée perdue en raison du vent, d'une tempête, du brouillard, d'un accident ou de réparations diminuerait d'autant le temps imparti à la course.

— Les journaux de Whiteway prétendent que la coupe est en or véritable, s'esclaffa Van Dorn. C'est peut-être pour ça qu'il veut nous voir : il a peur de se la faire voler.

— L'année dernière, répondit Bell, ses journaux proclamaient que le Japon allait couler la Grande Flotte blanche. Pourtant, ils sont arrivés sains et sauf à Hampton Roads. Ah, et voilà Whiteway en personne !

Le patron de presse conduisait une décapotable Rolls-Royce de couleur jaune et se dirigeait vers la seule place encore disponible sur le parking de son immeuble.

— Il a l'air d'avoir les moyens, fit Van Dorn.

Bell enfonça la pédale d'accélérateur et la grosse Locomobile rouge bondit devant la Rolls-Royce jaune avant de s'immobiliser, pneus fumants, sur la place de parking.

— Hé ! s'écria Whiteway en agitant le poing. C'est ma place !

L'homme avait la stature imposante d'un ancien joueur universitaire de football américain, mais il commençait à s'empâter. Le menton levé de façon arrogante proclamait à la terre entière qu'il était encore bel homme, qu'il pouvait obtenir tout ce qu'il voulait et qu'il avait la force nécessaire pour s'en assurer.

Isaac Bell bondit hors de son automobile et lui tendit la main en souriant.

— Ah, c'est vous, Bell. Dites donc, c'est ma place, là !

— Bonjour, Preston, ça fait un bail. Quand j'ai dit à Marion que j'allais vous voir, elle m'a chargé de vous transmettre ses salutations.

Whiteway se renfrogna en entendant le nom de la fiancée d'Isaac Bell. Marion Morgan, une jeune fille d'une grande beauté, travaillait dans le cinéma et avait dirigé la société Picture World de Whiteway, qui remportait un grand succès en projetant des films d'actualité dans les théâtres de vaudeville et les salles de cinéma bon marché.

— Dites à Marion que je compte sur elle pour tourner de beaux films sur ma course aérienne.

— Je suis sûr qu'elle n'attend que cela. Je vous présente Joseph Van Dorn.

Le magnat de la presse et le directeur de la plus grande agence de détectives des Etats-Unis échangèrent une poignée de main.

— On admirait votre bannière, dit Van Dorn. Quelle histoire !

— C'est pour ça que je vous ai demandé de venir. Venez dans mon bureau.

Un groupe de portiers en uniforme le saluèrent comme un amiral débarquant de son cuirassé. Whiteway claqua des doigts et deux hommes se précipitèrent pour garer la Rolls-Royce jaune.

Dans le hall, Whiteway reçut d'autres salutations empressées.

Un ascenseur grillagé les emmena jusqu'au dernier étage où une foule de journalistes et de secrétaires était rassemblée, stylo et calepin à la main. Whiteway aboya des ordres, en envoyant certains à quelque tâche urgente, tandis que d'autres se pressaient à sa suite, griffonnant à la hâte la fin de l'éditorial qu'il leur dictait et qu'il avait commencé à rédiger avant le déjeuner.

— L'*Inquirer* ne peut que constater l'état déplorable de l'aviation américaine. Les Européens se sont lancés à l'assaut du ciel alors que nous piétinons à terre, distancés dans la course à l'innovation. Mais l'*Inquirer* ne se contente pas de constater, il agit ! Nous invitons chaque aviateur et chaque aviatrice américains à faire flotter notre bannière étoilée dans cette grande course Atlantique-Pacifique qui se déroulera en cinquante jours ! Allez, imprimez-moi ça !

« Et maintenant… (Il tira un article de journal de sa poche et entreprit de le lire à haute voix.) “L'aéronaute courageux abaissa ses ailerons pour saluer les spectateurs avant que sa gouverne horizontale et ses pales tournantes n'élèvent la machine plus lourde que l'air vers les cieux.” Qui a écrit ça ?

— Moi, monsieur.

— Vous êtes viré !

Des gros bras du service de protection escortèrent le malheureux jusqu'à l'escalier. Whiteway froissa l'article dans son poing grassouillet et fusilla du regard ses employés terrifiés.

— L'*Inquirer* s'adresse à l'homme de la rue, pas au technicien. Prenez note de ce que je vais dire : dans les pages de l'*Inquirer*, des « pilotes », des « aviateurs » ou des « aviatrices » « conduisent », « pilotent » ou « dirigent » des « machines volantes » ou des « aéroplanes », et ce ne sont pas des « capitaines » qui eux, commandent le *Lusitania*, ni des « aéronautes », un mot qui sonne grec. Et vous devez savoir que les ailerons font partie des ailes et que la gouverne horizontale est un gouvernail de profondeur. L'homme de la rue veut qu'on appelle des ailes des ailes, que le gouvernail de direction permette de tourner et le gouvernail de profondeur de s'élever. Il sait parfaitement que si une machine volante n'est pas plus lourde que l'air alors il s'agit d'un ballon. Et il voudra bientôt que le mot « avion » remplace le mot européen « aéroplane. » Et maintenant, au travail !

Quelques instants plus tard, Isaac Bell constata que le bureau de Whiteway réduisait aux dimensions d'un placard la « salle du trône » de Joseph Van Dorn au siège de la société, à Washington.

Assis derrière son bureau, l'éditeur annonça :

— Messieurs, vous êtes les premiers à savoir que j'ai décidé de commanditer ma propre concurrente dans la grande course aérienne Atlantique-Pacifique, la Coupe Whiteway, dotée d'un prix de cinquante mille dollars.

Il ménagea une pause pour donner plus d'emphase à son propos.

— Son nom, messieurs, est Joséphine Josephs.

Isaac Bell et Joseph Van Dorn échangèrent un regard que Whiteway prit à tort pour une manifestation de surprise.

— Je sais ce que vous pensez, messieurs : soit je suis un homme courageux qui a décidé d'épauler une femme, soit je suis un imbécile. Eh bien, ni l'un ni l'autre ! Il n'y a aucune raison qu'une fille ne puisse pas remporter cette course aérienne à travers le continent. Pour piloter une machine volante, il faut plus de courage que de muscles, et cette fille-là a plus de courage qu'un régiment.

— S'agit-il de Joséphine Josephs Frost ? demanda Isaac Bell.

— Nous n'utiliserons pas le nom de son mari, répondit sèchement Whiteway. Et la raison va vous sidérer.

— Joséphine Josephs Frost ? demanda Van Dorn. La jeune mariée dont le mari a tiré sur sa machine volante l'automne dernier dans le Nord de l'Etat de New York ?

— Où avez-vous appris cela ? J'ai fait en sorte que ça n'apparaisse pas dans les journaux.

— Dans notre métier, répondit doucement Van Dorn, en général nous apprenons les nouvelles avant vous.

— Pourquoi avoir dissimulé la nouvelle ? demanda Bell.

— Parce que mes publicitaires espèrent que Joséphine attirera le public vers cette course. J'ai commandité une chanson : « *Venez, Joséphine, dans ma machine volante* », qui assurera sa promotion. Sa photo apparaîtra sur les partitions, les cylindres Edison, les rouleaux de piano, les magazines, les affiches : tout cela devrait enthousiasmer le public.

— A mon avis, il le sera de toute façon.

— Si on ne le stimule pas, le public s'ennuie, rétorqua Whiteway d'un air méprisant. D'ailleurs, pour que les gens continuent à s'intéresser à cette course, le mieux serait encore que les concurrents hommes s'écrasent au sol avant l'arrivée à Chicago.

Bell et Van Dorn échangèrent un regard désapprobateur.

— Nous présumons que vous faites cette déclaration sous le sceau du secret.

— La sélection naturelle fera en sorte que face à Joséphine, courageuse, un vrai garçon manqué, ne resteront plus que les meilleurs aviateurs, expliqua Whiteway sans s'excuser. Les lecteurs de journaux prennent toujours fait et cause pour l'outsider. Venez avec moi ! Vous allez comprendre ce que je veux dire.

Traînant dans son sillage une horde grandissante de journalistes, secrétaires de rédaction, juristes et chefs de service, Preston

Whiteway conduisit les détectives deux étages en dessous, jusqu'au service artistique, une vaste salle éclairée par des fenêtres au nord et où s'entassaient des artistes penchés sur leurs planches à dessin.

Près de vingt personnes étaient agglutinées autour du directeur, le stylo ou le crayon à la main, le regard paniqué. Les artistes baissèrent la tête et s'activèrent sur leurs dessins. Whiteway claqua des doigts. Deux d'entre eux se précipitèrent vers lui, tenant à la main des esquisses de couverture de partition.

— Qu'est-ce que vous avez ?

Tous deux tendirent une esquisse où l'on voyait une fille sur une machine volante au-dessus d'un pré avec des vaches.

— La fermière volante.

— Non !

Sidérés, ils lui tendirent le deuxième dessin où l'on voyait une fille vêtue d'une salopette, les cheveux ramenés sous une sorte de casquette de chauffeur de taxi.

— Le garçon manqué des airs.

— Non ! Mais enfin, non et non ! Qu'est-ce que vous faites pour mériter votre salaire ?

— Mais, Monsieur Whiteway, vous disiez que les lecteurs aiment bien les fermières et les garçons manqués.

— J'ai dit « c'est une fille ». Les lecteurs de journaux aiment bien les filles. Faites-la plus jolie ! Joséphine est ravissante !

Isaac Bell prit en pitié les deux dessinateurs qui semblaient prêts à se jeter par la fenêtre :

— Pourquoi ne pas la dessiner comme la chérie d'un gars ?

— J'ai trouvé ! s'écria Whiteway en écartant les bras, les yeux rivés au plafond comme s'il pouvait voir jusqu'aux étoiles.

— *L'Aérienne chérie de l'Amérique.*

Les artistes le regardèrent, interloqués, puis tournèrent prudemment les yeux vers leurs chefs et leurs collègues, qui, à leur tour, fixèrent Whiteway du regard.

Un vieux rédacteur en chef, pas loin de la retraite, finit par prendre la parole :

— Très bien, monsieur, très, très bien.

— L'Aérienne chérie de l'Amérique ! s'écria Whiteway, rayonnant, sous les applaudissements de l'assistance.

— Dessinez-moi ça ! Mettez-la sur une machine volante. Faites-la jolie… non, faites-la magnifique !

Un sourire invisible passa sur les lèvres des détectives. Preston Whiteway avait succombé au charme de sa protégée.

De retour dans son bureau, le patron de presse prit l'air grave.

— J'imagine, messieurs, que vous avez deviné ce que j'attends de vous.

— Oui, répondit Joseph Van Dorn, mais ce serait peut-être mieux de l'entendre avec vos propres mots.

— Mais avant de commencer… (Bell se tourna vers le seul membre de l'entourage de Whiteway à les avoir suivis dans le bureau et qui avait pris place sur une chaise, dans un coin.) Puis-je vous demander qui vous êtes, monsieur ?

L'homme était vêtu d'un complet marron avec une chemise à col en celluloïd et un nœud papillon. En entendant l'apostrophe de Bell, il tressaillit et Whiteway répondit à sa place.

— Je vous présente M. Weiner, de la comptabilité. J'ai obtenu que l'American Aeronautical Society, qui supervisera officiellement la course, le délègue en qualité de premier arbitre. Vous le verrez beaucoup. Weiner consignera les temps réalisés par chaque concurrent et arbitrera les contestations. C'est lui qui décidera en dernier ressort. Même moi, je ne pourrai contrevenir à ses décisions.

— Et vous lui faites toute confiance pour la présente réunion ?

— C'est moi qui lui verse son salaire et qui suis propriétaire de la maison où il loge sa famille.

— Dans ce cas, nous nous exprimerons en toute franchise, dit Van Dorn. Bienvenue à vous, monsieur Weiner. Nous sommes sur le point d'entendre ce qui a poussé M. Whiteway à faire appel aux services de mon agence de détectives privés.

— J'attends de vous que vous protégiez Joséphine de son mari. Avant de lui avoir tiré dessus, Harry Frost, dans un accès de jalousie délirante, a assassiné Marco Celere, l'inventeur qui a construit les aéroplanes de Joséphine. Ce cinglé pervers est en fuite et je crains qu'il ne s'en prenne à elle, le seul témoin de son crime.

— Le bruit court qu'il y a eu meurtre, dit Isaac Bell, mais en fait, on n'a jamais retrouvé Marco Celere, et en l'absence de cadavre, le procureur n'a pas prononcé d'inculpation.

— Trouvez-le ! lança Whiteway. L'inculpation n'est que suspendue. Joséphine a vu Frost abattre Celere. Pourquoi croyez-vous qu'il ait fui, après ? Van Dorn, je veux que votre agence enquête sur la disparition de Marco Celere et que votre dossier permette à ce procureur de cambrousse de faire boucler Harry Frost jusqu'à la fin de ses jours ! Il faut à tout prix protéger cette fille de ce fou furieux.

— Frost n'est pas seulement un fou furieux, dit Joseph Van Dorn.

— Que voulez-vous dire ?

— C'est le plus grand criminel encore en liberté que j'aie jamais vu de ma vie.

— Mais non, protesta Whiteway. Avant de perdre la raison, Harry Frost était un homme d'affaires extraordinaire.

Isaac Bell lança un regard glacial au patron de presse.

— Peut-être ne savez-vous pas comment M. Frost a débuté dans les affaires.

— Je connais ses réussites. Quand j'ai pris la direction des journaux de mon père, Frost était le plus important distributeur de presse du pays. Quand il a pris sa retraite, à l'âge de trente-cinq ans, je me permets de le préciser, il possédait le moindre kiosque dans toutes les gares des Etats-Unis. En dépit de sa cruauté envers la pauvre Joséphine, Frost a réussi à bâtir un véritable empire continental. Pour être honnête, en tant qu'homme d'affaires, je l'admirerais s'il ne cherchait pas à tuer sa femme.

— Autant admirer un loup enragé, rétorqua Isaac Bell, sombre. Harry Frost est peut-être un cerveau, mais c'est un homme brutal. Il a bâti son « empire continental », comme vous dites, en assassinant chacun de ses concurrents.

— Je continue à penser qu'avant de devenir fou, c'était un brillant homme d'affaires, fit Whiteway. Au lieu de vivre sur ses intérêts, quand il a pris sa retraite, il a investi dans l'acier, les chemins de fer et Postum Cereals. Il est à la tête d'une fortune qui ferait la fierté de J.P. Morgan.

Les joues de Joseph Van Dorn devinrent plus rouges que ses favoris et son faible accent irlandais se mua soudain en un grondement qui le fit ressembler à un capitaine de ferry de Dublin.

— On a accusé J.P. Morgan de beaucoup de manœuvres frauduleuses, monsieur, mais même si cela se révélait exact, il ne serait en aucun cas fier d'une telle fortune. Harry Frost a les qualités de gestionnaire du général Grant, la force d'un grizzly et les scrupules de Satan.

— Nous savons comment opère Frost, renchérit Bell. L'agence de détectives Van Dorn s'est heurtée à lui il y a dix ans.

— Isaac, il y a dix ans, vous étiez encore au lycée, répondit sèchement Whiteway.

— Pas du tout, fit Van Dorn. Isaac venait d'être engagé en qualité d'apprenti et la vérité c'est que Harry Frost nous a bien eus tous les deux. Lorsque la poussière est retombée, il possédait tous les kiosques de presse dans un rayon de huit cents kilomètres autour de Chicago, et ceux de nos clients qui n'étaient pas morts étaient en faillite. Après avoir créé ses affaires de façon sanglante, juste sous notre nez, il les a étendues à l'est et à l'ouest. Mais on n'a jamais pu réunir de preuves assez solides. Il est glissant comme une anguille.

Whiteway aperçut aussitôt une occasion de négocier à la baisse son contrat avec le cabinet Van Dorn.

— Aurais-je trop fait confiance à la célèbre devise de Van Dorn : « Nous ne renonçons jamais » ? Jamais ? Dois-je rechercher de meilleurs détectives ?

Isaac Bell et Joseph Van Dorn se levèrent en même temps, et, avec un ensemble parfait, remirent leur chapeau.

— Bonne journée, monsieur, fit Van Dorn. Comme votre course « transcontinentale » va traverser le continent, je vous suggère de rechercher une agence de détectives qui ait, comme la mienne, des succursales dans tout le pays.

— Du calme ! Du calme ! Ne prenez donc pas la mouche. Je me demandais seulement....

— Nous avons reconnu nous être fait avoir par Frost pour vous inciter à ne pas le sous-estimer. Frost est fou et violent mais à la différence de la plupart des fous, il est froid et efficace.

— Coincé entre l'asile et la potence, renchérit Bell, Frost n'a rien à perdre, ce qui le rend encore plus dangereux. Ne vous faites pas d'illusions : il ne se contentera pas de nuire à Joséphine. Maintenant que vous en avez fait votre championne, c'est toute cette course qu'il va vouloir saboter.

— Mais il est seul. Tout seul. Et en plus il est en cavale. Que voulez-vous qu'il fasse ?

— Pour bâtir son empire criminel, il a rassemblé dans toutes les villes du pays des bandes de malfaiteurs : voleurs, incendiaires, briseurs de grève et assassins.

— Je n'ai rien contre les briseurs de grève, rétorqua Whiteway d'un ton sec. Il faut permettre aux gens de travailler.

— Vous les aimerez moins s'ils s'en prennent aux mécaniciens, répondit froidement Bell. Les hippodromes et les champs de foire où vos concurrents poseront leurs machines pour la nuit sont les repaires favoris des joueurs et ces joueurs vont faire des paris sur votre course. Le jeu attire les criminels. Frost saura où les trouver et ils seront ravis de travailler pour lui.

— Voilà pourquoi, reprit Van Dorn, vous devez vous préparer à combattre Frost à chaque étape.

— Tout cela semble très cher, dit Whiteway. Affreusement cher.

Bell et Van Dorn avaient gardé leur chapeau sur la tête. Bell tendit la main vers la poignée de la porte.

— Attendez ! Combien d'hommes vous faut-il pour couvrir toute la course ?

— La semaine passée, j'ai fait le trajet moi-même pour venir dans l'Ouest. Ça fait bien 6 500 kilomètres.

— Comment avez-vous pu effectuer ce trajet ? demanda Whiteway de façon véhémente. Je ne l'ai pas encore rendu public.

Les détectives échangèrent comme un sourire invisible. Aucun employé de Van Dorn digne de ce nom ne peut assister à une réunion sans connaître au préalable les besoins d'un éventuel client. D'autant plus qu'il s'agissait du fondateur de l'agence et de son directeur des enquêtes.

— Votre trajet obéit à une certaine logique, répondit Bell : les machines volantes ne peuvent survoler de hautes montagnes comme les Appalaches et les Rocheuses, les trains d'assistance des concurrents doivent évidemment suivre les voies de chemin de fer et vos journaux ont besoin que le plus grand nombre de spectateurs soient au courant. En conséquence, j'ai suivi la Twentieth Century Limited de New York à Chicago sur la Water Level Route, en remontant l'Hudson River, puis j'ai longé le canal et le lac Erié. A Chicago, j'ai pris la Golden State Limited jusqu'à Kansas City, puis cap au sud jusqu'au Texas, j'ai franchi les Rocheuses au point le plus bas du Continental Divide, puis traversé le Nouveau-Mexique, l'Arizona et la Californie jusqu'à Los Angeles ; de là, j'ai remonté la Central Valley jusqu'à San Francisco.

Bell avait voyagé sur des trains express en se faisant passer pour un directeur de compagnie d'assurances. Prévenus par télégraphe, les agents Van Dorn avaient enquêté sur les champs de course et les terrains de foire susceptibles d'accueillir les concurrents tous les soirs. Leurs dossiers sur les joueurs, les criminels, les indicateurs et les policiers s'étaient révélés des plus instructifs, et tandis que son train longeait le ferry sur le Oakland Mole, Isaac Bell avait eu tout le loisir de parfaire sa connaissance, déjà encyclopédique, du milieu criminel américain.

Weiner, relégué sur une chaise dans le coin de la pièce, prit soudain la parole.

— D'après le règlement, pour terminer la course, le vainqueur doit effectuer un tour complet de ce bâtiment, le San Francisco Inquirer Building, avant de se poser sur le terrain du Army Signal Corp, au Presidio.

— C'est un travail énorme de protéger un trajet aussi ambitieux, dit Van Dorn en souriant. Comme je vous l'ai conseillé tout à l'heure, il vous faudra une agence de détectives qui ait des bureaux dans tout le pays.

Isaac Bell ôta son chapeau.

— Nous estimons que votre course est très importante, Preston. En matière de longueur de vols, les Etats-Unis se traînent loin derrière la France et l'Italie.

— Oui, fit Whiteway, ces étrangers nerveux, comme les Français et les Italiens, ont le sens de l'aéronautique.

— Les Allemands et les Britanniques, plus flegmatiques, réussissent aussi plutôt bien, rétorqua Bell.

— Avec la guerre qui se prépare en Europe, renchérit Van Dorn, leurs armées tiennent à ce que les exploits de l'aviation soient utilisés sur les champs de bataille.

— Un gouffre sépare d'un côté les seigneurs de la guerre et les autocrates et de l'autre les Américains pacifiques, dit Whiteway d'un ton solennel.

— Raison de plus, dit Isaac Bell, pour que grâce à l'« Aérienne chérie de l'Amérique » notre pays dépasse les exploits héroïques des frères Wright et ceux des casse-cous aériens qui rassemblent les foules les jours de beau soleil. Non seulement Joséphine fera progresser les Etats-Unis, mais elle ouvrira un nouvel avenir à l'aviation.

Les mots de Bell eurent le don de charmer Whiteway et Van Dorn jeta un regard admiratif à son directeur des enquêtes qui avait su flatter de façon si habile un client potentiel. Mais Isaac Bell était sincère. Pour faire de l'aéroplane un moyen de transport moderne, rapide et sûr, il fallait que les pilotes s'affrontent au vent et au mauvais temps à travers les vastes étendues vides des paysages d'Amérique.

— On ne peut pas laisser Harry Frost saboter cette course magnifique.

— L'avenir de l'aviation est en jeu. Et bien sûr la vie de votre jeune aviatrice.

— C'est bon ! s'écria Whiteway. Couvrez le pays de l'Atlantique au Pacifique. Et au diable ce que cela coûtera !

Van Dorn lui tendit la main pour sceller l'accord.

— Nous allons nous mettre tout de suite au travail.
— Il y a encore autre chose, dit Whiteway.
— Oui ?
— L'équipe de détectives qui protégera Joséphine ?
— Triée sur le volet, je peux vous l'assurer.
— Elle ne doit comporter que des hommes mariés.
— Bien sûr, dit Van Dorn. Cela va sans dire.

Dans l'automobile rugissante qui descendait Market Street, Van Dorn, rayonnant, se mit à rire.

— Des détectives mariés !

— Apparemment, Joséphine a échangé un mari jaloux contre un commanditaire tout aussi possessif.

Isaac Bell ne dit pas tout haut ce qu'il pensait tout bas, à savoir que cette fille de la campagne, censée être naïve, était passée bien vite d'un riche mari qui payait ses aéroplanes à un riche patron de presse qui faisait de même. De toute évidence, on avait affaire à une femme résolue qui savait ce qu'elle voulait. Il avait hâte de la connaître.

— J'ai le sentiment très net que Whiteway préférerait voir Frost pendu plutôt qu'emprisonné, dit Van Dorn.

— N'oubliez pas que la mère de Whiteway, une femme très énergique, écrit des articles sur l'immoralité du divorce que Whiteway est obligé de publier dans ses suppléments du dimanche. Si Preston convoite la main de Joséphine, il préférera voir Frost pendu de façon à recevoir la bénédiction de sa mère. Et son héritage.

Mais d'abord, il faut l'attraper, gronda Van Dorn.

— Puis-je vous suggérer de charger Archie Abbott de la protection de Joséphine ? Il n'y a pas détective plus heureux en mariage dans tous les Etats-Unis.

— Il serait idiot d'être malheureux. Sa femme est à la fois belle et riche. Je me demande souvent pourquoi il continue à travailler pour moi.

— Archie est un détective remarquable. Pourquoi cesserait-il d'exercer une activité où il excelle à ce point ?

— C'est bon, j'attribuerai l'équipe de protection à votre ami Archie.

— J'imagine que vous assignerez à la protection de Joséphine des détectives et non des AP.

Le service des Agents de Protection, domaine particulièrement lucratif pour l'Agence Van Dorn, fournissait détectives d'hôtel, gardes du corps, accompagnateurs qualifiés et veilleurs de nuit. Mais peu d'AP possédaient l'ardeur, l'esprit d'initiative, les talents et la hardiesse dont faisaient preuve les détectives proprement dits.

— J'assignerai le plus de détectives que je pourrai, répondit le patron. Mais je ne dispose pas de toute une armée pour ce boulot, nos meilleurs hommes sont dans nos bureaux de l'étranger.

— Si vous ne disposez que d'un nombre de détectives limité pour protéger Joséphine, puis-je vous suggérer de rechercher au sein de l'agence ceux qui ont déjà travaillé comme mécaniciens ?

— Excellent ! Déguisés en mécaniciens, un petit groupe de détectives peut l'entourer de près et travailler sur sa machine volante...

— Et me laisser m'occuper de Frost.

Van Dorn entendit la dureté dans la voix de Bell et lui lança un regard inquisiteur. Vu de profil, le nez aquilin et la mâchoire fermée de son enquêteur en chef semblaient ciselés dans l'acier.

— Saurez-vous garder la tête froide ?

— Bien sûr.

— La dernière fois, il vous a eu, Isaac.

Bell lui adressa un sourire glacial.

— Il a eu plein de détectives plus âgés que je ne l'étais à l'époque. Vous y compris, Joe.

— Promettez-moi de garder ça à l'esprit et vous aurez le boulot.

Bell lâcha le changement de vitesse de la Locomobile pour saisir la grosse main de son patron.

— Vous avez ma parole.

3

— ATTAQUÉ PAR UN OURS, EXPLIQUA John Hodge, l'agent de police municipale de North River, à Isaac Bell qui examinait d'un air perplexe son visage couturé, son bras atrophié et sa jambe de bois. « J'étais guide, j'emmenais des gens à la chasse et à la pêche. J'ai réussi à tuer l'ours, mais après ça, je n'étais plus bon qu'à faire le policier.

— Comment l'ours a-t-il pu vous surprendre ? demanda Bell.

Le policier sourit.

— Les nuits d'hiver, je dors comme un loir, bien au chaud. Mais c'est gentil à vous de me poser la question : la plupart des gens n'osent même pas me regarder en face. Bienvenue dans le Nord, monsieur Bell. Que puis-je pour vous ?

— A votre avis, pourquoi n'a-t-on jamais retrouvé le corps de Marco Celere ?

— Pour la même raison qui fait qu'on ne retrouve jamais le corps de ceux qui tombent dans ce précipice. Il est très profond, la rivière aussi est profonde, rapide, et il y a plein d'animaux affamés, depuis les carcajous jusqu'aux brochets. Quand on tombe dans la rivière du Nord, c'est terminé, monsieur.

— Avez-vous été étonné d'apprendre que Harry Frost avait abattu Celere ?

— Oui.

— Pourquoi ? Frost était connu pour être violent. Avant cela, il avait été condamné pour le meurtre de son chauffeur.

— Le jour même où le majordome avait rapporté le meurtre, mais plus tôt dans la matinée, M. Frost avait porté plainte pour le vol de son fusil.

— Pensez-vous qu'il en avait un autre ?

— Il a déclaré que c'était son préféré.

— Pensez-vous qu'il ait pu faire une fausse déclaration pour détourner les soupçons ?

— Je n'en sais rien.

— A-t-on retrouvé ce fusil ?

— Des enfants qui jouaient sur la voie ferrée l'ont retrouvé.

— Quand cela ?

— Le jour même, dans l'après-midi.

— Pensez-vous que Frost ait pu le jeter avant de sauter dans un train pour prendre la fuite ?

— Je n'ai jamais entendu dire que des gens riches pouvaient sauter dans des trains comme des vagabonds.

— Harry Frost n'a pas toujours été riche, vous savez. A l'âge de huit ans, il s'est enfui d'un orphelinat de Kansas City et il est monté en train clandestinement jusqu'à Philadelphie. Il pourrait se hisser dans un train tout en dormant.

— Il y a beaucoup de trains qui passent par là, concéda le policier, de mauvaise grâce.

Bell décida de changer de sujet.

— Quel genre d'homme était-ce, ce Marco Celere ?

— Je n'en sais rien.

— Vous n'avez jamais vu Celere ? Je pensais qu'il était arrivé l'été dernier.

— Il restait toujours là-haut, dans la maison de Frost.

Par la fenêtre, Bell contempla la Grande Rue boueuse de North River. C'était une belle journée de printemps, ensoleillée, mais les mouches noires étaient agressives et peu de gens se risquaient au-dehors. C'était aussi ce que le chef de gare avait appelé la « semaine de boue », lorsque la glace de l'hiver commence à fondre et que l'on s'enfonce dans la gadoue jusqu'aux genoux. Finalement, le policier taciturne n'avait accepté de parler que de l'attaque de l'ours. Il gardait le silence et Bell se disait que s'il ne posait pas une autre question il n'en tirerait rien.

— En dehors de la déclaration de Joséphine Frost, quelle preuve du meurtre avez-vous ?

— La disparition de Celere. Et celle de M. Frost.

— Mais aucune preuve concluante ?

L'agent Hodge ouvrit un tiroir et en tira cinq douilles en cuivre qu'il étala sur le bureau.

— On a trouvé ça à la lisière de la prairie, juste là où Mme Frost a dit l'avoir vu tirer.

— Puis-je ?

— Allez-y.

Bell en prit une dans son mouchoir et l'examina.

— Du 45-70.

— C'est le calibre de son Marlin.

— Pourquoi ne les avez-vous pas transmises au procureur ?

— Il ne l'a pas demandé.

— Vous n'avez pas pensé à le lui signaler ? demanda Bell.

— Je me suis dit que le témoignage de Mme Frost suffisait.

— Quelqu'un pourrait-il me montrer l'endroit où ces coups de feu ont été tirés ?

A sa grande surprise, Bell vit Hodge bondir de son fauteuil et faire le tour de son bureau en raclant le sol avec sa jambe de bois.

— Je vous emmène. On passera au bazar pour prendre des cigares. Ça éloignera les mouches noires.

Dans un nuage de fumée sous les bords de leurs chapeaux, le policier et le détective escaladèrent la montagne à bord de la Ford modèle A de Hodge. Lorsque la route prit fin, Hodge attacha un rond en bois à sa jambe artificielle pour l'empêcher de s'enfoncer dans la boue, et ils continuèrent à pied. Ils suivirent le sentier pendant une heure, jusqu'au moment où sapins et bouleaux firent place à une prairie recouverte d'une herbe brunie par l'hiver.

— C'est au pied de cet arbre que j'ai trouvé les douilles. D'ici, on voit parfaitement le bord du précipice où Mme Frost a vu Celere tomber.

Bell acquiesça. Le précipice se trouvait à moins de cent cinquante mètres de la lisière des arbres. Un tir facile avec un Marlin, même sans lunette de visée.

— A votre avis, que faisait Celere à cet endroit ?

— Il observait. Le majordome m'a dit qu'ils étaient partis chasser l'ours.

— Pour se porter ainsi en avant, Celere devait faire confiance à Frost.

— On dit que M. Frost achetait des avions pour sa femme. J'imagine qu'il devait faire confiance à un bon client.

— Avez-vous retrouvé le fusil de Celere ?

— Non.

— A votre avis, qu'est-il devenu ?

— Il est au fond de la rivière.

— Même chose pour ses jumelles ?

— S'il en avait.

Ils gagnèrent le bord du précipice. Isaac Bell se mit à le longer, bien conscient qu'il ne retrouverait aucun indice d'un événement survenu avant la chute, puis la fonte des neiges. Près d'un arbre solitaire, dressé comme une sentinelle avec ses racines entrelacées sur le bord, il avisa un petit talus, juste en contrebas, comme un deuxième rebord d'à peine un mètre de large. Avant de tomber dans la rivière, un corps aurait dû rebondir là-dessus. S'accrochant aux racines dénudées, il gagna le talus et regarda autour de lui. Pas de fusil rouillé. Pas de jumelles. Il jeta un coup d'œil vers le bas : l'eau de la rivière tout au fond.

Il remonta sur la prairie. Mais alors qu'il posait la main sur l'arbre pour retrouver l'équilibre, il sentit un trou dans l'écorce et l'examina de plus près.

— Agent Hodge ? Pourriez-vous me passer votre couteau de chasse ?

Hodge tira de son étui un poignard à la lame en acier trempé.

— Qu'est-ce que vous avez vu ?

— Je crois qu'il y a une balle logée dans le tronc.

A l'aide du couteau, il parvint à agrandir le trou pour en extraire une balle en plomb qu'il prit soin de ne pas égratigner avec la lame.

— Mais d'où ça vient, ça ?

— Peut-être du fusil de Harry Frost.

— Peut-être que oui, peut-être que non. On ne sait jamais.

— Moi je saurai peut-être, fit Bell en se rappelant une affaire plaidée quelques années auparavant par Oliver Wendell Holmes, au cours de laquelle on avait pu prouver qu'une balle avait été tirée par un fusil déterminé.

— Avez-vous encore ce fusil trouvé par les enfants sur la voie ferrée ?

— Il est dans mon bureau. Je l'aurais bien rendu à Mme Frost, mais elle était partie. Quant à M. Frost, cela faisait longtemps qu'il avait disparu. Et jamais je ne donnerais un si beau fusil à ceux qui sont restés sur la propriété.

Ils retournèrent à North River. Hodge aida Bell à trouver des cartons d'emballage au dépôt de chemin de fer. Ils les installèrent ensuite à l'extrémité du quai de chargement. Bell accrocha sa cible et recula d'environ cent cinquante mètres. Puis il glissa deux cartouches de .45-70 dans le Marlin de Frost, visa dans la lunette télescopique et appuya sur la détente.

La balle manqua la cible et les cartons et rebondit sur un panneau métallique en hauteur.

L'agent Hodge adressa un regard de commisération à Isaac Bell.

— Je pensais qu'un détective privé de l'Agence Van Dorn savait se servir d'une arme à feu. Voulez-vous que je tire à votre place ?

— La lunette est déréglée.

— Ça arrive, dit Hodge, peu convaincu. Parfois.

— Elle a pu être endommagée quand on a jeté le fusil sur les rails.

Bell regarda à la lunette la marque faite par la balle sur le panneau métallique et calcula la distance vers le bas. Puis il ôta la douille, ce qui amena la deuxième cartouche dans la chambre, et appuya de nouveau sur la détente. Sa cible s'envola de la balle de coton.

— Ah, maintenant vous y arrivez, dit Hodge. Continuez comme ça et vous finirez par devenir un bon tireur, jeune homme.

Bell sortit la balle du coton et l'enveloppa dans un mouchoir avec celle qu'il avait extraite de l'arbre. A la poste, il envoya le tout au laboratoire Van Dorn de Chicago en leur demandant un examen au microscope pour déterminer si les deux balles présentaient les mêmes marques.

— Est-ce que quelqu'un vit au campement de Frost ?

— Personne qui puisse vous intéresser. La seule chose qui fonctionne encore, c'est la crémerie. Ils envoient du lait en ville pour la vente. Le cuisinier, les femmes de chambre, le majordome, les jardiniers et le gardien, ils sont tous partis en même temps que Mme Frost.

Bell loua une automobile Ford et suivit la route qu'on lui avait indiquée pour se rendre chez Frost. Il aperçut d'abord le pavillon d'accueil, une belle bâtisse en pierre avec une grille massive qui faisait mentir l'appellation « campement », un euphémisme propre aux monts Adirondacks, un peu semblable à celui de Newport, où l'on baptise « cottages » les imposants manoirs. La maison de gardien proprement dite, un élégant bungalow, était adossée au bâtiment d'entrée. Il frappa à la porte, mais personne ne répondit.

Il passa en voiture sous l'arche de pierre et s'engagea sur une large allée recouverte d'ardoises pilées, plus carrossable que la malheureuse route publique, farcie de nids-de-poule, qui menait à la ville. Sur plusieurs kilomètres, l'allée serpentait entre des collines, franchissait d'innombrables cours d'eau sur des ponts et des passerelles travaillés dans le style Arts and Crafts.

Après avoir ainsi traversé sur des kilomètres le domaine de Harry Frost, Bell finit par apercevoir le lac, et, sur la rive opposée, une maison en pierre, bardeaux et rondins, entourée de différents cottages. Un peu plus loin, on apercevait des granges et les silos de la crémerie. En s'approchant, il distingua mieux les bâtiments : une forge, un fumoir, une buanderie, et, tout au fond, un vaste hangar pour aéroplanes, reconnaissable aux élévateurs de devant d'un biplan qui pointait par le pignon arrière.

Isaac Bell immobilisa la Ford sous la porte cochère de la maison principale et coupa les gaz. L'endroit semblait désert. Maintenant que le moteur était arrêté, on n'entendait plus que le faible cliquettement du métal qui refroidissait et le murmure de la brise tiède qui montait du lac.

Il frappa à la porte. Aucune réponse. Il manœuvra la poignée. La lourde porte n'était pas verrouillée et elle s'ouvrit.

— Bonjour ! lança-t-il d'une voix forte. Il y a quelqu'un ?

Pas de réponse.

Il s'avança à l'intérieur. Le vestibule donnait sur une immense entrée éclairée par de hautes fenêtres. De chaque côté, on apercevait des cheminées de six mètres de hauteur. Sur les tapis de haute laine, des canapés et des chaises rustiques et, sur les murs, des tableaux sinistres dans leurs cadres dorés. Au plafond, d'énormes poutres apparentes. Les murs étaient recouverts d'écorce de bouleau.

Le détective passa ainsi de pièce en pièce et sentit la colère l'envahir peu à peu.

Issu d'une famille de banquiers de Boston et héritier d'une jolie fortune personnelle léguée par son grand-père, Isaac Bell était habitué à la richesse outrancière et connaissait les us et coutumes des classes privilégiées. Mais ce soi-disant campement avait été bâti avec l'argent extorqué aux souffrances d'hommes, de femmes et d'enfants innocents. Harry Frost avait commis tant de crimes pour bâtir son empire qu'il eût été difficile d'en épingler un en particulier, sauf peut-être, à Chicago, la destruction à la dynamite d'un dépôt de presse appartenant à un concurrent. Ce jour-là, trois jeunes livreurs de journaux avaient trouvé la mort. Le plus âgé avait douze ans.

Le bruit des bottes de Bell résonna dans un couloir vide, puis dans un escalier.

En bas, une lourde porte en chêne, ornée de clous.

Bell l'ouvrit et découvrit une vaste cave à vins creusée dans la roche. En parcourant les rangées de casiers, il remarqua d'excellents crus des vingt dernières années, de nombreux bordeaux 1869 et 1871 et quelques très rares Lafite 1848, soit vingt ans avant que le baron de Rothschild n'acquière ce domaine du Médoc. Frost avait même fait l'acquisition d'un lot important de Château d'Yquem 1811, le vin de la Comète. Pourtant, songeant à la qualité médiocre des tableaux du rez-de-chaussée, Bell soupçonnait fort un marchand de vins véreux d'avoir escroqué Frost de la même façon.

Après la visite de la cave, son attention fut attirée, dans une autre pièce, par une photographie de mariage posée sur une table. Harry Frost, redingote et haut-de-forme, truculent, regardait l'objectif d'un air réjoui. Son costume de bonne coupe ne parvenait pourtant pas à dissimuler son embonpoint, et le haut-de-forme le faisait paraître plus large encore. Bell étudia la photographie avec attention. Il se rendit compte, alors, que Frost n'était pas le gros bonhomme qu'il semblait au premier coup d'œil. Ses jambes longues lui donnaient l'allure élancée d'un homme souple et bondissant. Violent, avait dit Joe Van Dorn, mais sans doute aussi rapide, songea Bell, et aussi fort.

A ses côtés, Joséphine paraissait une enfant et, sur son visage juvénile, Bell devina le courage et quelque chose de plus, le sentiment de vivre une aventure, comme si elle s'embarquait vers l'inconnu, pleine d'espoir.

Derrière eux, raides comme des piquets, des paysans endimanchés. Bell reconnut la cheminée en pierre derrière eux. Ils s'étaient mariés ici même, dans cette vaste salle où résonnait l'écho. Il y avait une forte ressemblance dans tous ces visages, mais celui de Frost prouvait que seule la famille de Joséphine avait fait le déplacement.

Il sortit, fit le tour de la maison et inspecta les bâtiments extérieurs. On avait converti une remise à carrioles en salle de tir où trônait tout un arsenal de fusils et de pistolets enfermés dans un placard vitré. D'autres armoires semblables abritaient épées, coutelas, dagues et couteaux à cran d'arrêt.

Dans le garage, Bell découvrit des automobiles de luxe : une limousine Packard, une Palmer-Singer Skimabout, une Lancia Torpedo et sept motocyclettes. Cette collection de véhicules confirmait l'image qu'il s'était faite de Frost : un véritable reclus. Il vivait comme un roi mais aussi comme un hors-la-loi. Ce « campement » était à la fois un domaine et une cachette, et Frost, à l'instar de tous les criminels qui avaient réussi, était toujours prêt à disparaître rapidement. Comme s'il savait qu'en dépit de sa richesse et de sa puissance, il commettrait tôt ou tard une atrocité qui l'obligerait à s'enfuir.

Bell inspecta la forge. Elle était froide. Il découvrit alors des fers à cheval tordus de façon bizarre et se rappela la marque de fabrique de Harry Frost : il les tordait à mains nues pour démontrer sa force quasi inhumaine, puis chargeait ses hommes de les jeter dans les fenêtres de ses rivaux. Dans les saloons du West Side, des ivrognes racontaient que Frost avait tué à coups de poing un cheval de trait, un Clydesdale.

Au mur, une attestation dans son cadre noirci de fumée prouvait que Frost avait financé une association civique. Bell s'en retourna dans la lumière du soleil en murmurant les noms des jeunes livreurs de journaux : Wally Laughlin, Bobby Kerouac, Jœy Landsowne. Leurs obsèques avaient été imposantes, car leurs collègues avaient conservé la tradition des livreurs de journaux consistant à louer des corbillards et des pleureurs professionnels et à payer des gens pour rédiger des notices nécrologiques et des lettres de condoléances. Alors que Wally Laughlin, Bobby Kerouac et Jœy Landsowne avaient à peine quitté les rivages de l'enfance, des prêtres assuraient à leurs mères qu'ils trouveraient une vie meilleure au paradis.

Arrivé au bord du lac, Bell pénétra dans le hangar à bateaux où l'on avait entreposé des barques à fond plat, des canoës et un voilier avec son mât rentré. Il traversa ensuite une vaste prairie pour gagner le hangar des aéroplanes, et découvrit un grand nombre de pièces détachées qui auraient permis d'assembler plusieurs machines volantes. En revanche, la carlingue qu'il avait aperçue à travers l'ouverture n'avait ni moteur ni hélices.

Il entendit alors des voix du côté du fumoir.

Bell se dirigea rapidement de ce côté-là tout en prenant soin de se cacher derrière le bâtiment de pierre. Il s'immobilisa et perçut la voix d'un homme plutôt âgé qui s'adressait à un interlocuteur muet.

Il fut frappé par l'accent, car si la façon de prononcer les « a » était typique de la région des monts Adirondacks, les consonnes, elles, portaient la signature de Chicago.

Il n'y avait pas à s'y tromper : tout en lui trahissait un citoyen du Leeve District, le quartier du vice et du crime.

4

Si tu veux te faire un paquet d'oseille, t'as qu'à ouvrir un bordel... Hein, quoi ? Non, non. Pas ici ! Où t'as vu des clients, ici ? Les vaches ? Non, faut aller à Chicago ! Et là-bas, dans le West Side. T'achètes une maison pour six mille dollars. T'embauches un charpentier qui te fait des cloisons pour deux cents dollars. Puis tu fais venir dix filles. Vingt passes par nuit. Un dollar la passe... On n'est pas dans une taule minable à cinquante *cents*, et t'en laisses la moitié aux filles. En deux mois, t'as payé la maison. Après ça, tu te fais trois mille dollars par mois. Tout bénef !

— Je dois aller faire mon travail, dit une voix plus jeune.

Bell ôta son chapeau à larges bords pour risquer un coup d'œil. L'homme âgé était assis sur un tonneau et lui tournait le dos. Une bouteille de bière à la main, il était en bras de chemise avec un gilet et portait un chapeau melon de citadin. Le jeune était un garçon de ferme coiffé d'un chapeau de paille, et il tenait dans ses mains un seau et un râteau.

— Et n'oublie pas toute l'oseille que tu peux te faire en vendant de l'alcool aux clients. Et aux filles. Les filles, elles claquent toujours leur pognon. Elles veulent du vin, de la morphine, de la cocaïne : c'est toi qui leur vends et tu touches ta part.

— Faut que j'y aille, monsieur Spillane.

Le garçon de ferme s'éloigna d'un pas traînant en direction de la crémerie.

Bell tourna alors le coin du fumoir, et lorsque l'homme assis sur le tonneau se retourna, il reconnut tout de suite le visage aux cheveux grisonnants qui figurait sur les affiches. Il devait avoir une cinquantaine d'années.

— Sammy Spillane.

Spillane le regarda d'un air dur, cherchant à le remettre. Dix ans déjà. Il pointa alors l'index sur Bell en hochant la tête.

— Je vous connais.

— Que faites-vous ici, Sammy ? Harry Frost a ouvert une maison de retraite pour les vieilles brutes ?

— T'es un putain de Van Dorn, toi, voilà ce que t'es !

— Comment êtes-vous sorti de Joliet ?

Le teint pâle de Spillane indiquait que sa libération était récente.

— Une remise de peine pour bonne conduite. Ça me laisse le temps d'écraser le nez de ta jolie frimousse.

— Vous êtes un peu vieux pour jouer à ça, vous ne croyez pas, Sammy ?

— C'est vrai, concéda-t-il, mais par chance, ma vieille copine Sadie m'a donné deux fistons. Hé, les garçons, venez par ici ! s'écria-t-il. Dites bonjour à un vrai détective Van Dorn qu'a oublié d'amener ses copains avec lui.

Deux copies conformes de Sammy Spillane, mais plus jeunes et plus grands, s'avancèrent dans la lumière du soleil, en frottant leurs yeux embués de sommeil. En apercevant Isaac Bell, ils se ruèrent à l'intérieur et ressortirent avec chacun un manche de pioche qu'ils frappaient dans leur paume d'un air menaçant. Bell se dit qu'ils avaient dû faire leur apprentissage en intimidant les manifestants syndicaux. Pendant ce temps, leur père avait tiré de sa poche un revolver Smith & Wesson qu'il braquait sur Bell.

— Que pensez-vous de mes garçons, détective ? lança Spillane en pouffant. Valent bien leur paternel, hein ?

— Je les aurais reconnus au premier coup d'œil, répondit Bell en les toisant des pieds à la tête. Ils ont les mêmes petits yeux de cochon que vous. En revanche, le front fuyant, c'est bien leur mère. Dites-moi, Sammy, vous avez jamais pensé à épouser Sadie ?

Fouettés par l'insulte, ils chargèrent en même temps.

Ils arrivèrent des deux côtés, maniant avec art leurs manches de pioche, les coudes collés au corps de façon à ne pas exposer la poitrine.

L'espace d'un instant, ils furent dans le champ de tir de Sammy.

Bell conserva cet avantage en se glissant de côté. Lorsque Sammy Spillane put viser à nouveau, le chapeau blanc de Bell était sur le sol et le détective pointait sur lui un derringer 44 à deux coups. Sammy braqua son arme sur lui, mais Bell tira le premier et le gangster de Chicago s'écroula sur le sol en lâchant son revolver.

En voyant leur père recroquevillé par terre, qui tenait son bras en gémissant de douleur, les deux fils s'immobilisèrent.

— Vous voyez, les garçons, lança Bell, votre père a décidé d'arrêter les frais. Je vous conseille de lâcher vos manches de pioche si vous ne voulez pas être blessés.

Ils se séparèrent et se retrouvèrent chacun à moins de deux mètres de Bell, qu'ils pouvaient aisément frapper avec leur manche de pioche.

— Il ne vous reste qu'une seule balle, Monsieur le détective, dit le plus grand des deux. Qu'est-ce que vous comptez faire ?

Bell ramassa son chapeau et s'en coiffa avant de viser un point entre les deux jeunes gens.

— J'avais décidé de tirer une balle dans le genou de votre frère, comme ça il pourrait se servir de ce manche de pioche comme d'une canne pour le restant de ses jours. Mais là, je crois que je vais changer d'avis et je me demande si ce n'est pas sur vous que je vais tirer.

Il braqua le canon de son arme successivement sur les deux avant de l'immobiliser fermement au milieu.

— Si vous tirez sur lui, moi je serai encore là, fit le plus petit.

— Même chose pour moi, ajouta le plus grand en riant. C'est un choix difficile, hein Monsieur le détective ? Papa, ça va ?

— Non, ça ne va pas, grommela Sammy. Il m'a tiré dans le bras. Tue-le avant qu'il te fasse sauter la cervelle ! Butez-le, tous les deux. Allez-y, bousillez-le !

Les fils de Sammy Spillane chargèrent en même temps.

Bell tira sur le plus grand avec sa dernière balle et bondit de côté : le manche de pioche de son frère effleura son visage. Déséquilibré, il passa devant lui et Bell en profita pour le frapper à la nuque avec son derringer.

Il sentit du mouvement derrière lui.

Trop tard. Sammy Spillane avait ramassé le manche de pioche lâché par son fils aîné. Toujours étendu au sol, il le balança avec vigueur de son bras valide.

Le bois dur frappa Bell à l'arrière du genou. Il n'eut pas très mal, mais sa jambe plia comme si ses tendons s'étaient soudain transformés en macaronis trop cuits. Il tomba à la renverse et heurta brutalement le sol.

Pendant ce qui lui sembla être une éternité, Isaac Bell demeura hébété, sans pouvoir ni bouger ni respirer. Il finit par émerger de la brume, cligna les yeux et aperçut alors le plus jeune des deux fils Spillane debout au-dessus de lui, brandissant son manche de pioche à deux mains. L'épais gourdin dérobait un morceau de ciel... il s'apprêtait à le frapper de toutes ses forces.

Seul espoir : tirer son automatique de l'étui d'aisselle, mais il était incapable de bouger.

Une soudaine poussée d'adrénaline lui permit de glisser la main à l'intérieur de son manteau, mais il comprit au même moment qu'il n'aurait pas le temps de tirer son pistolet et il choisit de balancer un violent coup de pied entre les jambes du jeune homme.

Le fils Spillane se figea sur place, rigide comme une statue, les bras en l'air. Le manche de pioche glissa entre ses doigts paralysés et tomba à quelques centimètres de la tête de Bell tandis qu'il se jetait en arrière, hurlant de douleur.

Isaac Bell bondit sur ses pieds, épousseta son complet et écrasa sous sa semelle la main de Sammy qui cherchait à récupérer son Smith & Wesson.

— C'est terminé. Un peu de tenue, que diable.

Il vérifia ensuite que l'aîné survivrait à sa blessure. Le plus jeune, qui avait du mal à reprendre sa respiration, jeta un regard mauvais au détective qui les toisait de haut.

— Vous avez eu de la chance, dit-il en haletant.

Bell ouvrit son manteau, révélant le pistolet Browning dans son étui.

— Non, mon garçon, c'est vous qui avez eu de la chance.

— Vous aviez une autre arme ? Pourquoi vous l'avez pas utilisée ?

— M. Van Dorn est radin.

— Quoi ? Qu'est-ce que vous racontez ?

— L'agence a des règles strictes : pas question de gaspiller du plomb pour des minables et des clodos. Nous avons aussi pour habitude de laisser au moins un minable en possession de ses moyens pour qu'il puisse répondre à nos questions. Où est Harry Frost ?

— Pourquoi est-ce que je vous répondrais ?

— Parce que si vous le faites, je ne vous dénoncerai pas. Dans le cas contraire, votre père retournera à Joliet pour m'avoir agressé avec une arme à feu et vous deux, vous irez à Elmira pour m'avoir agressé avec des manches de pioche. Et je crois que les prisonniers, dans l'Etat de New York, n'apprécient guère les gars de Chicago.

— Les garçons ne savent pas où se trouve Harry, grommela Sammy Spillane.

— Mais vous, vous le savez.

— Harry est en fuite. Pourquoi qu'il m'aurait dit où il allait ?

— Il vous l'a dit, pour que vous puissiez l'aider. Lui fournir des armes, de l'argent, et lui adresser quelques-uns de vos collègues. Où est-il ?

— Harry Frost a pas besoin que je lui donne de l'argent. Et il a pas besoin non plus de mes « collègues. »

— Personne ne peut rester en cavale sans aide.

— Vous pigez pas, Monsieur le détective. Harry a de l'oseille planquée dans toutes les banques du pays. Si vous le poursuivez dans l'Etat de New York, il ira prendre de la fraîche dans l'Ohio. Et si vous le repérez dans l'Ohio, il ira serrer la pogne d'un banquier en Californie.

Bell observa le bandit blessé d'un air soupçonneux. Spillane décrivait un fugitif très au fait de la fragmentation du territoire des

Etats-Unis, de la difficulté, même pour une agence de détectives d'envergure nationale comme l'Agence Van Dorn de traquer des criminels à travers les frontières des Etats et leurs multiples juridictions. Mentalement, il se dit qu'il faudrait faire circuler auprès de tous les directeurs de banque des avis de recherche avec photo, ce qui ne serait guère facile car il y avait des dizaines de milliers de succursales.

— J'imagine qu'il a aussi des copains partout ?

— Pas des copains au sens d'amis. Mais des gars qu'il a aidés et qui l'aideront eux aussi. Comment vous croyez que je suis venu ici après Joliet ? Harry a toujours cherché des gens qui pouvaient l'aider en cas de besoin. Dès la première raclée que j'ai flanquée à un livreur de journaux, quand je travaillais dans son service de ventes, Harry Frost m'a toujours aidé.

— S'il sait qu'il peut compter sur vous, il a dû vous dire où il allait. Où est-il ?

— Papa en sait rien, s'écrièrent en même temps les deux fils.

— M. Frost avait peur qu'on le renvoie à l'asile de fous, dit le premier.

— Il l'a dit à personne, renchérit le deuxième.

Isaac Bell sentait bien que tout cela ne menait nulle part.

— Comment Frost a-t-il pris la fuite ?

— Il a sauté dans un train.

La voie qui traversait le village de North River menait au nord vers le Canada et au sud vers Saratoga et Albany, et de là vers Boston, Chicago, New York ou n'importe quelle autre direction.

— Vers le nord ou vers le sud ? demanda Bell.

— Le nord.

Donc vers le sud, songea Bell. Et comme les journalistes de Whiteway en rajoutaient sur la participation de Joséphine à la course, il n'aurait aucun mal à retrouver l'aviatrice.

— Encore une question. Si vous mentez encore, je vous expédie tous les trois en prison. Où est Marco Celere ?

Sammy Spillane et ses fils échangèrent des regards étonnés.

— L'Italien ? Comment ça, « où » ?

— Où est-il ?
— Mort.
— Vous en êtes sûrs ?
— A votre avis, pourquoi il s'est sauvé, Harry ?

Il fallait capturer Harry Frost avant qu'il s'en prenne à Joséphine, et pour cela, répondre d'abord à un certain nombre de questions. Bell s'y employa. En attendant le train pour Albany, il envoya un télégramme à Grady Forrer, chargé des recherches chez Van Dorn à New York, pour lui demander ce qu'avait fait Harry Frost depuis qu'il avait pris sa retraite à l'âge de trente-cinq ans ; il lui demandait aussi de vérifier dans les journaux les annonces de mariage qui permettraient de jeter quelque lumière sur la rencontre et les épousailles de Frost et Joséphine.

Il envoya également un câble à Archie Abbott, à Belmont Park, où les concurrents se rassemblaient sur un vaste hippodrome, pour qu'il s'enquière auprès de Joséphine de la façon dont elle avait fait la connaissance de Marco Celere.

La réponse d'Archie l'attendait à la gare d'Albany.

Joséphine avait rencontré Celere l'année précédente à San Francisco à l'occasion d'un meeting aérien où elle s'était rendue avec son mari. Marco Celere, originaire d'Italie, s'était depuis peu installé dans cette ville.

Qui était vraiment cet inventeur de machines volantes ?

Bell envoya alors un télégramme au bureau Van Dorn de San Francisco et demanda à un jeune détective très consciencieux, James Dashwood, d'enquêter sur les activités de Marco Celere dans cette ville.

L'aviatrice et son instructeur étaient-ils amants ou Harry Frost se montrait-il jaloux pour rien ? La question était délicate. L'agent Hodge avait déclaré que Frost et son épouse ne fréquentaient personne à North River. Personne ne les y connaissait comme couple marié. Quant à Marco Celere, c'était un étranger qui vivait sur le domaine très privé de Frost où il travaillait à son aéroplane. Bell devrait poser lui-même cette question embarrassante à Joséphine.

Depuis Grand Central Terminal et grâce au métro rapide, Bell gagna directement les bureaux de New York de l'Agence Van Dorn, au sous-sol de l'hôtel Knickerbocker. Là, il retrouva Grady Forrer, au bar souterrain. A défaut d'une annonce de mariage dans les journaux, il avait fait provision de racontars. Joséphine était une fille de paysans qui travaillaient dans une ferme laitière des monts Adirondacks. Fille de la région de North River, elle avait grandi à quelques kilomètres du domaine de Frost, information que le trop discret agent Hodge s'était bien gardé de lui révéler.

Bell gagna le bureau à l'étage et l'appela au téléphone.

— C'est la fille de Joe Joseph, répondit John Hodge. Un vrai garçon manqué, mais jolie comme une gravure et indépendante, j'ai jamais vu ça ! Mais une brave gamine. Très douce.

— Savez-vous comment Frost et elle se sont rencontrés ?

— Pas le genre de choses dont je m'occupe.

Au sujet des activités de Frost depuis son départ en retraite, l'enquête révélait qu'il avait parcouru le monde pour la chasse au gros gibier. Mais alors, comment avait-il pu manquer Celere, un coup pourtant facile ? Le chasseur avait tiré cinq fois. Les trois dernières balles contre la machine volante de Joséphine, dont deux, selon Hodge, avaient fait mouche. Si la lunette était déréglée et qu'il avait manqué le premier coup, un tireur expérimenté aurait rectifié, quitte à ne se fier qu'au viseur du canon. Comment avait-il pu manquer deux fois sa cible ? La balle dans l'arbre était peut-être la première, se dit Bell, celle qui, d'après Joséphine, avait déséquilibré Celere sans le tuer. La balle mortelle était donc la deuxième. Frost rata ensuite le troisième coup en visant l'aéroplane, ce qui pouvait s'expliquer, car chasseur de gros gibier, il n'avait pas l'habitude de tirer sur des machines volantes. Mais là encore, il avait rectifié le tir : la quatrième et la cinquième balles avaient failli tuer Joséphine.

Deux jours plus tard, le laboratoire de Chicago annonça les résultats de l'examen au microscope : la balle tirée par Bell présentait des marques qui pourraient ressembler à celles du projectile retrouvé dans l'arbre, mais que ce dernier était trop abîmé pour qu'ils puissent se prononcer avec certitude. Quant à l'armurier de Van Dorn, il se montra d'accord avec l'hypothèse émise par Bell : la balle coincée dans l'arbre avait pu traverser le corps de l'homme qu'elle avait tué. Ou alors elle l'avait seulement éraflé. Ou manqué. Ce qui expliquait, en dehors du fort courant de la rivière, l'absence de cadavre.

5

HEUREUSEMENT QU'IL N'Y A PAS de course de chevaux, lança Harry Frost à haute voix. Ils s'étoufferaient avec la fumée.

Frost n'avait jamais vu autant de trains arriver à la gare de Belmont Park.

Autrefois, quand il faisait partie de ces jeunes nantis qui utilisaient la toute nouvelle voie ferrée pour leurs wagons privés, il y avait foule les jours de course, plus de trente rames de métro électrique amenaient les spectateurs depuis la ville. Mais rien de comparable avec le spectacle qu'il avait sous les yeux. On avait l'impression que tous les aviateurs du pays s'étaient donné rendez-vous là, avec leurs convois d'assistance, leurs voitures Pullman, les wagons-couchette et restaurant pour les mécaniciens, qui arboraient tous le nom de leur héros comme des affiches ambulantes. Des locomotives crachaient leurs panaches de fumée sur les voies, on amenait des voitures de passagers et des wagons sur des voies secondaires. Frost avait voyagé dans un métro électrique depuis Long Island City, et avait été déposé sur le dernier quai encore ouvert.

Ce fut le train de Joséphine qu'il aperçut en premier.

Les six voitures, y compris celle qui servait de hangar, étaient peintes en jaune, couleur dont Whiteway, le serpent de San Francisco, recouvrait tout ce qui lui appartenait. Sur les flancs du convoi des six voitures, le mot « Joséphine », était peint en caractères gras dont l'ombre se projetait comme sur la partition de la maudite chanson.

Commandité par Preston Whiteway, ce refrain avait envahi le pays comme une épidémie. Impossible d'y échapper : partout où il se rendait, Harry Frost l'entendait joué au piano dans les saloons, crachoté par des gramophones, fredonné dans la rue. Il résonnait dans son crâne comme un orgue à vapeur.

En haut, plus haut... La lune est en feu... Joséphine.... Au revoir!

C'est ça, au revoir. Le visage cramoisi de rage, Harry Frost gagna la gare à grands pas. Joséphine l'avait trompé, Celere avait trahi sa confiance après les centaines de milliers de dollars qu'il avait investis dans ses inventions, et en plus il était devenu un fugitif.

Il avait consulté des avocats dans le plus grand secret. Tous l'avaient mis en garde : un deuxième procès pour meurtre ne pourrait se terminer que par une catastrophe. Son mauvais état de santé ne lui permettrait plus de s'en sortir. Les politiciens influents qu'il avait pu corrompre disparaîtraient dès que les journaux transformeraient son procès en spectacle de cirque. Même le juge de la cour d'Appel de New York qu'il avait coincé dans l'appartement de sa maîtresse, sur Park Avenue, lui avait dit que sa seule façon d'échapper au bourreau serait de pourrir le restant de ses jours dans un asile de fous.

Mais le capturer, c'était une autre histoire! Depuis sa libération de Matawan, il avait vécu comme un ermite, et même avant, son visage n'était guère connu du grand public. Ceux qui sortaient aujourd'hui en masse de la gare pour se diriger vers les tribunes du parc Belmont n'avaient jamais vu sa photo.

Il caressait en souriant la barbe et la moustache qu'il avait laissé pousser; les miroirs ne lui renvoyaient plus que le visage d'un inconnu. Sa barbe grisonnante qui lui donnait vingt ans de plus, car curieusement elle avait poussé plutôt grise, contrastait avec son épaisse chevelure noire qui commençait à peine à se parsemer de fils argentés. Des lunettes aux verres teintés, à la mode européenne, lui donnaient des airs de professeur allemand, et sa casquette sport ceux d'un écrivain irlandais.

Il craignait pourtant d'être trahi par sa corpulence. Le professeur entre deux âges avec sa barbe et ses lunettes teintées prenait autant de place que le roi des kiosques à journaux. Et même plus, parce que la veste de son complet noir était une véritable tente en laine, mal coupée pour dissimuler ses armes et à l'épreuve des balles. Pas question qu'on l'empêche de tuer Joséphine et encore moins qu'on l'enferme pour avoir assassiné une femme qui le méritait. Son armement se composait d'un pistolet Browning à haute précision pour couvrir sa fuite, d'un pistolet de poche, d'un derringer à utiliser en cas d'urgence et d'un puissant revolver automatique Webley-Fosbery. Il avait scié dix centimètres de canon pour qu'il tienne dans sa veste et l'avait chargé de redoutables balles expansives à pointe creuse.

Un prêtre de Chicago avait confectionné ce « complet » à l'aide de multiples couches de soie spécialement tissée en Autriche. Frost avait investi en sous-main dans l'entreprise et acheté des parts de la société créée pour commercialiser cette veste. L'armée avait refusé ce vêtement épais d'un centimètre et demi, le jugeant trop lourd et trop chaud. Celle de Frost pesait seize kilos, un poids négligeable pour un homme de sa taille et de sa force. Mais elle tenait très chaud. Après avoir fait quelques pas en descendant du train, il dut s'éponger le front avec son mouchoir. Mais être à l'épreuve des balles en valait la peine. Il avait été déçu, en tirant sur Marco Celere d'aussi loin, de ne pouvoir contempler la frayeur du traître au moment de sa mort. Il n'avait même pas pu voir le corps. Cette fois-ci, il s'approcherait tout près et ôterait la vie à Joséphine de ses mains nues.

Il fit la queue pour acheter un ticket, puis se mêla à la foule qui se dirigeait vers les gradins. L'incessant ronronnement des moteurs au-dessus de sa tête lui indiquait que les concurrents s'entraînaient et qu'il la trouverait là. Le vent était faible et une dizaine de machines volantes évoluaient dans le ciel. Joséphine devait soit voler soit être occupée à préparer et régler la machine que Preston Whiteway lui avait achetée.

Il fallait bien reconnaître que les organisateurs connaissaient leur affaire. Alors que le départ de la course ne devait être donné que dans quelques semaines, ils avaient réussi à convaincre cinquante mille personnes de se rendre dans le comté de Nassau et de payer vingt-cinq *cents* pour voir s'entraîner les aviateurs. Ces derniers ne volaient pas autour de pylônes et ne cherchaient pas à battre des records d'altitude – on n'assistait là à aucune de ces habituelles exhibitions de meetings aériens, montées en flèche, descentes en piqué et autres acrobaties : les aviateurs se contentaient de tourner dans les airs quand l'envie les en prenait. Mais les gens se pressaient sur les gradins et les « oh ! » et les « ah ! » disaient assez qu'ils en avaient pour leur argent. La vue de ces énormes machines tenues en l'air par des forces invisibles leur coupait le souffle. Elles n'étaient pas aussi rapides que les locomotives ou les automobiles de course, mais cela importait peu. En dépit de leur poids elles demeuraient suspendues dans l'azur comme si c'était là leur élément naturel.

Soudain il l'aperçut !

Joséphine descendait du ciel en piqué comme une lance jaune. Impossible de confondre sa machine avec une autre : peinte de cette couleur jaune dont Whiteway, cette chochotte née avec une cuiller d'argent dans la bouche, avait fait sa marque de fabrique.

Harry Frost avait souvent accompagné sa femme à des exhibitions aériennes pour lui acheter ses aéroplanes, et il apprécia celui-ci d'un œil averti. Impressionnant. La dernière invention de l'Italien était une sacrée machine, aussi différente de celle que Frost avait achetée pour sa femme qu'un faucon peut l'être d'un pigeon. L'autre, celui à bord duquel Joséphine l'avait vu abattre le salopard, était un biplan pataud. Celui-ci était un monoplan, et même après l'aterrissage il avait encore l'air rapide et racé.

Ses jumelles de course rivées aux yeux, il serra les mâchoires. Elle sautait à bas de son appareil avec ce grand sourire qu'elle arborait chaque fois qu'elle aimait un avion. Elle n'avait pas l'air de pleurer son amant ni d'ailleurs de regretter son mari. Frost sentit son visage s'empourprer sous sa barbe. Il s'épongea le front. Le moment était venu de passer à l'action.

Il quitta la tribune, mais un gardien l'arrêta devant le portail. Il lui montra le badge d'identification qu'il avait acheté la veille au soir à un officiel ivre, dans un saloon de Hempstead. On le fit passer. Il traversa la piste cavalière et s'immobilisa soudain, tétanisé, à la vue de son visage sur une affiche placardée sur la barrière.

ON RECHERCHE
HARRY FROST
Soupçonné de meurtre
RECOMPENSE
5 000 $
(Armé et dangereux –
Ne pas intervenir)
Télégraphier
Ou téléphoner à
L'AGENCE DE DETECTIVES VAN DORN
« Nous ne renonçons jamais. Jamais. »

Les pensées se bousculèrent dans son esprit. Pourquoi les Van Dorn placardaient-ils de telles affiches ? Pourquoi les Van Dorn le poursuivaient-ils pour le meurtre de Marco Celere ? Pourquoi tout cela ?

Son visage imprimé le contemplait.

C'était l'affiche habituelle de l'Agence Van Dorn. Il s'en souvenait bien, parce que, à l'époque de Chicago, ses détectives privés avaient cherché à le coincer en arrêtant les gens qui travaillaient pour lui. En vain. Ils avaient alors tenté de recruter des informateurs. Quelques cadavres de mouchards eurent raison de leurs piètres tentatives, se rappela-t-il en étouffant un rire.

Nous ne renonçons jamais ?

Jamais ?

Ah bon ? Vous avez renoncé à m'avoir, les gars.

Il rit à nouveau, parce que le dessin sur l'affiche représentait son visage sans la barbe. Frost se rendit à peine compte que le fait d'éclater de rire tout seul attirait l'attention des gens, mais heureusement pour lui, personne ne fit le lien entre son visage barbu et le visage glabre sur l'affiche.

Soudain, son rire s'étrangla dans sa gorge.

Une autre affiche. Semblable à la première.

Sauf que sur celle-ci, il apparaissait avec une barbe.

Un frisson glacé lui parcourut l'échine. L'artiste avait réussi un portrait saisissant de ressemblance. Ce n'était pas comme s'il se regardait dans un miroir, il n'avait pas de lunettes, mais le visage était familier. Immobile, il étudia l'affiche, repoussant avec colère les gens qui butaient contre lui et qui cessaient leurs récriminations quand ils découvraient son imposante stature. Finalement, il se remit en route et se dit que les gens n'associeraient peut-être pas les deux visages, même barbus. La foule était trop dense. En outre, ceux qui le connaissaient de nom n'oseraient rien tenter contre lui.

Au diable les Van Dorn ! Il leur avait échappé autrefois, il s'en tirerait à nouveau aujourd'hui.

Il se dirigea vers l'aéroplane jaune, passant au milieu des autres machines volantes, accompagné de l'odeur familière de l'huile et de l'essence, de la toile, du caoutchouc et des vernis. Arrivé à une quinzaine de mètres de son but, il plongea les mains dans ses poches et serra de la droite le Webley à canon scié tandis que de la gauche il étreignait le manche d'un couteau à cran d'arrêt qui offrait l'avantage de se débarrasser sans bruit d'un garde du corps.

Debout sur une caisse à savon, la tête penchée sur le moteur, Joséphine lui tournait le dos. Il s'approcha d'elle, le cœur battant, le visage fiévreux, les mains moites. Il étreignit plus fort ses armes.

Soudain, il se figea sur place.

L'allure des mécaniciens de Joséphine ne lui disait rien qui vaille. Il se dissimula derrière un biplan Wright modèle A et les observa à travers le gouvernail avant. Il ne lui fallut pas longtemps pour voir ses soupçons confirmés.

Ils avaient revêtu les tenues habituelles, veste, nœud papillon, chemises et casquette plate. Et ils étaient jeunes, comme on pouvait s'y attendre d'hommes s'occupant de machines volantes. Mais au lieu de s'occuper de la machine de Joséphine, ils observaient la foule. Des Van Dorn ! Ces mécaniciens étaient en fait des détectives.

Les idées se bousculèrent dans son esprit. Non seulement les Van Dorn le pourchassaient avec leurs affiches mais ils assuraient la protection de Joséphine. Pourquoi ?

Whiteway ! Ce ne pouvait être que Whiteway. Lever l'hypothèque sur la machine volante de l'Italien avait dû coûter très cher. Même chose pour ce train jaune d'assistance. Mais il serait remboursé au centuple en utilisant Joséphine pour promouvoir la course et vendre des journaux. Preston Whiteway avait engagé des détectives pour protéger ses investissements.

Ou bien y avait-il autre chose ?

Frost eut l'impression que sa tête allait exploser.

Whiteway lui faisait-il la cour ?

Les machines grondaient au sol et bourdonnaient dans les airs. Autour de lui, tout était en mouvement : machines, pilotes, détectives. Il lui fallait retrouver la maîtrise de soi. S'occuper plus tard de Whiteway. D'abord, Joséphine.

Mais les Van Dorn qui la protégeaient devaient tous avoir en mémoire le portrait de l'affiche. Ses gardes du corps arrêteraient toute personne ressemblant, même de loin, à cette image.

Il remarqua que les détectives ne quittaient pas des yeux un grand roux vêtu d'un complet et coiffé d'un chapeau melon. Un suspect ? Croyaient-ils donc que Harry Frost s'était teint les cheveux en roux, avait perdu 30 kilos et gagné deux centimètres ? Ce type avait l'allure d'un dandy de la 5e Avenue, mais il arborait au-dessus des sourcils une cicatrice de boxeur et ses yeux semblaient fureter partout.

Non, ce n'était pas un suspect mais encore un de ces maudits Van Dorn, peut-être leur chef, vu la façon dont les autres le regardaient. Soudain, Frost comprit que cet homme n'était autre que… Archibald Abbott IV. Pas étonnant qu'on n'ait pas cherché à le déguiser en mécanicien !

Archibald Abbott IV était trop connu pour travailler sous couverture. Coqueluche de la bonne société new-yorkaise, il avait tout du gendre idéal et les journaux l'avaient rendu célèbre à l'occasion de son mariage avec la fille et seule héritière du magnat des chemins de fer, Osgood Hennessy. Pourquoi diable Abbott n'avait-il pas troqué ses armes pour des clubs de golf ?

Mais la réponse s'imposa à Frost comme un éclair illuminant les ténèbres.

Archibald Abbott avait eu raison de continuer à travailler pour l'Agence Van Dorn en gagnant des clopinettes alors même qu'il avait épousé une riche héritière. Prendre sa retraite n'était qu'une illusion et Harry Frost l'avait compris trop tard. Il avait perdu son tranchant. Dès l'âge de huit ans, il rêvait de ne pas avoir à travailler pour survivre, et ce rêve, il l'avait accompli. Mais pour quel résultat ? On se riait de lui. Comme Joséphine et ce Marco, des pantins qu'au bon vieux temps il aurait descendus sans état d'âme.

Frost se mit à tripoter ses armes dans ses poches. Joséphine avait toujours la tête plongée dans le moteur. Il pourrait la saisir à la gorge, lui montrer à qui elle avait affaire puis lui trancher la carotide. Le problème, c'était qu'il était impossible de l'approcher. Trop de détectives et trop difficile de les tuer tous : il serait abattu avant. Il n'avait pas peur de mourir, mais pas question de passer l'arme à gauche en vain.

Il avait besoin d'aide.

Il regagna la gare en hâte, prit un train électrique jusqu'à Flatbush et se rendit dans une banque de Brooklyn. Enfant, il avait fui la pauvreté, sillonné le pays en train sans billet, mendié son pain, et il avait juré de ne plus jamais se retrouver fauché. Il avait fait fortune dans la distribution de journaux, converti ses bénéfices en actions qui lui rapportaient des sommes colossales et placé cet argent dans des banques de différents Etats.

Il retira trois mille dollars sur un compte de vingt mille. Le directeur de la banque en personne lui donna ses billets dans son bureau, puis laissa en évidence sur sa table une affiche de recherche le concernant.

Cette affiche-ci était destinée aux banquiers. On les avertissait de signaler Harry Frost ou toute personne lui ressemblant. D'un mouvement de tête, Frost le remercia pour sa loyauté. Tous deux savaient que c'était le moins que le banquier pût faire en sa faveur. Si Frost n'avait pas couvert ses pertes à l'occasion d'une opération financière douteuse, en ce moment même il purgerait une peine à Sing-Sing.

Il prit un trolleybus jusqu'au front de mer, puis gagna à pied le quai de chargement de la Pennsylvania Railroad. Des remorqueurs poussaient des convois de péniches le long du quai, on débarquait des troupeaux de vaches, de moutons et de cochons des bétaillères avant de les conduire vers des enclos. Frost se dirigea vers l'un des bâtiments du quai et poussa une porte portant l'écriteau DÉFENSE D'ENTRER. Des hommes de main déguisés en agents de la police ferroviaire tentèrent de l'arrêter mais Frost les assomma à mains nues avant d'ouvrir une deuxième porte donnant sur une étable. Une dizaine de vaches, portant sur les flancs une marque au fer rouge, de toute évidence mexicaine, étaient attachées à des poteaux fichés dans le sol.

Deux hommes se trouvaient près des vaches. Le premier était assis à une table où se trouvaient des cornes de bovidés. L'autre était occupé à ôter une corne vissée sur le front d'une vache. Rod Sweets, l'homme assis à la table, ne reconnut pas Harry Frost à cause de sa barbe. Il brandit un petit pistolet de poche.

— Du calme, dit Frost. C'est moi.

— Ça alors ! s'écria Sweets. Je veux bien être damné !

— C'est ce qui va t'arriver si tu ne reposes pas ce flingue.

Sweets se hâta de le ranger.

— Ne me dis pas que tu t'es mis à la confiture.

Les cornes des vaches, sciées et creusées au Mexique, étaient ensuite remplies d'opium de Hong Kong (la confiture, en argot) et revissées sur leur base. Sweets introduisait ainsi des centaines de kilos d'opium à New York et dirigeait un vaste réseau de raffinage et de distribution qui fournissait en morphine des milliers de médecins et de pharmaciens. Pour protéger une telle entreprise, il entretenait une véritable armée.

— Je ne m'intéresse pas à la confiture, répondit Frost. Je veux engager une équipe.

Les hommes de Rod Sweets se fichaient de la haine qu'il portait à Joséphine pour l'avoir trompé et à Preston Whiteway pour avoir séduit sa femme. Tout ce qui les intéressait, c'était l'argent, et il n'en manquait pas.

Après être rapidement parvenu à un accord avec Sweets, Frost se rendit au Red Hook, un bar où l'on pouvait trouver les frères George et Peter Jonas, qui savaient comment saboter les freins et les réservoirs d'essence des camions de livraison de journaux. Là encore, ils ne s'intéressaient qu'à l'argent et persuadèrent Frost qu'il était encore plus facile de saboter un avion qu'un camion automobile.

— L'important, c'est les haubans qui maintiennent l'ensemble, dit George.

Peter termina la phrase de son frère :

— Suffit qu'un câble lâche pour que les ailes tombent, et elle avec.

Harry Frost avait passé de longues heures à contempler sa femme lors des meetings aériens.

— Les aviateurs le savent et avant de décoller, ils inspectent les haubans.

Les deux frères échangèrent un regard. Ils ne s'y connaissaient guère en machines volantes, mais ils connaissaient le fonctionnement des machines en général et il n'en fallait pas plus pour en saboter une.

— Bien sûr, qu'ils les inspectent, dit George. Ils regardent s'il n'y a pas des entailles, des entortillements, des faiblesses apparentes.

— Comme vous l'avez dit, monsieur Frost, ajouta Peter, on va pas y aller à la scie à métaux.

— Mais les aviateurs ne vérifient pas toujours les dispositifs d'attache des haubans aux ailes, dit George. On peut retirer un boulon.

— Et le remplacer par un boulon un aluminium qui lui ressemble, mais qui n'est pas aussi solide.

— Ça ne se voit pas.

— L'aviateur décolle.
— Il fait des tas de figures en l'air.
— Le boulon lâche.
— L'aile tombe.
— Et l'aviateur ne pilote plus qu'un bloc de béton.

Frost retourna à Flatbush en tramway.

Il éprouvait un étrange sentiment de bien-être.

Il reprenait le collier. Trop d'oisiveté ces derniers temps. Pour la première fois depuis ce cauchemar qu'avait été la trahison de Joséphine, il se sentait à nouveau en pleine possession de ses moyens, même contraint à la clandestinité. L'important était d'agir vite, avant qu'on devine ses mouvements, et de ne jamais se trouver là où on l'attendait.

Il prit le métro de Long Island jusqu'au quartier de Jamaica, dans le Queens. Là, dans une agence de location, il loua l'automobile la plus luxueuse, une Pierce, gagna la route qui traversait le comté de Nassau, encombrée de camions de lait, et se rendit au Garden City Hotel, un établissement prestigieux. Avant Joséphine, avant l'affaire du chauffeur et son séjour à l'asile, il avait fréquenté là le gratin de la haute société, les Schuyler, les Astor, les Vanderbilt.

Avec sa barbe grise, le personnel ne le reconnut pas. Il prit une vaste suite au dernier étage et demanda qu'on lui serve à dîner dans sa chambre. Il vida une bouteille de vin pendant son repas et sombra dans un sommeil profond hanté de rêves étranges.

A l'aube, il s'assit en sursaut dans son lit, réveillé par le claquement régulier des moissonneuses. Le cœur en émoi, il écouta le gémissement des roues de chariots dans le couloir, le claquement de la louche sur la marmite : les gardiens amenaient le petit déjeuner. Depuis ses années d'orphelinat, il entendait le même tintamarre le matin. Pourtant, petit à petit, il se mit à remarquer d'autres détails. Le lit était moelleux et la chambre calme. Par la fenêtre ouverte, la brise faisait doucement gonfler les rideaux blancs. Il n'y avait pas de barreaux. Il n'était pas à l'asile d'aliénés. On ne l'avait pas non plus ramené à l'orphelinat. Un sourire éclaira son visage. Ce n'étaient pas des moissonneuses mais des machines volantes. On s'entraînait au-dessus de Belmont Park.

Il prit son petit déjeuner au lit, à moins de cinq kilomètres de l'endroit où Joséphine et ses nouveaux admirateurs préparaient leurs appareils pour la course.

6

— Où est Joséphine ? demanda Isaac Bell aux détectives de chez Van Dorn qui gardaient l'entrée de l'hippodrome du parc Belmont.

— Dans les airs, monsieur Bell.

— Et Archie Abbott ?

— Là-bas, à côté de la tente jaune.

Bell était venu à bord d'une Pierce-Arrow empruntée pour l'occasion, avec l'intention d'interroger Joséphine : quelles étaient les habitudes de son mari, quels hommes de main était-il susceptible de recruter ? Seule personne à avoir partagé ces années de réclusion volontaire, elle devait au moins avoir une idée de l'endroit où il se cachait.

Bell s'aperçut aussitôt que Whiteway avait choisi l'endroit idéal pour le départ de sa course. L'hippodrome de Belmont était immense. Avec ses deux kilomètres et demi, sa piste était la plus longue du pays, et les presque vingt hectares de gazon étaient entourés d'une tribune pouvant accueillir des milliers de spectateurs. A côté, de vastes prés permettaient aux aéronefs de gagner de la vitesse avant de s'envoler, mais aussi d'abriter des tentes, des hangars provisoires, des camions et des automobiles. La voie ferrée permettant l'arrivée des trains d'assistance se situait juste de l'autre côté des stands.

Bell inspira profondément l'odeur savoureuse d'essence et d'huile brûlée et se sentit tout de suite à l'aise. Elle lui rappelait les courses de voitures, agrémentée de celle du vernis dont les aviateurs recouvraient la toile de leurs machines. Et comme lors des courses automobiles, le terrain était envahi d'une foule de gens qui s'affairaient autour des machines. Mais ici, à Belmont, tous les yeux étaient tournés vers le bleu du ciel.

Les aéroplanes virevoltaient dans l'azur, vifs comme des oiseaux mais cent fois plus gros. Une grande variété de tailles et de formes zébrait le ciel. Des aéronefs trois fois plus longs que des voitures de course s'appuyaient sur des ailes de 12 mètres d'envergure, tandis que d'autres, plus petits, bourdonnaient autour d'eux, vifs et légers comme des libellules.

Le bruit était terrifiant et chaque type de moteur rugissait à sa manière : grincement du trois-cylindres radial d'Anzani, grondement sourd du quatre-cylindres de Curtiss et Wright, doux ronronnement des admirables V-8 Antoinette que Bell avait déjà vus à l'œuvre sur des vedettes rapides, exubérant fracas des Gnome Omega français dont les sept cylindres tournaient de façon improbable autour d'un vilebrequin central, projetant une fumée d'huile de ricin qui sentait la cire à chandelle.

Bell trouva Archie derrière l'énorme tente jaune et ils échangèrent une chaleureuse poignée de main. Archie Abbott était presque aussi grand qu'Isaac Bell, roux, avec d'irrésistibles yeux gris et un sourire étincelant. Rasé de près. Une mince cicatrice à hauteur de ses sourcils d'aristocrate révélait une fréquentation assidue des rings de boxe. Ils étaient amis depuis leurs années d'université, lorsque Archie boxait pour Princeton et que Isaac l'avait mis K.O. pour le compte de Yale.

Bell vit tout de suite qu'Archie n'avait pas perdu son temps. Il était familier avec tous les participants et les officiels. Ses détectives, déguisés en mécaniciens, journalistes, vendeurs de hot-dogs et de Cracker Jack, ainsi que ceux qui patrouillaient en complet-veston et chapeau melon, semblaient bien connaître leur territoire et se montraient vigilants. Mais Archie ne put rien apprendre d'autre à Bell que ce qu'il savait déjà à propos de la relation entre Joséphine et Marco Celere, ce qui relevait en grande partie de la spéculation.

— Etaient-ils amants ?

Archie haussa les épaules.

— Impossible de répondre. Ses yeux s'embuent quand son nom est prononcé, mais c'est surtout de cette machine volante qu'elle est folle.

— Se pourrait-il que ses yeux s'embuent pour ses compétences en mécanique ?

— Sauf que Joséphine est elle-même une championne dans ce domaine. Au besoin, elle serait capable de démonter cette machine et de la remonter toute seule. Elle m'a dit que dans les endroits où elle va voler, il n'y aura pas de mécanicien.

— J'ai hâte de la rencontrer. Où est-elle ?

— Là-haut, dit Archie en montrant le ciel azur où évoluaient une dizaine de machines volantes.

— Je pensais que Whiteway repeindrait son aéroplane en jaune.

— C'est ce qu'il a fait. Il est aussi jaune que cette tente.

— Je ne la vois pas.

— Joséphine ne décrit pas des cercles comme les autres. Elle préfère voler en solitaire.

— Ça fait longtemps qu'elle est partie ?

Archie tira sa montre.

— Cette fois-ci, une heure dix.

Visiblement, il lui en coûtait d'avouer que la jeune femme sur qui il devait veiller avait disparu.

— Comment veiller sur elle si on ne la voit pas ? dit Bell.

— Si je pouvais, je monterais à bord de cette machine avec elle, mais c'est interdit. Si les concurrents emmènent un passager, ils sont disqualifiés. Ils doivent voler seuls. Ce comptable, le dénommé Weiner, explique que ça ne serait pas juste pour les autres si certains aviateurs recevaient de l'aide pour le pilotage.

— Il faut trouver un meilleur moyen de garder un œil sur elle, dit Bell. Quand la course aura commencé, il sera facile à Frost de l'attendre en chemin.

— Je prévois de poster des hommes sur le toit des convois d'assistance, avec fusil et jumelles.

Bell hocha la tête d'un air incrédule.

— Tu as vu la quantité de trains ? Des locomotives pourraient bloquer les voies et tes hommes seraient coincés.

— J'ai pensé qu'une équipe pourrait filer en tête à bord d'automobiles.

— Ça pourrait aider. Il faudrait deux autos, si je peux trouver des hommes pour les conduire. M. Van Dorn se plaint déjà que je mène l'agence à la ruine. Qui est à bord de la machine qui arrive, là ? Le pousseur vert ?

— Billy Thomas, le coureur automobile. Il a été engagé par le syndicat Vanderbilt.

— C'est un Curtiss qu'il pilote.

— Le syndicat en a acheté trois, de façon à ce qu'il puisse choisir le plus rapide. Ils font tout pour qu'il gagne. Ah, voilà un Français. René Chevalier.

— Il a traversé la Manche à bord de cet appareil.

Bell avait déjà eu l'œil attiré par la forme gracieuse du monoplan Blériot. Cet aéroplane ressemblait à une libellule. Une poutrelle ouverte entretoisée reliait les ailes, recouvertes de toile, au gouvernail de queue et au gouvernail de profondeur. Chevalier était assis derrière les ailes, dans un compartiment en forme de boîte qui l'abritait presque jusqu'à la poitrine. Il coupait et redémarrait son moteur rotatif Gnome pour ralentir son atterrissage.

— Quand cette affaire sera terminée, j'achèterai un de ces appareils, dit Bell.

— Je t'envie. J'adorerais me lancer dans l'aviation.

— Vas-y. On apprendra ensemble.

— Je ne peux pas. Quand on est marié, ça n'est plus pareil.

— Qu'est-ce que tu racontes ? Lillian s'en ficherait. Elle conduit des voitures de course. D'ailleurs, je suis sûr qu'elle aussi voudrait un avion.

— Les choses changent, dit Archie d'un air grave.

— Que veux-tu dire ?

Archie regarda autour de lui et baissa la voix.

— On ne voulait pas en parler avant d'être sûrs. Mais je ne vais pas me lancer dans un nouveau truc dangereux alors qu'on va peut-être avoir des enfants.

Isaac Bell saisit Archie sous les bras et le souleva joyeusement de terre.

— Magnifique ! Félicitations !

— Merci. Maintenant, tu peux me reposer.

Les gens les regardaient. On n'a pas tous les jours l'occasion de voir un grand gaillard en soulever un autre et le secouer comme un prunier.

Isaac Bell débordait de joie.

— Attends que Marion apprenne ça ! Elle sera si heureuse pour vous. Comment allez-vous l'appeler ?

— On attendra de voir si c'est il ou elle.

— Tu pourras acheter une machine volante dès que l'enfant sera à l'école. A ce moment-là, voler sera encore moins dangereux que maintenant.

Un autre appareil s'approchait du sol.

— Qui pilote ce Farman bleu ?

Le Farman, un autre avion français, était un biplan à hélice propulsive. Il semblait très stable et descendait régulièrement, comme s'il glissait le long d'une piste.

— Sir Eddison-Sydney-Martin.

— Il pourrait remporter cette course. Il les a toutes gagnées en Angleterre.

— Pauvre comme Job, fit remarquer Archie, mais bien marié.

Le très distingué Archibald Angel Abbott IV, qui comptait parmi ses ancêtres les premiers propriétaires de la Nouvelle Amsterdam, connaissait aussi bien la haute société allemande, française et britannique que celle de New York : il avait en effet passé sa lune de miel en Europe, sous le bienveillant patronage de Joe Van Dorn qui l'avait chargé d'évaluer la possibilité de créer des agences sur le vieux continent.

— Le beau-père du baronnet est un riche médecin du Connecticut. Sa fille lui achète ses machines et veille sur lui. Il est très timide. Tiens, en parlant de riches mécènes, voilà celui de l'Oncle Sam, le lieutenant Chet Bass, de l'armée américaine.

— Il pilote un Wright du corps des Transmissions.

— J'ai connu Chet à l'école. Quand il commence à discourir sur l'avenir des bombes et des torpilles aériennes, il est intarissable. Mais il n'a pas tort. Les bruits de guerre s'amplifient en Europe et on voit plein de militaires dans les meetings aériens.

— Et cet aéroplane rouge, là, c'est aussi un Wright ? demanda Bell, intrigué par un curieux mélange de différences et de ressemblances. Non, impossible, ajouta-t-il en le voyant approcher. L'hélice est devant. C'est un biplan tracteur.

— C'est le champion des ouvriers, conduit par Joe Mudd. Au départ, c'était un Wright, jusqu'à sa collision avec un chêne. Des ouvriers syndicalistes qui voulaient se faire une réputation ont acheté l'épave et ont rassemblé les morceaux. Ils l'ont appelé l'American Liberator.

— Quels syndicats ?

— Maçons et plâtriers associés à la Fraternité des mécaniciens de locomotives. C'est une bonne petite machine, surtout compte tenu de leur budget serré. Whiteway tente de leur barrer la route.

— Sous quel prétexte ?

Archie imita le ton pompeux de Whiteway :

— Si des ouvriers disposaient de trop d'argent, ils devraient financer la Ligue antialcoolique.

— Hein ? Mais j'ai vu Preston Whiteway saoul comme un Polonais.

— Au champagne, pas à la bière. Pour les gens comme lui, l'ivresse est un privilège qui devrait être réservé à ceux qui en ont les moyens. Quand il a fait peindre la machine volante de Joséphine en « jaune Whiteway », Joe Mudd et ses camarades ont peint la leur en « rouge révolution ».

Bell scruta le ciel pour tenter d'apercevoir Joséphine.

— Mais où est donc notre oiseau ?

— Elle va revenir, l'assura Archie, malgré l'anxiété qu'on devinait dans sa voix. Elle n'aura bientôt plus d'essence. Il faudra bien qu'elle revienne.

Un cri suraigu déchira soudain l'air comme le hurlement d'une sirène.

Il était assez puissant pour réveiller une caserne de pompiers endormis, mais curieusement, aucun mécanicien ni aviateur sur le terrain n'y prêta attention. Bell chercha d'où il provenait mais le bruit s'interrompit aussi vite qu'il avait failli.

— Qu'est-ce que c'était ?

— Le moteur thermique de Platov, dit Archie. Un Russe complètement fou. Il a inventé un nouveau moteur d'aéroplane.

Archie conduisit ensuite Bell le long d'une voie ferrée au départ de laquelle se trouvait un étrange mécanisme. A côté, des mécaniciens étaient occupés à monter un grand biplan de couleur blanche.

— Voici Platov.

Des femmes en longues robes d'été blanches et coiffées d'invraisemblables chapeaux Merry Widow couvaient d'un œil énamouré le bel inventeur russe, dont les épais cheveux noirs et bouclés s'échappaient d'un canotier orné d'un ruban rouge vif et retombaient en cascades sur ses joues.

— Il semble avoir du succès auprès de ces dames, dit Bell.

Archie expliqua qu'il s'agissait d'épouses, de fiancées et de mères qui accompagnaient les concurrents.

Platov agitait énergiquement un pied à coulisse et Bell remarqua à quel point le « savant fou » avait les yeux brillants. Pourtant, le Russe semblait moins dangereux qu'excentrique, d'autant qu'il était occupé par son numéro de séduction envers ses admiratrices.

— Il recherche des investisseurs, expliqua Archie, et il espère que des aviateurs vont engager son appareil dans la course. Jusqu'ici, personne ne semble disposé à abandonner les hélices, mais sa chance a peut-être tourné. Ce gros type blanc, là, est un planteur de coton du Mississippi, plein aux as et bête comme chou. Il a donné de l'argent pour qu'on essaye son moteur sur une véritable machine volante. Monsieur Platov ? Racontez donc à mon ami, M. Bell, comment fonctionne votre invention.

L'inventeur baisa la main gantée de plusieurs femmes, toucha le bord de son canotier du bout des doigts, et, d'un air agité, serra la main de Bell et s'inclina en claquant des talons.

— Dmitri Platov. Idée est que je démontre que sur machine volant, moteur Platov est supérieur.

Bell écouta ses explications avec attention.

Le « moteur thermique » utilisait un petit moteur d'automobile pour actionner un compresseur qui lui-même projetait du kérosène liquide à travers un bec. Une étincelle électrique enflammait la pulvérisation, créant ainsi une poussée.

— Ça fait réacteur ! Réacteur pousse.

Bell remarqua que ce Russe volubile attirait la sympathie. Son anglais rocailleux suscitait des ricanements chez les mécaniciens aux vêtements graisseux venus l'écouter, mais dans le même temps ils parlaient avec respect de ce nouveau moteur. A l'instar des mécaniciens lors des courses automobiles, ils étaient à l'affût de perfectionnements permettant de rendre leurs machines plus rapides et plus solides.

S'il fonctionnait, disaient-ils, ce moteur thermique avait de bonnes chances de gagner la course car il apportait une solution aux trois problèmes les plus importants que connaissaient les machines volantes : le poids trop important, le manque de puissance et les vibrations qui menaçaient de faire éclater en morceaux leur fragile assemblage. Jusque-là, le moteur était attaché à un rail sur lequel il avait plusieurs fois « volé » à grande vitesse. L'épreuve finale aurait lieu lorsque les mécaniciens auraient fini d'assembler l'aéroplane du planteur de coton.

— Idée c'est que pas de pistons agitent, pas d'hélice casse tout.

A nouveau, un murmure approbateur parcourut la foule des mécaniciens. Le moteur de Platov pouvait se révéler, au moins en théorie, aussi régulier qu'une turbine et donc très différent de la plupart des moteurs à essence qui secouaient les appareils comme on claque des dents.

— Monsieur Platov ! s'écria soudain l'un des mécaniciens. Monsieur Platov ! Pourriez-vous venir tout de suite à l'atelier ?

Platov prit une boîte à outils en cuir et se précipita à sa suite.

— Que se passe-t-il ? demanda Bell.

— C'est un ouvrier hors pair, expliqua Archie. Il gagne sa vie en travaillant de façon indépendante, en fabriquant des pièces.

Dans les wagons ateliers, il y a des tours, des perceuses à colonne, des rectifieuses et des tailleuses d'engrenages. Si quelqu'un a besoin d'une pièce, Platov peut la fabriquer plus vite que l'usine ne peut l'expédier.

— Et voilà notre aviatrice ! s'écria Isaac Bell.

— Enfin, dit Archie, plutôt soulagé malgré sa feinte insouciance.

La tache jaune grandissait à l'horizon, plus rapidement que Bell ne s'y attendait, et il put bientôt distinguer la forme d'un fin monoplan et entendre le ronronnement sourd de son moteur.

— C'est le Celere que Preston Whiteway a racheté aux créanciers de Marco.

— Sa dernière réalisation fait ressembler la plupart des autres appareils à des caisses à savon, dit Bell d'un air appréciateur.

— Il est taillé pour la vitesse, c'est vrai. Mais sur le terrain, l'opinion générale est qu'il n'est pas aussi solide qu'un biplan. La rumeur dit aussi que c'est pour ça que Celere a été ruiné.

— Quelle rumeur ?

— On raconte qu'en Italie, Celere a vendu une machine volante à l'armée italienne, qu'il a emprunté de l'argent gagé sur la vente de futurs appareils, qu'il a ensuite émigré en Amérique où il a construit deux biplans classiques qu'il a vendus au mari de Joséphine. Puis, il a de nouveau emprunté de l'argent pour construire celui-ci. On dit que l'avion qu'il avait vendu à l'armée italienne a malheureusement perdu une aile en plein vol et qu'un général a eu les deux jambes brisées dans l'accident. L'armée a annulé le contrat et Celere est devenu persona non grata en Italie. Que l'histoire soit vraie ou pas, les mécaniciens disent tous que les monoplans ne sont pas aussi solides que les biplans.

— Mais cette solidité est au détriment de leur rapidité.

— Peut-être, mais les aviateurs et les mécaniciens avec qui j'ai parlé s'accordent à dire que le plus dur sera d'arriver jusqu'à San Francisco. Les machines conçues uniquement pour la vitesse ne tiendront pas toute la course.

Bell acquiesça.

— La Thomas Flyer Model 35, avec ses quatre cylindres et ses soixante chevaux, celle qui a remporté la course automobile New York-Paris, n'était pas la plus rapide, mais c'était la plus solide. Espérons que Preston n'ait pas acheté un cercueil volant à notre cliente.

— Vu l'avalanche de télégrammes qu'il lui envoie tous les jours, on peut être certain qu'il a fait examiner cet aéroplane sous toutes les coutures avant de l'acheter. Whiteway ne risquerait jamais la vie de Joséphine. Il est fou amoureux d'elle.

— Et que pense Joséphine de Preston ?

Ce n'était pas une question oiseuse. Si quelqu'un pouvait connaître son opinion sur Whiteway, c'était bien Archie. Avant d'être le détective le plus heureusement marié de tous les Etats-Unis, Archibald Angel Abbott IV avait été le gendre idéal le plus courtisé de New York.

— A mon avis, fit Archie avec un sourire entendu, Joséphine a beaucoup d'admiration pour l'aéroplane que lui a acheté Preston.

— Personne n'a jamais accusé Preston Whiteway de faire preuve de beaucoup d'intelligence dans sa vie personnelle.

— N'a-t-il pas eu le béguin pour Marion autrefois ?

— Il ne se rendait même pas compte qu'il risquait sa vie, dit Bell d'un air sombre. Ça confirme bien ce que je disais.

Il tourna le regard vers l'aire de décollage. Le gros biplan rouge à hélice tractive de Joe Muddy, qui s'était envolé pendant que Bell écoutait le discours de Platov, s'apprêtait maintenant à atterrir devant le monoplan jaune. Alors que Joséphine décrivait des cercles pour le laisser passer, le biplan rouge toucha le gazon et roula sur une centaine de mètres avant de s'immobiliser.

L'appareil de Joséphine s'approcha alors du sol selon un angle beaucoup plus aigu et à plus grande vitesse. Il descendait à si vive allure qu'on eût dit qu'elle en avait perdu la maîtrise et qu'il allait s'écraser.

7

LES CONVERSATIONS S'ÉTEIGNIRENT.

Les hommes posèrent leurs outils.

L'aéroplane jaune n'était plus qu'à quelques mètres du sol, Joséphine fit soulever les petits ailerons à l'arrière de ses ailes et tira le gouvernail de profondeur sur la queue. L'avion se redressa, ralentit, rebondit sur l'herbe et roula un peu avant de s'immobiliser en douceur.

Un long moment de silence suivit son arrivée, puis, d'un bout à l'autre du terrain, aviateurs et mécaniciens se mirent à siffler, crier et applaudir tant il était évident qu'elle avait parfaitement maîtrisé sa descente et, par une manœuvre habile, défié les lois de la pesanteur.

Lorsqu'une mince silhouette vêtue de blanc de la tête aux pieds émergea du compartiment situé derrière les ailes, une clameur s'éleva des tribunes où avaient pris place les spectateurs. Elle adressa un grand geste à la foule et un sourire illumina son visage.

— Bravo ! fit Isaac Bell. Preston Whiteway est peut-être un idiot dans sa vie personnelle, mais il a su reconnaître en elle un tempérament de vainqueur.

Il gagna à grands pas la machine jaune, laissant derrière lui Archie qui avait pourtant de grandes jambes. Un détective à la large carrure, vêtu en mécanicien, lui bloqua le passage.

— Où allez-vous, monsieur ?

— Je suis Isaac Bell, enquêteur en chef chez Van Dorn.

L'homme fit un pas en arrière sans pour autant cesser de l'examiner.

— Désolé, je ne vous connaissais pas, monsieur Bell. Je me présente, Tom LaGuardia, du bureau de Saint-Louis. Je viens tout juste d'être affecté ici. Mais je vous ai vu parler avec M. Abbott, j'aurais dû me douter que vous étiez réglo.

— Vous avez bien fait. Il ne faut jamais se fier aux apparences quand la vie de votre client est en jeu. Si vous bloquez quelqu'un que vous n'auriez pas dû bloquer, vous pouvez toujours présenter des excuses. Mais si vous n'arrêtez pas celui que vous auriez dû, vous ne pouvez pas présenter d'excuses à un client mort.

Archie s'avança.

— Bon boulot, Tom. Je me porte garant de lui.

Mais Bell s'avançait déjà vers Joséphine. Grimpée sur une entretoise reliant le train d'atterrissage à la carlingue, elle avait la tête plongée dans le moteur et réglait le carburateur avec un tournevis.

— Ces appendices articulés à l'arrière des ailes vous donnent une maîtrise parfaite de votre machine.

Elle lui jeta un regard vif. Bell admira les reflets verts dans ses yeux noisette, auxquels la lueur du soleil donnait une nuance presque grise.

— On dit *alettoni*. En italien, ça veut dire « petites ailes. »

— Est-ce qu'elles ralentissent la descente de votre machine en augmentant la surface des ailes ?

Retournant à son carburateur, elle répondit :

— Elles dévient plus d'air.

— Est-ce que ces *alettoni* fonctionnent mieux que les ailes gauchies ?

— Je n'en sais encore rien. Elles ne donnent pas toujours ce que j'attends d'elles. Parfois, elles font office de freins et me ralentissent au lieu de me tenir de niveau.

— On ne peut pas les ajuster ?

— L'homme qui les a inventées est mort. Alors maintenant il faut les perfectionner sans lui.

Elle procéda à un dernier réglage, fourra le tournevis dans une poche arrière, sauta à terre et lui tendit sa main gantée.

— Au fait, je m'appelle Joséphine. Et vous ?

— Désolé, j'aurais dû me présenter. Isaac Bell, enquêteur en chef chez Van Dorn.

— Ah, mes courageux protecteurs, dit-elle avec un large sourire.

Elle était petite, tout juste un mètre cinquante-cinq, un joli nez retroussé, un regard plus profond qu'on ne l'a d'habitude à son âge, mais une voix flûtée presque de petite fille.

— Contente de faire votre connaissance, monsieur Bell. Quand vous dites « enquêteur en chef », j'espère que ça ne signifie pas que Archie a été licencié.

— Pas du tout. Archie est chargé de veiller sur votre sécurité personnelle. Mon travail à moi consiste à intercepter votre mari avant qu'il s'approche trop près de vous.

Son regard s'assombrit, elle semblait effrayée.

— Vous ne l'attraperez jamais, vous savez.

— Pourquoi pas ?

— Il est trop malin. Il réagit comme un animal sauvage.

Voyant que sa frayeur n'était pas feinte, Bell lui adressa un sourire rassurant.

— Nous ferons ce qu'il faut pour nous occuper de lui. Justement, pourriez-vous nous donner quelques indices sur son comportement ? N'importe quoi pourrait m'être utile.

— Je ne sais pas grand-chose…

— Dans ce cas, dites-moi le peu que vous savez.

— Harry est imprévisible. Avec lui, je ne savais jamais à quoi m'attendre. Il changeait d'avis d'un instant à l'autre.

Tout en parlant, elle ne quittait pas des yeux le biplan rouge de Joe Mudd qui décollait à nouveau, et Bell se rendit compte qu'elle jaugeait ses concurrents avec la même froideur qu'il aurait eue s'il avait été confronté à un hors-la-loi dans un combat au couteau.

— Parlez-moi un peu des amis auxquels il pourrait s'adresser.

— Je ne l'ai jamais vu avec un ami. Je me demande même s'il en a jamais eu. Il était secret. Très secret.

— Hier, dans votre maison de campagne, j'ai rencontré des gars de Chicago. J'ai eu l'impression qu'ils vivaient là.

— Ce ne sont que des gardes du corps. Harry les utilisait pour sa protection, mais il n'avait rien à voir avec eux.

— Protection contre quoi ?

Elle fit la grimace.

— Contre ses « ennemis. »

— Qui étaient-ils ?

— Je le lui ai demandé. Une fois. Il s'est mis à hurler, à tempêter. J'ai cru qu'il allait me tuer. Je n'ai plus jamais posé la question. Je crois que ses ennemis, il les a surtout dans sa tête. Vous savez, il a fait un séjour dans un asile de fous.

Bell changea habilement de sujet.

— Est-ce qu'il emmenait des amis quand il allait à la chasse au gros gibier ? Ou bien y allait-il tout seul ?

— Il engageait des guides et des porteurs. Mais à part eux, il y allait tout seul.

— Vous l'accompagniez ?

— Non, je préférais voler.

— Il était déçu ?

— Non. Il savait que je pratiquais l'aviation avant notre mariage.

Son regard suivit un Blériot qui filait en l'air à près de 100 kilomètres-heure.

— Avant ? Puis-je vous demander comment vous est venue cette passion pour l'aviation ?

Un sourire éclaira son visage.

— J'ai fugué de chez mes parents… j'ai mis une casquette pour dissimuler mes cheveux et je me suis fait passer pour un garçon.

Ce ne devait pas être difficile, songea Bell. Elle ne devait pas peser plus de 45 kilos.

— J'ai trouvé du boulot dans une usine de bicyclettes, à Schenectady. Le patron profitait des fins de semaine pour fabriquer des machines volantes et je l'aidais pour les moteurs. Je m'y connaissais parce qu'à la ferme de mon père, je l'aidais à réparer les machines agricoles. Un jour, au lieu d'aller au travail, j'ai sorti une machine sur le terrain et j'ai décollé.

— Sans avoir pris de leçons ?

— Qui aurait pu m'en donner ? A l'époque, il n'y avait aucune école de pilotage. La plupart d'entre nous avons appris sur le tas.

— Quel âge aviez-vous ?

— Dix-sept ans.

— Alors comme ça, vous êtes montée à bord et vous avez volé ?

— Pourquoi pas ? J'avais observé la façon dont il fallait s'y prendre. La seule chose à savoir, au fond, c'est que l'aéroplane s'élève en poussant l'air en dessous.

— Ainsi, fit Bell en souriant, sans formation particulière, vous avez démontré le théorème de Bernoulli et prouvé l'existence de l'effet Venturi.

— Hein ?

— Je veux dire que vous avez appris toute seule comment façonner les ailes pour créer le vide au-dessus d'elles qui permettra à la machine de s'élever.

Elle se mit à rire.

— Non, monsieur Bell, toutes ces histoires de Venturi c'est trop compliqué pour moi. Mais mon ami Marco Celere parlait souvent de Bernoulli. Tout ce qu'il y a à savoir, c'est qu'une machine volante s'élève en poussant l'air en dessous d'elle. Gauchir les ailes n'est qu'un moyen de chasser l'air de l'endroit où on veut aller : en haut, en bas, sur les côtés. L'air est magnifique, monsieur Bell. L'air est fort, beaucoup plus fort que ce qu'on croit. Une bonne machine volante comme celle-ci (elle posa affectueusement la main sur le flanc de l'appareil), la meilleure de Marco, fait en sorte que l'air vous porte.

Bell écouta cette tirade avec une certaine stupéfaction. Il aimait les jeunes gens et prenait souvent des apprentis détectives sous son aile, mais c'était la première fois qu'il voyait une jeune fille de vingt ans parler avec autant d'assurance.

— Vous expliquez tout ça avec une telle clarté, lui dit-il.

Pour autant, elle ne lui avait rien dit d'utile sur les habitudes de son mari. Il continua à l'interroger mais fut vite convaincu qu'avant son mariage, elle connaissait assez peu Harry Frost et que, par la suite, elle en avait été effrayée. Il remarqua que, au cours de leur conversation, elle ne cessait d'observer les aéroplanes qui roulaient sur le terrain ou décollaient vers le ciel. C'était peut-être une Joséphine ignorante, un peu perdue, qui avait décidé d'épouser Harry Frost ; mais la jeune fille naïve, une fois dans les airs, se muait en femme très sûre d'elle.

— Après cet apprentissage sur le tas, avez-vous appris plus de choses auprès de votre ami Marco ?

Joséphine soupira.

— Je ne parle pas italien et il parlait très mal l'anglais, en outre il travaillait sans cesse sur ses machines. (Son visage s'éclaira.) Mais il m'a quand même appris une chose. Il m'a fallu un bon moment pour comprendre ce qu'il voulait dire, mais j'ai fini par y arriver. Il disait : « Une bonne machine volante doit voler, si elle veut voler. » N'est-ce pas merveilleux ?

— Est-ce vrai ?

— Tout à fait. (Elle posa de nouveau la main sur la carlingue.) Alors si vous voulez bien m'excuser, monsieur Bell, et si vous n'avez plus d'autres questions, j'espère que celle-ci a envie de voler. Mais il va falloir du temps pour en être sûr.

— Est-ce que Marco Celere vous manque ?

Ses yeux ne se remplirent pas de larmes, comme l'avait remarqué Archie, mais elle dut bien reconnaître que l'inventeur lui manquait beaucoup.

— Il était gentil et attentionné. Pas du tout comme mon mari. Il me manque beaucoup.

— Ça doit un peu vous réconforter de voler sur sa dernière machine.

— C'est grâce à la générosité de M. Whiteway. Il l'a rachetée aux créanciers de Marco, vous savez. (Elle lança un regard de côté à Bell.) Je suis en dette avec lui.

— J'imagine que vous lui rendrez sa mise au centuple en faisant une énorme réclame pour la Coupe Whiteway.

— Je dois faire plus qu'une énorme réclame. Je dois remporter cette Coupe. Je n'ai pas de fortune personnelle. J'étais totalement dépendante de Harry, et maintenant je suis dépendante de M. Whiteway.

— Je suis sûr qu'il vous sera reconnaissant si vous remportez la course.

— Pas de « si », monsieur Bell.

Elle gardait les yeux rivés sur le Blériot couleur parchemin qui s'élevait dans le ciel. Lorsque son regard revint sur terre, ses yeux étaient devenus opaques.

— Je gagnerai, monsieur Bell. Mais pas pour obtenir sa reconnaissance. Je gagnerai parce que je ferai de mon mieux et parce que Marco a construit la meilleure machine volante de cette course.

Un peu plus tard, Isaac retrouva son ami Archie et lui dit :

— Si j'étais du genre à parier, je parierais sur elle.

— Mais tu es du genre à parier ! lui rappela Archie.

— C'est vrai.

— Belmont Park grouille de parieurs au chômage qui seraient ravis de te soulager de ton argent. Les réformateurs new-yorkais viennent de faire voter une loi interdisant les paris sur les courses de chevaux. Cette course Atlantique-Pacifique est un cadeau des dieux pour les bookmakers.

— Quelle cote proposent-ils pour Joséphine ?

— Vingt contre un.

— Vingt ? Tu plaisantes ? Il y a une fortune à se faire.

— Les bookmakers estiment qu'elle l'emporte sur tous les autres aviateurs d'Amérique. Mais ils sont persuadés que les Européens, qui détiennent tous les records de vol sur longues distances, vont l'emporter.

Isaac Bell chercha un bookmaker qui pourrait prendre un pari de mille dollars sur Joséphine. Un seul pourrait accepter une mise aussi importante, lui dit-on, et on le dirigea sur Johnny Musto, un type entre deux âges, gros et courtaud, vêtu d'un complet à carreaux et qui exhalait un parfum d'eau de Cologne de luxe, que Bell avait respiré pour la dernière fois chez le coiffeur de l'hôtel Plaza. Depuis la loi interdisant les paris sur les courses de chevaux, la vieille salle de jeu avait été remplacée par un hall où étaient exposés accessoires d'avion, de voitures et de canots à moteur. Musto rôdait tout à côté, dans la forêt de colonnes métalliques qui soutenaient la tribune. Il avait un accent de Brooklyn à couper au couteau, tel que Bell n'en avait entendu que dans un théâtre de vaudeville.

— Vous êtes sûr de vouloir parier tout ça ? demanda le bookmaker qui avait tout de suite deviné qu'il avait affaire à un détective privé.

— Tout à fait. En fait, maintenant que vous le dites, je parie deux mille dollars.

— Vous vous condamnez à mort, monsieur. Mais vous seriez d'accord pour répond' d'abord à quelques questions ?

— Lesquelles ?

— C'est truqué ?

— Truqué ? Il ne s'agit pas d'une course de chevaux !

— Je sais bien que c'est pas une course de chevaux. Mais c'est quand même une course. Alors, elle est truquée ?

— Absolument pas ! La course est supervisée par la Société Américaine d'Aéronautique. Elle est tout à fait honnête.

— Ouais, ouais, ouais, sauf que cette fille, c'est la femme de Harry Frost.

— Elle n'a plus rien à voir avec Harry Frost.

— Ah bon ?

Bell sentit l'ironie dans la remarque. Cet homme savait-il des choses qu'il ignorait ?

— Qu'est-ce que vous voulez dire par là, Johnny ?

— Elle n'est plus avec Harry ? Alors pourquoi qu'il traîne par ici ?

— Quoi ?

Bell étreignit si fort le bras de Musto que le bookmaker grimaça de douleur.

— J'ai vu hier un type qui lui ressemblait beaucoup.

Bell relâcha son étreinte mais garda les yeux rivés sur lui.

— Vous connaissez bien Frost ?

Johnny Musto pouffa de rire d'un air supérieur.

— Les plus grands parieurs venaient me voir. Je prenais les paris de M. Frost quand il venait à Belmont Park.

— C’était il y a longtemps ?

— Je sais pas. Il y a environ quatre ans.

— Vous voulez dire l’année où on a ouvert l’hippodrome ?

— Ouais, ça doit être ça. J’avais l’impression que c’était plus vieux.

— A quoi ressemblait-il ?

— Un grand costaud, des épaules de déménageur. Il a laissé pousser sa barbe, comme sur l’affiche, là.

D’un mouvement du menton, il indiqua l’affiche de l’Agence Van Dorn fixée à une colonne, et où on le voyait avec la barbe.

— Il ressemblait à ce dessin ?

— Sauf que sa barbe était toute grise. Ça lui donnait l’air beaucoup plus vieux qu’il n’est en vérité.

— Beaucoup plus vieux ? Alors qu’est-ce qui vous rend si sûr que c’était lui ?

— Il parlait tout seul, comme toujours, et il passait devant les gens comme s’ils existaient pas. Il devenait tout rouge, comme ça, sans raison. Rouge comme un rosbif. Comme il était avant qu’on le boucle dans l’asile de fous.

— Si vous étiez si sûr que c’était Frost, Johnny, pourquoi ne pas l’avoir dénoncé pour toucher la récompense ? Cinq mille dollars, c’est beaucoup d’argent, même pour un bookmaker qui traite avec les plus grands.

Le bookmaker considéra le grand détective d’un air incrédule.

— Vous êtes déjà allé au cirque, monsieur ?

— Au cirque ? Qu’est-ce que vous racontez ?

— Je vous le redemande : Vous êtes déjà allé au cirque ?

Bell choisit de le prendre à la légère.

— Souvent. Quand j’étais gamin, j’ai même fui la maison pour rejoindre un cirque.

— Vous avez déjà mis la tête dans la gueule d’un lion ?

— Allez, Johnny. Vous n’êtes pas né d’hier. Vous savez bien que l’Agence Van Dorn protège les gens qui l’aident.

— De Harry Frost ? Vous voulez rire.

8

LORSQUE LA NUIT DESCENDIT sur Belmont Park, aviateurs et mécaniciens recouvrirent les aéroplanes de bâches pour protéger de l'humidité le tissu des ailes et les amarrèrent à des pieux fixés au sol, au cas où il y aurait des bourrasques de vent. Puis ils allèrent se coucher dans leurs wagons. Dans le lointain, une cloche sonna les onze heures.

Sur le terrain, tout était calme.

Soudain, deux silhouettes émergèrent de derrière les tribunes.

Les frères Jonas étaient arrivés en plein jour, au volant d'un camion de glace. A présent que les nuages dérobaient la clarté de la lune et des étoiles, ils marchaient d'un pas rapide dans l'obscurité, traversant la voie ferrée et s'engageant sur la piste. Ils se dirigèrent droit sur l'aéroplane de Joe Mudd, garé assez loin des autres et facile à trouver. Mais en approchant, ils entendirent des ronflements. Deux mécaniciens, bâtis comme des armoires à glace, dormaient sous les ailes. Les frères Jonas se glissèrent alors de l'autre côté du terrain, évitant avec précaution le monoplan de Joséphine, entouré de gardes armés de fusils de chasse. Une fois sur place, leur choix se porta sur une autre victime, mais ils ignoraient qu'il s'agissait d'une machine française, le biplan Farman de Sir Eddison-Sydney-Martin, qui avait effectué la traversée de la Manche.

Après s'être assurés que personne ne dormait dans les parages, ils ôtèrent la toile d'une des deux ailes, qui se détachait à peine sur le ciel sombre, et en étudièrent la construction. Ils n'y connaissaient pas grand-chose en machines volantes, mais savaient reconnaître une ossature à treillis au premier coup d'œil. La seule différence entre ces ailes doubles et un pont de chemin de fer c'était qu'au lieu de montants et de diagonales en acier, les deux plans formés par les ailes étaient soutenus par des montants en bois et des contre-tirants en fil d'acier.

Ayant compris ce qui faisait la solidité des ailes de ce Farman, les frères Jonas entreprirent de les affaiblir. A tâtons, dans l'obscurité, ils cherchèrent le tendeur qui servait à rigidifier le treillis métallique qui reliait le plan inférieur au plan supérieur.

— Heureusement que Frost nous a dit de ne pas utiliser de scie. Il aurait fallu toute la nuit pour le couper.

Dissimulant des lampes-torches dans le creux de leurs mains, ils constatèrent que le tendeur était entouré d'un fil métallique de sécurité pour empêcher que les vibrations ne le desserrent. Avec soin, ils déroulèrent le fil de sécurité, et donnèrent du jeu au support métallique pour pouvoir ôter l'extrémité de l'aile, puis replacèrent la fixation en acier par une fixation plus fragile, en aluminium.

Puis ils revissèrent le tendeur et l'entourèrent à nouveau avec le fil de sécurité, comme ils l'avaient trouvé, et recouvrirent les ailes de leur bâche. Ils prirent soin de relever l'identité de l'appareil saboté (Harry Frost avait beaucoup insisté sur ce point), vérifièrent la couleur du tissu des ailes avec une lampe-torche, remontèrent dans leur camion, gagnèrent une ferme voisine et s'endormirent. Une heure avant l'aube, ils retrouvèrent Harry Frost à Hempstead.

— Décrivez-moi l'appareil que vous avez saboté !

— Un biplan. Une seule hélice.

— Devant ou derrière.

— Derrière.

— Quelle couleur ?

— Bleu.

Frost leur donna cent dollars chacun, ce qui représentait plus d'un mois de salaire pour un mécanicien expérimenté dont le patron était généreux.

— Pas mal pour une nuit, dit George à son frère Peter.

Ils avaient un long chemin à parcourir pour rejoindre Brooklyn, mais d'abord, pour dédommager leur beau-frère, propriétaire du camion de glace, ils s'étaient engagés à le remplir. Ils récupérèrent leur chargement à un « pont » du front de mer, administré par l'American Ice Company Trust. Quatre dollars la tonne de glace.

— Et la remise de cinquante *cents* ? demanda George.

— Les revendeurs indépendants ne bénéficient pas de remises.

— Il est censé y avoir deux mille livres par tonne. Comment se fait-il que la tonne que vous nous avez chargée n'en pèse que mille huit cents ?

— C'est de la glace. Elle a fondu.

— Mais vous êtes censé rajouter deux cent livres pour compenser la fonte.

— Pas pour les indépendants. Allez, bougez votre camion, vous bloquez le pont.

— Ça n'est pas juste.

— Et qu'est-ce que vous comptez faire ?

Après avoir rendu le camion, ils prirent le trolley pour gagner leur saloon habituel, en plaisantant sur la manière dont ils persuaderaient Harry Frost de réformer la vente de glace en gros. Quel racket ! Cette société maîtrisait toute la chaîne : fabrication, transport, stockage, distribution et vente. Ça devait rapporter dix millions de dollars par an. Les frères Jonas rirent plus fort. Harry Frost changerait ces pratiques. Il raflerait tout.

La matinée était magnifique. Après avoir avalé deux œufs durs et quelques bières, ils décidèrent de revenir en métro à Belmont Park pour voir le biplan bleu tomber du ciel.

9

Une meute de journalistes se pressait autour du concurrent anglais, Sir Eddison-Sydney-Martin qui attendait que les mécaniciens fassent le plein de son Farman. Le déplacement de la presse en masse compacte ne laissait pas d'inquiéter Isaac Bell. Il serait si facile à un assassin de se dissimuler au milieu d'eux.

Archie, lui, gardait un œil vigilant sur Joséphine, qui pour une fois n'avait pas disparu dans l'azur mais attendait sagement son tour pour la démonstration de vitesse en vol. Une foule, plus nombreuse que d'habitude, était réunie sur le terrain : on aurait dit que la ville entière avait pu obtenir un laissez-passer, et Archie avait dû faire doubler la garde. Pour l'heure, dix hommes de Van Dorn, dont quatre déguisés en mécaniciens, se tenaient à proximité de Joséphine.

Bell constata avec satisfaction qu'il reconnaissait tous les journalistes. Jusqu'ici, seuls les quotidiens appartenant à Whiteway rendaient compte de la course, ce qui facilitait les choses. Lorsque le public s'enthousiasmerait enfin pour cette compétition, lui avait expliqué Whiteway, les autres journaux seraient bien obligés de la suivre. D'ici là, Whiteway profitait pleinement de son monopole et ses reporters racontaient l'histoire qu'on leur dictait. Les aviateurs américains n'étaient que des outsiders, et, parmi eux, l'Aérienne chérie de l'Amérique était la moins bien placée. Un ivrogne du navire amiral de Whiteway, l'*Inquirer*, hurla à l'intention d'Eddison-Sydney-Martin :

— Si le champion d'Angleterre pouvait s'adresser aux lecteurs américains, que leur dirait-il ?

— Que le meilleur ou la meilleure gagne !

Bell remarqua que les mains d'Eddison-Sydney-Martin tremblaient. Visiblement, Archie ne s'était pas trompé en déclarant que le baronnet était affreusement timide. On voyait bien qu'il était plus terrorisé par la présence d'un groupe de personnes autour de lui que par l'idée de se retrouver à plusieurs centaines de mètres dans les airs. Sa femme, Abby, une très belle brune, se tenait à ses côtés pour le soutenir, mais Bell fut frappé par le courage de cet homme.

Le journaliste de Whiteway lança d'un ton faussement incrédule :

— Vous ne pensez quand même pas cela, Sir Eddison-Sydney-Martin. Les journaux de Londres proclament au monde entier que vous concourez pour l'Angleterre et pour l'honneur de la Grande-Bretagne.

— Nous autres Britanniques avons en commun avec les Américains une presse enthousiaste, répondit-il. En fait, on peut dire que je suis à moitié américain, puisque j'ai eu l'immense plaisir d'épouser ma délicieuse Abby, qui est une Yankee du Connecticut. Cela dit, pour être honnête, je ne pense pas qu'on puisse comparer la Course aérienne Whiteway à un match de boxe où à la fin ne demeure plus debout qu'un seul homme. Par sa seule présence ici, chaque aviateur est déjà un vainqueur. Les connaissances que nous tirerons de cette course conduiront à l'amélioration de l'aviation et accroîtront l'habileté des pilotes.

Un journaliste qui hurla le nom d'un des journaux d'affaires de Whiteway lui demanda :

— Voyez-vous un avenir commercial à ces machines volantes ?

— Est-ce que des passagers paieraient pour voler ? Dieu sait quand nous verrons un « aérobus » capable d'emmener une telle charge. Mais il y a quelques instants seulement, j'ai vu une initiative commerciale intéressante. Alors que je survolais Garden City, cinq kilomètres au nord d'ici, et que je descendais vers

Belmont Park, j'ai vu rouler un camion de l'éditeur Doubleday, Page and Company. Vous me demanderez comment j'ai pu savoir, depuis les airs, qu'il s'agissait d'un camion de cette société ! Eh bien, c'est qu'outre le nom peint sur les flancs du camion, un directeur de la publicité, fort avisé, avait dû remarquer que nous étions plus souvent en l'air qu'au sol, et a fait peindre sur le toit du camion les mots « Doubleday, Page and Company » pour attirer l'attention des aviateurs.

Les journalistes écrivaient fébrilement.

— Alors il est possible que l'avenir commercial des machines volantes réside dans des publicités visibles du ciel.

Isaac Bell éclata de rire à l'unisson de la petite foule.

Le visage d'Eddison-Sydney-Martin s'éclaira soudain d'un réel soulagement, comme un homme qui sort enfin de prison.

— Bonjour, Joséphine ! s'écria-t-il.

Joséphine se dirigeait en toute hâte vers son aéroplane jaune, tête baissée comme si elle voulait passer inaperçue, mais elle se retourna pour saluer Eddison et son épouse :

— Bonjour, Abby.

— Dites donc, messieurs les journalistes, lança l'aviateur anglais, vous ne pensez pas que ce serait plus agréable pour vous d'interviewer une jolie femme ?

Tandis que les journalistes se retournaient pour regarder Joséphine, il sauta dans son Farman et lança :

— Vas-y, Ruggs.

Lionel Ruggs, son chef mécanicien, fit tourner l'hélice. Le moteur rotatif Gnome démarra à la première sollicitation et le baronnet s'éleva dans les airs en laissant derrière lui un panache de fumée bleue.

Isaac Bell décida alors d'intercepter les journalistes qui se précipitaient vers Joséphine, bien conscient que n'importe qui pouvait glisser une carte de presse dans le ruban de son chapeau.

Archie avait déjà pensé la même chose et Joséphine était entourée des détectives qui observaient chaque journaliste d'un œil soupçonneux.

— Joli, le complimenta Isaac.

— C'est pour ça que M. Van Dorn me paye aussi bien, répondit Archie en souriant.

— Il se demande pourquoi tu travailles encore, maintenant que tu es riche.

— Moi aussi je me le demande. Surtout quand j'en suis réduit à jouer les simples gardes du corps.

— C'est moi qui ai demandé qu'on te confie cette tâche. Tu n'y es pas réduit.

— Ce n'est pas ce que je voulais dire, Joséphine est merveilleuse et je suis très content de veiller sur elle. Mais c'est quand même un boulot pour la Protection rapprochée.

— Non !

Bell regarda son vieil ami droit dans les yeux.

— Ne commets pas cette erreur, Archie. Harry Frost cherche à la tuer et pas un seul membre de la Protection rapprochée de chez Van Dorn ne pourrait l'en empêcher.

Archie était presque aussi grand qu'Isaac et aussi costaud. Le style décontracté, l'allure élégante et les manières patriciennes cachaient une dureté que Bell avait rarement rencontrée chez des hommes de sa classe sociale.

— Tu accordes trop de crédit à Frost.

— Je l'ai vu agir. Toi, non.

— Tu l'as vu agir quand tu étais jeune, mais tu ne l'es plus et Frost aussi a dix ans de plus.

— Tu veux que je te remplace ? demanda Bell d'un ton froid.

— Essaye de me virer et j'appelle Van Dorn.

Ils se dévisagèrent durement, et les hommes qui se tenaient autour d'eux les voyaient déjà en venir aux mains. Mais leur amitié était trop profonde pour qu'ils en arrivent à une telle extrémité. Bell éclata de rire.

— S'il apprend qu'on s'est affrontés comme deux coqs, il nous virera tous les deux.

— Je te jure, Isaac, que tant que je veillerai sur elle, personne ne touchera à un cheveu de Joséphine. Et si quelqu'un osait s'en prendre à elle, je la défendrais jusqu'à mon dernier souffle.

Isaac Bell se sentit rassuré, non tant par les paroles d'Archie, mais parce que tout au long de leur échange, il n'avait pas quitté des yeux Joséphine.

Un camion lourdement chargé, laqué de blanc et portant la marque de Doubleday, Page and Company, pénétra dans Belmont Park. Le chauffeur et son aide portaient des uniformes et des casquettes à visière cirée du même vert sombre que le camion. Ils se garèrent devant l'entrée de service des tribunes et déchargèrent des ballots de magazines : *World's Work* et *Country Life in America.* Ensuite, au lieu de quitter le terrain, ils s'engagèrent sur la route de gravier fin reliant la station ferroviaire au champ de course et suivirent un camion à plate-forme, un Modèle T, transportant un moteur Wright qu'il devait livrer à un avion.

Tenu par des détectives de chez Van Dorn, un portail barrait la piste de course. Ils firent signe au Model T de passer mais arrêtèrent le camion Doubleday, et considérèrent avec étonnement l'uniforme des deux livreurs de journaux.

— Où vous comptez aller comme ça ?

Le chauffeur sourit.

— Je parie que vous me croiriez pas si je vous disais qu'on livre des magazines aux aviateurs.

— Vous avez raison. Alors ?

— A l'arrière, on a un moteur pour le Liberator. Les mécaniciens ont fini de travailler dessus et nous ont demandé de leur filer un coup de main.

— Ils n'ont pas leur camion ?

— Ils devaient vérifier les courroies.

— Joe Mudd c'est mon beau-frère, fit l'aide. Il sait qu'on livre des magazines. Tant que notre patron s'en rend pas compte, nous on est d'accord.

— C'est bon, passez. Vous savez où le trouver ?

— On le trouvera.

Le camion laqué de vert s'engagea sur le terrain où se pressait la foule, et le chauffeur dut se frayer un chemin entre machines volantes, mécaniciens, automobiles, camions, brouettes et bicyclettes. A l'arrière du camion, une dizaine de gros bras de Rod Sweet étaient entassés et devaient se tenir debout faute de place. Vêtus de complets et coiffés de chapeaux-melons, ils pratiquaient d'ordinaire l'approvisionnement en opium et en morphine des médecins et des pharmaciens et arboraient donc une allure plus distinguée que les habituels bouledogues de leur espèce. Aucun d'eux n'aurait aimé se frotter aux détectives Van Dorn, mais comment refuser la coquette somme versée d'avance par Harry Frost ? Cela dit, eux-mêmes paieraient à coup sûr un lourd tribut et certains d'entre eux se feraient serrer. Mais ceux qui parviendraient à revenir sains et saufs à Brooklyn n'auraient plus besoin de travailler pendant des mois.

Harry Frost se tenait au milieu d'eux, et, à travers un petit trou ménagé dans le flanc du camion, observait le biplan Farman bleu de Sir Eddison-Sydney-Martin. Il se sentait plutôt calme. Son plan fonctionnerait.

Sir Eddison-Sydney-Martin fendait l'azur et cherchait à battre le record de vitesse des biplans dans une course en ellipse qui se déroulait autour de pylônes plantés tous les 1 370 mètres. La course se déroulait sur 5 kilomètres et, pour battre le record, il devait effectuer vingt boucles en moins d'une heure. Pour y parvenir, l'Anglais déployait des trésors d'adresse, mais il ignorait que chaque virage sur l'aile pouvait être le dernier. Lorsque, soumis à de formidables tensions, le boulon en aluminium placé par les frères Jonas céderait, l'aile serait arrachée. A l'instant fatal, tous les yeux se tourneraient vers l'aéroplane en train de chuter.

Frost en avait déjà vu tomber. A 150 mètres, il leur fallait très longtemps pour toucher le sol. Pendant ce temps-là, personne, pas même les détectives Van Dorn, ne verrait ses hommes quitter le camion et, une fois dehors, il serait trop tard pour les arrêter et il en profiterait pour foncer droit sur Joséphine.

Isaac Bell admirait la façon dont Eddison-Sydney-Martin coupait ses virages lorsque, trente minutes après le départ, une aile se détacha. La scène semblait irréelle. Le moteur rugissait toujours et le biplan poursuivait sa course. L'aile brisée se sépara en deux morceaux, ne laissant de l'autre côté que les ailes supérieure et inférieure, rattachées par leurs traverses métalliques. Les parties détachées plongèrent vers le sol à la verticale.

Un même cri fusa de la foule. Les gens se dressèrent sur la pointe des pieds, le visage blême, les yeux rivés vers le ciel. Les mécaniciens levèrent eux aussi le regard, angoissés. Une femme hurla : c'était l'épouse d'Eddison-Sydney-Martin. L'aéroplane qui filait vers le sol se mit alors en vrille. Des forces terribles arrachèrent la toile qu'il traînait désormais derrière lui comme une longue chevelure.

On voyait distinctement Sir Eddison-Sydney-Martin agrippé aux commandes, mais tout le monde savait qu'il ne pouvait plus rien. Echappant à toute maîtrise, le biplan s'écrasa au sol dans un bruit de tonnerre. A quatre cents mètres de là, Isaac Bell sentit la terre trembler. Un gémissement de désespoir parcourut le terrain et les tribunes.

On entendit un autre hurlement.

Isaac Bell sentit son cœur se serrer et il bondit. La femme de l'aviateur anglais se ruait vers l'épave, mais ce n'était pas elle qui avait hurlé puisqu'elle avait les deux mains pressées contre ses lèvres. Le hurlement de terreur venait de derrière.

Joséphine.

LIVRE DEUX

« Balancez-vous comme un oiseau
sur sa branche. »

10

ISAAC BELL SORTIT SON BROWNING. A la vue d'un homme de grande taille, vêtu d'un complet blanc qui courait vers eux, le pistolet à la main, les mécaniciens qui regardaient l'épave s'écartèrent pour lui laisser le passage. Bell aperçut Joséphine de dos. Devant elle, Archie Abbott lui faisait un rempart de son corps et devant eux, six hommes de Van Dorn luttaient épaules contre épaules pour tenter de bloquer la charge d'une bande de voyous armés de poings américains, de gourdins et de chaînes de bicyclette.

Derrière eux, on apercevait un camion vert foncé Doubleday Page, aux portières arrière grandes ouvertes. Harry Frost bondit hors du camion, un pistolet dans une main, un couteau dans l'autre.

Un détective sortit son pistolet mais une chaîne de bicyclette l'arracha de sa main avant qu'un coup de gourdin ne l'envoie à terre. Un deuxième détective s'écroula de la même façon. Les quatre restant tentèrent de maintenir leur ligne de défense, mais ils furent vite submergés, laissant à découvert Archie et Joséphine. Harry Frost chargea alors avec la puissance et la rapidité d'un rhinocéros furieux.

Isaac Bell appuya sur la détente de son Browning. Cette arme était extrêmement précise, mais il courait à toute vitesse et il visa le corps de Frost, plus facile à atteindre que sa tête. La balle toucha son but car il la vit déchirer le manteau, mais l'homme ne ralentit pas sa charge et braqua son arme sur Archie.

Bell, à présent tout près, reconnut l'arme de Frost : un Webley-Fosbery. Connaissant la brutalité de Frost, il craignit aussitôt qu'il ne l'eût chargée avec des balles de 455 à tête creuse, dites « manstopper. »

Archie, sans bouger, visa lui aussi Frost. Son pistolet était un petit Mauser de poche, de calibre 6,35, un modèle expérimental que les patrons de l'usine lui avaient offert lors de son voyage de noces en Allemagne. A l'époque, Bell avait fait valoir que cette arme était trop petite pour pouvoir être utile, mais Archie avait souri.

— C'est un souvenir de notre lune de miel et il ne fait pas de plis sur mon complet.

Froidement, il laissa Frost avancer avant d'appuyer trois fois sur la détente.

Les projectiles percèrent la veste de Frost mais sans ralentir sa course. Ses balles de 6,35 finiraient peut-être par le tuer mais pas avant que la brute ait accompli son œuvre sanglante. Bell voulut tirer à nouveau mais Archie était sur sa trajectoire. Il se tenait prêt à viser entre les deux yeux de Frost, mais avant qu'il ait pu faire feu, une chaîne de bicyclette fendit l'air comme une lanière de fouet, lui arrachant le Mauser de la main.

Isaac Bell se déporta sur la gauche et tira par-dessus l'épaule d'Archie. Il était sûr de l'avoir à nouveau touché. Mais le géant fou de rage tira à bout portant sur Archie Abbott. Le Webley fit un bruit de canon.

La balle à tête creuse se fraya un tunnel dans sa poitrine. Archie tituba puis ses jambes se dérobèrent sous lui. Frost fourra le revolver dans sa poche, fit passer le couteau dans sa main droite et darda un regard brûlant sur Joséphine.

Au moment de s'écrouler, Archie parvint quand même à lui décrocher un magistral crochet du gauche.

La mâchoire de Frost craqua avec un bruit de branche brisée. Ses yeux s'agrandirent de surprise. Son poing s'ouvrit, laissant tomber le couteau.

Bell se rua en avant mais il ne pouvait tirer : Joséphine se tenait devant lui.

Frost pivota sur ses talons et s'enfuit.

Bell se précipita à sa poursuite, mais en sautant par-dessus le corps de son ami, il vit une tache de sang qui s'élargissait sur son manteau. Sans hésiter, il tomba à genoux à côté de lui.

— Des médecins ! hurla-t-il. Appelez des médecins !

Bell ouvrit le manteau et la chemise d'Archie et tira un couteau de sa botte pour couper le tricot de corps. Des bulles d'air se formaient à la surface de la blessure. Il regarda autour de lui. Les gens les contemplaient avec angoisse, mais une seule personne semblait avoir conservé son sang-froid.

— Joséphine !

Il lui tendit son couteau.

— Vite. Découpez-moi un morceau de toile d'avion. De cette taille.

Il ouvrit les mains.

— Des médecins ! lança-t-il de nouveau aux gens qui les regardaient. Allez-y, bon sang ! Trouvez-moi des médecins !

Quelques secondes plus tard, Joséphine était de retour avec un morceau de toile d'avion jaune.

Isaac Bell appuya le tissu sur trois côtés contre la poitrine d'Archie et profita des mouvements de respiration pour laisser l'air s'échapper de la blessure sans en laisser pénétrer.

— Joséphine !

— Je suis là.

— J'ai besoin de tissu pour maintenir ce pansement.

Sans hésitation, elle ôta sa lourde tunique de vol puis son chemisier qu'elle découpa en longues bandes.

— Aidez-moi à les mettre en place.

Bell fit rouler Archie du côté de la blessure tandis que Joséphine glissait le tissu en dessous. Bell noua ensuite les extrémités.

— Maintenez ces bouts de tissu pour le tenir au chaud. Des médecins !

Un médecin fit enfin son apparition. Il posa son sac sur le sol, s'agenouilla près du blessé et prit son pouls.

— Beau boulot. Vous êtes médecin ?

— J'ai déjà vu faire, répondit Bell, laconique.

Sur sa propre poitrine, aurait-il pu ajouter, à l'âge de vingt-deux ans, par Joseph Van Dorn qui cherchait en pleurant à sauver la vie de son apprenti.

— Par quoi a été faite la blessure ?

— Une balle à pointe creuse. Calibre 455.

— C'est un de vos amis ?

— Mon meilleur ami.

Le médecin hocha la tête.

— Désolé, mon garçon. Ce n'est pas pour rien qu'on appelle ces munitions des « manstopper. »

— Il faut une ambulance.

— Il y en a une qui arrive. L'aviateur anglais n'en avait plus besoin.

Quelques minutes plus tard, l'ambulance emmenait Archie à l'hôpital en compagnie de deux médecins. A ce moment-là, les détectives Van Dorn s'étaient regroupés et formaient un cordon compact autour de Joséphine.

Harry Frost avait profité de la confusion pour s'enfuir.

Bell organisa rapidement une chasse à l'homme et fit prévenir tous les hôpitaux de la région.

— Il a encaissé au moins trois balles, dit-il. Peut-être quatre. Et Archie lui a brisé la mâchoire.

— On a capturé deux de ses hommes, Isaac. Des voyous de Brooklyn. J'en ai reconnu un. Il travaille pour Rod Sweets, le roi de l'opium. Qu'est-ce qu'on fait d'eux ?

— Voyez ce que vous pouvez en tirer avant de les remettre aux flics.

Bell était persuadé que Archie avait contacté la police locale en arrivant sur l'hippodrome. Il était en effet courant de chercher à voir qui pouvait être acheté au cas où les choses tourneraient mal.

— Ils sont déjà en train de chanter. Frost les a payés cent dollars par tête de pipe. Payés d'avance de façon à ce qu'ils puissent les remettre à leurs copines au cas où ils se feraient prendre.

— C'est bon. Je doute qu'ils sachent quoi que ce soit d'intéressant à propos de Frost. Mais voyez quand même ce qu'on peut apprendre. Ensuite remettez-les à la police et dites aux flics que Van Dorn va porter plainte. Donnez-leur une raison de les garder.

Bell s'entretint brièvement avec Joséphine pour s'assurer qu'elle se sentait en sécurité et pour lui annoncer qu'il avait augmenté le nombre de ses gardes du corps jusqu'à ce que Frost soit capturé.

— Vous vous sentez bien ? demanda-t-il.

— Je vais voler.

— Maintenant ?

— Ça m'éclaircit les idées.

— Vous n'avez pas besoin de remplacer la toile que vous avez découpée sur votre machine volante ?

— Je ne l'ai pas prise sur un endroit essentiel.

Bell gagna ensuite l'endroit où le biplan d'Eddison-Sydney-Martin s'était écrasé. Curieuse coïncidence, tout de même, que l'accident de l'Anglais se fût produit au moment même où les voyous de Frost passaient à l'attaque. En fait, cela ne pouvait être une coïncidence. Frost avait dû manigancer ce coup-là.

De loin, on voyait que le nez du Farman s'était écrasé en premier. Le fuselage se dressait vers le ciel comme un monument, comme une pierre tombale pour le malheureux Eddison-Sydney-Martin, victime non d'un accident mais d'un meurtre. Du moins si les soupçons de Bell s'avéraient fondés. Abby se tenait à côté de l'épave. Un homme de haute taille, coiffé d'un casque d'aviateur, lui avait passé le bras autour des épaules, comme pour la réconforter. Il fumait une cigarette. Il se pencha vers elle et lui murmura quelques mots à l'oreille. Elle rit.

Bell les contourna pour apercevoir leurs visages. L'homme était Eddison-Sydney-Martin en personne. Il avait le visage blanc comme un linge, sur l'œil un bandage d'où s'échappait un filet de sang et il s'appuyait lourdement sur sa femme. Mais, miraculeusement, l'Anglais se tenait sur ses deux jambes.

Bell jeta un nouveau coup d'œil à l'épave du Farman et demanda :

— Qui pilotait votre machine ?

Sir Eddison-Sydney-Martin éclata de rire.

— J'ai bien peur que ce soit moi qui aie vécu cette aventure de bout en bout.

— Cela tient du miracle.

— La structure a tendance à absorber le choc de l'impact : tout ce bois et ce bambou se plie un peu comme un coussin. Du moment qu'on n'est pas éjecté et qu'on ne se brise pas le cou, si on n'est pas écrasé par le moteur qui se décroche, on a de bonnes chances de survivre lorsqu'un avion s'écrase au sol. Cela dit, je ne peux qu'être infiniment reconnaissant à la chance qui m'a souri.

— Il est bien dommage de vous voir abandonner la course.

— Je n'abandonne pas la course. Mais il me faut tout de suite un autre appareil.

Bell glissa un coup d'œil en direction de sa femme. C'était elle qui signait les chèques, mais prendrait-elle le risque d'expédier une nouvelle fois son mari dans les cieux ?

— Il y a un type malin, à New Haven, qui fait des essais sur une sorte de Curtiss « sans soupapes » qui semble très bon.

— Ils ont en plus une licence Bréguet, ajouta son mari.

— Que s'est-il passé ? demanda Bell. Pourquoi est-il tombé ?

— J'ai entendu un gros « bang. » Puis un câble a claqué près de ma tête. Apparemment, une entretoise avait lâché. Comme elle n'était plus soutenue, l'aile s'est brisée.

— Pourquoi l'entretoise a-t-elle lâché ?

— Ça tient du mystère. Il n'y a jamais de défaut de construction sur un Farman. (Il haussa les épaules.) Mes gars sont en train de l'examiner. Mais ça fait partie du jeu, vous ne croyez pas ? Un accident peut toujours arriver.

— Peut-être, fit Bell, de moins en moins convaincu qu'il se fût agi d'un accident.

Il s'approcha de l'épave dont le chef mécanicien, Lionel Ruggs, retirait des pièces récupérables.

— Vous avez trouvé le câble qui a lâché ? demanda-t-il.

— Y a peu de pièces qui sont intactes. Le choc a été si fort qu'il n'y a plus que du petit bois.

— Je voulais dire le câble qui a causé l'accident. Eddison a dit qu'il en avait entendu un claquer.

— Je les ai tous mis là, dit-il en montrant un alignement de câbles métalliques. Jusqu'ici, je n'en ai pas vu de cassé. C'est du Rœbling. Les mêmes qui tiennent le pont de Brooklyn. Pratiquement indestructibles.

Bell alla vérifier par lui-même. Un apprenti, un gamin qui ne devait pas avoir plus de quatorze ans, vint apporter d'autres câbles. Il considérait d'un air si étonné l'extrémité d'un de ces câbles que Bell lui demanda :

— Qu'est-ce qu'il y a là, mon garçon ?

— Rien.

Bell tira une pièce d'un dollar en argent de sa poche.

— Mais on dirait que tu as remarqué quelque chose, là…

Le garçon empocha la pièce.

— Merci, monsieur.

— Pourquoi ne montres-tu pas ça à ton patron ?

Le garçon amena le bout de câble au chef mécanicien.

— Regardez ça, monsieur Ruggs.

— Pose-le avec les autres, gamin.

— Mais, monsieur… regardez ça.

Lionel Ruggs chaussa ses lunettes de lecture et l'examina à la lumière.

— Nom de Dieu de nom de Dieu !

Au même instant, Dmitri Platov arriva en courant et hocha la tête en contemplant les débris du Farman. Puis il regarda Eddison-Sydney-Martin qui allumait une autre cigarette.

— Il survit ? Il a chance.

— Que pensez-vous de ça, monsieur Platov ?

Celui-ci prit le bout de câble entre ses doigts et l'examina avec attention. La stupéfaction se peignit sur son visage.

— C'est étrange. Très étrange.

— Pourquoi est-ce étrange ?

— C'est aluminium.

— Qu'est-ce que ça foutait sur notre machine ? s'écria Ruggs, furieux.

— Que voulez-vous dire ? demanda Isaac Bell.

— Ce chose devrait pas être, fit Platov. C'est… comment dire… faible ancré.

— Ce boulon, à l'extrémité du câble, est en aluminium, dit Ruggs, fou de rage. Il devrait être en acier. Ces câbles supportent des tonnes de tension, et des tonnes supplémentaires quand la machine effectue des manœuvres brusques. Le boulon d'ancrage doit être au moins aussi solide que le câble. Sans ça, comme le dit M. Platov, l'ancrage est faible.

— D'où est-ce que ça vient ? demanda Bell.

— Certains en utilisent. Mais il n'y en a pas sur nos machines, merci beaucoup.

Bell se tourna vers le Russe.

— Avez-vous déjà vu des pièces d'aluminium utilisées de cette façon ?

— Aluminium peser léger. Aluminium sur traverses, aluminium sur entretoises, aluminium sur fuselage. Mais sur écrous ancrage ? Seulement fou peut faire ça. (Il rendit le câble et son écrou à Lionel Ruggs. Son visage d'ordinaire jovial était à présent fermé.) Personne qui a fait ça devrait être fusillée.

— J'appuierais moi-même sur la détente si je trouvais ce salopard, dit le mécanicien.

11

Isaac Bell se rendit ensuite au hangar de Joséphine, où Archie avait installé un poste de commandement. Il parcourut rapidement les rapports qui lui parvenaient par le biais du télégraphe, du téléphone et du messager Van Dorn. En dépit de ses blessures, Harry Frost était toujours en cavale.

Ou, pour être exact, il avait disparu.

Tous les hôpitaux étaient prévenus, mais jusque-là, aucun n'avait répondu. Frost pouvait aussi bien agoniser dans un fossé ou être déjà mort. Il pouvait aussi se cacher dans la campagne entourant l'hippodrome, s'être rendu à Brooklyn, où des gangsters le prendraient en charge, contre rémunération, et trouveraient infirmières et pharmaciens marrons pour soigner ses blessures. Il avait pu également se rendre dans l'Est, dans les comtés ruraux de Nassau et de Suffolk. Ou dans le Nord, dans la région vaste et peu peuplée de Long Island, un des lieux de prédilection des grandes fortunes américaines qui avaient l'habitude de chasser à courre.

Bell téléphona au bureau de New York, ordonna qu'on envoie des agents en renfort et qu'on double la surveillance des stations de bus, de métro et de ferry-boats. Il expédia des apprentis dans les hôpitaux, avec la ferme consigne, s'ils découvraient quelque chose, de ne rien tenter et de demander de l'aide. Lorsqu'il eut organisé au mieux sa chasse à l'homme, Bell laissa une dizaine de détectives sur place pour veiller sur Joséphine et prit sa voiture pour se rendre à l'hôpital Nassau de Mineola, où l'on avait transporté Archie.

La très belle épouse d'Archie, Lillian, une jeune femme blonde de dix-neuf ans, vêtue d'un long cache-poussière de voyage, se tenait devant la salle d'opération. Ses yeux d'un étonnant bleu pâle étaient secs et son regard vif, mais son visage trahissait l'angoisse.

Bell la prit dans ses bras. C'était lui qui l'avait présentée à Archie, sentant que cette jeune fille pétillante de vie, unique enfant d'un magnat des chemins de fer, illuminerait la vie de son ami. Il avait eu raison au-delà de toute espérance. Ils s'adoraient. Et Archie avait réussi à persuader le père de Lillian, quelqu'un de plutôt irascible, de voir en lui l'homme qu'il était et non un simple chasseur de dot. A la cérémonie de mariage, où Bell était témoin, Archie lui avait dit : « Tu as changé le cours de ma vie », oubliant que quelques années auparavant, il en avait déjà été de même lorsque Bell lui avait proposé de devenir détective chez Van Dorn. Aujourd'hui, il le regrettait.

Soudain, le chirurgien sortit de la salle d'opération, le visage grave. Voyant Bell serrer Lillian dans ses bras, l'homme se montra soulagé, comme si le fait qu'un ami puisse la réconforter lui faciliterait la tâche d'annoncer la mort de son mari.

— Le médecin est là, murmura Bell.

Elle se tourna vers lui.

— Dites-moi.

Le médecin hésita. Pour Isaac Bell, Lillian Osgood Abbott était la petite sœur qu'il n'avait jamais eue. Il voyait bien que la plupart des autres hommes restaient pétrifiés par sa beauté lors de leur première rencontre. En ce moment terrible, le médecin hésitait peut-être à prononcer des mots qui feraient couler des larmes sur ses joues ou tordraient de douleur ses jolies lèvres.

— Dites-moi, répéta-t-elle en prenant fermement la main du médecin.

La force de cette étreinte sembla lui redonner courage.

— C'est affreux à dire, madame Abbott. La balle a causé beaucoup de dommages, elle a frôlé le cœur et lui a broyé deux côtes.

Bell eut l'impression que c'était sa poitrine à lui que la balle avait déchirée.

— Il est mort ?

— Non… pas encore.

— C'est sans espoir ? demanda Lillian.

— J'aurais tant aimé pouvoir…

Bell la serra plus fort dans ses bras.

— On ne peut vraiment rien faire ?

— Moi… je ne peux rien faire.

— Mais alors qui pourrait le sauver ? demanda Isaac Bell.

Le médecin poussa un profond soupir et son regard se perdit dans le vide.

— Un seul chirurgien pourrait tenter une opération. Le Dr Nuland-Novicki. Pendant la guerre des Boers, il a mis au point de nouvelles méthodes pour le traitement des blessures par balle. Malheureusement, le Dr Nuland-Novicki…

— Allez le chercher ! s'écria Lillian.

— Il est parti. Il enseigne à Chicago.

Isaac Bell et Lillian Osgood Abbott échangèrent un regard rempli d'espoir.

— Même si le Dr Nuland-Novicki pouvait embarquer à temps à bord du *Twentieth Century Limited*, votre mari ne tiendrait pas les dix-huit heures que dure le trajet. Dix-neuf, si on compte le temps pour aller à Long Island. On ne peut pas le transporter à New York.

— Combien de temps peut-il encore tenir ?

— Douze ou quatorze heures tout au plus.

— Conduisez-nous jusqu'à un téléphone, dit Bell.

En courant, ils gagnèrent le central téléphonique de l'hôpital.

— Grâce au ciel, mon père est à la maison, dit Lillian. Je voudrais une communication pour New York, dit-elle à l'opératrice. Murray Hill 444.

Une sonnerie retentit dans la grande bâtisse de Park Avenue. Le majordome alla chercher Osgood Hennessy.

— Père, écoutez-moi. Archie a été grièvement blessé par balle… oui, c'est très grave. Il faut faire venir un chirurgien de Chicago. Je voudrais qu'il soit ici dans moins de douze heures.

Le médecin hocha la tête d'un air incrédule et dit à Bell :

— Avec le *Twentieth Limited* et le *Broadway Limited*, il va falloir dix-huit heures. Quel train pourrait couvrir la distance entre Chicago et New York plus vite que ces deux rapides ?

Isaac Bell lui adressa un sourire plein d'espoir.

— Un train spécial affrété par un baron du rail qui adore sa fille.

— Les ennemis du commissaire Baker le traitent de poids plume, grommela Osgood Hennessy en parlant du commissaire de police de New York, nommé récemment. Moi, je dis que c'est un très brave gars.

Six voitures de patrouille et une motocyclette (que le Département de police essayait en vue de former un peloton motocycliste) faisaient tourner leurs moteurs devant le Grand Central Terminal, prêtes à escorter la limousine de Hennessy. Ils franchiraient le pont de Manhattan et traverseraient Brooklyn avant de s'enfoncer dans le comté de Nassau. Les rues étaient plongées dans l'obscurité, mais une faible lueur rose éclairait le ciel à l'est.

— Les voilà ! s'écria Lillian.

Isaac Bell jaillit de la gare en courant, tenant par le bras le jeune Dr Nuland-Novicki, qui galopait à ses côtés comme un chien fou.

Rugissements de moteurs, hululements de sirènes, et quelques secondes plus tard, la limousine dévalait Park Avenue. Lillian tendit au médecin le dernier télégramme de l'hôpital. Il en prit connaissance et hocha la tête :

— Le patient est un homme vigoureux, dit-il d'un ton rassurant. Ça aide toujours.

A Belmont Park, la même lueur rose se reflétait sur le petit rail en acier où le révolutionnaire moteur thermique de Dmitri Platov devait faire ses derniers essais. Avec ce ciel qui s'éclaircissait, l'homme accroupi devait se hâter. S'il restait là plus longtemps, les lève-tôt le verraient desserrer des boulons avec sa clé à molette. Déjà, la brise qui soufflait à travers le champ de course charriait, au-delà des tribunes, des odeurs de bacon frit.

D'un instant à l'autre, des mécaniciens pouvaient faire leur apparition. Mais il devait graisser chaque boulon avant de les desserrer pour éviter le crissement du métal. Ensuite, il lui fallait essuyer les gouttes d'huile que ne manqueraient pas de remarquer les yeux experts des mécaniciens chargés de procéder aux derniers essais à terre avant de fixer le moteur sur le biplan de Steve Stevens, qui attendait non loin de là sous une bâche.

Il aurait déjà accompli sa tâche si les détectives chargés de la protection de l'avion de Joséphine Josephs n'avaient pris la mauvaise habitude de parcourir le terrain. Silencieux, imprévisibles, ils surgissaient de nulle part, leur lampe-torche à la main, avant de disparaître tout aussi vite. Deux fois, il avait dû s'accroupir, en se frottant le bras d'un geste nerveux, et attendre qu'ils s'éloignent.

Etape finale, lorsqu'il eut desserré la pièce en Y qui maintenait les extrémités du rail, il introduisit des allumettes dans l'espace ainsi ouvert. Si quelqu'un vérifiait le joint, il ne semblerait pas y avoir de jeu. Mais soumis à l'énorme force déployée par le moteur thermique, les rails s'ouvriraient et le joint sauterait. L'effet serait semblable à celui d'un aiguillage pour un train. A la différence près qu'il n'y avait qu'un seul rail, et le moteur miraculeux de Platov fuserait dans les airs comme un boulet de canon. Et tant pis pour celui qui se trouverait sur son passage.

12

— HARRY FROST N'EST PAS MORT, DÉCLARA ISAAC BELL.

— Si j'en crois les rapports, rétorqua Joseph Van Dorn, Harry Frost a été touché deux fois par vous et trois fois par le pauvre Archie. Il est plus chargé en plomb qu'un ferblantier.

— Pas suffisamment pour le tuer.

— On n'a pas vu la moindre trace de lui. Aucun hôpital n'en a entendu parler. Aucun médecin n'a signalé avoir soigné un homme souffrant d'une fracture de la mâchoire et de plusieurs blessures par balles.

— Certains médecins se font payer cher pour ne pas signaler des blessures par arme à feu.

— Aucun signalement.

— On a pourtant reçu de nombreux tuyaux.

— Tous percés.

— Ça ne veut pas dire qu'il est mort.

— Au moins, il est hors d'état de nuire.

— Je n'en mettrais pas ma main à couper, fit Bell.

Joseph Van Dorn abattit le poing sur son bureau.

— Ecoutez-moi bien, Isaac. On en a parlé plusieurs fois. J'adorerais apprendre que Harry Frost n'est pas mort. Ce serait bon pour les affaires. Preston Whiteway continuerait à nous payer une fortune pour protéger l'Aérienne chérie de l'Amérique. Heureusement, il sera disposé à nous payer pour qu'on retrouve le cadavre de Frost. Mais je ne peux pas continuer à lui facturer une douzaine de détectives vingt-quatre heures sur vingt-quatre.

— Il n'y a pas de cadavre, répliqua Bell.

— Quelle preuve avez-vous qu'il n'est pas mort ?

Bell bondit sur ses pieds et se mit à arpenter à grands pas la suite de l'hôtel Knickerbocker que Van Dorn utilisait comme bureau privé quand il venait à New York.

— Monsieur, vous êtes détective depuis plus longtemps que moi.

— Beaucoup plus longtemps.

— Et donc, vous savez que chez un enquêteur expérimenté, une intuition se fonde sur des éléments de réalité. Une intuition ne vient pas de rien.

— Bientôt, vous allez me défendre l'existence du sixième sens !

— Je n'ai pas besoin de défendre le sixième sens, rétorqua Bell, parce que grâce à votre longue expérience, vous savez mieux que moi que le sixième sens c'est la même chose qu'une intuition. Les deux proviennent de l'observation de faits et d'événements que nous n'avons pas encore conscience d'avoir vus.

— Qu'avez-vous donc observé qui puisse fonder votre intuition ?

— Le sarcasme est le privilège du patron, fit remarquer Bell. Peut-être ai-je observé l'agilité avec laquelle Frost courait quand il s'est enfui, monsieur. Ou bien la douleur sur son visage quand Archie lui a brisé la mâchoire et pas quand on lui a tiré dessus, Monsieur.

— Vous voulez bien cesser de m'appeler monsieur ?

— Bien, Monsieur, répondit Bell en souriant.

— Vous êtes sacrément gai, aujourd'hui.

— Je suis si soulagé qu'Archie ait une chance de s'en sortir. D'après le Dr Nuland-Novicki, le plus dur était de passer les premières vingt-quatre heures, et il les a passées.

— Quand pourrai-je aller lui rendre visite ?

— Pas encore. Dans sa chambre, ils n'autorisent que la présence de Lillian. Même sa mère en est réduite à faire les cent pas dans le couloir. Mais si je suis si gai aujourd'hui, c'est aussi parce que Marion va bientôt venir de San Francisco. Whiteway l'a engagée pour tourner des films sur la course.

Van Dorn demeura un instant silencieux, réfléchissant à leur échange. Finalement, il déclara :

— Ce que vous dites à propos des intuitions est vrai. Ou du moins, c'est ce que pensent les enquêteurs d'expérience.

— L'observation non reconnue est un phénomène qui mérite qu'on s'y arrête.

— Mais les enquêteurs confirmés estiment aussi que les intuitions et le sixième sens ont enrichi les bookmakers depuis la première course de chevaux organisée par le genre humain, fit Van Dorn, le doigt levé d'un air sentencieux. Ce matin, j'ai appris que vous aviez doublé vos paris en faisant venir à Belmont Park certains de mes meilleurs hommes, déjà répartis sur tout le continent.

— Walt Hatfield, dit « Texas » répondit Bell sans faire mine de présenter des excuses. Eddie Edwards, de Kansas City. Arthur Curtis, de Denver. James Dashwood, de San Francisco.

— Je ne mettrais pas Dashwood au même niveau que les autres.

— J'ai travaillé avec ce jeune homme en Californie, dit Bell. Dash est un débutant, mais il compense ce handicap par sa ténacité. C'est également le meilleur tireur de toute l'agence. S'il avait été là, il aurait foré un troisième œil dans le front de Harry Frost.

— Peut-être, mais ça coûte cher de déplacer autant d'hommes. Sans parler du danger de négliger les affaires sur lesquelles ils travaillent.

— Avant de les faire venir, j'ai discuté avec leurs directeurs d'agence.

— C'est avec moi que vous auriez dû discuter. Je peux déjà vous dire que je renvoie dare-dare Texas Walt chez lui pour terminer son enquête sur l'attaque du train, et Arthur Curtis en Europe pour l'ouverture de l'agence de Berlin. Archie Abbott a trouvé de bons éléments sur place. Et comme il parle allemand, il est tout indiqué pour les diriger.

— Moi aussi j'ai besoin des meilleurs, Joe. Je mène de front quatre tâches : protéger Joséphine, protéger la course aérienne, pourchasser Frost et découvrir ce qui est vraiment arrivé à Marco Celere.

— Là aussi, on manque totalement d'éléments matériels.

— Là non plus on n'a pas de cadavre.

— Hier soir, j'ai eu un échange de télégrammes avec Preston Whiteway. Il a besoin d'au moins un des deux corps : celui de Celere pour qu'on puisse faire condamner Frost ou celui de Frost pour qu'on puisse l'enterrer.

— Moi aussi je suis pour la mort de Frost, dit Bell. Joséphine serait en sécurité et je pourrais consacrer le temps ainsi libéré à la recherche de Celere.

— Quelle importance si Frost est mort ?

— Un meurtre sans cadavre, ça ne me plaît pas. Il y a quelque chose qui ne va pas, là-dedans.

— Une autre intuition ?

— Pas de cadavre, pas de meurtre.

— Vous avez raison. Il y a quelque chose qui ne va pas.

On frappa doucement, presque timidement à la porte.

— Entrez ! aboya Van Dorn.

Un stagiaire ouvrit la porte, tenant à la main un télégramme pour Isaac Bell.

Bell le lut, son visage s'assombrit, et il se tourna vers le jeune homme qu'on sentait sur le point de déguerpir.

— Envoyez-leur un télégramme pour leur dire que je sais pourquoi il a fallu tellement de temps pour amener les affiches de recherche dans cette banque.

Le stagiaire s'enfuit sans demander son reste.

— Que se passe-t-il ? demanda Van Dorn.

— Frost n'est pas mort.

— Encore une intuition ?

— Il vient de retirer dix mille dollars à la First National Bank de Cincinnati. Peu après son départ, notre agence a enfin apporté les affiches de recherche réservées aux banques signalant que Frost pourrait vouloir retirer de l'argent. Le temps que le directeur de la banque nous appelle, il était déjà parti.

— C'est efficace, ces affiches. Bravo.

— Ç'aurait été encore mieux s'ils avaient fait correctement leur boulot, à Cincinnati.

— J'avais envie de faire le ménage à Cincinnati. Là, ça me donne une excellente raison. Ils ont dit quelque chose sur les blessures de Frost ?

— Non. (Bell se leva.) Ecoutez, Joe, je vous demande d'assurer personnellement la sécurité de Joséphine jusqu'à mon retour.

— Où allez-vous ?

— A l'est d'Albany, dans le Massachusetts.

— Qu'allez-vous chercher là-bas ?

— Le jeune Dashwood a découvert quelque chose d'intéressant. Je lui avais demandé de fouiller l'histoire personnelle de Marco Celere. Résultat, il semble que notre Frost n'était pas le seul à vouloir le tuer.

Van Dorn jeta à son enquêteur en chef un regard inquisiteur.

— Ça m'intrigue quand plusieurs personnes veulent tuer un homme. Qui est-ce ?

— Une folle, une Italienne nommée Danielle Di Vecchio ; elle a poignardé Celere en hurlant : « *Ladro ! Ladro ! Ladro !* », ce qui veut dire « voleur » en italien.

— Une idée des raisons qui ont pu la pousser à faire ça ?

— Aucune. Elle a été internée dans un asile de fous privé. Je vais voir ce que je peux apprendre d'elle.

— Attention, Isaac : les gens qui dirigent ces asiles privés peuvent se révéler difficiles. Ils exercent une telle emprise sur leurs patients qu'ils deviennent de petits tyrans du genre Napoléon. C'est d'autant plus amusant qu'un certain nombre de leurs patients se prennent vraiment pour lui.

— Je demanderai à Grady de trouver le défaut de la cuirasse.

— Faites quand même en sorte d'être de retour avant le début de la course. Vos jeunes collègues sont plus habitués à chasser les machines volantes dans la campagne et à dormir en travers des portes. Et puis ne vous inquiétez pas pour Joséphine. Je veillerai sur elle personnellement.

Bell prit l'*Empire State Express* jusqu'à Albany où il loua une puissante Ford Modèle K et parcourut 37 kilomètres de pistes dans cette région peu peuplée du nord-ouest du Massachusetts. Il traversait un paysage de collines parsemé de fermes éloignées les unes des autres, séparées par d'épaisses forêts. Deux fois, il dut s'arrêter pour demander son chemin. La deuxième fois, il tomba sur un jeune conducteur de camion à l'air maussade, occupé à changer un pneu crevé sur le rebord de la piste poussiéreuse. Dans la remorque qu'il tirait on distinguait une machine volante aux ailes repliées.

— L'asile d'aliénés Ryder ? répéta l'homme en écho à la question de Bell.

— Vous savez où il se trouve ?

— Et comment ! Allez au sommet de la colline, là-bas. Vous le verrez.

Les vêtements du conducteur, casquette, veste, nœud papillon et chemise rayée laissaient penser qu'il s'agissait du mécanicien de l'aéroplane.

— Où emmenez-vous cette machine volante ? demanda Bell.

— Nulle part, répondit-il d'un ton sec pour signifier qu'il était inutile de lui poser d'autres questions.

Bell gagna le sommet de la colline et aperçut un bâtiment en brique rouge sombre, niché dans l'ombre d'un étroit vallon. Aux deux extrémités, des tours crénelées ne faisaient rien pour dissiper l'allure lugubre de la bâtisse. Les fenêtres étaient étroites et, en s'approchant, Bell remarqua qu'elles étaient équipées de barreaux, comme celles d'un pénitencier. L'ensemble était ceint d'un haut mur de briques de la même couleur sombre que le bâtiment.

Il arrêta son automobile devant le portail et appuya sur le bouton d'une sonnette, ce qui finit par attirer l'attention d'un gardien revêche, un gourdin attaché à la ceinture.

— Je suis Isaac Bell. J'ai rendez-vous avec le Dr Ryder.

— Vous ne pouvez pas amener ça à l'intérieur, dit-il en montrant la voiture.

Bell gara la Ford sur le bas-côté de l'allée et le garde l'autorisa à franchir le portail.

— Je suis pas responsable de ce qui pourrait arriver à cette auto. Tous les cinglés sont pas enfermés là-dedans, ajouta-t-il en grimaçant.

Bell s'approcha de lui et lui adressa un sourire glacial.

— Sachez que jusqu'à mon retour, cette automobile est placée sous votre entière responsabilité.

— Qu'est-ce que vous avez dit ?

— S'il arrive quoi que ce soit à cette automobile, vous le paierez. Et maintenant, conduisez-moi au Dr Ryder.

Le directeur de l'asile était un homme d'une quarantaine d'années, distingué, précieux, tiré à quatre épingles. Bell le considéra d'emblée comme un personnage maniéré, jouissant d'une situation qui lui donnait un pouvoir absolu sur la vie de centaines de patients. Il se rappela l'avertissement que lui avait prodigué Van Dorn à propos des petits tyrans.

— Je crois qu'il ne sera guère possible de rendre visite à Mlle Di Vecchio cet après-midi, dit le Dr Ryder.

— Nous avons eu une conversation téléphonique ce matin, lui rappela Bell. Vous étiez d'accord pour que je la rencontre.

— L'humeur changeante des patients ne s'accorde pas toujours avec les impératifs de l'extérieur. Une rencontre au mauvais moment pourrait être pénible pour tous les deux.

— Je suis prêt à prendre le risque.

— Peut-être, mais la patiente ?

Isaac Bell regarda le Dr Ryder droit dans les yeux.

— Est-ce que le nom d'Andrew Rubenoff vous dit quelque chose ?

— C'est un nom juif, non ?

— Effectivement, il est juif, répondit Bell d'un air menaçant. Et un excellent juif. Un merveilleux pianiste, également.

— J'ai bien peur de ne pas connaître ce… euh, ce gentleman.

— M. Rubenoff est banquier. C'est un vieil ami de mon père. Pratiquement mon oncle.

— Je ne connais aucun banquier nommé Rubenoff. Et maintenant, si vous voulez bien m'excuser…

— Je ne suis pas surpris que vous ne connaissiez pas M. Rubenoff. Ses clients s'occupent d'activités d'avenir, comme l'industrie automobile, ou le cinématographe. Mais, par réalisme, il permet à ses sociétés de holding de s'attacher les services de banques plus petites, plus traditionnelles, voire d'en acheter une de temps à autre. En fait, l'« oncle Andrew » m'a demandé de rendre une petite visite à l'une de ces banques tant que j'étais dans vos parages. Je crois qu'elle s'appelle la First Farmers Bank of Pittsfield.

Le Dr Ryder blêmit.

— Le service de recherche de l'Agence de détectives Van Dorn a mis au jour des informations passionnantes. La First Farmers of Pittsfield détient vos hypothèques, docteur Ryder, aux termes desquelles la banque peut réclamer le remboursement de ses prêts si la valeur de ses actifs baisse, ce qui est le cas pour la plupart des asiles d'aliénés privés, y compris de l'Institut Ryder, depuis que les nouvelles institutions d'Etat siphonnent les patients. Je rencontrerai donc Mlle Di Vecchio dans une salle propre, agréable et bien éclairée. Votre appartement personnel, qui se trouve, je crois, au dernier étage de la tourelle, conviendrait parfaitement.

Isaac Bell eut le souffle coupé en découvrant Danielle Di Vecchio. C'était une très belle femme, de haute taille, aux longs cheveux noirs et aux immenses yeux de même couleur. Vêtue d'une vilaine robe blanche, elle pénétra dans l'appartement de Ryder avec hésitation, un peu effrayée (ce que comprenait fort bien Bell) mais aussi avec curiosité.

Bell ôta son chapeau et fit signe à la matrone qui l'accompagnait de les laisser seuls et de refermer la porte. Il tendit la main à la jeune femme :

— Merci d'avoir accepté de me rencontrer, mademoiselle Di Vecchio. Je me présente : Isaac Bell.

Il parlait lentement, avec douceur, sachant qu'elle avait été internée par décision judiciaire pour avoir frappé un homme à coups de couteau. Elle observait l'appartement avec la plus grande attention, les meubles, les tapis, les tableaux et les livres.

— Qui êtes-vous ? demanda-t-elle avec un accent italien.

— Je suis détective privé. J'enquête sur le meurtre de Marco Celere.

— *Ladro !*

— Oui. Pourquoi le traitez-vous de voleur ?

— Il a volé, répondit-elle.

Ses yeux se tournèrent vers la fenêtre et, à la façon dont son visage s'éclaira, Bell se rappela que cela faisait longtemps qu'elle n'était pas sortie, qu'elle n'avait pas vu d'arbres verts, d'herbe et de ciel bleu, même de loin.

— Pourquoi ne pas s'asseoir près de la fenêtre ? proposa Bell en s'avançant lentement.

Elle le suivit avec précaution, comme une chatte qui désire la caresse d'une brise qui agite les rideaux. Bell s'installa de façon à pouvoir l'empêcher de sauter par la fenêtre.

— Pouvez-vous me dire ce qu'a volé Marco Celere ?

— Il est mort à la suite de ce coup de feu ?

— Probablement, répondit Bell.

— C'est bien.

Et elle se signa.

— Pourquoi avez-vous fait un signe de croix ?

— Je suis contente qu'il soit mort. Mais je suis aussi contente que ce ne soit pas moi qui l'aie tué. C'est la volonté de Dieu.

Doutant fort que Dieu ait confié cette tâche à Harry Frost, Isaac Bell voulut mettre à l'épreuve la santé mentale de Danielle Di Vecchio.

— Mais vous avez tenté de le tuer, n'est-ce pas ?

— Et j'ai échoué. (Elle le regarda droit dans les yeux.) J'ai eu plusieurs mois pour y réfléchir. Je crois qu'une partie de mon âme a retenu ma main. Je ne me rappelle rien de ce qui s'est passé ce jour-là, seulement que j'ai manqué son cou, la lame lui a fait une longue coupure sur le bras. Là...

Elle fit courir ses doigts à l'intérieur de l'avant-bras de Bell, électrisant sa peau.

— J'étais contente. Mais je ne sais plus si c'était parce que je l'avais fait saigner ou parce que je ne l'avais pas tué.

— Qu'avait donc volé Celere ?

— Le travail de mon père.

— Quel genre de travail ?

— Mon père était un *aeroplano cervellone*... comment dit-on... un cerveau. Un génie !

— Votre père inventait des machines volantes ?

— Oui ! *Un bello monoplano.* Il l'avait baptisé *Aquila.* Ça veut dire l'Aigle. Quand il a amené son *Aquila* en Amérique, il était tellement fier d'avoir émigré dans votre pays qu'il l'avait rebaptisé *American Eagle.*

Elle se mit à parler comme une mitrailleuse. Marco Celere avait travaillé pour son père en Italie, comme mécanicien, l'aidant à construire les aéroplanes qu'il inventait.

— C'était en Italie. Avant qu'il ne raccourcisse son nom.

— Marco a changé son nom ? Comment s'appelait-il ?

— Prestogiacomo.

— Prestogiacomo, répéta Bell en imitant l'accent de la jeune femme.

Il lui demanda de le lui épeler et nota le nom dans son calepin.

— Quand Marco est venu ici, il a dit que son nom était trop long pour les Américains. Mais c'était un mensonge. Tout le monde savait que Prestogiacomo était un *ladro.* Ici, son nouveau nom, Celere, veut seulement dire « rapide. » Personne ne savait quel genre d'homme il était en réalité.

— Qu'a-t-il volé à votre père ?

Danielle Di Vecchio expliqua alors que Marco Celere avait volé à son père de nouvelles méthodes pour rigidifier les ailes et maîtriser la stabilité des avions.

— Pouvez-vous m'expliquer ce que vous entendez par maîtrise de la stabilité ? demanda Bell, qui mettait toujours à l'épreuve la lucidité de la jeune femme.

Elle agita ses jolis bras comme si c'étaient des ailes.

— Quand l'*aeroplano* s'incline comme ça, le *conduttore*, le *pilota*, change la forme des ailes de façon à ce que l'appareil reste droit.

Se rappelant sa première conversation avec Joséphine, Bell demanda :

— Est-ce que votre père n'aurait pas inventé les *alettoni* ?

— Si ! Si ! C'est ça que je voulais dire, les *alettoni*.

— Les ailerons.

— C'était mon père, dit-elle en se frappant fièrement la poitrine, mon merveilleux *babbo*. Au lieu de faire bouger toute l'aile, il ne faisait bouger qu'une petite partie. C'est beaucoup mieux.

Bell lui tendit son calepin et son stylo Waterman.

— Vous pouvez me montrer ?

Elle dessina un monoplan et décrivit les parties mobiles sur les rebords extérieurs des ailes. Tout cela ressemblait fort à la machine jaune que pilotait Joséphine.

— Les ailerons, c'est bien ça que Marco a volé à votre père ?

— Pas seulement. Il a aussi volé la solidité.

— Je ne comprends pas.

— Mon père a appris comment fonctionnent les ailes pour les rendre plus fortes.

Dans un torrent d'anglais mâtiné d'italien, et avec l'aide de dessins, Danielle Di Vecchio lui expliqua que souvent, les monoplans perdaient leurs ailes et allaient s'écraser au sol, à la différence des biplans dont les doubles ailes étaient de structure plus solide. Bell acquiesça. Il l'avait très souvent entendu dire sur le terrain de Belmont Park. Les monoplans étaient un peu plus rapides que les biplans parce qu'ils présentaient moins de résistance au vent et pesaient moins lourd. Mais les biplans étaient plus solides, ce qui n'avait pas manqué de surprendre les observateurs lorsque le Farman d'Eddison-Sydney-Martin s'était rompu en plein vol.

D'après la jeune femme, Marco Celere avait suggéré que la faiblesse des monoplans ne venait pas des « haubans de vol » fixés sous les ailes mais des « haubans d'atterrissage » au-dessus d'elles.

— Marco a essayé son monoplan avec des sacs de sable pour faire ressembler au vol… mais quel est le mot exact ?

— Simuler ?

— C'est ça. Pour simuler les contraintes du vol. Mon père, lui, disait qu'un test statique était trop simple. Marco prétendait que les ailes ne bougeaient pas. Il disait que les forces sur elles ne changeaient pas. Mais en vol, les ailes bougent ! Vous ne vous en rendez pas compte, monsieur Bell ? Les vents soufflent en bourrasques, s'opposent aux manœuvres de la machine, attaquent les ailes dans plusieurs directions : ils ne font pas que pousser, ils tordent les ailes. Les essais idiots de Marco ne tenaient pas compte de tout ça, ajouta-t-elle d'un ton méprisant. Il a fait ses ailes trop raides. C'est *un meccanico*, pas *un artista !*

Sur les dessins qu'elle lui tendit, Bell vit une frappante ressemblance avec la machine rachetée par Preston Whiteway aux créanciers de Marco Celere sur l'insistance de Joséphine.

— Est-ce que le monoplan de Marco est dangereux ? lui demanda-t-il.

— Celui qu'il a fabriqué à San Francisco ? Il aurait été dangereux s'il n'avait pas volé les dessins de mon père.

— Le bruit court que les ailes d'un monoplan que Marco avait vendu à l'armée italienne s'étaient brisées.

— *Si !* lança-t-elle avec colère. C'est à cause de cet avion qu'il y a eu tous ces ennuis. Son monoplan trop raide, celui qu'il avait essayé avec des sacs de sable, en Italie, s'est écrasé.

— Mais pourquoi votre père n'a-t-il pas vendu son *Aquila monoplano* à l'armée italienne s'il était meilleur que celui de Marco ?

— Parce que Marco a refermé le marché. Il a empoisonné l'esprit des généraux qui ne veulent plus entendre parler de *monoplano.* L'usine de monoplans de mon père a fait faillite.

— Intéressant, dit Bell en observant sa réaction. Votre père et Marco ont dû tous deux quitter l'Italie.

— Marco, lui, a fui, rétorqua-t-elle d'un air de défi. Il a emmené les plans de mon père à San Francisco, où il a vendu des machines volantes à cette femme riche, Joséphine. Mon père, lui, a émigré à New York dans l'idée que des banquiers de Wall Street voudraient investir dans une nouvelle usine. Mais avant qu'il ait eu le temps de les intéresser, ses créanciers avaient tout saisi en Italie. Il était ruiné. Alors il s'est suicidé. Au gaz, dans une chambre d'hôtel minable à San Francisco.

— San Francisco ? Vous m'aviez dit qu'il était allé à New York.

— Marco l'avait attiré là-bas, lui avait promis de l'argent pour ses inventions. Mais tout ce qu'il voulait, c'était que mon père perfectionne ses machines. Il est mort tout seul. Il n'y avait même pas un prêtre. Voilà pourquoi j'ai essayé de tuer Marco Celere.

Elle croisa ses jolis bras et regarda Bell dans les yeux.

— Je ne suis pas folle. Je suis en colère.

— Je le vois bien.

— Mais je suis enfermée avec les fous.

— Etes-vous bien traitée ?

Elle haussa les épaules. De ses longs doigts elle saisit le tissu de sa robe que d'innombrables lavages avaient rendue grise.

— Quand je suis en colère, on m'enferme toute seule.

— Je prendrai le Dr Ryder à part et je lui en toucherai un mot.

Oui, par la peau du cou et le visage plaqué contre un mur.

— Je n'ai pas d'argent pour prendre un avocat. Pas d'argent pour payer des « experts médicaux » qui diraient au tribunal que je ne suis pas folle.

— Puis-je vous demander pourquoi votre père n'a pas pu trouver d'autres acheteurs pour sa machine volante, son *Eagle* ?

— Le monoplan de mon père est tellement meilleur que les autres, tellement nouveau, qu'il semble… comment dire… brut.

— Inconcevable ?

— Oui. Cet avion n'est pas encore apprivoisé.

— Est-ce que la machine volante de votre père est dangereuse ?

— Disons plutôt « intéressante », corrigea Danielle Di Vecchio avec un élégant sourire.

En cet instant, se dit le détective, ils auraient aussi bien pu se trouver à des milliers de kilomètres du Massachussetts, à badiner dans quelque salon romain.

— Où est-elle ? demanda Bell.

Le regard de la belle Italienne se porta alors sur le sommet de la colline que l'on apercevait par la fenêtre. Un sourire éclaira son visage.

— Là-bas.

Bell regarda par la fenêtre. Quelle fantaisie s'était donc emparée d'elle ?

Le camion au pneu à plat avait tiré sa remorque jusqu'à la crète.

— C'est un brave garçon, expliqua-t-elle. Il est amoureux de moi.

— Mais que fait-il avec la machine de votre père ?

— Mon père l'avait acheminée d'Italie. Ici, ses créanciers ne peuvent pas la saisir. C'est son œuvre. Mon héritage. Ce garçon a aidé mon père en Amérique. C'est un excellent mécanicien.

— Pas un artiste ?

Bell lui adressa un sourire pour voir sa réaction. Sans en être complètement sûr, elle lui semblait pourtant parfaitement saine d'esprit.

— Les artistes sont rares, monsieur Bell. Vous devez le savoir, j'en suis sûre. Il m'a écrit qu'il venait. Je me suis dit qu'il rêvait.

Elle bondit jusqu'à la fenêtre et se mit à agiter les bras, mais il y avait peu de chance qu'il pût l'apercevoir. Bell lui passa le bord du rideau blanc.

— Agitez ça, il vous verra peut-être.

Elle s'exécuta, mais le garçon ne répondit pas, les yeux probablement rivés sur l'alignement des fenêtres à barreaux.

Elle se laissa retomber dans le fauteuil.

— Il rêve. Il croit que je peux sortir, comme ça, par la grande porte ?

— Comment s'appelle-t-il ?

— Andy. Andy Moser. Mon père l'aimait beaucoup.

Une idée s'empara soudain de Bell.

— Est-ce que le monoplan de votre père est rapide ?

— Très rapide. Mon père pensait que seule la vitesse permettait de vaincre le vent. Plus l'aéroplane est rapide, disait-il, plus il est sûr dans le mauvais temps.

— Il fait plus de 110 kilomètres-heure ?

— Mon père espérait 130.

— Mademoiselle Di Vecchio, j'ai une proposition à vous faire.

13

— MONSIEUR MOSER, VOTRE SITUATION PERSONNELLE va s'améliorer, dit Isaac Bell au mécanicien à la triste figure qui se faisait griller une saucisse sur un feu de camp, à bonne distance de l'*American Eagle.*

— Comment connaissez-vous mon nom ?

— Lisez ça !

Bell tendit vers la main graisseuse de Moser une enveloppe en papier parchemin qu'il avait subtilisée dans le bureau du Dr Ryder.

— Ouvrez-la !

Andy Moser glissa un doigt sous le sceau, tira une feuille de papier couverte d'une élégante écriture florentine et lut lentement, en remuant les lèvres.

Isaac Bell avait saisi l'occasion d'aider une magnifique Italienne et de résoudre en même temps le problème qu'il avait exposé à Archie. Le nombre de concurrents pour la Coupe Whiteway ne cessait de croître et les voies ferrées seraient bientôt saturées. La surveillance de Joséphine dans les airs se muerait vite en cauchemar, même avec l'aide des voitures qu'Archie avait envisagée.

Et pourquoi ne pas prendre la « voie des airs » ? s'était demandé Bell. A bord de son propre avion, il pourrait jouer les bergers de la course, surveiller Joséphine dans les airs tandis que des hommes à lui attendraient sur les pistes de sport et les terrains de foire qui servaient d'aérodromes.

Danielle Di Vecchio avait besoin d'argent pour contester devant les tribunaux son internement dans l'asile du Dr Ryder.

Isaac Bell, lui, avait besoin d'un avion rapide. Il lui acheta le sien.

— Danielle dit que je suis censé aller avec vous, monsieur Bell.

— Et emmener ma machine volante, dit Bell avec un sourire en regardant la remorque.

Démontée pour le voyage, elle ressemblait à une libellule en cage.

— Et vous apprendre à la piloter ?

— Dès que je vous aurai installé dans un wagon hangar de première classe.

— Mais je ne sais pas la piloter. Je ne suis qu'un mécanicien.

— Ne vous inquiétez pas. Faites seulement en sorte qu'elle fonctionne et vous me montrerez les commandes. Combien de temps faudra-t-il pour la remonter ?

— Avec un bon assistant, disons une journée. Vous avez déjà piloté une machine volante ?

— Je conduis une Locomobile qui file à 185 kilomètres-heure. J'ai conduit une motocyclette de course V-Twin Indian, une locomotive Pacific 4-6-2 et un yacht en acier construit pas Sir Charles Algernon Parsons lui-même, et ce yacht équipé d'un moteur à turbine filait cinquante nœuds. Je crois que je me débrouillerai.

— Les locomotives et les yachts en acier ne quittent pas la surface, monsieur Bell.

— Voilà pourquoi je suis tellement excité ! Terminez votre déjeuner et faites des signes pour dire au revoir à Danielle. Elle nous observe depuis la quatrième fenêtre à partir de la gauche. Elle ne peut pas passer les bras par les barreaux, mais elle peut vous voir.

Moser jeta un regard triste vers le bâtiment.

— Ça ne me plaît pas de la laisser comme ça, mais elle dit que vous allez l'aider à sortir.

— Ne vous inquiétez pas, nous la sortirons de là. Et d'ici là, le Dr Ryder a promis de la traiter beaucoup mieux. Est-ce que votre camion tiendra jusqu'à Albany ?

— Oui, monsieur.

— J'irai en avance et je réserverai un train. Il vous attendra à la gare d'Albany. De là, vous irez à Belmont Park, où des mécaniciens vous aideront dès votre arrivée à remonter l'*American Eagle*.

— Belmont Park ? Vos comptez engager l'*American Eagle* dans la course transcontinentale ?

— Non, dit Bell en riant. Je vais m'en servir pour garder un œil sur Joséphine Josephs.

Andy Moser avait du mal à en croire ses oreilles. C'était encore plus fort que tout ce qu'il avait entendu depuis qu'Isaac Bell avait fait irruption au volant de sa Ford Modèle K.

— Vous connaissez l'Aérienne chérie de l'Amérique ?

— Je suis détective privé. Le mari de Joséphine cherche à l'assassiner. L'*American Eagle* m'aidera à lui sauver la vie.

Après avoir loué son train d'assistance à Albany, il envoya un télégramme à Dashwood, en Californie, pour lui apprendre que le vrai nom de Marco Celere était Marco Prestogiacomo. Peut-être avait-il débarqué à San Francisco sous ce nom-là et, dans ce cas, cela pouvait accélérer l'enquête de Dashwood, plus lente que d'habitude.

— Je ne vais pas perdre mon temps à regarder les essais de Dmitri Platov pour son moteur thermique, dit Joséphine à Isaac le lendemain. A mon avis, il ne fonctionnera pas. Et même si c'est le cas, cet horrible Steve Stevens est trop gros pour piloter une machine volante, même une machine de Marco.

— De Marco ? Que voulez-vous dire ?

— C'est un biplan qu'il a inventé pour emporter des charges lourdes, comme par exemple des passagers.

— Je ne savais pas qu'une autre machine de Marco était engagée dans la course.

— Steve Stevens l'a rachetée à ses créanciers. Tant mieux pour lui. C'est la seule machine au monde capable de soulever son poids. Il l'a payée vingt pour cent plus cher que sa valeur, mais le pauvre Marco n'a rien touché dessus.

Bell l'accompagna jusqu'à son monoplan pour un nouvel entraînement. Les mécaniciens de Van Dorn firent tourner son hélice et, lorsque la fumée bleue du moteur vira au blanc, elle dévala le champ de course et s'envola vers le ciel.

Bell la regarda s'éloigner jusqu'à ce que son appareil ne soit plus qu'un petit point jaune et se rassura en se disant que bientôt, il volerait à côté d'elle. L'*Eagle* était arrivé tard la nuit précédente dans un train spécial de quatre wagons que Bell avait affrété pour la durée de la course. Andy Moser et une équipe de chez Van Dorn amenaient déjà les pièces détachées sur le terrain.

Il ne lui restait plus qu'à apprendre à piloter cet engin avant le départ de la course. Ou du moins en savoir assez pour pouvoir continuer d'apprendre en escortant Joséphine tout au long de sa traversée du pays. Lorsque la course prendrait fin à San Francisco, il serait devenu un bon pilote et il en profiterait pour emmener Marion Morgan faire un tour. Andy lui avait dit que le moteur de l'*Eagle* développait une puissance suffisante pour emmener un passager et Marion pourrait même prendre un appareil photographique. Cette aventure serait à coup sûr un merveilleux cadeau de mariage.

Joséphine disparut à l'est.

— C'est bon, les gars, dit-il aux Van Dorn, ne bougez pas d'ici et attendez le retour de Joséphine. Restez près d'elle. Si vous avez besoin de moi, je serai aux essais du moteur thermique.

— Pensez-vous que Frost va attaquer ici comme il l'a fait avant ? Il sait que nous sommes préparés.

— Il nous a déjà surpris. Restez tout près d'elle. Je serai de retour avant qu'elle atterrisse.

Bell traversa le terrain et gagna l'endroit où l'on avait installé un rail d'acier de 90 mètres de long, Platov devait essayer son moteur avant de l'installer sur le biplan de Stevens.

L'obèse Stevens, boudiné dans un complet blanc de planteur de coton et bouillant d'impatience, était assis devant une table de petit déjeuner recouverte d'une nappe en lin sur laquelle ses vieux domestiques avaient disposé de l'argenterie. Platov et le chef mécanicien de Stevens s'affairaient autour du moteur à réaction : le mécanicien réglait soupapes et contacts tandis que Platov consultait son pied à coulisse. Stevens, lui, passait ses nerfs sur ses serviteurs qu'il houspillait sans relâche. Son café était froid, ses petits pains rassis et de toute façon il n'y en avait pas assez. Les vieux domestiques qui servaient docilement le planteur de coton semblaient terrifiés.

Stevens jeta un regard arrogant au complet blanc de Bell.

— Du sang sudiste doit couler dans vos veines, dit-il avec un fort accent du Sud. Je n'ai jamais vu aucun Yankee capable de porter le vrai blanc du Vieux Sud.

— Mon père y a passé une partie de sa vie.

— Et il vous a appris à vous habiller comme un gentleman. Est-ce trop m'avancer en déduisant qu'il achetait du coton pour les usines de Nouvelle-Angleterre ?

— Il était officier de renseignement dans l'armée de l'Union, et il accomplissait les ordres du président Lincoln pour la libération des esclaves.

— Tout est prêt, messieurs ! lança Dmitri Platov d'une voix forte.

Les favoris de l'inventeur russe tremblaient sur ses joues et ses yeux sombres brillaient d'excitation.

— Moteur thermique prêt.

Stevens jeta un regard à son chef mécanicien.

— C'est vrai, Judd ?

— Prêt, Monsieur Stevens, grommela Judd.

— Il était temps. J'en avais assez de rester assis et d'attendre… mais, où allez-vous comme ça ?

Une batte de base-ball à la main, Judd longeait à présent le rail.

— Je vais écraser le bouton d'arrêt pour couper le moteur quand il sera arrivé vers l'extrémité.

— C'est comme ça que vous comptez couper le moteur de ma machine volante ? Vous allez tous rester devant moi avec une batte de base-ball ?

— Pas inquiété ! s'écria Platov. Contact automatique dans machine. Ici, seulement essai. Vous voyez ? (Il désigna le moteur thermique posé sur le rail.) Gros bouton. Seulement toucher avec le batte quand moteur passer devant.

— C'est bon, mais allez-y, bon sang ! Les concurrents auront déjà franchi le Mississippi avant que je puisse décoller.

Judd avança de soixante mètres et prit position le long du rail. Il semblait aussi malheureux qu'un joueur de base-ball qui vient de perdre un match.

— C'est action ! lança Platov.

Le moteur thermique démarra avec un long gémissement qui se mua en un hurlement effroyable. Bell se boucha les oreilles avec les mains. Le moteur se mit à vibrer avec une puissance stupéfiante. Pas étonnant que tous les mécaniciens respectent à ce point Platov, se dit le détective. Cette boîte en acier de son invention était plus petite qu'une malle de voyage mais elle semblait contenir toute l'énergie d'une locomotive moderne.

Platov abaissa un levier et les loquets s'ouvrirent.

Le moteur thermique fila à toute allure sur le rail.

Bell avait du mal à en croire ses yeux. Il était à peine passé devant lui que déjà il se trouvait à la hauteur de l'homme à la batte. Sa vitesse était phénoménale. Puis l'enfer se déchaîna. Judd s'apprêtait à frapper le bouton d'arrêt avec sa batte lorsque le moteur thermique jaillit hors du rail.

Il abattit le chef mécanicien comme une vulgaire cible en carton en projetant au sol ce qui restait de son corps, poursuivit sur une centaine de mètres, traversa le Curtiss New Haven flambant neuf de Sir Eddison-Sydney-Martin, arracha la queue d'un Blériot et termina sa course dans un camion du syndicat Vanderbilt qui prit feu instantanément.

Isaac Bell se précipita vers Judd et vit qu'il n'y avait plus rien à faire. Puis, tandis que les autres couraient vers le New Haven détruit et le camion en flammes, Bell inspecta le rail d'où le moteur avait déraillé.

Dmitri Platov se tordait les mains.

— C'était bon jusqu'à maintenant. Si bon. Oh, pauvre homme. Regardez ce pauvre homme.

Steve Stevens s'approcha en se dandinant.

— Si c'est pas la meilleure, celle-là ! Mon chef mécanicien a été tué et je n'ai pas de moteur à réaction pour ma machine. Comment vais-je donc faire pour participer à la course ?

Platov pleurait, tordait des mèches de son épaisse chevelure noire et se frappait la poitrine.

— Quelle terrible chose j'ai faite ! Avait-il femme ?

— Qui aurait bien pu épouser Judd ?

— C'est terrible, terrible.

Bell se releva, écarta Stevens d'un geste impatient et posa une main ferme sur l'épaule de Platov.

— A votre place, monsieur Platov, je ne me sentirais pas coupable.

— C'est moi. Moi capitaine machine volante. Ma machine. C'est erreur mienne. J'ai tué homme.

— Mais vous n'en aviez pas l'intention. Et votre stupéfiante machine n'est pas en cause. Il a fallu l'aider.

— Mais enfin, qu'est-ce que vous racontez ? s'écria Stevens.

— Le rail s'est brisé. C'est ça qui a causé le déraillement du moteur.

— C'est le rail de Platov, hurla Stevens. C'est lui le responsable. C'est lui qui l'a placé là-dessus. Et c'est lui qui est responsable de sa rupture. Je vais appeler mes avocats. Nous allons porter plainte.

— Regardez ce joint.

Il amena Platov à l'endroit où deux longueurs de rail se séparaient. Platov s'accroupit à côté de lui, les lèvres serrées.

— Boulons desserrés, dit-il avec colère.

— Desserrés, hulula Stevens. Parce que vous ne les avez pas serrés… Mais que faites-vous, monsieur ?

Bell venait de lui mettre les doigts sous le nez.

— Sentez ça et fermez-la.

— Ça sent l'huile. Et alors ?

— De l'huile pénétrante, pour desserrer plus facilement les boulons.

— Pas grincements, dit Platov. Pas bruit.

— Ce rail a été saboté, déclara Bell. Les boulons ont été desserrés de façon à ce que le rail glisse sous la pression.

— Non ! dit Platov. Pour chaque essai, je vérifier rail. Je vérifier ce matin.

— Voilà l'explication, dit Bell en ramassant par terre des allumettes imbibées d'huile. C'est comme ça qu'ils ont procédé : ils les ont glissées dans l'interstice pour amortir le mouvement au moment de la vérification. Elles ont dû tomber avec les vibrations du rail à l'approche du moteur thermique. C'est diabolique.

— Rail bouger, dit Platov. Moteur thermique s'envoler… mais pourquoi ?

— Avez-vous des ennemis, monsieur Platov ?

— Platov aimer. Platov être aimé.

— Peut-être en Russie, dit Bell qui savait bien que de nombreux immigrants russes avaient rejoint l'Amérique pour des raisons politiques.

— Non. J'ai là-bas amis, famille. J'envoyer argent.

— Mais alors qui a pu faire une chose pareille ? demanda Steve Stevens.

— Peut-être quelqu'un qui ne veut pas vous voir gagner cette course avec le moteur fabuleux de M. Platov.

— Je vais leur faire voir, moi ! Platov, fabriquez-moi un nouveau moteur !

— Pas possible. Il faut temps. Désolé. Il faut vous trouver moteur ordinaire à essence. En fait, il faut deux moteurs, montés sur aile inférieure.

— Deux ? Pourquoi ?

Platov écarta les bras pour évoquer l'envergure de Stevens.

— Pour soulever poids. Puissance égale à moteur thermique. Deux moteurs sur aile inférieure.

— Ah ! Mais comment vais-je trouver deux moteurs, et qui diable va pouvoir me les installer, maintenant que Judd est mort ?

— Les assistants de Judd.

— Des garçons de ferme, des conducteurs de tracteurs ! Ils faisaient bien ce que Judd leur disait de faire, mais ce ne sont pas de vrais mécaniciens. (Stevens ficha deux poings grassouillets sur ses hanches et promena le regard autour de lui, sur le champ de course.) Si ce n'est pas la meilleure, ça ! J'ai la machine volante, j'ai l'argent pour acheter de nouveaux moteurs, mais personne pour les installer ! Bon, et vous, Platov ? Vous voulez un boulot ?

— Non merci. Je dois fabriquer nouveau moteur thermique.

— Mais je vous ai déjà vu prendre de petits boulots à droite et à gauche. Moi, je vous paierai bien.

— Mon moteur thermique passer d'abord.

— Je vais vous dire. Lorsque vous ne travaillerez pas sur ma machine volante, vous pourrez travailler sur votre moteur thermique.

— Votre train peut prendre mon wagon-atelier ?

— Bien sûr. Je serais ravi d'avoir vos outils.

— Et je peux encore être mécanicien indépendant pour faire argent et payer nouveau moteur thermique ?

— Oui, tant que ma machine passe en premier. (Stevens se tourna vers ses domestiques.) Tom ! Venez donc ici, Tom. Allez chercher un petit déjeuner pour M. Platov. Un mécanicien d'excellence comme lui ne peut pas travailler le ventre vide.

Platov se tourna vers Isaac comme pour lui demander ce qu'il devait faire.

— Apparemment, vous êtes de retour dans la course, lui dit-il.

Voyant revenir Joséphine, il se précipita vers la bande de terrain libre où elle devait atterrir. Mais il ne pouvait s'empêcher de songer aux derniers événements. L'accident de l'Anglais qui survient au moment même où Frost attaque avec ses voyous ne pouvait pas être une coïncidence. On l'avait saboté pour créer une diversion.

Et cette fois-ci, s'agissait-il d'une coïncidence ? Il n'y avait pas eu d'attaque. Joséphine se trouvait dans les airs et, apparemment, rien de suspect ne se tramait à terre. Quant à Harry Frost, aux dernières nouvelles, il se trouvait à Cincinnati. Peut-être était-il revenu à New York, mais aurait-il tenté une nouvelle attaque à Belmont Park, en plein jour, alors que des détectives Van Dorn et la police locale vérifiaient tous les camions et tous les wagons qui pénétraient sur le terrain ? Il semblerait plus prudent de sa part d'attendre une meilleure occasion.

Pendant ce temps, le monoplan jaune de Joséphine descendait en effectuant une série de piqués et de virages sur l'aile. Bell s'approcha des mécaniciens Van Dorn qui contemplaient ses acrobaties.

— Vous avez remarqué quelque chose de suspect, les gars ?

— Rien du tout, monsieur Bell. A part ce moteur thermique devenu fou.

Quelqu'un d'autre, sans rapport avec Frost, aurait-il voulu détruire le moteur de Platov ? Mais dans ce cas, pour quelle raison ? La seule réponse qui lui venait à l'esprit était d'éliminer un concurrent potentiellement dangereux.

— Vous avez dit quelque chose, monsieur Bell ?

Isaac Bell répéta alors ce qu'il n'avait que grommelé entre ses dents serrées :

— Je déteste les coïncidences.

— Tout à fait, monsieur ! C'est la première chose qu'on m'a enseignée quand je suis entré chez Van Dorn.

— Votre machine volante est magnifique ! s'exclama Joséphine. Et regardez-vous, monsieur Bell. Vous avez l'air aussi heureux qu'un geai dans un cerisier.

Bell souriait. Andy Moser et le mécanicien engagé pour l'aider serraient les câbles de vol et d'atterrissage pour maintenir les ailes. Il y avait encore du travail à effectuer sur la queue et les commandes, et le moteur était en pièces détachées dans leur wagon-hangar, mais avec ses ailes jaillissant du fuselage, cette machine commençait à ressembler à un objet capable de voler.

— Je dois dire que de toute ma vie, je n'ai jamais acheté quelque chose qui me fasse autant plaisir.

Joséphine en faisait le tour et l'examinait avec l'œil de la professionnelle.

— Andy Moser m'a dit que Di Vecchio a acheté le brevet des commandes à Bréguet, dit Bell en observant sa réaction.

— C'est ce que je vois.

— Ce volant fait tourner l'appareil comme une automobile. En le tournant sur la gauche, le gouvernail fait virer la machine sur la gauche. Poussez-le encore plus sur la gauche, et les ailerons bougent pour incliner l'appareil sur la gauche. Poussez le volant vers l'avant et il descendra. Tirez-le et le gouvernail de profondeur le fera monter.

— Avec un peu d'habitude, on peut le piloter d'une seule main, dit Joséphine.

Ce qui libérerait l'autre pour un pistolet, songea Bell, et lui permettrait de riposter si on attaquait Joséphine dans sa machine volante.

— Elle fonctionne comme la vôtre, dit Bell.

— Vous avez fait l'acquisition d'une merveille, monsieur Bell. Mais je vous préviens : elle ne vous laissera pas tranquille. Le problème avec la vitesse, c'est qu'on atterrit vite. Et ce moteur Gnome ne fait qu'aggraver les choses puisqu'il n'y a pas de vraie manette des gaz, comme sur mon Antoinette.

Bien qu'il y ait des ressemblances frappantes entre les deux appareils, il fallait bien reconnaître qu'en matière de moteurs français, le monoplan de Celere et celui de Di Vecchio étaient très différents. Le Celere de Joséphine était équipé d'un Antoinette V8 conventionnel à refroidissement à eau, tandis que Di Vecchio avait installé sur le sien le nouveau et révolutionnaire Gnome Omega, un moteur rotatif à refroidissement à air. Avec ses cylindres tournant autour d'un vilebrequin central, le Gnome fonctionnait de façon plus régulière et arrivait à mieux refroidir, mais cela aux dépens d'une consommation plus élevée, d'un entretien plus minutieux et d'un carburateur primitif qui ne permettait au moteur que de tourner à plein régime.

— Pourriez-vous me donner quelques conseils sur la façon de ralentir à l'atterrissage, comme je vous l'ai vu faire ?

Joséphine posa le doigt sur le volant de direction.

— Avant d'être complètement familiarisé, entraînez-vous à allumer et à couper votre magnéto avec ce bouton « COUPER. »

Bell hocha la tête. Couper et remettre les gaz en privant la bougie d'électricité était une manière de ralentir le moteur.

— Andy Moser m'a dit d'utiliser ce bouton avec parcimonie par crainte de brûler les soupapes.

— Mieux vaut brûler les soupapes que vous, monsieur Bell, rétorqua Joséphine en souriant. J'ai besoin que mon protecteur reste en vie. Et ne craignez pas de faire caler le moteur, il a assez d'inertie pour continuer à tourner. (Elle s'assombrit.) Veuillez m'excuser, c'était idiot de dire que j'avais besoin que vous restiez en vie. Comment va Archie ?

— Il tient bon. On m'a laissé lui rendre visite ce matin. Il avait les yeux ouverts et je crois qu'il m'a reconnu. Dites-moi, Joséphine, il faut que je vous demande quelque chose.

— Quoi ?

— Regardez les haubans des ailes.

— Oui ?

— Avez-vous constaté qu'ils convergent jusqu'à ces supports d'appui triangulaires, en haut et en bas ?

— Bien sûr.

— Avez-vous aussi remarqué que ces triangles forment des étais en acier très léger ? La partie saillante au-dessus de l'aile forme le sommet de la base large qui s'étend sous l'aile.

— Bien sûr. Comme ça c'est extrêmement solide.

— C'est une manière ingénieuse de le relier, vous ne trouvez pas ?

Elle s'accroupit à côté de lui et ils étudièrent le fort étai en forme de X qui reliait le fuselage de l'aéroplane aux patins et aux roues.

— C'est le même système que sur votre Celere, n'est-ce pas ? demanda Bell.

— Ça y ressemble, reconnut-elle.

— Je n'ai rien vu de semblable sur les autres monoplans. Il faut que je vous le demande : est-il possible que Marco Celere ait, disons… « emprunté » à Di Vecchio cette façon de renforcer les ailes ?

— Absolument pas ! s'écria Joséphine de façon véhémente.

Bell remarqua que cette aviatrice, d'ordinaire si exubérante, semblait troublée par cette accusation. Elle bondit sur ses pieds. Son sourire avait disparu comme l'éclair et ses joues étaient empourprées. Soupçonnait-elle, voire craignait-elle qu'il ait raison ?

— Ou alors, reprit Bell, il est possible que Marco l'ait copié sans le vouloir.

— Non.

— Marco vous a-t-il dit qu'il avait travaillé pour Di Vecchio ?

— Non.

Puis, curieusement, son sourire lui revint. Un sourire suffisant, se dit Bell en se demandant pourquoi. Toute tension avait disparu et elle avait retrouvé son assurance, comme si elle s'apprêtait à passer à l'action.

— Marco n'a donc jamais dit qu'il travaillait pour Di Vecchio ? répéta Bell.

— C'est Di Vecchio qui travaillait pour Marco, rétorqua-t-elle, ce qui expliquait son sourire tranquille. Jusqu'à ce que Marco soit obligé de le licencier.

— On m'a dit le contraire.

— Vous avez mal compris.

— Peut-être. Marco vous a-t-il dit que la fille de Di Vecchio lui avait donné un coup de couteau, l'année dernière ?

— Cette folle a failli le tuer. Elle lui a laissé une terrible cicatrice sur le bras.

— Marco vous a-t-il dit pourquoi ?

— Bien sûr. Elle était jalouse. Elle voulait l'épouser. Mais Marco n'était pas intéressé. En fait, il m'a dit que son père la poussait dans l'espoir que Marco l'embauche à nouveau.

— Marco vous a-t-il dit pourquoi elle l'accusait d'être un voleur ?

— La malheureuse ! Tout ça parce qu'elle lui aurait « volé son cœur. » Elle est folle. C'est pour ça qu'on l'a enfermée. Tout était dans sa tête.

— Je vois.

— Marco n'éprouvait rien pour elle. Jamais. A aucun moment. Je peux vous l'assurer, monsieur Bell.

Bell ne la croyait pas, mais pour qu'il puisse la protéger, il fallait qu'elle lui fasse confiance.

— Joséphine, dit-il avec un sourire chaleureux, vous êtes une jeune femme très polie, mais nous allons travailler ensemble, de façon très proche. Vous ne croyez pas que vous pourriez m'appeler Isaac ?

— Bien sûr, Isaac. Si vous préférez. (Elle le dévisagea, comme si elle le voyait pour la première fois.) Vous avez une amie, Isaac ?

— Oui. Et je suis même fiancé.

Elle lui adressa un sourire enjôleur.

— Et qui est l'heureuse promise ?

— Mlle Marion Morgan de San Francisco.

— Oh ! M. Whiteway a parlé d'elle. N'est-ce pas elle qui doit tourner un film ?

— Oui. Elle sera ici bientôt.

— Comme M. Whiteway.

Elle jeta un coup d'œil à la montre qu'elle portait cousue sur la manche de sa veste de vol.

— Ça me rappelle qu'il faut que je retourne au train. Il a envoyé une modiste et une couturière avec une nouvelle tenue de vol que je suis censée porter pour les journalistes.

Elle leva ses beaux yeux, comme à regret. C'était un début d'après-midi, tiède et sans vent, et le tendre bleu du ciel semblait attendre les forts vents venus de l'océan qui balayaient Belmont Park à ces heures-là et rendaient dangereux les vols en aéroplane.

— On dirait que vous préféreriez voler, dit Bell.

— Ça, c'est sûr ! Je n'ai pas besoin de costume spécial. Vous avez vu l'ensemble blanc qu'il m'a obligée à porter l'autre jour ? Il n'est pas resté blanc longtemps quand nous avons démonté l'Antoinette. Je n'ai besoin que de ça, dit-elle en montrant ses vieux gants de cuir, sa veste en laine ajustée à la taille et ses jodhpurs enfoncés dans ses hautes bottes à lacets. Maintenant, M. Whiteway veut que je pose en costume de vol en soie violette. Et le soir, je suis censée porter une longue robe blanche et des gants.

— Je vous ai vue, hier. Vous étiez ravissante.

— Merci, dit-elle en retrouvant son sourire. Mais je vais vous faire une confidence, Isaac, je n'avais qu'une hâte, c'était d'enfiler ma combinaison et d'aider les gars à préparer ma machine. Je ne me plains pas. Je sais que M. Whiteway a besoin que je fasse de la publicité pour cette course.

— Il ne vous a pas demandé de l'appeler Preston au lieu de M. Whiteway ?

— Tout le temps. Mais je ne veux pas qu'il se fasse des idées si on s'appelle par nos prénoms.

Après l'avoir ramenée jusqu'au train jaune *Josephine Special* où elle retrouva la modiste, il la laissa sous la garde des détectives Van Dorn et gagna en hâte la voiture dans laquelle il avait installé son quartier général. Là, une clé de télégraphe le reliait au système privé de l'agence.

— Du nouveau de San Francisco ? demanda-t-il à l'employé de service.

— Désolé, monsieur Bell. Pas encore.

— Télégraphiez de nouveau à Dashwood.

Le jeune homme posa la main sur la clé.

— Prêt, monsieur.

— *Besoin information rapide Celere et Prestogiacomo.*

Il s'interrompit. Danielle Di Vecchio et Joséphine Josephs Frost avaient exprimé des opinions très divergentes à propos de Marco Celere, mais ce qui aurait déjà été intéressant dans n'importe quelle affaire de meurtre l'était d'autant plus que la victime avait disparu.

— C'est tout, monsieur ? Je l'envoie comme ça ?

— Non, continuez : *Histoire partielle mieux que rien.*

Et puis ajoutez « *Urgent.* » En fait, ajoutez deux fois *Urgent.*

— Voilà, monsieur. Je l'envoie ?

Bell réfléchit. Si seulement il était possible de téléphoner à San Francisco, il demanderait à Dashwood, d'ordinaire plus fiable, pourquoi il mettait aussi longtemps à lui répondre.

— Ajoutez un autre *Urgent* !

14

— Monsieur Bell, on m'a dit que les frères Wright avaient ouvert une école de pilotage, lança Andy Moser depuis l'*Eagle* lorsque Isaac lui donna l'ordre de tourner l'hélice pour lancer le moteur.

— Je n'ai pas le temps d'aller dans l'Ohio. La course commence la semaine prochaine. En outre, combien de professeurs ont piloté des machines volantes pendant plus d'un an ? La plupart des aviateurs ont appris sur le tas, comme Joséphine. Allez-y, tournez cette hélice.

C'était une matinée de printemps ensoleillée avec une faible brise d'ouest : une journée idéale pour voler. Andy et les mécaniciens avaient poussé l'*Eagle* sur une bande de gazon éloignée du tohu-bohu du champ de course. Ils avaient placé des cales sous les roues et en entendant Bell donner l'ordre à Andy de démarrer le moteur, ils saisirent les cordes des cales et se préparèrent à stabiliser la machine.

Bell était assis derrière l'aile, tête, épaules et poitrine exposées. Le moteur se trouvait devant lui – l'endroit le plus sûr, avait déclaré Eddison-Sydney-Martin, là où il ne risquait pas d'écraser le pilote en cas d'accident. Devant le moteur luisait une hélice en noyer à deux lames, de 2,75 mètres d'envergure. L'endroit le plus risqué, avait fait remarquer Joe Mudd, « parce que, en cas de chute sur le nez de l'appareil, il faudra débourser cent dollars pour une nouvelle hélice. »

Bell actionna le volant de commande et observa les effets sur les ailes. Aux deux extrémités, à 5,50 mètres de lui, les ailerons se levèrent et s'abaissèrent. Il reporta le regard sur l'étroit fuselage, dont les poutres et les entretoises étaient recouvertes d'une toile de soie au tissage très serré pour réduire la traînée, et tourna le volant. Le gouvernail bougea sur la droite et sur la gauche. Il tira le volant vers lui. Les élévateurs fixés à la queue horizontale bougèrent. En théorie, lorsqu'il faisait cela dans les airs, la machine s'élevait.

— Allez-y !

— Une centaine d'aviateurs sont morts dans des accidents, lui rappela Andy pour la troisième fois ce matin.

— Il y a encore plus d'alpinistes qui se tuent en montagne. Allez-y !

Moser se croisa les bras sur la poitrine. Jamais Bell n'avait rencontré bonhomme plus têtu. Son père était policier et Moser avait hérité cette manière qu'ont les policiers de refuser tout ce qu'ils n'aiment pas. Cette résistance était en outre renforcée par une croyance inébranlable dans les machines. Il les connaissait, les aimait et ne jurait que par elles.

— Je sais que cette machine est prête à voler parce que je l'ai montée de mes propres mains. Je sais que nous avons essayé toutes les parties mobiles et vérifié toutes les entretoises. Et je sais que le moteur est prêt à tourner parce que j'ai ôté les culasses des cylindres pour régler la vitesse et la pression. Mais je sais aussi qu'une personne n'est pas prête à voler : le pilote, monsieur Bell.

Isaac Bell regarda le mécanicien dans les yeux.

— Si vous voulez m'aider à protéger Joséphine, il faut vous faire à l'idée que les gens de chez Van Dorn vont droit au but. Dès mon arrivée à Belmont Park, j'ai observé comment les aviateurs décollaient. Quand j'ai acheté mon *American Eagle*, j'ai interrogé Joséphine Josephs et Sir Eddison-Sydney-Martin sur leurs techniques. Je me suis aussi renseigné auprès de Joe Mudd, dont le *Liberator* nécessite un pilotage très ferme. Tous m'ont dit que ces commandes Bréguet rendent beaucoup plus facile l'apprentissage. Et enfin, ajouta Bell en souriant, J'ai lu tous les numéros des magazines *Aeronautics* et *Flight* depuis leur parution. Je sais ce que je fais.

Le sourire de Bell disparut alors comme le rayon d'une lampe-torche effacé par un tir de chevrotines. Ses yeux devinrent sombres comme une nuit de décembre.

— Allez-y !

— Bien, monsieur.

Bell ouvrit la manette d'essence et régla la manette d'admission d'air. Il savait que sur les moteurs rotatifs Gnome, le carburateur était la pièce sensible.

Andy Moser tourna plusieurs fois l'hélice, ce qui injecta de l'essence dans le moteur. Bell tourna le bouton de la magnéto.

— Contact !

Andy saisit l'hélice à deux mains, la propulsa avec force et bondit en arrière pour ne pas être coupé en deux. Le moteur tressauta et se mit à émettre une fumée d'un bleu pâle. Bell attendit qu'il chauffe. La fumée diminua. Les cylindres étincelants et l'hélice luisante disparurent petit à petit, au fur et à mesure qu'ils atteignaient la vitesse maximum au milieu d'un bruit assourdissant. Jamais il n'avait entendu de moteur tourner de façon aussi régulière. A mille deux cents tours minute, il fonctionnait avec la douceur d'une turbine.

Il jeta un coup d'œil à Andy.

— Prêt !

Andy acquiesça et fit signe aux mécaniciens de retirer les cales et de courir à côté de l'avion en maintenant les ailes en cas de bourrasque de vent contraire. L'*Eagle* se mit à rouler, rebondissant sur des pneumatiques reliés aux patins du châssis par des bandes de caoutchouc, et prit rapidement de la vitesse. Les coureurs abandonnèrent leur tâche. La queue de l'appareil quitta le sol et Bell sentit comme une poussée à la fois douce et puissante.

Une centaine de mètres s'étendaient devant lui avant que l'herbe se termine à hauteur de la barrière séparant le terrain du champ de course.

Il tira sur le volant pour s'envoler.

Aussitôt, l'*Eagle* cessa de rebondir et le champ d'herbe se déroula sous lui. A la différence des trains et des automobiles lancés à grande vitesse qui secouent leurs passagers, Bell eut l'impression de flotter dans des eaux miroitantes dès que sa machine volante eut quitté le sol. Mais il fonçait droit sur la barrière blanche en bois qui séparait la piste des champs.

Il s'était à peine élevé au-dessus du sol. Il tira un peu plus sur le volant. Trop fort. Il sentit la machine se cabrer. Aussitôt après, il vit un grand vide s'ouvrir sous lui et l'*Eagle* se mit à chuter.

Il s'était déjà retrouvé dans semblable pétrin en automobile, en motocyclette et même en bateau ou à cheval.

La solution était toujours la même.

Cesser de penser.

Il avança imperceptiblement le volant et sentit une poussée au-dessous de lui. L'hélice déchiqueta l'air et la barrière se retrouva sous ses roues. Le ciel semblait immense.

Tout à coup, un pylône jaillit devant lui, l'un de ces mâts de trente mètres de haut autour desquels les concurrents devaient virer pour leurs essais de vitesse. Comme Andy et Joséphine le lui avaient dit, la force gyroscopique exercée par le poids du moteur rotatif l'avait tiré vers la droite. Bell tourna le volant vers la gauche et l'*Eagle* vira peu à peu. Il redressa sa machine et vira sur la droite pour se stabiliser.

En un éclair, il eut l'intuition que piloter un aéroplane c'était comme naviguer sur un bateau. S'il compensait la traction exercée par le moteur, l'*Eagle* se dirigerait là où il le voulait tant qu'il saurait d'où venait le vent. Et il pouvait s'en servir – en gardant à l'esprit qu'avec son hélice, le vent le plus fort qu'il rencontrait, c'était lui-même qui le produisait.

Il tira sur le volant pour grimper. Le même principe semblait fonctionner. Il monta par étapes, en imaginant que le ciel était un escalier. Il demeurait en palier quand il avait l'impression d'aller trop lentement, et redressait l'appareil quand il prenait trop de vitesse. C'était celle-ci qui rendait l'air plus fort, lui avait dit Joséphine.

En dessous de lui, Belmont Park, les fermes et les villages rétrécissaient comme s'il regardait à travers le petit bout d'un télescope. Sur sa gauche, on apercevait l'étendue bleu foncé de l'océan Atlantique. De la fumée et d'innombrables voies ferrées et voies de trolleybus convergentes indiquaient la direction de New York.

Une pensée rationnelle s'imposa alors à son esprit, ce qui ne laissa pas de le surprendre. Il tira sa montre en or de sa poche et l'ouvrit habilement d'une seule main : il prenait tant de plaisir à voler qu'il en oubliait l'heure. Andy Moser avait rempli les réservoirs avec suffisamment d'essence et d'huile de ricin pour lui permettre de voler pendant une heure. Tout seul, en plein ciel, Isaac Bell éclata de rire. Il avait l'impression que sa vie avait changé pour toujours et que plus jamais il ne redescendrait sur terre.

— C'est un pansement, dit Sir Eddison-Sydney-Martin qui venait d'en appliquer un sur le front d'Isaac Bell. Ma femme préfère ça à une blessure ouverte, ça la rassure. J'imagine qu'il en ira de même avec votre fiancée.

— Ce n'est qu'une égratignure. Ma pauvre machine volante a beaucoup plus souffert.

— Seulement les roues et les patins. Le châssis semble intact, bien que votre mécanicien s'inquiète.

Bell jeta un coup d'œil vers Andy Moser qui tournait autour de la machine en criant contre son assistant. Eddison-Sydney-Martin recula d'un pas pour contempler son ouvrage.

— Parfait, et ça ne saigne plus. En fait, en vous regardant, je me dis qu'il vous faudra plus de courage pour raconter ça à votre fiancée qu'il ne vous en a fallu pour prendre l'air. Soyez courageux, mon vieux. On m'a dit que Mlle Morgan est une femme remarquable.

Bell se rendit en voiture au Garden City Hotel pour y retrouver Marion, qui arrivait l'après-midi même de San Francisco. Dès son entrée dans l'hôtel, il comprit qu'elle était arrivée avant lui. Dans le hall, des messieurs regardaient par-dessus leurs journaux qu'ils ne lisaient plus ; alignés comme des soldats de plomb, des chasseurs attendaient qu'on fasse appel à eux et le maître d'hôtel du Palm Court servait lui-même son thé à Marion.

Pendant un moment, Bell contempla la grande beauté blonde d'une trentaine d'années qui lui avait volé son cœur. Elle portait encore ses vêtements de voyage, une jupe longue écossaise couleur mauve, avec sa veste assortie et un chemisier à col montant qui mettait en valeur la finesse de sa taille. Elle était coiffée d'un grand chapeau aux bords rabattus. Ses yeux d'un vert profond étincelaient plus encore que l'émeraude de sa bague de fiançailles.

Bell la prit dans ses bras et l'embrassa.

— Je ne t'ai jamais vue plus belle.

— Une bagarre ? demanda-t-elle en indiquant le pansement.

— Non, ma première leçon de pilotage. J'ai découvert un phénomène aéronautique baptisé effet de sol, qui rend périlleux l'atterrissage de l'*Eagle*. Andy et son assistant vont devoir travailler la moitié de la nuit pour réparer les roues.

— Ton instructeur était furieux ?

Bell se redressa.

— En fait, j'ai appris tout seul.

Marion leva l'un de ses beaux sourcils. Diplômée de la faculté de droit de Stanford, elle avait travaillé dans le secteur bancaire avant de se lancer dans cette nouveauté qu'était le cinématographe. Rien ne semblait plus pouvoir l'étonner.

— Il est vrai qu'Orville et Wilbur Wright ont appris de la même façon. Mais enfin, ils inventaient l'aéroplane.

— J'ai bénéficié de conseils d'aviateurs expérimentés. Mais… tu me regardes d'une drôle de façon.

— Je ne t'ai jamais vu les yeux aussi brillants. Et tu souris jusqu'aux deux oreilles. On dirait que tu es encore en train de voler.

Isaac se mit à rire.

— Tu as raison. Et je ne cesserai jamais de voler. Cela dit, ce que tu vois en ce moment c'est aussi parce que je suis si heureux de te voir.

— Moi aussi je suis ravie de te voir, mon cher, et heureuse de cet effet amoureux sur toi.

Elle se leva.

— Que fais-tu ?

— Je me lève pour pouvoir t'embrasser encore.

Bell lui rendit son baiser.

— Le détective de l'hôtel va venir nous demander ce qu'on fait, comme ça, en public, dit-elle.

— Ne t'inquiète pas. Le Garden City Hotel vient de signer un contrat avec le Service de protection de chez Van Dorn : depuis ce matin, c'est un de nos hommes qui est le détective maison.

— Bon, dit-elle en se rasseyant, raconte-moi ce bobo sur ta caboche et parle-moi de cet « effet de sol. »

— C'est un phénomène qui t'empêche de décoller quand un coussin d'air se forme entre les ailes et le sol. L'air est fort, plus fort qu'on ne l'imagine. En fait, la machine veut toujours voler, et d'une certaine façon il faut la forcer, comme quand un cheval prend le mors aux dents.

— Un cheval volant, dit Marion.

— Apparemment, cet effet est plus fort sur un monoplan parce que…

Marion l'interrompit.

— Dis-moi, qu'est-ce qu'on voit quand on est là-haut ?

— La vitesse est différente, dans les airs. Le paysage ne devient pas flou comme quand on est en train ou bien dans ma Locomobile. On dirait qu'il vole en dessous, et plus on vole haut plus il vole lentement.

— Jusqu'à quelle altitude as-tu grimpé ?

— Assez haut pour voir la Hudson River. Quand je l'ai aperçue, je me suis dit qu'il fallait absolument y aller.

Marion ne cacha pas sa surprise.

— Tu as volé jusqu'à l'Hudson River ?

Bell se mit à rire.

— Ça m'a semblé moins risqué que de survoler l'océan… lui aussi je l'ai vu.

— Tu as vu en même temps l'Hudson River et l'océan Atlantique ? s'émerveilla Marion. Alors tu as dû voir aussi les gratte-ciel de New York.

— Comme des flèches jaillissant de la fumée.

— Il faut que tu m'emmènes pour que je fasse des films.

— Tu vas adorer. J'ai vu un esturgeon géant nager au fond de l'Hudson.

— Quand est-ce qu'on y va ? demanda-t-elle, très impatiente.

— Euh… eh bien, voler est très sûr, mais… pas encore avec moi.

Bell se rappela alors que sa promise pouvait être aussi têtue que Joséphine lorsqu'elle lui demanda, avec un sourire désarmant :

— Tu crois que Preston Whiteway louerait les services d'un aviateur pour m'emmener dans le ciel ?

— Laisse-moi d'abord pratiquer. A la fin de la course, je maîtriserai le pilotage.

— Magnifique. On volera au-dessus de San Francisco. J'ai hâte d'y être ! Mais tu seras prudent pendant ton apprentissage, hein ?

— Promis.

— Je refuse de m'inquiéter pour toutes ces histoires de coups de couteau et de pistolet. Mais l'aviation ! Là, tu n'es pas dans ton élément.

— Ça ne durera pas. La prochaine fois, quand je verrai que le vent a tourné, j'atterrirai en conséquence.

— Comment connaître la direction du vent quand on est pris dedans ? Tu as vu un drapeau flotter ?

— J'ai observé les vaches.

— Les vaches ?

— Il y a des fermes laitières autour du parc, et Joséphine m'a appris que les vaches broutent toujours face au vent. Elles sont aussi fiables qu'une girouette et plus faciles à voir d'en haut.

— Que t'a appris d'autre l'Aérienne chérie de l'Amérique ?

— A repérer les espaces libres pour un atterrissage d'urgence. Mais éviter les prairies trop vertes.

Il n'évoqua pas l'avertissement qu'elle lui avait donné de ne pas se livrer à des mouvements brusques capables d'arracher les ailes.

Ni la sèche remarque d'Eddison-Sydney-Martin : « A votre place, mon vieux, j'éviterais les vrilles à plat », pas plus que le conseil que lui avait lancé Joe Mudd sans détour : « Ne jouez pas les acrobates tant que vous ne savez pas y faire. »

— Apparemment, tout le monde, y compris Preston, s'accorde à dire que Joséphine a une personnalité intéressante.

— Joséphine a une sacrée personnalité, c'est vrai, et j'aimerais bénéficier de ton aide pour y voir un peu plus clair. En attendant, je serais d'accord pour un autre baiser. Dois-je demander au détective de l'hôtel d'ériger une barricade de paravents chinois et de palmiers en pot ?

— J'ai une meilleure idée. Maintenant, les femmes de chambre ont dû défaire mes bagages. Laisse-moi enlever mes vêtements de voyage et prendre un bain. Ensuite, tu pourras monter me rejoindre pour le dîner.

— Dois-je commander du champagne ?

— C'est déjà fait.

— Franchement, mon chéri, pourquoi as-tu décidé de ne pas prendre des leçons de pilotage ? lui demanda Marion, plus tard, dans sa chambre.

Baignée, parfumée et vêtue d'un long peignoir d'un vert émeraude, elle était allongée sur une chaise longue. Bell amena les verres et prit place à côté d'elle.

— Pas le temps. La course commence la semaine prochaine et je suis débordé parce que Harry Frost cherche à assassiner Joséphine et qu'un saboteur détruit des machines volantes.

— Je croyais qu'Archie avait descendu Frost.

— Il lui a tiré trois fois dessus, avec ce petit pistolet allemand qu'il voulait absolument garder sur lui. (Il secoua la tête en signe d'incrédulité.) Moi aussi j'ai cru abattre Frost. Il est blessé, mais pas du tout hors de combat. A Cincinnati, un banquier a signalé que Frost avait la mâchoire gonflée et qu'il avait du mal à articuler, mais à part ça, il avait l'air en pleine forme, pas comme un homme farci de plomb.

— Tu l'as peut-être manqué.

— Pas avec mon Browning. C'est impossible. Et j'ai vu de mes yeux Archie lui tirer dessus à bout portant. Il n'a pas pu le manquer. Mais Frost est un solide gaillard. Si la balle n'a pas touché un organe vital, va savoir. Mais enfin c'est quand même un mystère.

Isaac Bell avait l'habitude de discuter avec Marion des affaires qu'il traitait. C'était une femme cultivée, à l'esprit vif et pénétrant et elle découvrait toujours une dimension nouvelle aux problèmes qu'il exposait.

— A propos de mystère, reprit Isaac, Frost lui-même aurait manqué un de ses tirs contre Marco Celere. Un tir facile qu'aucun chasseur n'aurait raté. J'ai découvert que la lunette de son fusil était faussée. Autre raison pour laquelle j'aimerais bien voir le corps de Celere.

— Est-ce que Frost aurait pu porter une sorte d'armure ?

— Une armure n'arrêterait pas les balles. C'est pour ça que la poudre à canon a rendu inutiles les chevaliers.

— Un cotte de mailles ?

— Intéressant, parce qu'avec les alliages modernes, il est possible de fabriquer une cotte de maille capable d'arrêter une balle. Mais ça doit peser affreusement lourd. Il y a quelques années, l'armée a procédé à des essais de vestes soi-disant à l'épreuve des balles. Mais elles tenaient trop chaud et elles étaient trop lourdes pour être utilisables… mais c'est quand même une idée intéressante. Je vais demander à Grady Forrer de mettre ses enquêteurs là-dessus dès demain matin.

Marion s'étira de façon provocante.

— Y a-t-il d'autres mystères que je puisse résoudre pour toi ?

— Plusieurs.

— Lequel, en premier ?

— Où est le corps de Marco Celere ?

— D'autres ?

— Pourquoi Mlle Di Vecchio à qui j'ai acheté mon aéroplane affirme-t-elle que Marco Celere a volé les secrets de son père, alors que Joséphine, elle, affirme que le père de celle-ci travaillait pour Celere et n'avait donc aucun secret à voler ?

— A quoi ressemble Mlle Di Vecchio ?

— Très séduisante.

— Vraiment ?

— Tellement séduisante qu'il est difficile de croire que Marco Celere, ou n'importe quel autre homme, ait pu ne pas lui faire la cour.

— Comment as-tu pu résister ?

Bell frappa doucement son verre de champagne contre le sien.

— Je suis immunisé.

— Aveugle à la beauté ? dit-elle, taquine.

— Je suis amoureux de Marion Morgan, qui a su toucher mon cœur.

Marion lui rendit son sourire.

— Peut-être Marco penchait-il plutôt du côté de Joséphine.

— Joséphine est mignonne comme tout, mais elle n'a pas la classe de Mlle Di Vecchio. Elle est ravissante, vive et aguichante, mais c'est plus une jolie fille qu'une femme fatale.

— Mais ambitieuse, non ?

— En tout cas pour tout ce qui touche à l'aviation, et très habile à piloter des machines volantes. Il y a des hommes qui sont très attirés par les femmes talentueuses.

— L'amour a ses mystères, pas vrai ?

— Marco et Joséphine étaient peut-être amants, mais Archie pense que Joséphine était surtout amoureuse des machines volantes de Marco. Et comme tu le sais, Archie est très perspicace pour ce genre de choses.

— Et toi, qu'en penses-tu ?

— Pour être honnête, je n'en sais rien. Sauf qu'elle prend la défense de Marco avec vigueur à propos de cette histoire de vol d'inventions.

— Se pourrait-il que Joséphine défende plus sa machine volante que son amant ?

— C'est tout à fait possible. Tandis que Marco, lui, je le soupçonne d'être tombé amoureux d'une fille qui avait les moyens de lui acheter ses machines.

— Donc tout le monde avait ce qu'il voulait.

— Sauf Harry Frost. (Un éclair de colère passa dans les yeux de Bell.) Pauvre Archie. Frost s'est conduit de façon épouvantable. Comment peut-on utiliser une munition aussi effroyable ? Ça me dépasse.

Marion lui prit la main.

— J'ai parlé avec Lillian au téléphone. J'irai la voir demain à l'hôpital.

— Comment l'as-tu trouvée ?

— Fatiguée mais pleine d'espoir. La pauvre. Quel cauchemar ! Je vis le même genre d'histoire, sauf que je suis plus âgée qu'elle, que je t'aime depuis plus longtemps et que je ne m'inquiète pas de la même façon. Lillian m'a avoué que depuis que Archie a repris son travail, après leur lune de miel, tous les jours elle est morte d'inquiétude jusqu'à ce qu'il revienne le soir. Dis-moi, mon chéri, tu prends autant de risques en apprenant à voler parce que tu t'inquiètes pour Archie ou pour compenser ce qui lui est arrivé ?

— J'ai toujours eu envie de voler.

— Mais n'aurais-tu pas envie de voler pour de mauvaises raisons ? Isaac, tu sais que je ne t'ai jamais embêté avec mes inquiétudes, mais cette histoire me semble inutilement risquée. Que pourrais-tu faire, en l'air, si Frost lui tire dessus ?

— Riposter, et en finir une bonne fois pour toutes avec Harry Frost.

— Qui pilotera l'aéroplane quand tu seras occupé à tirer ?

— Je peux piloter d'une main… Bon, disons que c'est possible de piloter d'une seule main. Aujourd'hui, j'étais cramponné des deux mains aux commandes.

Marion lui tendit les bras.

— Tu peux me faire une démonstration ?

15

— POURRIEZ-VOUS ME DONNER des conseils sur cette acrobatie qui consiste à redresser rapidement avant de toucher le sol ? demanda Isaac à Joséphine.

La course devait débuter trois jours plus tard et il avait décidé de passer l'examen officiel de pilote auprès de l'Aéroclub.

— Ne le faites pas ! répondit Joséphine en souriant. C'est le meilleur conseil que je puisse vous donner. Entraînez-vous plutôt à allumer et à éteindre votre magnéto, et ne tentez pas des acrobaties que votre machine ne peut pas exécuter.

— Ma machine a les mêmes ailerons que la vôtre.

— Non.

Son sourire avait disparu.

— Les entretoises de l'aile sont les mêmes.

— Non, elles se ressemblent seulement.

— Mais aussi solides.

— Je ne m'y fierais pas, dit-elle avec le plus grand sérieux.

Le sujet était toujours aussi épineux, mais Bell remarqua qu'elle ne répétait plus, comme avant, que le père de Danielle avait travaillé pour Marco Celere. Comme si elle se doutait que l'inverse était vrai.

— Peut-être voulez-vous dire que c'est moi qui ne suis pas prêt à exécuter une telle manœuvre, dit-il avec douceur.

Elle sourit, soulagée que Bell lui ait offert une porte de sortie.

— Ça viendra. Je vous ai observé. Vous avez le sens du pilotage… c'est ça l'essentiel.

— Heureux de vous l'entendre dire. Si je veux vous protéger, sans être aussi habile que vous, il ne faut pas non plus que je sois trop loin derrière.

En fait, Bell avait mis au point un système de protection au sein duquel il n'était qu'un élément parmi d'autres. Des tireurs d'élite de chez Van Dorn se relaieraient sur le toit du wagon d'assistance, qu'ils gagneraient facilement grâce à une trappe. Deux voitures dans un wagon équipé d'une rampe seraient prêtes à suivre Joséphine si pour quelque raison elle était amenée à s'écarter de la voie de chemin de fer. Et tous les jours, des détectives seraient disposés à l'arrêt suivant.

Un grand bruit retentit à la porte du hangar.

Bell se glissa devant Joséphine et tira son Browning de la poche de son manteau.

— Joséphine ! Joséphine ! Mais où est-elle donc ?

— Mon Dieu ! s'écria Joséphine. C'est Preston Whiteway.

— Joséphine ! Joséphine ! lança Whiteway en se ruant à l'intérieur. Enfin, vous voilà ! J'apporte de bonnes nouvelles ! D'excellentes nouvelles !

Bell remit son arme dans son étui. Quelle était donc cette bonne nouvelle ? Harry Frost avait été arrêté ?

— Mes avocats ont réussi à convaincre le tribunal d'annuler votre mariage avec Harry Frost au motif que ce fou a tenté de vous tuer ! s'écria Whiteway d'une voix forte.

— Annulé ?

— Vous êtes libre… libre !

Isaac Bell s'éclipsa.

— Coupez ! lança sèchement Marion.

Penché sur une grosse machine montée sur trépied, son opérateur de prise de vues cessa de tourner la manivelle comme si un faucon jailli du ciel lui avait soudainement saisi le bras. Au sein de l'équipe technique de Mlle Morgan, on savait très bien que M. Bell ne voulait absolument pas qu'on le filme.

— Mon chéri, quel plaisir de te voir.

Elle était adorable avec ses vêtements de travail, longue jupe et chemisier, les cheveux ramenés haut sur le crâne de façon à ne pas être gênée lorsqu'elle regardait à travers l'objectif de la caméra.

Elle expliqua que son équipe et elle suivaient Preston Whiteway depuis le début de la matinée et filmaient des scènes pour le carton qui serait intitulé :

Arrivée du commanditaire de la course !!!

Bell la prit dans ses bras.

— Quel régal de te voir. On déjeune ensemble ?

— Non, il faut que je filme tout ça. (Elle baissa la voix.) Comment Joséphine a-t-elle accueilli la nouvelle ?

— J'ai eu l'impression qu'elle cherchait à tempérer l'enthousiasme de Whiteway qui n'arrêtait pas de répéter qu'elle était libre.

— J'imagine que Preston s'apprête à la demander en mariage.

— Ça m'en a tout l'air, dit Bell. Il rayonne comme un feu de joie. Il a revêtu un beau costume tout neuf et je n'ai jamais vu un homme rasé d'aussi près, il est luisant comme une pièce d'argent.

L'équipe de Marion était prête à tourner lorsque Preston Whiteway rassembla la presse de New York devant la grande tente jaune de Joséphine pour leur annoncer un important changement concernant la course. Bell, lui, observait la foule, attentif, en compagnie de Harry Warren, le spécialiste des gangs au sein de l'agence new-yorkaise de Van Dorn, qu'il avait nommé responsable de l'équipe de Belmont Park en remplacement d'Archie.

Whiteway avait réussi son pari : les autres journaux ne pouvaient plus ignorer la Coupe Whiteway. Cette course aérienne était devenue un événement national de première importance. Mais ses concurrents ne l'appréciaient pas pour autant, et, deux jours avant le départ de la course, ils manifestaient leur hostilité. Quarante journalistes braillaient leurs questions, encouragés par un détective de chez Van Dorn, Scudder Smith, qui, selon ses dires, avait été reporter dans le passé.

— Si ce détective est aussi imbibé qu'il le paraît, dit Isaac Bell à Harry Warren, suspendez-le pendant une semaine et retenez-lui son salaire pendant un mois.

— Pas de problème avec Scudder, répondit Warren. Ça fait partie de sa couverture.

— En quoi est-il déguisé ?

— En journaliste ivrogne.

— Je me suis laissé avoir.

— Vous ne pouvez quand même pas nier, monsieur Whiteway, lança agressivement un journaliste du *Telegram*, que le trajet entre Belmont Park et l'hippodrome de l'Empire City à Yonkers, qui est très court, est une façon d'attirer encore plus de spectateurs payants de New York ?

— N'est-il pas vrai qu'on peut voler entre Belmont Park et Yonkers en planeur ? hurla un journaliste du *Tribune*.

— Seize kilomètres, monsieur Whiteway ? demanda le *Times*. Est-ce que les aviateurs ne pourraient pas y aller plutôt à pied ?

— Ou à bicyclette ? renchérit le détective Smith.

Bell ne put qu'admirer la façon dont Whiteway laissait ses rivaux se payer sa tête avant de riposter par un feu de mitraille. En fait, il soupçonnait Whiteway d'avoir préparé cette annonce de dernière minute pour attirer les autres journaux dans son piège.

— Vous attendez tous des nouvelles sensationnelles, eh bien j'ai le plaisir de vous informer que la première étape jusqu'à l'hippodrome Empire City de Yonkers comportera un vol de vingt-neuf kilomètres de Belmont Park jusqu'à la statue de la Liberté. Les aviateurs concourant pour la Coupe Whiteway en feront le tour pour que des centaines de milliers de spectateurs sur les rives du fleuve et à bord des navires puissent les voir, puis ils parcourront encore trente-cinq kilomètres jusqu'à Yonkers, ce qui fera un total de soixante-quatre kilomètres pour cette première journée. Ces courageux aviateurs auront l'occasion de résoudre les plus grandes difficultés en survolant deux plans d'eau, la traîtresse East River et la large Upper Bay, puis l'Hudson River pour atterrir sains et saufs, si Dieu le veut, sur le champ de course de l'Empire City qui offrira un excellent terrain d'aviation. Merci, messieurs. Je suis sûr que vos rédacteurs en chef attendent vos articles pour sortir dans la rue des éditions spéciales avant leurs concurrents.

Il aurait pu ajouter que les éditions spéciales des journaux de Whiteway étaient déjà entre les mains de tous les vendeurs à la criée de la ville. Mais c'était inutile. Les journalistes se ruaient sur les téléphones de l'hippodrome, furieux d'avoir été dupés et redoutant de se faire maudire par leurs rédacteurs en chef.

— Je déteste cette saleté de statue, dit Harry Frost à Gene Weeks.

Weeks, un batelier grisonnant de Staten Island, était appuyé sur la barre de son chaland ostréicole, amarré le long de la berge boueuse du Kill Van Kull. Ce bateau, sous son pont fatigué et sa peinture écaillée, dissimulait un énorme moteur à essence qui lui permettait de naviguer beaucoup plus vite que la plupart des embarcations du même genre.

— Pourquoi ça, monsieur ?

— Cette foutue statue attire les étrangers. On a trop d'immigrants, on n'a pas besoin de plus de bâtards.

Gene Weeks, dont la famille avait émigré d'Angleterre avant que celle de Frost ne débarque du *Mayflower*, laissa le cinglé poursuivre ses élucubrations. Frost lui avait proposé de l'argent pour faire la traversée sur son bateau. Beaucoup d'argent. Plus jeune, Weeks l'aurait soulagé de ses dollars avant de le flanquer pardessus bord. Ou du moins il aurait essayé. Parce que ce cinglé était costaud, et ce n'étaient sûrement pas une flasque d'alcool et des victuailles qui créaient ainsi des bosses sous son manteau. Alors pour toucher son fric, mieux valait le gagner.

— Où vous avez dit que vous voulez que je vous emmène, monsieur ?

Frost déplia l'édition spéciale d'un journal qu'il posa sur le banc encroûté de sel, près de la barre. Maudissant la brise marine qui le rabattait, il montra à Weeks une carte de la première étape de la course aérienne à travers le continent, la Coupe Whiteway.

— Vous voyez comme ils vont tourner autour de cette foutue statue avant de remonter le fleuve ?

— Ouais.

Le grand gaillard avait tracé un X sur la carte.

— Je veux aller là, avec le soleil derrière moi.

16

— LA COTE A CHANGÉ POUR JOSÉPHINE ? demanda Isaac Bell à Johnny Musto, le bookmaker, deux jours avant la course.

— Toujours à vingt contre un. Mille dollars sur l'Aérienne chérie vous en rapporteront vingt mille.

— J'ai déjà parié deux mille.

— C'est vrai. Mais comme j'admire votre goût du risque, vous pourriez augmenter votre mise initiale, et si la jeune fille gagne, vous acheter un cabriolet automobile et une maison de campagne.

Déplaçant un nuage d'eau de Cologne à la violette et entouré d'une bande de marlous qui encaissaient l'argent tout en surveillant les flics, Johnny Musto parcourait à grands pas le champ de course en grommelant :

— Placez vos paris, messieurs, placez vos paris ! Des cotes ? Je vous les donne ! Cent dollars vous en rapporteront cinquante si le tout nouvel aéroplane propulseur Curtiss de Sir Eddison-Sydney-Trucmachin réalise le meilleur temps jusqu'à San Francisco. Même cote pour le Français Chevalier à bord de son Blériot. Un contre deux, messieurs, un contre deux sur Chevalier. Mais si Billy Thomas vole plus vite pour le syndicat Vanderbilt, cent dollars misés vous en rapporteront cent autres.

— Et Joe Mudd ? Quelle est la cote de Joe Mudd ? demanda un parieur avec un gros cigare.

Johnny Musto sourit, l'air ravi, comme s'il était touché par la grâce, se dit Bell.

— La machine de cet ouvrier offre une chance rare de gagner gros : trois contre un. Cent dollars misés sur Joe Mudd en rapporteront trois cents. Mais si vous choisissez plutôt la sécurité, pariez cent dollars sur Sir Eddison-Trucmuche-Trucmachin et vous en gagnerez cinquante : ça vous permettra d'emmener votre chérie à Atlantic City… Attendez ! C'est quoi, ça ? (Un homme vêtu d'une veste de mécanicien et coiffé d'une casquette plate lui chuchotait à l'oreille.) Messieurs ! La cote de Sir Eddison-Trucmuche-Trucmachin a changé. Cent dollars vous en rapporteront quarante.

— Pourquoi ? demanda un parieur, dépité de voir diminuer ses gains potentiels.

— Ses chances de battre tous les autres viennent d'augmenter. Ses mécaniciens ont amélioré sa machine. Ils se sont rendu compte qu'ils n'ont pas besoin de gouvernail de profondeur à l'avant, qu'ils en avaient déjà un à l'arrière. Le Curtiss propulseur de Sir Eddison-Trucmuche-Trucmachin vole sans soupapes. Maintenant, plus personne ne peut le battre.

La même nuit, le saboteur qui avait fait dérailler le moteur thermique et provoqué son vol meurtrier, se frottait nerveusement le bras en observant les mécaniciens de Sir Eddison-Sydney-Martin procéder aux derniers ajustements de son nouveau Curtiss sans soupapes. Sans son gouvernail de profondeur à l'avant, l'avion à propulsion semblait tout maigre.

Le saboteur l'avait déjà étudié alors qu'ils le faisaient voler en profitant des dernières lueurs de la soirée, et, d'accord avec tous ceux qui connaissaient leur affaire, il avait estimé que ce Curtiss volait beaucoup mieux qu'avant et plus vite. Les bookmakers, déjà amoureux du nouveau moteur six cylindres et quatre-vingt-dix chevaux de la Curtiss Motor Company, proclamaient à tout-va que l'avion propulseur sans soupapes Curtiss était l'appareil à battre, surtout piloté par un aviateur de première classe.

Pour finir, les mécaniciens recouvrirent la machine volante de bâches, coupèrent le générateur qui leur fournissait la lumière pour travailler et regagnèrent leurs dortoirs. Le saboteur prit un vilebrequin de charpentier dans son sac et se mit au travail en guettant les équipes de Van Dorn.

— Votre examen était prévu il y a cinq minutes, monsieur Bell.

Le représentant de l'Aéroclub qui attendait à côté de la machine de Bell agita d'un air impatient la tablette qu'il tenait à la main.

Bell sauta sur le siège du pilote de *l'American Eagle*, jeta son chapeau à un des assistants chargés de tenir les ailes et mit son casque et ses lunettes.

— Prêt !

Il venait de convenir de quelques mesures tactiques avec Harry Warren. Andy et les autres avaient préparé le monoplan, fait chauffer le moteur et glissé des cales sous les roues.

— Pour obtenir la licence de pilote, monsieur Bell, vous devez monter à trente mètres et tourner autour du parcours signalé par des pylônes. Ensuite vous grimperez à cent cinquante mètres et vous maintiendrez à cette altitude pendant dix minutes. Après quoi, vous ferez la démonstration de trois méthodes de descente : une série de cercles en vol plané, une descente graduelle au ras des vagues le long de la côte, et un plongeon plus direct en spirale. Est-ce clair ?

Bell sourit.

— Entendu. Je continue à avancer pendant que je reste dix minutes à cent cinquante mètres ?

— Bien sûr. Vous devez continuer à avancer. Sans ça la machine tomberait. Bon, allez-y, je n'ai pas tout mon temps, moi.

Mais le moteur venait à peine de démarrer avec un bruit infernal que le très grassouillet Grady Forrer, directeur de la recherche chez Van Dorn, galopait à travers le nuage de fumée et hurlait à Isaac d'attendre.

Bell abaissa le bouton de contact et le Gnome s'arrêta en hoquetant. Andy Moser apporta la boîte à savon utilisée pour grimper dans le monoplan et Grady se hissa dessus.

— On a trouvé comment Frost a survécu aux balles que vous lui avez tirées, Archie et toi.

— Bravo ! Comment ?

— Tu te souviens, je t'avais dit qu'il y a dix ans, un prêtre de Chicago avait conçu une veste à l'épreuve des balles faite d'une série de couches d'une soie spéciale, tissée en Autriche ?

— Mais l'armée l'avait rejetée. Elle pesait dix-huit kilos et on avait chaud comme dans un four.

— Devine qui a quand même investi dans leur fabrication ?

— Chicago, dit Bell. Bien sûr. C'est tout à fait le genre de choses dont Harry Frost a dû entendre parler, et il a vu que ça pouvait lui servir. Être résistant aux balles, c'est un rêve de criminel.

— Et un type de sa corpulence peut porter ce poids.

— Donc, la seule blessure qu'a reçue Harry Frost, c'est à la mâchoire.

— La prochaine fois, dit Grady Forrer, utilisez un canon.

Bell ordonna à Grady de passer le mot à tous les hommes affectés à cette affaire. Couteaux, pistolets et revolvers étaient inutiles. Prenez des fusils. Et pour plus de sûreté, visez la tête.

— C'est bon, monsieur, lança-t-il à l'examinateur de l'Aéro-club. Je suis prêt pour l'examen.

Andy s'apprêta à tourner l'hélice. Bell posa la main sur le bouton de contact. Mais au moment de lancer « contact », il s'écria :

— Attendez !

— Quoi encore ? s'exclama l'examinateur.

Du coin de l'œil, Bell avait vu courir dans sa direction un jeune agent affreusement couturé, du bureau de New York de Van Dorn. Bell fit signe à Andy, qui, au lieu de faire tourner l'hélice replaça la boîte à savon près de l'appareil. Eddie Tobin sauta dessus et se pencha vers Bell de façon à n'être entendu que de lui.

— Apparemment, Harry Frost a été repéré à Saint-George.

Saint-George, sur Staten Island, est une station balnéaire située à la rencontre du détroit de Kill Van Kull et d'Upper Bay. Elle abrite de grands hôtels avec une vue magnifique sur le port de New York. Ses berges accueillent des navires de toutes sortes : ferry-boats, remorqueurs, barges à charbon, yachts à vapeur, bateaux de pêche et ostréicoles.

— Vous êtes sûr qu'il s'agit de Frost ?

— Vous savez que certains de mes amis sont dans l'ostréiculture.

— Oui, répondit Bell sans s'appesantir.

Pour certaines familles de Staten Island, l'ostréiculture s'étendait à des domaines que la police portuaire de New York qualifiait volontiers de piraterie. Le jeune Eddie était tout ce qu'il y avait de plus intègre et Bell lui aurait confié sa vie sans hésiter. Mais les liens de famille sont puissants, et à ce titre, Eddie Tobin était un détective bien informé de tout ce qui touchait aux activités louches du port de New York.

— Un type qui ressemblait beaucoup à Harry Frost, grand, le visage rougeaud, une barbe grise, promettait de l'argent à qui voulait bien lui louer un bateau.

— Quel genre de bateau ?

— Il a dit qu'il devait être stable, large comme un chaland ostréicole. Et rapide. Plus rapide que ceux de la patrouille du port.

— Il en a trouvé un ?

— Deux bateaux assez rapides ont disparu à ce moment-là. Tous deux appartiennent à des gars qui feraient n'importe quoi pour du fric. Et Frost, si c'était lui, montrait qu'il en avait beaucoup.

Isaac Bell lui administra une claque sur l'épaule.

— Bon travail, Eddie.

Un large sourire éclaira le visage de l'apprenti détective, marqué par un féroce passage à tabac qui avait failli lui coûter la vie. Il avait réussi à sauver ses yeux, bien que l'un d'eux soit en partie dissimulé par une paupière tombante, et on y aperçut une lueur de fierté.

— A votre avis, qu'est-ce que ça veut dire, monsieur Bell ?

— Si c'était lui, et pas un escroc qui cherchait à voler quelque chose sur un bateau ou faire évader un de ses copains de prison, ça veut dire que Harry Frost est à la recherche d'une plate-forme de tir stable et capable de le sortir de là rapidement.

Bell sortit ses longues jambes de la nacelle de l'*Eagle* et sauta sur l'herbe avec l'agilité d'un acrobate.

— Andy ! Tout de suite !

— Attendez ! s'écria l'examinateur de l'Aéroclub. Où allez-vous, monsieur Bell ? On n'a même pas commencé l'examen.

— Désolé. Il faudra le reprendre une autre fois.

— Mais il vous faut la licence pour participer à la course. C'est le règlement.

— Je ne participe pas à la course. Andy ! Peins l'aéroplane en jaune.

— En jaune ?

— Oui, en jaune Whiteway. Le même jaune que la machine de Joséphine. Dis aux gars de te donner toute la peinture qu'il faut et de te filer un coup de main. Je veux qu'il soit jaune demain matin.

— Comment les gens vont-ils vous distinguer ? Vos deux appareils se ressemblent déjà beaucoup. On les confondra.

— C'est ça l'idée. Je ne compte pas faciliter les choses à Harry Frost.

— D'accord, mais s'il vous tire dessus en croyant tirer sur Joséphine ?

— S'il tire, il révélera sa position. A ce moment-là, je le tiens.

— Et s'il vous touche ?

Isaac Bell ne répondit pas. Il houspillait déjà ses détectives.

— Le jeune Eddie a levé un sacré lièvre. Je veux des tireurs sur des bateaux sur l'East River, Upper Bay et l'Hudson jusqu'à Yonkers. On va coincer Harry Frost.

LIVRE TROIS

« En haut, en haut, toujours plus haut. »

17

Isaac Bell grimpa à 300 mètres au-dessus de Belmont Park pour surveiller le départ de la course. Cet après-midi-là, les vents était traîtres – le coup de canon du départ avait été retardé deux fois en raison de violentes bourrasques – et, bien que novice, le détective choisit de suivre les conseils d'aviateurs expérimentés qui préféraient tous voler à haute altitude. Joséphine Josephs, Joe Mudd, le lieutenant Chet Bass, le pilote de course automobile Billy Thomas, le planteur de coton Steve Stevens et le Français René Chevalier, tous prônaient l'altitude, pour des raisons que résumait ainsi Eddison-Sydney-Martin : « Si on tombe de haut, on peut tenter d'interrompre la chute à temps. Si on tombe de plus bas, on rencontre le sol trop tôt. »

L'altitude offrait à Bell une vision spectaculaire de l'hippodrome de Belmont Park. Le terrain d'un vert vif était constellé d'aéroplanes de toutes les couleurs. Des grappes de mécaniciens, reconnaissables à leurs vestes et à leurs manches de chemises blanches s'affairaient autour des machines, ajustant les haubans, réglant les moteurs, remplissant les réservoirs d'essence et les radiateurs. Sur les tribunes, cinquante mille spectateurs agitaient des mouchoirs blancs.

Il se félicita d'avoir songé aux encombrements du trafic ferroviaire. Des nuages de fumée noire s'attardaient au-dessus des rails. Des trains d'assistance qui voulaient quitter Belmont Park pour l'hippodrome de l'Empire City de Yonkers étaient déjà obligés de faire machine arrière. La voie qui partait du parc était occupée par une longue ligne de convois lents et lourdement chargés semblable à une procession d'éléphants de cirque. Locomotives manœuvrant aux aiguillages, mécaniciens s'époumonant sur leurs sifflets, gardes-freins affairés, chefs de manœuvre hurlant et mécaniciens s'arrachant les cheveux, tout cela formait un ballet bruyant et enfumé qui devrait se répéter tous les matins, chaque fois que les aviateurs prendraient l'air. Bell, lui, avait déjà expédié à Yonkers son train d'assistance avec à bord deux voitures Thomas Flyer.

Les toits et les flancs de chaque wagon-atelier et de chaque voiture Pullman étaient peints au nom et aux couleurs du concurrent. Depuis les airs, un aviateur pouvait voir si le train qu'il survolait était le sien, celui d'un concurrent ou un simple train de marchandises.

Le convoi jaune vif de Joséphine était tracté par une puissante locomotive Atlantic 4-4-2. La voiture privée de Preston Whiteway, un véritable palace, était située à l'arrière, séparée de la voiture-couchette de Joséphine par le wagon-hangar. Les voitures Pullman servaient de dortoirs et de salles à manger pour les mécaniciens, les journalistes et les détectives ; le wagon-garage abritait la Rolls Royce du magnat de la presse. Ce train se trouvait largement en tête du convoi : Bell y avait veillé, ordonnant un départ avant l'aube, laissant derrière un camion électrique de la General Motors avec une deuxième panoplie d'outils. Si tout se passait comme prévu, le train d'assistance, le *Josephine Special*, l'attendrait à Yonkers pour son atterrissage. Avant les autres, songea Bell, plein d'espoir, qui avait glissé mille dollars supplémentaires dans la paume parfumée de Johnny Musto.

A une quinzaine de kilomètres à l'ouest des trains progressant avec lenteur, on apercevait les fumées de New York qui salissaient le bleu du ciel. A travers les fumées, les gratte-ciel de Wall Street indiquaient l'endroit où le bas de Manhattan s'enfonçait dans le port, divisant les eaux d'où Harry Frost attaquerait.

Bell avait déployé, sur l'East River, Upper Bay et la Hudson River, trois équipes à bord de bateaux rapides, placées sous la direction de Harry Warren et guidées par le batelier de Staten Island, Eddie Tobin. Quelques pourboires généreusement distribués leur procuraient aussi l'appui de la patrouille portuaire de la police de New York.

Isaac Bell se rendait bien compte qu'il était impossible de communiquer avec l'ensemble de ce vaste dispositif. S'il avait mené une telle opération à terre, il aurait pu donner des ordres et recevoir des rapports par téléphone, télégraphe ou coursiers en automobile. Pour coordonner ses forces éparses, il lui aurait fallu une de ces radios Marconi, comme celle qu'utilisait la US Navy pour communiquer avec ses navires de guerre. Mais un télégraphe sans fil pesait infiniment plus que ce que pouvait emporter l'*American Eagle* et nécessitait en outre une source d'électricité encore plus lourde : il lui faudrait compter avant tout sur la vigilance et l'esprit d'initiative de ses hommes à terre et sur l'eau.

Un coup de canon annonça le départ.

Isaac ne l'entendit pas à cause du bruit du moteur Gnome, mais il vit un gros nuage de fumée blanche.

Les positions de départ avaient été tirées à la courte paille. Le premier à s'élancer sur l'herbe était le planteur de coton Steve Stevens, avec son énorme biplan blanc propulsé par deux moteurs Antoinette V-8, similaires à celui de Joséphine mais plus gros. C'était Dmitri Platov qui les avait installés, plaisantant avec les mécaniciens sur le fait que la puissance de ces deux moteurs permettait de soulever le tonnage considérable du planteur du Sud. Il lui fallut plus de deux cents mètres pour quitter le sol. Après un virage sur l'aile, il contourna le pylône de départ où l'heure de son passage fut enregistrée par Weiner, de la comptabilité, puis il fila vers l'ouest à une vitesse surprenante.

Le lieutenant Chet Bass décolla ensuite à bord de son appareil militaire peint en orange, un Signal Corps Wright de 1909. Joe Mudd le suivit dans son biplan « rouge révolution ». Quelques instants après qu'il eut fait le tour du pylône de départ, Sir Eddison-Sydney-Martin le dépassa avec son propulseur bleu sans soupapes. Les machines volantes se succédèrent ainsi et le commissaire de course notait l'heure à laquelle elles passaient devant le pylône avant de filer en direction de la statue de la Liberté.

Joséphine avait tiré la courte paille et décolla la dernière. Elle fit rouler son Celere sur moins de 80 mètres, s'arracha au terrain après plusieurs rebonds puis, au moment du virage autour du pylône, plongea dangereusement près du sol pour gagner de la vitesse avant de filer à toute allure en direction de l'ouest. Bell volait au-dessus d'elle, un peu en retrait, et bénissait Andy Moser d'avoir si bien réglé son moteur Gnome qu'il pouvait rivaliser avec le puissant Antoinette de Joséphine.

Après les champs et les fermes de Nassau, il survola les toits serrés de Brooklyn. La vue s'étendait loin devant mais l'on ne distinguait pas les détails. Bell prit soudain conscience de l'immensité de sa tâche. Si Harry Frost ouvrait le feu, à l'abri des cheminées, des pigeonniers, du linge qui flottait au vent sur les cordes, il ne verrait que l'appareil de Joséphine plonger brutalement vers le sol.

Ou bien ce serait le sien, songea Bell, sombrement, tant leurs deux machines volantes se ressemblaient. Mais le vol de l'aviatrice était constamment modifié par les courants d'air et les sautes de vent. Si Frost s'était placé ne fût-ce qu'à huit cents mètres d'un côté ou de l'autre, tout ce qui contribuait à le dissimuler gênerait son tir. Le chasseur avait par conséquent dû se poster sur l'eau.

Le port de New York était formé d'un entrelacs de cours d'eau et de baies couvertes d'une myriade d'embarcations emmenant des spectateurs à la course : barges, bateaux à vapeur, cargos noirs crachant de la fumée, quatre-mâts, bateaux de pêche, chalands ostréicoles, barques à rames, péniches et canots rapides. Sur la droite, jeté en travers de l'East River, le pont qui reliait Brooklyn à l'île de Manhattan. Un bateau de guerre blanc, entouré de petits remorqueurs, se dirigeait vers le bassin de la Navy, traînant un panache de vapeur. D'autres navires, équipés de mâts en treillis métallique et peints de la couleur gris camouflage, étaient amarrés le long d'un quai.

Droit devant, on apercevait l'extrémité du canal Buttermilk, avec, au-delà d'un petit détroit, Governors Island. Un canot rapide, avec un toit de toile blanche sur lequel était inscrit le V de Van Dorn, patrouillait au milieu du détroit. Après Governors Island, les eaux s'étendaient jusqu'à la statue de la Liberté.

Sur l'île de Bedloe, la colossale statue de cuivre vert s'élevait à plus de 90 mètres de haut sur un piédestal en granit installé sur un vieux fort en forme d'étoile. L'Agence Van Dorn avait un autre bateau qui croisait près de Bedloe, au milieu des ferry-boats, des barges chargées de spectateurs et des yachts privés sur lesquels des gens agitaient chapeaux et mouchoirs.

Le biplan blanc de Steve Stevens avait déjà dépassé la statue et disparaissait au nord après l'Hudson River. Il était suivi de près par Billy Thomas, le coureur automobile, à bord de son Curtiss propulseur peint en vert. Quatre concurrents volaient juste derrière eux. Le biplan rouge de Joe Mudd effectuait son virage autour de la statue, suivi de près par deux autres. Le propulseur bleu sans soupapes d'Eddison-Sydney-Martin manquait dans le tableau et Bell se dit que Joséphine devait déjà s'inquiéter et imaginer l'Anglais occupé à prendre le thé à Yonkers.

De la main gauche, Bell saisit ses jumelles suspendues à son cou et scruta les eaux à la recherche de petits bateaux semblables à celui que Frost avait loué. Au nord, il remarqua un groupe de remorqueurs et deux énormes ferry-boats qui soulevaient de grosses vagues et se dirigeaient vers l'étroit passage entre Governors Island et la pointe de Manhattan. Plus loin, il aperçut un fuselage d'un bleu vif qui s'enfonçait dans l'eau. Le Curtiss sans soupapes de Sir Eddison-Sydney-Martin était tombé dans la baie.

Le *Eagle* fit une embardée comme une automobile glissant vers un fossé. Bell lâcha ses jumelles pour reprendre le volant à deux mains. Lorsque sa machine eut retrouvé sa stabilité, il reprit ses jumelles. Sir Eddison-Sydney-Martin était à genoux sur l'aile supérieure, sans casque, les lunettes de travers, et fumait une cigarette. Il accueillit le premier remorqueur venu le repêcher avec une bouffée de fumée des plus reconnaissantes.

Soudain, Bell fut pris dans des trous d'air qui l'obligèrent à reprendre les commandes à deux mains. L'*American Eagle* fut secoué et Bell comprit qu'il s'était engagé là où se rencontraient les vents descendant les cours d'eau et ceux remontant la baie de New York. Ces bourrasques secouaient l'appareil, mettant à rude épreuve la résistance des ailes calculée par Di Vecchio.

Soudain, la machine bascula sur le côté, vira sur la droite et se mit à chuter.

18

ISAAC BELL RÉAGIT D'INSTINCT ET TRÈS VITE, en cherchant à contrer le virage sur l'aile avec le gouvernail de direction et à redresser l'appareil en tirant sur le gouvernail de profondeur. Aucune des deux manœuvres n'eut le moindre effet. L'*American Eagle* poursuivait son virage et piquait plus encore du nez.

Son instinct l'avait trahi. Son hélice pointait vers un ciel vide et les navires dans le port se retrouvaient soudain sous sa propre épaule, à droite. Et tout à coup, sans avoir compris quelle erreur il avait commise, tout se mit à tournoyer.

Du coin de l'œil, il aperçut un éclair jaune, puis la tache de couleur grossit. La machine de Joséphine. Il passa à côté d'elle comme un train express, la manquant de peu. L'espace d'un instant, il imagina la réaction de Joe Van Dorn si son enquêteur en chef, chargé de protéger l'Aérienne chérie de l'Amérique, entrait en collision avec elle en plein vol sous les yeux d'un million de spectateurs.

La vitesse ! Telle était la réponse de Joséphine chaque fois qu'il l'interrogeait sur des points de technique. *La vitesse est votre amie. La vitesse rend l'air fort.*

Bell ramena le gouvernail en position neutre, cessa de tirer sur le volant et le poussa même en avant. Puis, aussi doucement que s'il reprenait en main un cheval rétif, il poussa la gouverne sur le côté, soulevant l'aileron de son aile gauche et abaissant celui de droite. L'*American Eagle* se redressa par l'arrière, cessa de tomber sur le côté et accéléra.

En quelques secondes, il fut tiré d'affaire. Les bourrasques de vent le secouaient toujours, mais à présent, l'*Eagle* ressemblait plus à un aéroplane qu'à un rocher en chute libre. Pourtant, s'il est facile de comprendre en théorie le rôle de la vitesse lorsque l'on vole en ligne droite, il est plus difficile de s'en souvenir dans le feu de l'action.

Mais la rencontre des vents du fleuve et de la mer qui avaient failli entraîner sa perte se poursuivait avec obstination. Un deuxième maelström, plus vicieux encore que le premier, frappa soudain la machine de Joséphine.

Bell comprit alors qu'il avait eu de la chance. Le tourbillon de vents fous s'abattit sur le Celere de Joséphine avec une telle puissance qu'il sembla l'effacer du ciel. Sa machine bascula sur le côté et en un éclair, le monoplan se mit à piquer en vrille.

Bell vit une pièce se détacher de l'aile gauche du Celere.

La pièce battait derrière l'appareil, retenue par des câbles, et il reconnut l'un de ses ailerons. Puis les câbles cédèrent et la pièce s'envola comme une feuille dans le vent. Si Bell lui-même n'avait pas été pris dans une bourrasque semblable, il aurait pu croire que Harry Frost avait touché le monoplan avec une balle de gros calibre. Mais il ne s'agissait pas là d'un acte criminel. Seule la nature était responsable d'une attaque qui n'en était pas moins mortelle.

Joséphine n'hésita pas. *La vitesse !*

Elle pesa de tout son poids sur le volant, cherchant à faire plonger le nez, à pousser son aéroplane en avant au lieu de le laisser basculer sur le côté. En même temps, elle agissait sur l'aileron restant pour enrayer la vrille.

Bell banda tous ses muscles, comme s'il avait pu aider la machine de Joséphine par la seule force de sa volonté. Mais il semblait évident qu'en dépit de son sang-froid, de son courage, de la vivacité de ses réflexes et de sa longue expérience, la force du vent et la perte d'un élément de direction allaient précipiter la jeune femme dans les eaux du port.

Un éclair du côté de la statue de la Liberté. Sur la myriade de bateaux, les spectateurs, horrifiés, contemplaient l'avion qui tombait.

Bell coupa le moteur et passa en vol plané pour suivre la machine de Joséphine selon un angle aigu, dans une tentative aussi impétueuse que futile de lui venir en aide. Le sifflement du vent dans les entretoises se faisait de plus en plus aigu au fur et à mesure que sa vitesse augmentait.

Trente mètres au-dessus de l'eau, l'aéroplane de Joséphine amorça un virage brusque qui ne pouvait que l'amener droit sur le piédestal de la statue de la Liberté. L'appareil perdait de l'altitude et fonçait droit dans le vent du sud, qui, à terre et sur les eaux, tendait tous les drapeaux dans la même direction. L'aéroplane poursuivait sa descente en oscillant dangereusement à gauche de la statue, et, saisi d'un fol espoir, Bell comprit qu'elle cherchait à atterrir. Elle visait un minuscule carré de pelouse entre l'eau et les murailles du fort en forme d'étoile.

Cet espace étroit ne semblait pas plus grand qu'un jardin potager et ne devait pas faire plus de cinquante mètres de longueur sur deux fois la largeur de ses ailes. Mais tout en faisant repartir son moteur Gnome, Bell comprit qu'elle n'avait pas besoin de plus d'espace. Ses roues touchèrent le début de la pelouse, le monoplan rebondit, roula et s'immobilisa au bout de l'île, à trente centimètres de l'eau.

Joséphine s'extirpa de la nacelle et alla inspecter l'aile qui avait perdu son aileron. Puis, imitant la colossale statue verte, elle leva le bras droit qui brandissait la torche et salua la foule des spectateurs sur leurs bateaux. Après ces moments d'horreur, des milliers de mouchoirs s'agitèrent joyeusement pour célébrer son courage et sa bonne fortune.

Dès qu'Isaac aperçut un bateau portant le V de l'Agence Van Dorn se diriger à toute vapeur vers l'île de Bedloe, il vira devant le fier visage gaulois de la statue de la Liberté et remonta l'Hudson River à la vitesse de 100 kilomètres-heure. Joséphine était en sécurité à terre, bientôt sous la protection de détectives armés, et si Frost l'attendait un peu plus loin, Bell était à présent aux commandes de la seule machine volante de couleur jaune sur lequel il pourrait tirer.

Il n'eut pas longtemps à attendre.

Quatre minutes plus tard – 6,5 kilomètres en amont du fleuve enveloppé de fumée, avec Manhattan sur sa droite et les quais de Weehawken sur sa gauche – une balle de fusil de gros calibre siffla à ses oreilles.

19

UNE AUTRE BALLE. UNE TROISIÈME TRAVERSA le fuselage juste derrière Isaac Bell et secoua l'arrière de son siège. Une quatrième arracha l'étai triangulaire au-dessus de l'aile. De grosses balles, des Marlin 45-70, se dit Bell, le calibre préféré de Frost. Un cinquième projectile érafla le poste de pilotage. A présent, la fusillade venait de derrière lui. Il avait dépassé Frost et se retrouvait hors d'atteinte.

Bell fit virer l'*American Eagle* dans un mouchoir de poche et revint en arrière, cherchant sur le fleuve encombré de bateaux celui où se trouvait le tireur. Il volait au milieu de l'Hudson, large d'environ un kilomètre et demi, lorsque la fusillade avait commencé, et se trouvait donc à mi-distance des rives de Manhattan, bordées de quais, et de New Jersey. A huit cents mètres, Frost aurait été trop loin pour avoir pu viser avec une telle précision. Il devait donc se trouver juste en dessous de Bell, quelque part dans ce mélange de brume et de fumée, dissimulé par l'incessante circulation des remorqueurs, barges, bacs ferroviaires, péniches, ferry-boats, canots automobiles et autres voiliers.

Bell avisa une large embarcation à fond plat, de couleur grise, filant entre un triple bac transportant la moitié d'un train de marchandises, et un trois-mâts chargé de toute sa toile. Il descendit pour mieux voir. C'était un chaland ostréicole qui se déplaçait à une vitesse inhabituelle, laissant derrière lui un long sillage blanc et une fumée bleue de moteur à essence. Le timonier était penché sur sa barre à la poupe. Un passager était allongé à côté du mât qu'on avait ôté et déposé sur le pont. C'était un homme aussi grand que Frost, et qui apparemment était tombé. Mais en s'approchant du chaland, Bell aperçut un reflet sur l'acier d'un canon de fusil.

De la main gauche, Bell poussa en avant le volant de commande et de la droite tira son pistolet. Si Harry Frost se demandait pourquoi le monoplan jaune de sa femme avait fait demi-tour, il allait avoir la surprise de sa vie.

L'*Eagle* plongea vers le chaland. Bell cala son automatique contre le fuselage de l'aéroplane, ajusta la silhouette allongée dans son viseur et appuya trois fois sur la détente. L'une de ses balles arracha des éclats de bois sur le pont et une autre creusa un long sillon dans le mât. Quant à la troisième, elle se perdit en raison d'une secousse de l'appareil.

L'*Eagle* passa si près du bateau que Bell entendit le fracas des trois coups de fusil tirés par Frost. Les balles partirent si vite que leurs impacts, très rapprochés, à moins d'un mètre de l'épaule de Bell, déchirèrent la toile comme un boulet de canon. La surprise censée naître de l'existence de deux aéroplanes jaunes n'avait guère joué.

— Vas-y, tire, grommela Bell, je te revaudrai ça.

En un éclair, il avait dépassé l'embarcation. En revenant sur son objectif après un virage sur l'aile, il vit le bateau filer à toute allure en direction de Weehawken. D'en haut, on apercevait un entrelacs de voies de chemin de fer se déployant en éventail depuis une dizaine de quais vers des gares de triage et un vaste terrain d'une douzaine d'hectares. Sur ce terrain, des milliers de vaches débarquées des trains venant de l'ouest attendaient d'être chargées sur des transporteurs qui les achemineraient jusqu'aux abattoirs de Manhattan.

Bell se plaça derrière le bateau et tira plusieurs fois au pistolet. Mais à une altitude aussi basse, la machine volante était secouée par les sautes de vent alors que Harry Frost, depuis le pont, tira une volée de balles extraordinairement précises. Un nouveau trou se forma dans l'aile et une balle effleura la joue de Bell.

Puis, un projectile bien placé toucha une des entretoises qui tenaient l'aile.

Le câble explosa avec fracas, comme si des tonnes de tension étaient soudain relâchées. Bell retint sa respiration, persuadé que l'aile allait tomber faute de support. Des virages serrés accroîtraient la tension, mais il fallait tourner, et vite, pour effectuer une nouvelle passe au-dessus de Frost avant qu'il atteigne le quai. S'il arrivait à terre, il aurait de bonnes chances de s'échapper. Bell tira de nouveau avec son pistolet presque inutile, en se disant que s'il sortait vivant de cette aventure, il demanderait à ses mécaniciens d'équiper son *American Eagle* d'un fusil semi-automatique.

L'homme de barre de Frost se dirigea vers un quai où se trouvait amarré un clipper à coque en acier de 120 mètres qui déchargeait du guano dans une goélette à hunier. Les voiliers dissimulaient le quai derrière une forêt de mâts et de mâts de charge. Impossible de tirer sur Frost et encore moins d'atterrir sur le quai.

Le bateau se rangea le long d'une échelle et Frost y grimpa avec la rapidité d'un grizzly. Arrivé en haut, il s'immobilisa un long moment pour observer Bell qui exécutait un cercle au-dessus de lui, puis lui adressa un grand signe d'au revoir et se dirigea vers la gare de triage. Deux hommes de haute taille en chapeau mou, des détectives de la compagnie des chemins de fer, tentèrent de lui barrer le passage, mais Frost les assomma sans même ralentir le pas.

Bell fouilla du regard la zone industrielle, mais bien sûr il n'y avait aucune pelouse. La gare de triage était encombrée de trains de marchandises et les enclos occupés par du bétail. Il n'avait plus le choix : luttant contre un vent contraire et espérant trouver 70 mètres de terrain libre, il tenta d'amener son aéroplane au-dessus du quai parallèle à celui où Frost avait débarqué. Une machine de manœuvre tirait une file de wagons vers la gare de triage. Mais des débardeurs s'affairaient sur le quai avec des brouettes et des chevaux.

Le bruit irrégulier du moteur Gnome que Bell coupait et rallumait pour ralentir sa descente effraya les chevaux qui s'immobilisèrent. Lorsqu'ils virent le monoplan jaune vif qui tombait du ciel, ils reculèrent. Les débardeurs se mirent à l'abri, libérant ainsi le quai mais abandonnant leurs brouettes sur place.

Le quai faisait 24 mètres de large tandis que l'*American Eagle* avait 12 mètres d'envergure. Bell amena sa machine au milieu d'un quai en bois entre deux voies de chemin de fer. Ses roues en caoutchouc amortirent le premier choc, laissant aux patins le rôle de freins. Mais les rondins étaient plus doux que la terre et l'*Eagle* glissa comme un skieur sur la neige, sans presque perdre de vitesse. Il finit par heurter une brouette qui se coinça entre les patins et bascula en avant. L'hélice en noyer poli de 2,70 mètres cassa comme une allumette.

Bell sauta de sa machine, et, tout en se mettant à courir, éjecta le chargeur vide de son pistolet et en glissa un autre à la place. Les navires amarrés au quai où Frost avait débarqué lui bouchaient la vue. Soudain, il l'aperçut, sur la terre ferme, qui courait en direction de la gare de triage.

Un nouveau flic de la compagnie ferroviaire commit l'erreur de vouloir l'arrêter. Frost l'étendit au sol d'un coup de poing et lui arracha le revolver qu'il portait à la ceinture. Un quatrième flic se mit à crier et tira une arme. Frost s'immobilisa, visa calmement et l'abattit. Après quoi, il pivota sur ses talons et regarda autour de lui, mettant au défi quiconque de l'arrêter.

Bell se trouvait à une centaine de mètres en arrière, une distance de tir trop longue pour un pistolet, même pour son Browning n° 2 modifié. Il se mit à courir à toute vitesse. A 70 mètres, il visa Frost à la tête en se disant que l'homme devait porter sa veste pare-balles. La distance était encore très importante. Il cala son arme contre son avant-bras, expira et crispa son index sur la détente. Un hurlement de douleur et Frost porta la main à son oreille.

Le cri se mua en rugissement d'animal enragé et Frost vida sur Bell le revolver du détective du chemin de fer. Les balles sifflèrent à ses oreilles et Bell fit feu lui aussi. Frost jeta son arme vide et se mit à courir en direction des enclos à bétail. Surpris, des bouvillons s'éloignèrent doucement. Frost jeta une traverse de rail au milieu du troupeau et les animaux s'écartèrent en se bousculant.

Un jeune bœuf sauta par-dessus le dos d'un de ses congénères et atterrit sur une barrière qui s'écroula. Les animaux s'engouffrèrent dans la brèche, l'élargissant peu à peu jusqu'à ce que le troupeau tout entier se rue par les ouvertures et se disperse dans toutes les directions, jusque dans la gare de triage, sur la route de Weehawken et vers les quais derrière Bell. En quelques secondes, des centaines de bêtes se retrouvaient entre lui et Frost qui filait au milieu d'elles en hurlant et en tirant des coups de feu.

Bell se retrouva entouré d'animaux au galop qui entrechoquaient leurs cornes. Il essaya bien de se frayer un chemin en tirant en l'air, mais pour un animal effrayé qui s'écartait, un autre le chargeait. Les pavés étaient glissants à cause des bouses de vache et il faillit perdre l'équilibre. S'il tombait, il serait piétiné et réduit en bouillie. Un énorme bœuf à tête blanche avançait vers lui. Pour avoir passé des années dans l'Ouest, il connaissait bien ces animaux du Texas, croisés de Longhorn et de Hereford. Ils étaient d'ordinaire plus dociles qu'ils en avaient l'air, mais celui-ci chassait à coups de cornes les vaches plus petites comme si elles étaient des quilles de bowling.

Pour garder les mains libres, Bell rengaina son pistolet. Il fallait absolument s'extraire du troupeau et il n'avait rien à perdre. Il saisit les cornes du bœuf à tête blanche et sauta sur son dos. Après quoi, il serra très fort les genoux, saisit d'une poigne de fer la grosse touffe de poils sur la tête de l'animal, ôta d'un geste vif son casque d'aviateur et l'agita comme un cavalier de rodéo.

Effrayé, le bœuf se mit à galoper tout en ruant, traversa le troupeau, sauta par-dessus une barrière effondrée et pénétra à toute allure dans l'enclos à présent vide. Bell sauta à terre et regarda autour de lui. Aucune trace de Frost.

Il fouilla partout à la recherche du corps mutilé de Frost, dans les abris et sous le poste de surveillance sur pilotis. Il ne se faisait pas d'illusions sur sa propre survie : il avait eu beaucoup de chance et Frost n'avait peut-être pas été aussi chanceux. Mais il ne trouva ni corps ni arme, ni manteau déchiré ni chapeau piétiné. C'était comme si l'assassin s'était envolé.

Les gardiens de troupeau revenaient peu à peu avec leurs bêtes qu'ils avaient récupérées sur les quais, au milieu des voies de triage et jusque dans la ville de Weehawken, mais elles étaient trop épuisées pour présenter la moindre menace. Les ombres jetées par les falaises des Palisades s'allongeaient lorsque le détective tomba sur une structure en brique qui dépassait de quelques centimètres le niveau des pavés. De forme circulaire, jointoyée par du mortier, elle faisait 1,80 mètre de diamètre et était en partie recouverte par une épaisse plaque en fonte. Il s'agenouilla pour examiner la plaque qui portait en relief une date : 1877.

Un vacher s'approcha en faisant claquer son fouet.

— Qu'est-ce que c'est que ça ? demanda Bell.

— Une plaque pour boucher.

— Je le vois bien. Mais qu'est-ce que ça bouche ?

— Un ancien égout, j'imagine. Il y en a quelques-uns par ici. Ça servait à drainer le purin... hé, mais enfin, qui c'est qui l'a bougée ? Elle doit peser une tonne.

— Un homme très fort, fit Bell. (A l'intérieur, on distinguait un conduit en brique.) Ça mène au fleuve ?

— Autrefois, oui. Maintenant, ça doit s'arrêter au niveau d'un des docks. Vous voyez l'endroit où on a comblé le fleuve pour bâtir le quai ?

Bell se mit à la recherche d'une lampe-torche, en acheta une à un flic des chemins de fer et revint au regard de l'égout. Il se glissa dans la canalisation, dut se courber tant le plafond était bas, et se mit en route. Le tunnel courait tout droit, légèrement en pente. Il y régnait une odeur de bouse de vache et d'humidité persistante. Comme le vacher l'avait prédit, quatre cents mètres plus loin, il trouva un tronc fiché verticalement dans le conduit. Au vu des débris de briques éparpillés tout autour, Bell se dit qu'il avait été enfoncés là par les ouvriers travaillant à la construction des quais et qui ignoraient l'existence à cet endroit d'un égout inutilisé depuis longtemps.

Bell se dirigea alors au bruit que faisait l'eau en se déversant. A présent, il sentait l'odeur du fleuve. Le pavé commença à devenir glissant et le rayon de sa lampe révélait des plaques de mousse, comme si les murs étaient inondés deux fois par jour au moment des marées. Il dépassa un autre tronc disposé à la verticale et arriva soudain sur l'embouchure de l'égout. Alors qu'aujourd'hui le conduit n'était inondé qu'à marée haute, autrefois il devait s'enfoncer dans le fleuve, avant que les travaux de remblaiement n'élargissent le rivage.

A ses pieds, un torrent d'eau salée descendante mêlée à l'eau du fleuve qui se jetait dans la mer. En haut, on apercevait un dense entrelacs de piliers de pierre et de grosses poutres : le soubassement du quai. Il enjamba un tas de briques écroulées et regarda autour de lui.

— Pourquoi vous avez mis tout ce temps ?

Bell n'eut qu'une fraction de seconde pour braquer le faisceau de sa lampe sur le visage barbu taché de sang avant que Harry Frost ne lui balance un formidable coup de poing.

20

BELL AVAIT BOXÉ PENDANT QUATRE ANS à l'université, il était détective chez Van Dorn depuis dix ans quand il avait mené une enquête en Arizona, jouant le rôle d'un boxeur professionnel. Il réagit en se laissant tomber.

Les souvenirs se bousculaient dans son esprit, comme accélérés par une turbine. Il revoyait le poing de Frost s'abattre sur lui. Il avait été surpris les deux pieds bien campés sur le sol. S'il s'écroulait aux pieds de Frost, il était mort. Sa seule chance de survie était de faire en sorte que Frost ne puisse le frapper une deuxième fois.

Harry Frost lui avait rendu le service de le faire tomber en arrière, dans l'Hudson River.

Le courant était vif, marée et fleuve descendant vers la mer.

La mâchoire endolorie, un effroyable martèlement dans la tête, Isaac Bell était à peine conscient.

Il vit Frost marcher avec difficulté sur l'étroite banquette de boue que la marée descendante avait ménagée sous les quais. Il évitait les piliers qui s'enfonçaient dans le fleuve et s'efforçait de progresser à la vitesse du courant, galopant comme un chien qui a envie de sauter à l'eau pour rattraper une balle mais qui a peur de se noyer.

Le courant projetait Bell contre les piliers. Il parvint à s'accrocher à l'un d'eux. Moins de cinq mètres séparaient le détective de l'assassin.

— Frost ! hurla-t-il en se tenant au poteau de bois, luttant contre le courant. Abandonnez !

A la surprise de Bell, Frost éclata de rire.

Il s'était attendu à un torrent d'injures mais l'assassin riait. Mais pas d'un rire de dément. Il semblait presque joyeux lorsqu'il lança :

— Allez au diable !

— C'est terminé, hurla Bell. Vous ne pourrez plus nous échapper.

Frost éclata de rire une nouvelle fois.

— Vous ne m'aurez pas avant que j'aie eu Joséphine.

— Tuer votre malheureuse épouse ne vous apportera rien, Harry. Laissez tomber.

Frost cessa de rire.

— Ma malheureuse épouse ? Son visage se tordit de haine. Malheureuse épouse ? Vous ne savez pas ce qu'ils préparaient !

— Qui ça ? De qui voulez-vous parler ?

Frost le dévisagea.

— Vous ne savez rien du tout.

Il haussa les épaules et un étrange sourire passa sur ses lèvres avant que son visage ne prenne l'allure sinistre d'un masque mortuaire.

— Tenez, regardez ça, dit-il.

Harry Frost se pencha, plongea la main dans la boue et en tira le Browning de Bell.

— Vous avez perdu ça en fuyant, lorsque vous vous êtes jeté à l'eau. C'est pour vous !

Il lui lança le pistolet au visage.

Bell l'attrapa au vol et ôta aussitôt le cran de sûreté.

— Les mains en l'air !

Harry Frost tourna le dos au détective et remonta péniblement le courant.

— Les mains en l'air !

— Vous ne me faites pas peur, lança Frost par-dessus son épaule. Vous n'êtes qu'un rien du tout. Même pas capable d'encaisser un coup de poing. Vous avez fui.

— Arrêtez-vous tout de suite !

— Vous n'avez pas eu le cran d'encaisser un autre coup de poing, alors vous n'aurez pas non plus le courage de me tirer dans le dos.

Bell visa les jambes, mais il était engourdi par le froid et la tête lui tournait après la violence du coup de poing. Il lui fallut faire un effort considérable pour stabiliser le canon de son arme, puis entourer du doigt la détente de façon à ne pas manquer son coup.

L'arme était lourde dans sa main.

— Vous n'avez même pas la force d'appuyer sur la détente, lança Frost une nouvelle fois.

Curieusement lourde. Ce poids inhabituel était-il une illusion due au froid ou à son étourdissement ? Non, le pistolet était trop lourd. Pourquoi Frost le lui avait-il jeté au lieu de l'abattre ? Pourquoi le mettait-il au défi de tirer ? Bell ôta son doigt de la détente, engagea le cran de sûreté et regarda la bouche du canon. Elle était remplie de boue tassée.

En le ramassant, Frost l'avait enfoncé dans la vase de façon à ce qu'il éclate dans la main de Bell lorsqu'il ferait feu. Typique de Harry Frost. Comme lorsqu'il jetait des fers à cheval tordus dans les fenêtres de ses victimes pour les terroriser, la main arrachée de l'enquêteur en chef aurait servi d'avertissement à tous les détectives de chez Van Dorn : ne vous frottez pas à Harry Frost.

Bell plongea plusieurs fois le pistolet dans l'eau pour en ôter la boue. Avec un peu de chance, il pourrait tirer un coup ou deux. Mais lorsqu'il leva les yeux vers Frost, celui-ci avait disparu dans l'obscurité.

— Frost ! hurla-t-il.

Mais seul l'écho d'un rire lointain, sous un quai, lui répondit.

— Où est Joséphine ? s'écria Bell dans l'appareil téléphonique du bureau des enclos à bétail.

— Ça va, Isaac ? demanda Joseph Van Dorn.

— Où est Joséphine ?

— Sur Bedloe Island, où elle répare sa machine volante. Et vous, où êtes-vous ?

— Qui veille sur elle ?

— Six de mes meilleurs détectives et vingt-sept journalistes. Sans parler de M. Preston Whiteway qui croise devant l'île à bord d'un navire à vapeur et allume des projecteurs pour que votre fiancée tourne des images animées. Ça va, vous ?

— Très bien, surtout dès que j'aurai retrouvé une hélice, une nouvelle entretoise pour l'aile et un Remington semi-automatique.

— Je vais faire savoir à Marion que vous allez bien. Bon, où êtes-vous, Isaac ?

— Dans les enclos à bétail de Weehawken. Frost a réussi à s'échapper.

— Apparemment, c'est une habitude, chez lui. Vous avez enfin pu l'atteindre ?

— Je lui ai arraché une oreille.

— C'est un début.

— Mais ça ne l'a pas arrêté.

— Dans quelle direction est-il parti ?

— Je n'en sais rien, avoua Bell.

Il avait la tête et la mâchoire en compote.

— Vous croyez qu'il va recommencer ?

— Il m'a assuré qu'il essaierait jusqu'à ce qu'il l'ait tuée.

— Vous avez parlé ? s'écria-t-il, au comble de la surprise.

— Un tout petit peu.

— Dans quel état d'esprit est-il ?

Depuis qu'il avait regagné le rivage, Bell avait eu le temps de réfléchir à ce qui s'était passé.

— Harry Frost n'est pas fou. Et même, aussi curieux que ça paraisse, il prend du plaisir à cette histoire. J'en ai averti Whiteway à San Francisco : Frost sait qu'il joue sa dernière carte. Il n'abattra pas son jeu avant d'avoir mis le feu au casino.

— Pourtant, quiconque agirait ainsi pour punir la trahison de sa femme serait tout de suite qualifié de fou.

— Je voudrais vous demander quelque chose, Joe. A votre avis, pourquoi Frost n'a-t-il pas tué Joséphine quand ils étaient encore ensemble ?

— Que voulez-vous dire ?

— Pourquoi Frost a-t-il voulu éliminer Marco ?

— Pour mettre un terme à leur aventure, en espérant qu'elle lui reviendrait.

— D'accord. Sauf qu'il y a une chose. Après avoir tué Marco – à supposer qu'il soit mort –…

— Il l'est, l'interrompit Van Dorn. On en a déjà parlé.

— Après avoir tué ou tenté de tuer Marco, reprit Bell sans s'émouvoir, pourquoi Frost cherche-t-il maintenant à tuer Joséphine ?

— Soit il est vraiment fou, soit il est malade de jalousie. Il est connu pour son caractère emporté.

— Pourquoi n'avoir pas tué Joséphine en premier ?

— Vous me demandez d'expliquer l'ordre chronologique des assassinats d'un fou ?

— Vous savez ce qu'il m'a dit ?

— Je n'étais pas là quand il s'est échappé, Isaac, répondit Van Dorn d'un ton sec.

Isaac Bell était trop absorbé par ses déductions pour répliquer à la remarque acerbe de Van Dorn.

— Harry Frost m'a dit : « Vous ne savez pas ce qu'ils préparaient ! »

— Ce qu'ils préparaient ? Marco et Joséphine s'apprêtaient à partir ensemble, voilà ce qu'ils préparaient, en tout cas c'est ce que pensait Frost.

— Non. Il n'avait pas l'air d'évoquer une aventure amoureuse. Il semblait dire qu'ils complotaient. Comme s'il avait découvert qu'ils avaient commis une sorte de trahison pire que l'infidélité.

— Laquelle ?

— Je n'en sais rien. Mais je commence à me dire que nous nous battons contre quelque chose de plus compliqué que ce que nous avons accepté.

— Nous avons accepté de protéger la vie de Joséphine, rétorqua fermement Van Dorn. Jusqu'ici, nous avons eu assez de complications pour occuper deux de nos agences de détectives. Si ce que vous racontez là est fondé, il va falloir en mettre une troisième sur l'affaire.

— Envoyez-moi ce Remington semi-automatique.

Van Dorn envoya un apprenti chercher des vêtements secs dans la chambre de Bell au Yale et les lui fit parvenir par son intermédiaire en même temps que le fusil. Une heure plus tard, Andy Moser arriva à son tour à Weehawken dans un des cabriolets avec des outils, des entretoises et une hélice flambant neuve attachée aux pare-chocs.

— C'est bien que vous soyez riche, monsieur Bell, parce que ce petit bijou coûte cent dollars.

— Mettons-nous au travail. Je veux que cette machine puisse décoller à l'aube. J'ai déjà ôté l'entretoise cassée.

Andy Moser émit un sifflement.

— Ouah ! Je n'ai jamais vu du câble Rœbling casser.

— Harry Frost l'a un peu aidé.

— Etonnant que l'aile ne soit pas tombée.

— Cette machine est costaude. Les autres entretoises, ici et là, ont supporté la charge.

— J'ai toujours dit que Mr. Di Vecchio avait construit du solide.

Ils remontèrent l'hélice, remplacèrent l'entretoise cassée et rebouchèrent les trous dans le tissu de l'aile. Puis Bell scia trente centimètres de la crosse en bois du Remington tandis que Andy bricolait un affût pivotant. Il lui promit d'en installer un autre plus solide « avec un point d'arrêt. » La prochaine fois que Harry Frost lui tirerait dessus, il s'apercevrait que l'*Eagle* pouvait sortir les griffes.

21

SIX KILOMÈTRES EN AVAL DU FLEUVE, au pied de la statue de la Liberté, Joséphine tentait de réparer son engin. Aveuglée par les projecteurs du yacht à vapeur de Preston Whiteway, toussant à cause de la fumée de charbon qu'il dégageait, bombardée de questions idiotes par des journalistes, elle s'efforçait de réparer l'aile endommagée avec l'aide des agents mécaniciens Van Dorn. Mais les dégâts dépassaient leurs compétences et ils n'avaient pas amené assez d'outils ; la jeune aviatrice commençait à perdre espoir quand une aide inespérée fit son apparition.

Dmitri Platov sauta d'un canot de la Patrouille du port venue de Manhattan, serra la main des policiers qui l'avaient conduit là, salua Joséphine en agitant son pied à coulisse. Tout le monde tenait le beau Russe pour le meilleur mécanicien de la course, mais il n'avait jamais approché sa machine ni même offert ses services. Elle croyait savoir pourquoi.

— Que faites-vous ici ? lui demanda-t-elle.

Il toucha du doigt son canotier.

— Platov venir aider.

— Steve Stevens n'a-t-il pas peur que je le batte si vous m'aidez ?

— Steve Stevens manger dîner victoire à Yonkers, répondit Platov avec un sourire éblouissant. Platov décide tout seul.

— J'ai besoin d'un sauveur, monsieur Platov. Les dégâts sont plus importants que je le pensais.

— Nous aller réparer, pas peur.

— Je ne sais pas. Vous voyez, ce manchon… là, amenez ces projecteurs !

Les garçons amenèrent aussitôt des lampes qu'ils avaient branchées à la dynamo de la statue de la Liberté.

— Vous voyez ? Ce manchon qui retient l'aiguillot pour l'aileron n'est pas assez costaud. Et il n'est pas assez solidement riveté dans le bâti. C'est même pire sur l'autre aile. J'ai eu beaucoup de chance que celle-là ne tombe pas aussi.

Platov tâta le manchon entre ses doigts, comme un vétérinaire examinant un veau. Il se tourna vers le mécanicien le plus proche.

— S'il vous plaît, amener à moi deuxième sac outils dans bateau.

L'homme se précipita vers le quai.

Platov s'adressa alors à un deuxième agent.

— S'il vous plaît, vous apporter autres lumières.

— Je n'en crois pas mes yeux, fit alors Joséphine. C'est une conception d'amateur. Celui qui a construit cette machine n'a pas compris les tensions auxquelles sont soumises ces parties.

Dmitri Platov regarda Joséphine droit dans les yeux et s'approcha tout près d'elle.

Elle fut sidérée. Jusqu'à présent, elle ne s'était jamais retrouvée à moins de vingt mètres de lui, et jamais elle n'avait remarqué à quel point sa pilosité était noire et fournie, aussi bien les cheveux que les favoris, et recouvrait son visage, des sourcils au menton. Et puis il y avait son regard. Brûlant et étrangement familier.

— Mauvaise conception ? demanda-t-il sans le moindre accent. Je prends cela pour une insulte personnelle.

Ce fut au tour de Joséphine de le dévisager.

Elle porta sa main gantée à sa bouche, tachant sa joue de graisse de moteur. C'était la voix de Marco Celere, cette voix qu'il n'avait utilisée que lorsqu'ils étaient seuls, avec cette trace d'accent italien et d'intonations britanniques qui lui venaient de son apprentissage de mécanicien à Birmingham, lorsqu'il était tout jeune.

— Marco, murmura-t-elle. Oh, mon Marco, tu es vivant.

Marco Celere lui adressa un minuscule clin d'œil.

— Je renvoie notre entourage ?

Le gant toujours plaqué sur les lèvres, elle acquiesça.

Marco retrouva alors son accent russe pour s'adresser d'une voix forte aux mécaniciens Van Dorn.

— Messieurs ! On dit trop cuisiniers faire mauvaise soupe. Laisser Platov seul réparer machine aviatrice.

Les détectives mécaniciens échangèrent des regards surpris.

— Joséphine sera assistante, ajouta Platov.

Les détectives ne semblaient pas convaincus. Craignaient-ils quelque chose ? Grâce à Dieu, l'enquêteur en chef Bell n'était pas présent, car il aurait perçu l'altération des traits de Joséphine. Ces hommes plus jeunes, moins expérimentés, n'avaient rien remarqué d'inhabituel. De toute façon, comment soupçonner le pilote mécanicien que tout le monde dans le milieu de la course connaissait comme « Platov, le Russe fou » ?

— C'est bon, dit Joséphine, je lui servirai d'assistante.

Le chef des détectives acquiesça. Après tout, elle était meilleure mécanicienne que n'importe lequel d'entre eux. Ils reculèrent jusqu'à la corde qu'ils avaient tendue pour tenir à distance les journalistes.

— On sera là-bas si vous avez besoin de nous, Joséphine.

— Joséphine passer clé molette à Platov, dit Marco.

Elle fouilla dans le sac d'outils. Tout cela était parfaitement incroyable. Elle avait l'impression de s'éveiller d'un long cauchemar qui avait débuté la semaine même où elle avait épousé Harry Frost, quand celui-ci avait passé à tabac, presque jusqu'à le tuer, un homme qui avait eu la mauvaise idée de lui sourire. Son mari ne l'avait jamais frappée, mais dès ce moment-là, elle avait compris qu'un jour, sans prévenir, il passerait à l'acte. Elle avait payé cher en frayeurs le prix des aéroplanes que Harry Frost lui achetait tout en applaudissant sa passion pour l'aviation. Jusqu'au jour où, l'automne précédent, il avait commencé à soupçonner Marco.

Il avait été rapide comme la foudre. D'abord, il l'avait rayée de son testament. Ensuite, il avait menacé de la tuer si jamais elle osait demander le divorce. Après quoi, il avait refusé de payer les dettes de Marco sur la machine dont ils avaient besoin pour participer à la Coupe Whiteway. Enfin, il avait invité Marco à une partie de chasse. Elle avait craint le pire. C'était une ruse pour l'attirer dans les bois et le tuer sous couvert d'un accident de chasse.

Mais Marco avait un plan pour les sauver tous les deux et participer à la course : un plan ingénieux pour simuler sa mort et faire accuser Harry.

Il avait trafiqué la lunette télescopique du fusil de Frost de façon à ce qu'il tire trop haut. Ensuite, il s'était placé de façon à pouvoir sauter sur une étroite banquette sous le rebord de la falaise au moment où Harry ferait feu. Joséphine devait survoler les lieux à ce moment-là, assister au coup de feu et forcer ainsi Harry à fuir. Quant au corps de Marco, il pouvait selon toute vraisemblance avoir été emporté par la North River. Le mari de Joséphine, violent et meurtrier, serait enfermé à jamais dans un asile de fous, ce qui de toute façon était l'endroit idéal pour l'accueillir. Joséphine, quant à elle, aurait dès lors tout le loisir de charmer le riche éditeur de presse Preston Whiteway et de le convaincre de la commanditer pour la course Atlantique Pacifique avec son nouveau monoplan Celere. Ensuite, une fois que Harry serait enfermé pour de bon, Marco ferait sa réapparition dans les monts Adirondack en feignant l'amnésie et ne se rappellerait plus rien, sinon avoir été abattu par Harry Frost.

Mais les choses ne s'étaient pas déroulées comme prévu. Harry avait touché Marco : elle l'avait vu de ses propres yeux arraché au rebord de la falaise. Quant à Harry, il n'avait pas été capturé.

Joséphine avait fini par admettre que ce plan était diabolique et qu'elle avait été punie par la mort de Marco. Elle regrettait à présent de s'être laissé entraîner, ainsi que d'avoir poursuivi ses projets en se faisant commanditer par Whiteway. Elle n'avait jamais imaginé que le bel et riche éditeur puisse tomber amoureux d'une simple fille de la campagne.

Devenir l'épouse légitime d'un magnat de la presse : certaines femmes auraient pu y voir une chance inespérée, mais Joséphine ne voulait pas en entendre parler. Elle aimait Marco et avait souffert de sa disparition. Et soudain, il apparaissait, vivant et en bonne santé, de façon aussi inattendue qu'un cadeau de Noël offert après la date convenue.

— Marco ? chuchota-t-elle. Marco ? Que s'est-il passé ?

— Ce qu'il s'est passé ? répéta-t-il sans cesser d'examiner l'aile arrachée. Ton mari a raté son coup, mais pas comme nous l'espérions. Cette foutue balle de 45-70 a failli m'arracher la tête.

— Je savais qu'on aurait dû utiliser des cartouches à blanc. C'était trop risqué de modifier la lunette.

— Harry Frost était trop malin pour qu'on utilise des cartouches à blanc. Je te l'ai déjà dit. Il aurait senti que le recul était moins puissant et la détonation moins forte. Il fallait qu'il y ait une vraie balle. Mais j'ai sous-estimé son intelligence. Dès le premier coup, il a senti que quelque chose n'allait pas avec la lunette. Au deuxième, il a rectifié le tir et moi je me suis retrouvé en bas de la falaise.

— J'ai vu.

— C'était convaincant ? demanda Marco avec un imperceptible clin d'œil.

— J'ai cru que tu avais été tué… oh, mon chéri.

Elle aurait tant voulu le serrer dans ses bras et l'embrasser.

Un sourire fit bouger ses favoris.

— Moi aussi je l'ai cru. Je suis tombé sur la banquette, comme prévu, mais je me suis évanoui. Quand je me suis réveillé, il faisait nuit. J'étais gelé, j'avais très mal à la tête et je ne pouvais pas bouger mon bras. Tout ce que je savais c'était que j'étais vivant et que Harry ne m'avait pas trouvé pour m'administrer le coup de grâce.

— Parce qu'il savait que je l'avais vu te tirer dessus. Il a fui.

— Comme nous l'avions prévu.

— Mais toi, tu n'étais pas censé mourir. Ni même être blessé.

Marco haussa les épaules.

— Ce n'est qu'un détail mineur. A part ça, le plan a fonctionné. Au moins en partie. Harry est en cavale. Malheureusement, il n'a pas joué son rôle : à présent, il devrait être bouclé ou abattu. Mais toi, tu participes à la course à bord d'un merveilleux aéroplane, comme c'était prévu.

— Et toi, Marco ?

Marco ne semblait pas l'avoir entendue.

— Tu vas gagner la plus grande course du monde.

— Gagner ? On vient de commencer et j'ai déjà un jour de retard.

— Tu gagneras. Je ferai en sorte que tu gagnes. Ne t'inquiète pas. Personne ne te devancera.

Elle le trouvait bien sûr de lui. Pour quelle raison ?

— Mais enfin, et toi, Marco ?

A nouveau, il ne sembla pas avoir entendu la question.

— Et tu as un prétendant.

— Que veux-tu dire ?

— A Belmont Park, tout le monde dit que Preston Whiteway est tombé amoureux de toi.

— C'est ridicule. Ce n'est qu'un béguin.

— Il a fait annuler ton mariage.

— Je ne le lui ai pas demandé. C'est lui qui s'est occupé de tout.

— Tu étais censée lui faire du charme pour qu'il t'achète un aéroplane. Mais quand tu demandes : « Et toi, Marco ? » tu sembles avoir déjà répondu à ta propre question.

— Que veux-tu dire ?

— Apparemment, il n'y a plus de place pour Marco dans tes projets.

— Ce ne sont pas mes projets. Je voulais ton aéroplane. Comme nous l'avions prévu.

— Tu as eu plus que ce que nous avions prévu au départ.

Joséphine sentit les larmes monter.

— Marco, tu ne vas quand même pas croire que je préfère Whiteway à toi.

— Comment pourrais-je te blâmer ? Tu me croyais mort. Il est riche et moi je ne suis qu'un pauvre inventeur d'aéroplanes.

— Il n'aurait jamais pu te remplacer ! protesta-t-elle. Et maintenant que tu es revenu, nous pouvons…

— Quoi ? l'interrompit Marco. Vivre ensemble ? Combien de temps crois-tu que Whiteway te laisserait piloter mon aéroplane s'il te voyait avec moi ?

— C'est pour ça que tu t'es fait passer pour mort ?

— Je l'ai fait pour plusieurs raisons importantes. D'abord, j'étais grièvement blessé. Si j'étais resté à North River, Harry m'aurait tué sur mon lit d'hôpital.

— Mais comment…

— J'ai sauté dans un train de marchandises qui allait au Canada. Là-bas, une gentille famille d'agriculteurs m'a recueilli et soigné tout l'hiver. Quand j'ai appris que tu étais avec Whiteway, que tu participais à la course et que Harry était en fuite, j'ai décidé de suivre le mouvement, déguisé, en gardant un œil sur ce qui se passait, avant de sortir du bois sous le nom de Marco, comme nous l'avions prévu.

— Quand le feras-tu ?

— Après ta victoire.

— Pourquoi attendre ?

— Je te l'ai dit, Whiteway serait aussi jaloux de moi que l'était Harry. Peut-être pas aussi violent, mais assez en colère pour se débarrasser de toi et prendre son aéroplane. C'est lui le propriétaire, n'est-ce pas ? Ou bien t'a-t-il donné le titre de propriété ?

— Non. C'est bien lui le propriétaire.

— Dommage que tu ne lui aies pas demandé ce titre.

— Je ne savais pas comment j'aurais pu. Il paye tout. Y compris mes vêtements.

— Les riches sont souvent gentils, jamais généreux.

— Je ne sais pas combien de temps je vais supporter de te regarder et de faire semblant que ce n'est pas toi.

— Regarde seulement ma perruque.

— Mais tes yeux, tes lèvres…

Elle le revoyait tel qu'il était auparavant, ses cheveux noirs et lisses, son haut front, son élégante moustache, ses yeux sombres enfoncés dans leurs orbites.

— Ne songe pas à mes lèvres avant d'avoir gagné la course. Pilote mon avion. Gagne la course. Et lorsque tu auras gagné, n'oublie pas que Joséphine, l'Aérienne chérie de l'Amérique, sera une femme riche et célèbre. Et Marco, l'inventeur du monoplan Celere qui aura remporté la coupe, sera célèbre lui aussi, et l'armée italienne lui commandera des centaines d'aéroplanes.

— Qu'est-ce que ça t'a fait de me regarder, pendant tout ce temps ?

— Ce que ça m'a fait ? La même chose que depuis le premier jour où je t'ai vue. C'était comme un océan de joie qui m'inondait le cœur. Et maintenant, réparons ta machine.

Isaac Bell essaya de dormir sous son monoplan, enroulé dans une couverture, mais il ne cessait de penser à l'étrange déclaration de Harry Frost. Soudain, il s'assit, surpris par une pensée entièrement différente et même plus curieuse. Il avait été frappé par la solidité de son aéroplane – et reconnaissant de lui avoir sauvé la vie – avant même que Andy Moser ne lui fasse remarquer avec admiration que Di Vecchio les avait « construits pour durer. »

Il enfila ses bottines et courut à la cabine de triage du chemin de fer, où ils disposaient d'un télégraphe. La solidité très particulière de l'*American Eagle* était due à la multiplication des entretoises et à l'existence de câbles de commande supplémentaires. Non seulement l'inventeur avait utilisé les meilleurs matériaux, mais il avait prévu les possibles ruptures et construit en conséquence.

Un homme qui avait conçu une telle machine, faite pour durer, ne semblait pas du genre à se suicider pour une faillite. Un tel homme, se dit Bell, aurait surmonté l'épreuve et n'aurait vu dans une faillite qu'un simple et fâcheux contretemps.

— Je suis de l'Agence Van Dorn, dit-il à l'employé de la New York Central Railroad.

Il avait une lettre de recommandation signée par le président de la compagnie ferroviaire, mais, de toute façon, l'employé aurait été ravi d'aider quelqu'un participant à la course aérienne.

— Bien, monsieur. Que puis-je pour vous ?

— Je veux envoyer un télégramme.

L'employé posa la main sur la clé de cuivre.

— A qui ?

— James Dashwood. Agence Van Dorn de San Francisco.

— Le texte ?

Bell écouta l'employé convertir son message en alphabet Morse.

Enquêtez sur suicide Di Vecchio.
Accélérez enquête Celere.
Tout de suite !

22

— REGARDEZ-LE FILER !

Gaz ouverts à fond, le moteur Antoinette émettait un son suraigu qui évoquait celui d'un tissu qu'on déchire. Aux premières lueurs du jour, le monoplan jaune de Joséphine dépassait Weehawken.

— Faites tourner l'hélice !

Par téléphone, Isaac Bell avait appris que Dmitri Platov et les mécaniciens Van Dorn avaient travaillé toute la nuit pour remplacer les ailerons et les entretoises de la machine de Joséphine. Il fit placer son *Eagle* au début du quai sur lequel il avait atterri la veille. Son moteur Gnome était déjà chaud et il démarra au premier tour d'hélice.

— Cales !

Ils ôtèrent les cales de sous les roues et le monoplan se mit à rouler. Andy et son assistant coururent à côté en maintenant les ailes jusqu'à ce que la machine prenne son envol.

Bell demeura tout près de Joséphine tandis qu'elle survolait l'Hudson River, guettant navires et bateaux plus modestes à la recherche de Harry Frost. Il s'entraînait à piloter d'une main tandis que l'autre manœuvrait le fusil. Une vingtaine de kilomètres plus loin, les deux aéroplanes obliquèrent sur la rive de New York où la ville de Yonkers salissait le ciel de ses fumées.

Bell avait beau suivre la machine volante de Joséphine, il se guidait grâce à une carte fixée sur sa jambe et sur laquelle figuraient un certain nombre de repères. Il remarqua ainsi l'ovale de l'hippodrome Empire City, visible à quelques kilomètres, après une vaste étendue boueuse où des pelleteuses à vapeur creusaient un nouveau réservoir d'eau pour la ville de New York.

Des pur-sang se livraient à leur entraînement matinal sur la piste, mais sur la pelouse centrale on n'apercevait pas de machines volantes, et sur les voies, il n'y avait que le train d'assistance jaune de Joséphine. Après avoir atterri à côté d'elle, Bell apprit que toutes les autres machines encore dans la course avaient déjà décollé pour Albany.

Tandis que les mécaniciens versaient de l'essence, de l'huile et de l'eau dans les réservoirs de l'aéroplane de Joséphine et de l'essence et de l'huile de ricin dans celui de Bell, ils leur apprirent que même si le biplan tracteur de Steve Stevens, avec ses deux moteurs Antoinette, avait réalisé le meilleur temps entre Belmont Park et Yonkers, le planteur de coton était furieux contre Dmitri Platov qui avait aidé Joséphine à réparer son avion au pied de la statue de la Liberté.

— Idée c'est que tout le monde fait course ensemble, fit l'un des mécaniciens en imitant affectueusement l'accent de Platov.

— Alors Mr. Stevens a passé un savon au pauvre Dmitri, reprit un autre avec le fort accent du Sud de Stevens : « Vous n'êtes qu'un socialiste ! »

Bell remarqua que Joséphine, le visage tendu, ne participait pas à la gaieté générale, et il mit cela sur le compte de son retard dans la course. D'ordinaire polie et agréable envers tout le monde, elle houspillait ses mécaniciens qui se livraient aux derniers ajustements sur son aile endommagée.

— Dépêchez-vous ! Mais dépêchez-vous !

— Ne vous inquiétez pas, dit doucement Bell. Vous rattraperez votre retard.

Il fit signe à l'un des détectives de venir le rejoindre.

— Vous avez une idée de ce qui a pu provoquer la rupture de cette entretoise ?

— Elle a été prise dans une minitornade.

— Ça, je le sais. Mais est-ce que la fixation aurait pu être sabotée avant ?

— Du sabotage ? C'est la première chose qu'on surveille, monsieur Bell. A terre, nous ne quittons jamais cette machine de l'œil. M. Abbott a été très clair à ce sujet. A Belmont, nous dormions à côté et l'un d'entre nous demeurait toujours éveillé.

Andy et son assistant arrivèrent à bord d'une Thomas Flyer avant que les mécaniciens de Joséphine aient terminé leur ouvrage et ils montèrent la voiture dans l'*American Eagle Special* grâce à la rampe de chargement. Bell donna le départ du train.

Joséphine ne put prendre l'air qu'à midi.

Elle fit le tour des tribunes pour que Weiner, du département comptabilité, puisse enregistrer l'heure de son départ, grimpa à 300 mètres et prit la direction du nord. Isaac Bell, lui, volait un peu plus haut et 400 mètres en arrière. D'après sa carte, ils se trouvaient à 225 kilomètres du Champ de foire Altamont d'Albany. Le chemin était facile car la New York Central Railroad suivait la rive est du fleuve jusqu'au moment où, après la ville de Hudson, il aperçut un enchevêtrement de lignes secondaires venues de l'est. A l'endroit de ces aiguillages propres à semer la confusion, l'équipe de la course avait indiqué la voie à suivre au moyen de grosses flèches en toile blanche.

Les deux monoplans poursuivirent leur route vers le nord sans incident, et ils finirent par apercevoir le toit blanc du train de Bell, le *Eagle Special*. Le mécanicien de la locomotive chargea un peu plus de charbon dans la chaudière pour accompagner les machines volantes.

Soudain, à une quinzaine de kilomètres d'Albany, l'avion de Joséphine piqua abruptement en vol plané.

Bell suivit sa longue suite de virages et se trouvait encore assez haut lorsqu'elle atterrit dans une prairie qui venait d'être fauchée, à côté du village de Castleton-on-Hudson. Grâce à ses jumelles, il comprit pourquoi elle avait été contrainte d'atterrir. Son moteur Antoinette laissait échapper de la vapeur. Une panne du système de refroidissement.

Bell, alors, retourna vers la ligne du New York Central, vola très bas au-dessus du *Eagle Special*, montra du doigt d'où il venait et aperçut alors le *Josephine Special* qui filait à toute allure. Il vira sous le nez de la locomotive et se tourna dans la direction où se trouvait Joséphine. Le train s'immobilisa à l'arrêt suivant, là où les détectives Van Dorn étaient déjà garés. Les serre-freins sautèrent du train et agitèrent un drapeau rouge avant de manœuvrer un aiguillage, de façon à ce que le convoi spécial puisse quitter la voie principale.

Bell alla se poser ensuite à côté de Joséphine et lui dit que les secours n'allaient pas tarder. Ceux-ci firent leur apparition à bord de deux cabriolets : une Rolls-Royce de Preston Whiteway, avec à son bord deux mécaniciens qui se mirent tout de suite au travail. Sur l'aéroplane de Joséphine, le problème ne se limitait pas à une rupture de tuyau : la pompe à eau était inutilisable. La Thomas Flyer retourna à toute allure à l'atelier pour en rapporter une neuve.

— Monsieur Bell, dit Andy, il va leur falloir au moins deux heures.

— Apparemment.

— Je pourrais vous demander un service ?

— Bien sûr, dit Bell, qui pensait que Andy avait besoin d'un prêt. De quoi avez-vous besoin ?

— Emmenez-moi là-haut.

— Dans les airs ? s'écria Isaac, au comble de l'étonnement parce que Andy, terrifié par l'altitude, avait toujours refusé de voler. Vous êtes sûr, Andy ?

— Vous savez où nous sommes ?

— A dix miles d'Albany.

— Vingt miles à l'ouest de l'endroit où se trouve Danielle. Est-ce qu'on ne pourrait pas survoler l'asile Ryder en battant des ailes ? Peut-être que Danielle pourrait nous voir.

— C'est le moins qu'on puisse faire. Allez, tournez l'hélice et sautez à bord. On volera tout près.

Andy possédait une carte, ce qui ne surprit pas Bell. Fou d'amour, le mécanicien avait même entouré l'asile d'un cœur rouge. Ils trouvèrent une voie de chemin de fer qu'ils pouvaient suivre jusqu'à la ville la plus proche et décollèrent. Andy, serré derrière lui, lisait la carte. A près de 100 kilomètres-heure et poussés par un vent d'ouest, ils arrivèrent en moins de vingt minutes en vue de la sinistre bâtisse en brique rouge. Bell en fit plusieurs fois le tour et des visages apparurent à chaque fenêtre. L'un de ces visages devait être celui de Danielle. En dehors des grandes villes, la vue d'une machine volante était une curiosité incroyable pour l'immense majorité des gens. Religieuses, gardiens et pensionnaires devaient se presser dans les couloirs, ébahis. Quant à Danielle, elle avait certainement reconnu le bruit caractéristique du moteur Gnome qui équipait l'aéroplane de son père.

Quant au malheureux Andy, son visage exprimait un mélange de joie et de tristesse, d'excitation et de frustration.

— Je suis sûr qu'elle nous entend, hurla Bell.

Andy acquiesça. Bell descendit plus profondément dans la vallée et décrivit des cercles autour de la tourelle, là où il s'était entretenu avec Danielle Di Vecchio, dans les appartements privés de Ryder. Il consulta alors l'horloge de gare qu'il avait accrochée à la poutrelle principale et vit qu'il lui restait suffisamment de temps et de carburant. Pourquoi ne pas faire d'une pierre deux coups, se dit-il, accorder une faveur au pauvre Andy et interroger Danielle sur la mort de son père ?

Il posa sans difficulté l'Eagle sur la pelouse intérieure. Des gardes se précipitèrent à leur rencontre, avec le Dr Ryder qui accrocha un sourire à son visage en découvrant Isaac Bell qu'il n'avait aucune envie de revoir.

— Quelle arrivée, monsieur Bell !

— Nous sommes venus rendre visite à Mlle Di Vecchio.

— Bien sûr, monsieur Bell. Mais il lui faudra un petit moment pour se préparer.

— Amenez-la donc ici. J'imagine qu'un petit bol d'air lui fera plaisir.

— Comme vous voudrez. Je l'amène tout de suite.

Andy contemplait l'imposante bâtisse avec ses petites fenêtres munies de barreaux.

— Cet homme ne vous aime pas, fit-il remarquer.

— C'est vrai.

— Mais il vous obéit.

— Il n'a pas le choix. Il sait que je connais son banquier. Et il sait que s'il touche à un seul cheveu de Danielle, il est mort.

Dès qu'il aperçut Danielle, Bell remarqua que sa robe blanche de patiente était toute neuve. Il se rendit compte, ensuite, qu'elle considérait Andy Moser plus comme un petit frère que comme un amoureux. Il s'écarta pour les laisser un moment ensemble. Voyant que Andy demeurait muet, comme pétrifié, il lui lança :

— Andy, pourquoi ne pas montrer à Danielle ce que vous avez fait de la machine de son père ?

Trop heureux de ce coup de pouce inespéré, Andy accompagna Danielle jusqu'à l'appareil, et celle-ci, admirative, en fit le tour, effleurant la toile du bout des doigts.

— Beaucoup d'améliorations, dit-elle pour finir. Est-il toujours capricieux, monsieur Bell ?

— Andy l'a transformé en agneau. Il m'a plusieurs fois sauvé la vie.

— Je ne savais pas que vous aviez déjà appris à voler.

— Il apprend toujours, dit Andy d'un air sombre.

— Votre père a conçu une vraie merveille, dit Bell. Il est très solide. L'autre jour, une entretoise a été endommagée et les autres ont tenu bon.

— *Elastico*, dit Danielle.

— Euh… votre père était *elastico* ? demanda doucement Bell.

Ses grands yeux brillaient, comme illuminés par d'heureux souvenirs.

— Comme *una biglia*. Une bille de caoutchouc des Indes. *Rimbalzò !* Il rebondissait.

— Avez-vous été surprise par la façon dont il est mort ?

— Parce qu'il s'est suicidé ? Non. Si on tire trop et trop souvent sur un élastique, il finit par casser. Un homme se brise quand trop de choses vont mal. Mais avant, il rebondissait. Est-ce que Joséphine pilote le *monoplano* de Celere dans la course ?

— Oui.

— Où en est-elle ?

— Elle a un retard d'une journée.

— *Brava !* dit Danielle en souriant.

— J'ai été surpris d'apprendre qu'il y avait une autre machine de Marco dans cette course. Un gros biplan avec deux moteurs.

— A votre avis, à qui l'a-t-il volé ?

— A votre père ?

— Non. Marco a copié le biplan d'un brillant étudiant avec qui il était devenu ami à Paris. A l'Ecole Supérieure des Techniques Aéronautiques et de Construction Automobile.

— Comment s'appelait-il ?

— Sikorsky.

— Russe ?

— Et en partie polonais.

— Vous le connaissiez ?

— Mon père donnait des cours à cette Ecole. Nous connaissions tout le monde.

— Connaissez-vous Dmitri Platov ?

— Non.

— Et votre père ?

— Je n'ai jamais entendu ce nom.

Bell hésitait à poser une autre question. Ce qu'il pourrait apprendre concernant le suicide de son père valait-il la douleur qu'il lui causerait ? Ne valait-il pas mieux compter sur ce que James Dashwood pourrait découvrir à San Francisco ? Andy le surprit en s'approchant de lui et en murmurant entre ses lèvres serrées :

— Ça suffit. Laissez-la tranquille.

— Danielle ? demanda Bell.

— Oui, monsieur Bell ?

— Marco Celere a réussi à convaincre Joséphine qu'il est le seul inventeur de son aéroplane.

Ses narines frémirent, ses yeux lancèrent des éclairs.

— Voleur !

— Je me demandais si vous pourriez me donner... des arguments pour la convaincre du contraire.

— En quoi cela l'intéresse ?

— J'ai senti comme de l'inquiétude. Un doute.

— Quelle importance pour elle ?

— Au fond d'elle-même, c'est une personne honnête.

— Elle est très ambitieuse, vous savez.

— A votre place, je ne croirais pas tout ce qu'on écrit dans les journaux. Les concurrents de Preston Whiteway commencent seulement à rendre compte de sa course.

D'un geste de colère, elle désigna les murs du bâtiment.

— Je ne lis aucun journal, ici. Ils disent que les journaux risquent de nous troubler.

— Dans ce cas, comment savez-vous que Joséphine est ambitieuse ?

— C'est Marco qui me l'a dit.

— Quand ?

— Quand je l'ai poignardé, il faisait le fanfaron. Il disait qu'elle était ambitieuse mais que lui était encore plus ambitieux qu'elle.

— Plus ambitieux ? Elle, elle veut avant tout voler. Et lui, que voulait-il ? De l'argent ?

— Du pouvoir. Marco ne s'intéressait pas à l'argent. Il se voyait comme un prince, comme un roi. (Elle éclata d'un rire empli de colère.) Le roi des crapules.

— Dans la machine de Joséphine, qu'est-ce qui appartient sans conteste à votre père et non à Marco Celere ?

— Qu'est-ce que ça peut vous faire ?

— Je pilote une machine volante que votre père a inventée. Je suis intimement persuadé du génie de votre père, de son habileté et je crois partager ses rêves. J'estime qu'il ne faut pas le léser, surtout qu'il n'est plus là pour revendiquer sa paternité. Pouvez-vous me donner quelque chose que je pourrais utiliser pour le défendre ?

Danielle ferma les yeux et fronça les sourcils.

— Je comprends. Laissez-moi réfléchir… Vous voyez, votre *monoplano* a été construit après. Après que Marco a fait sa copie. Marco est comme une éponge. Il se souvient de tout ce qu'il voit mais il n'a jamais d'idées à lui. Alors le *monoplano* de Marco ne possède pas les améliorations que mon père a apportées au vôtre.

— Lesquelles, par exemple ? Qu'a-t-il changé ?

— Les *alettoni.*

— Mais elles se ressemblent comme deux gouttes d'eau. Je les ai comparées.

— Regardez encore, de plus près.

— Que faut-il regarder ?

— *Cardine.* Comment dit-on en anglais ? Les pivots. Les charnières. Regardez comment les ailerons sont reliés aux ailes de votre aéroplane. Ensuite, regardez celui de Joséphine.

Une expression de stupéfaction se peignit sur les traits d'Andy Moser.

— Qu'y a-t-il, Andy ? demanda Bell.

— Les gars disaient que ses ailerons étaient mal fixés. Les pivots étaient trop petits. C'est pour ça qu'un de ses ailerons est tombé.

Bell acquiesça. Les idées se bousculaient dans sa tête.

— Merci, Danielle, dit-il enfin. Cette visite a été très productive. Il faut qu'on y aille. Etes-vous bien traitée ?

— Mieux, *grazie.* Et j'ai un avocat.

Elle se tourna vers le jeune mécanicien et lui adressa un sourire éblouissant.

— Merci de m'avoir rendu visite, Andy.

Elle lui tendit une main qu'il serra vigoureusement. Elle leva les yeux au ciel à l'intention de Bell.

— Andy, quand une dame vous donne la main, il convient d'y déposer un baiser plutôt que de la serrer.

— Andy, prépare la machine pour le départ. J'arrive dans une minute. (Il attendit qu'Andy se soit éloigné.) Il y a encore une chose que je dois vous demander, Danielle.

— Oui, laquelle ?

— Etes-vous tombée amoureuse de Marco Celere ?

— De Marco ? (Elle éclata de rire.) Monsieur Bell, vous n'êtes pas sérieux, quand même.

— Je ne l'ai jamais rencontré.

— Plutôt tomber amoureuse d'un oursin ! Un oursin venimeux. Vous ne savez pas à quel point il peut être perfide. Il ment comme il respire. Il complote, il fait semblant, il vole. C'est un *truffatore*, comme on dit en italien.

— Que veut dire *truffatore* ?

— *Imbroglione.*

— Et que veut dire *imbroglione* ?

— *Impostore ! Defraudatore !*

— Un escroc, dit Bell.

— Qu'est-ce que c'est, un escroc ?

— Quelqu'un qui abuse de votre confiance. Un voleur qui fait semblant d'être votre ami.

— Exactement ! Ça, c'est Marco Celere. Un voleur qui fait semblant d'être votre ami.

Bell se mit à réfléchir à toute vitesse. Un voleur assassiné dont on n'a jamais retrouvé le corps, voilà qui est bien mystérieux. Un escroc assassiné dont le corps disparaît voilà qui est encore plus mystérieux. Surtout si l'on prend en compte les paroles de Harry Frost, lancées dans un moment de colère : « Vous ne savez pas ce qu'ils préparaient. »

Vous non plus, Harry Frost, songea Bell. Vous ne l'avez appris qu'après avoir tenté de tuer Marco Celere. Voilà pourquoi vous n'avez pas tué Joséphine en premier. En fait, vous ne vouliez pas la tuer. Ce désir malsain ne vous est venu qu'après, lorsque vous avez appris quelque chose qui était encore pire que l'adultère.

Bell était ravi. Cette visite s'était révélée très instructive. Bien qu'il ne sût pas ce que projetaient Marco et Joséphine, il était certain, à présent, que Harry Frost n'était pas seulement la proie d'un délire.

— Joséphine m'a dit que vous pleuriez en disant que Marco vous avait brisé le cœur.

Il ne fut pas surpris de la réponse de Danielle.

— C'est Marco qui a dû lui raconter ce mensonge. Moi, je n'ai jamais rencontré cette fille.

Danielle aida Bell et Moser à faire rouler le *Eagle* jusqu'à l'extrémité de la pelouse et à le tourner dans le sens du vent. Tandis que

Andy faisait tourner l'hélice, elle saisit la canne du sabot de queue, retardant ainsi le mouvement de l'aéroplane vers l'avant. Elle était forte et s'y connaissait visiblement en machines volantes.

Bell survola le mur de l'asile et suivit la voie ferrée jusqu'à l'aiguillage avec la ligne de la New York Central, et puis jusqu'à la gare de Castleton-on-Hudson. En passant bien au-dessus de la rue principale, Bell aperçut des voitures de pompiers tirées par des chevaux blancs et une fanfare de cuivres et de tubas qui brillaient dans le soleil.

La fanfare des pompiers, suivie d'une énorme foule, se dirigeait vers la prairie où l'on procédait à la réparation de la machine de Joséphine. Ils passèrent devant une école en brique dont les portes s'ouvrirent, livrant passage à des centaines d'enfants qui se joignirent à la parade. Bell comprit alors que la nouvelle s'était répandue : toute la ville accourait et la prairie ne pourrait pas accueillir toute cette foule.

Il alla s'y poser et se précipita vers ses détectives.

— Toute la ville arrive pour accueillir Joséphine. Ils ont laissé sortir les enfants de l'école. Si on ne s'en va pas tout de suite, on va être bloqués ici toute la nuit.

23

— DÉPÊCHEZ-VOUS ! HURLAIT JOSÉPHINE, frénétique, aux mécaniciens.

— Je vais vous emmener en voiture sur la route, dit Bell. Faites-leur un discours. Il faut qu'ils vous voient, comme ça ils n'envahiront pas la prairie.

— Non, dit-elle. Ce n'est pas moi qu'ils veulent voir, ce qu'ils veulent c'est toucher la machine. J'ai déjà vu ça l'année dernière en Californie. Des gens écrivaient leur nom sur les ailes et trouaient le tissu avec leurs crayons.

— Leurs parents viennent aussi.

— Les parents sont les pires. Ils arrachaient des morceaux de l'aéroplane en guise de souvenirs.

— Je vais les bloquer.

Il envoya le cabriolet Rolls-Royce et les Thomas sur la route pour intercepter la parade, mais il savait bien qu'ils ne pourraient longtemps contenir la foule, car les gens contourneraient vite les automobiles. Il poussa alors son *Eagle* au bord de la prairie pour les distraire un peu plus longtemps.

Des petits garçons qui avaient couru en avant de la parade sautèrent le fossé séparant la route de la prairie. Bell comprit alors que personne ne pourrait les arrêter : ils n'avaient aucune conscience du danger que représentaient des hélices en mouvement.

Au moment où ils allaient bloquer la route de Joséphine, tout le monde leva les yeux.

Bell reconnut le ronronnement puissant d'un six-cylindres Curtiss. Le propulseur bleu sans soupapes d'Eddison-Sydney-Martin, que Bell avait vu pour la dernière fois flottant dans le port de New York, filait à présent au-dessus d'eux en direction d'Albany.

— Ce type a neuf vies, dit Andy.

Joséphine lâcha sa clé à écrous et sauta à bord de son Celere.

Les garçons, eux, cessèrent de courir, et, figés sur place, se prirent à contempler le ciel. La vue de deux monoplans jaunes posés à terre avait semblé jusque-là le comble de l'émerveillement, mais celle d'une machine en plein vol était encore plus excitante et plus inenvisageable encore qu'un 4 juillet à Noël.

— Allez-y, tournez l'hélice ! hurla Joséphine.

Son Antoinette se mit à hululer. Les mécaniciens tournèrent l'appareil dans le vent et elle quitta la prairie fauchée pour l'immensité du ciel. Isaac Bell était derrière elle, brûlant la politesse au comité d'accueil.

A Albany, le terrain de foire d'Altamont bruissait de rumeurs de sabotage. Les mécaniciens se demandaient si les ailes du propulseur de Sir Eddison-Sydney-Martin n'avaient pas été délibérément affaiblies. Bell se mit à la recherche de l'Anglais et le trouva, en compagnie de sa femme Abby, à une réception donnée sous une tente jaune dressée près de la voiture privée du train de Preston Whiteway.

L'éditeur de journaux intercepta Bell et lui murmura :

— Ces rumeurs ne me plaisent pas. Aussi curieux que cela paraisse, elles suggèrent la présence d'un deuxième cinglé, quelqu'un d'autre que Harry Frost. Je veux que vous meniez une enquête pour savoir si un meurtrier est parmi nous ou si Frost s'en prend maintenant à tout le monde.

— J'ai déjà commencé.

— Je veux des rapports en continu, Bell.

Bell chercha autour de lui quelque chose pour distraire Whiteway.

— Qui est ce beau Français qui parle avec Joséphine ?

— Un Français ? Quel Français ?

— Ce type qui a si belle allure, là.

Whiteway fendit la foule des invités pour aller se planter, d'un air de propriétaire, aux côtés de Joséphine et toiser sans aménité le pilote du Blériot, René Chevalier, qui avait réussi à la faire sourire en dépit de la triste mine qu'elle arborait depuis quelque temps.

Bell, lui, alla féliciter Eddison-Sydney-Martin pour sa survie miraculeuse et lui demanda comment son propulseur sans soupapes avait pu tomber ainsi dans le port.

— Un de mes gars affirme avoir découvert un trou foré dans l'entretoise qui a claqué, ce qui a entraîné la chute de l'aile.

— Un sabotage ?

— Faribole !

— Pourquoi dites-vous ça ?

— A mon avis, il s'agit d'un trou formé par un nœud dans le bois. C'est le constructeur qui a mal choisi son bois, même s'il refusera toujours de le reconnaître.

— Est-ce que je peux voir cette entretoise ?

— J'ai bien peur qu'elle ait disparu quand on a retiré l'appareil de l'eau. On a perdu ainsi plusieurs pièces en le remontant sur la barge.

Bell alla s'entretenir avec le mécanicien qui travaillait sur le propulseur bleu, un Américain de la société Curtiss qui manqua s'étrangler à l'évocation de la théorie du nœud dans le bois.

— Si ce n'était pas un nœud, dit Bell, est-ce que quelqu'un aurait pu accidentellement percer un trou et le recouvrir ensuite pour dissimuler sa faute ?

— Non.

— Pourquoi pas ?

— Aucun constructeur de machine volante ne prendrait un tel risque. Ils reconnaîtraient leur erreur et remplaceraient la pièce défectueuse, même s'il fallait pour ça qu'ils paient de leur poche. Monsieur Bell, imaginez qu'un charpentier fasse accidentellement un trou dans une planche. Il peut le boucher, enduire et peindre pardessus. On n'y verra que du feu. Mais l'entretoise d'une machine volante c'est une autre histoire. On sait tous que si une telle pièce se brise quand l'appareil est en l'air, il tombe.

— Et il est tombé.

— Il aurait pu être tué. L'Anglais a eu beaucoup de chance qu'on le repêche en un seul morceau.

— A votre avis, pourquoi tient-il à cette histoire de nœud dans le bois ?

— Le baronnet est un enfant de chœur. Il est incapable d'imaginer qu'on puisse lui faire du mal pour gagner la course, comme il ne peut pas croire qu'un aviateur ait envie d'empocher les cinquante mille dollars. Il n'arrête pas de dire que « remporter la course est la récompense en elle-même », quand il ne dit pas que « la récompense c'est la course en elle-même. » Ça rend les gars fous. Surtout, c'est un aristocrate et sa femme est riche. Mais quand même, ce n'est pas juste pour M. Curtiss. Glenn Hammond Curtiss ne laisserait jamais sortir de l'usine un aéroplane défectueux.

— Est-ce que le propulseur a été laissé sans surveillance la nuit précédant le départ de la course ?

— Oui, avec les autres machines à Belmont Park. Votre aviatrice était la seule qui avait des gardes, mais c'est à cause de son mari, je crois.

— Donc, si ce n'est ni un trou causé par un nœud dans le bois ni un trou foré à l'usine Curtiss, alors c'est quoi ?

— Sabotage. C'est ce que pense tout le monde. Un trou foré là où ça ne se voit pas. Là où il est recouvert par du tissu ou par une autre pièce. C'est arrivé aussi à son Farman, n'est-ce pas ? Et regardez ce qui est arrivé au moteur de Platov. C'étaient des sabotages, pas vrai ?

— Oui, reconnut Bell.

— Sauf que je ne vois pas le rapport avec le mari cinglé de Joséphine. Et vous, monsieur Bell ?

Bell glissa deux dollars dans la main du mécanicien.

— Vous payerez un coup aux gars.

— Pas avant d'avoir atteint San Francisco. A partir de maintenant, on va dormir sous notre propulseur. Et à jeun. L'un d'entre nous restera éveillé toute la nuit.

Bell retournait dans sa tête l'idée déplaisante que sur trois sabotages, un seul pouvait être attribué à Harry Frost. Trois sabotages depuis l'arrivée des appareils à Belmont Park. Sir Eddison-Sydney-Martin en avait été deux fois victime, Platov et Judd, le malheureux mécanicien, une fois.

Le premier accident de Sir Eddison-Sydney-Martin était clairement l'œuvre de Harry Frost qui cherchait une diversion pour s'en prendre à Joséphine.

Mais comment imputer ce dernier sabotage à Harry Frost ? Qu'avait-il à gagner en éliminant Eddison-Sydney-Martin ? Quel intérêt pour lui de faire dérailler le moteur de Platov et de tuer son mécanicien ? Frost avait-il décidé de s'en prendre à tous les concurrents ? Cela semblait absurde. Frost était trop déterminé pour se disperser de cette façon. D'abord, tuer sa femme. Ce crime aurait en outre l'avantage de ternir la course de Preston Whiteway.

Mais alors, pourquoi avoir détruit le moteur de Platov ? Et pourquoi saboter le propulseur sans soupapes ?

De toute évidence, pour éliminer un concurrent potentiellement dangereux.

Au profit de qui ? Bell entrevit trois possibilités : deux vraisemblables et une autre plus étrange mais pas inenvisageable. Le saboteur pouvait être un concurrent cherchant à éliminer ses rivaux les plus dangereux. Ou un parieur visant les favoris. Ou encore le commanditaire de la course lui-même cherchant à attirer l'attention du public.

La plus vraisemblable était celle d'un concurrent malhonnête. Cinquante mille dollars, c'était une somme, cela représentait plus que ce que pouvait gagner un ouvrier durant toute sa vie.

Mais au fur et à mesure que la course avançait à travers le pays, les paris augmentaient et pouvaient rapporter infiniment plus qu'en truquant une course de chevaux. De gros parieurs comme Johnny Musto pouvaient ramasser un sacré pactole.

Et puis, étrangement, il y avait Preston Whiteway lui-même. L'éditeur de journaux n'avait-il pas déclaré sans ambages que le meilleur moyen de conserver l'attention du public serait que la moitié des concurrents hommes s'écrasent au sol avant Chicago ? « Un écrémage naturel, comme il l'avait énoncé froidement, amènerait les meilleurs aviateurs à se mesurer au courageux garçon manqué Joséphine. »

Trop tiré par les cheveux ? Mais Preston Whiteway serait-il réellement capable de provoquer des accidents d'aéroplane pour vendre des journaux ? La vérité, la réalité des faits et la simple décence morale ne l'avaient pas empêché de tenter de déclencher une guerre avec le Japon à propos de la Grande Flotte blanche. Ni de chercher à utiliser le naufrage du *Maine*, le bateau de guerre américain, pour pousser à la guerre les Etats-Unis et l'Espagne.

Joséphine Josephs prit encore du retard sur le trajet Albany-Syracuse, long de 233 kilomètres, lorsque son aileron réparé à la hâte se grippa et qu'il fallut remplacer entièrement le montage. Puis elle perdit une demi-journée entre Syracuse et Buffalo à la suite de l'éclatement d'un cylindre de son moteur Antoinette.

Isaac Bell lui rappela qu'elle n'était pas la seule à connaître des difficultés. Trois aéroplanes avaient déjà été contraints d'abandonner. Un grand Voisin avait terminé dans la barrière d'une prairie, un rapide biplan Ambroise Goupy avait été projeté contre un rideau d'arbres par une soudaine bourrasque en bordure d'un terrain où il s'apprêtait à atterrir, et le redoutable René Chevalier s'était écrasé dans le canal Erié, réduisant son Blériot à un tas de petit bois ; il avait également failli se noyer dans l'eau pourtant peu profonde, ses deux jambes cassées l'empêchaient de nager.

Joséphine, plutôt réservée depuis leur départ de Belmont Park, avait alors surpris Bell en le gratifiant d'un de ces sourires exubérants qui lui allaient si bien.

— Merci pour ces rappels, Isaac. Je devrais m'estimer heureuse de n'avoir encore aucun os cassé.

Bell engagea alors un troisième mécanicien, un habile garçon de Chicago nommé Eustace Weed, qui avait perdu son travail à la suite de l'abandon du Voisin, pour aider à la maintenance de son *Eagle*. Cette embauche offrait à Andy plus de temps pour enquêter sur les causes mécaniques de chaque accident et d'éventuels sabotages. Travaillant avec méthode, ce fils de policier rassembla un certain nombre d'éléments de preuve. Il rapporta que, depuis le crash d'Eddison-Sydney-Martin dans le port de New York, la plupart des accidents étaient dus à des causes mécaniques identifiables. Une exception possible, celui de René Chevalier, mais des parties essentielles de sa machine volante se trouvaient à présent au fond du canal Erié.

Bell poursuivit l'enquête en interrogeant les mécaniciens. Qui se trouvait près des machines ? Qui restait dans le wagon-atelier ? Des inconnus ? Dans leur souvenir, personne. Parfois, les mécaniciens montraient aux Van Dorn des éléments de preuve : une entretoise cassée, un tuyau d'alimentation d'essence écrasé, un fil électrique coupé… mais d'autres fois il n'y avait rien à montrer.

Preston Whiteway, lui, ne cessait de répéter à Bell qu'un assassin était parmi eux. Bell se gardait bien de le démentir, sachant que Whiteway pouvait être cet homme… peut-être pas un assassin au sens strict du terme, mais un saboteur agissant de sang-froid et peu soucieux du sort des pilotes lorsqu'ils s'écraseraient.

Au fur et à mesure que les concurrents progressaient vers l'ouest, les accidents se multipliaient. Des machines tombaient en panne, des ailes se brisaient sans aucun signe avant-coureur, et des aviateurs commettaient des erreurs. D'autres faisaient des crises de neurasthénie qui augmentaient leur retard. Le Liberator rouge de Joe Mudd perdait tellement d'huile que tout l'avant de l'appareil était devenu noir. Puis Joe Mudd lui-même faillit perdre la vie lorsque, au-dessus de Buffalo, l'huile s'enflamma. Mudd, pourtant, eut plus de chance que Chet Bass. Le Wright Flyer Army Signal Corps de Bass glissa sur le côté lors de l'atterrissage à Erie, en Pennsylvanie, le projetant sur l'herbe à une dizaine de mètres.

Bell écouta attentivement les discussions qui suivirent. Bass allait devoir passer deux jours à l'hôpital avec un traumatisme crânien, ce qui amenait pilotes et mécaniciens à débattre de l'utilité des ceintures pour éviter d'être éjecté en pareil cas. Un aristocrate autrichien qui pilotait un monoplan Pischof ironisa sur la

« couardise » qu'il y aurait à s'attacher et ils étaient nombreux à estimer qu'une telle ceinture serait inhumaine. Mais Billy Thomas, le coureur automobile qui avait maintes fois prouvé son courage avant d'apprendre à piloter le gros bimoteur propulseur Curtiss, déclara que l'Autrichien pouvait bien aller au diable, lui, il s'attacherait avec une ceinture.

Le jour où il s'attacha pour la première fois, une bourrasque venue des Grands Lacs le plaqua contre un sémaphore de chemin de fer planté au sommet d'un bâtiment. Le Curtiss rebondit sur vingt lignes de fils télégraphiques et passa au travers des vitres du premier étage de la tour de signalisation.

Sa ceinture permit à Billy Thomas de ne pas être éjecté, mais il fut presque coupé en deux par la violence du choc contre le cuir rigide. Des ruptures d'organes internes lui interdirent de poursuivre la course.

Ce soir-là, sur le terrain de foire de Cleveland, les discussions tournèrent autour des ceintures élastiques. Des mécaniciens se mirent aussitôt à l'ouvrage avec des bandes de caoutchouc dont ils se servaient pour les roues des aéroplanes.

L'Autrichien, lui, se montrait toujours aussi railleur. Le lendemain, son Pischof fut pris dans une violente bourrasque et il tomba de son monoplan à 300 mètres au-dessus de Toledo, dans l'Ohio.

Aux funérailles, Eddison-Sydney-Martin annonça que sa femme avait « fermement » insisté pour qu'il soit attaché dans son aéroplane au moyen d'une large ceinture confectionnée à partir d'une longe pour chevaux.

Joséphine et Isaac, pour leur part, possédaient deux appareils semblables où le pilote est assis plus profondément dans le fuselage, ce qui rendait leur éjection un peu plus improbable. Joséphine ignora les suppliques de Preston Whiteway et refusa de s'attacher. Elle expliqua qu'ayant survécu à un incendie dans un biplan qui venait de s'écraser, elle avait peur d'être piégée dans le fuselage.

Quant à Isaac Bell, sur la suggestion de Marion Morgan, il demanda à Andy de fixer sur l'*Eagle*, au moyen de bandes de caoutchouc, une large ceinture de motocycliste. A côté de l'une des bandes, il déposa dans son fourreau un couteau de chasse tranchant comme un rasoir.

Après sa fuite sous le quai de Weehawken, on n'entendit plus parler de Harry Frost, mais Bell le soupçonnait d'attendre l'arrivée de la course à Chicago. C'était dans cette ville qu'il avait entamé son ascension météorique vers les sommets de la criminalité et qu'il avait amassé sa fortune légale. Dans aucune autre ville des Etats-Unis Frost ne disposait d'autant d'appuis dans le milieu des truands et des politiciens corrompus. Dans aucune autre ville il n'avait à ce point infiltré la police.

Vas-y, essaye, songea Bell. L'Agence de détectives Van Dorn avait aussi fait ses débuts à Chicago. Eux aussi connaissaient bien la ville. Lorsque la course fut immobilisée à Gary, dans l'Indiana, par des tempêtes venues des Grands Lacs, et qui, d'après la météorologie, devaient durer quelques jours, il se rendit en train à Chicago.

Au siège de l'agence, à Palmer House, il appela Joseph Van Dorn au téléphone.

— On l'aura s'il tente quelque chose ici, lui dit Bell.

Van Dorn, qui se trouvait à Washington, lui rappela qu'il lui avait promis de garder son sang-froid.

Bell préféra changer de sujet et évoqua la question des sabotages. Van Dorn l'écouta avec attention et lui répondit :

— La faiblesse de cette hypothèse, c'est que ces machines volantes sont parfaitement capables de s'écraser toutes seules, sans l'aide de scélérats.

— Sauf que, rétorqua Bell, dans les cas d'Eddison-Sydney-Martin et René Chevalier et même dans celui de Chet Bass, ce sont les favoris qui s'écrasent. Dès qu'un concurrent se détache du lot, quelque chose va de travers.

— Steve Stevens ne s'est pas encore écrasé et j'ai lu, hier, dans le *Washington Post*, que c'était lui qui était en tête.

— Joséphine est en train de rattraper son retard.

— Combien avez-vous parié sur elle ?

— Assez pour acheter ma propre agence de détectives si je gagne.

En fait, les journaux commençaient à remarquer qu'un aviateur plus lourd que le très rebondi président Taft volait plus vite que cinq hommes qui faisaient la moitié de son poids et une femme qui en pesait à peine le tiers.

— D'après le *Post*, dit Van Dorn en riant, le concurrent surprise est le concurrent le plus lourd.

Bell avait lu des titres similaires à Cleveland.

SEPT JOURS POUR VOLER DE NEW YORK À CHICAGO ?

s'interrogeait le *Plain Dealer* avant que les dieux du mauvais temps ne douchent leur enthousiasme.

UN VOL MIRACULEUX.
LE TRÈS LOURD PLANTEUR DE COTON TOUJOURS EN TÊTE.

— Il faut rendre cette justice à Whiteway, ajouta Van Dorn, qu'il mène un vrai spectacle à la Barnum. Le pays tout entier parle de sa course. Maintenant que les autres journaux n'ont pas d'autre choix que de la couvrir, ils soutiennent les favoris et accablent leurs rivaux. Et tout le monde a un avis sur la question. Les journalistes sportifs estiment que Joséphine ne peut pas gagner parce que les femmes sont moins endurantes que les hommes.

— Les bookmakers sont d'accord avec eux.

— Les journaux républicains écrivent que les ouvriers ne devraient pas s'élever au-dessus de leur condition et encore moins voler. Les journaux socialistes exigent que les aristocrates restent à terre parce que les airs appartiennent à tout le monde. Mais tous ont baptisé votre ami Eddison-Sydney-Martin le « chanceux chat anglais », grâce aux neuf vies ! qui lui ont permis de survivre à ses accidents.

— Comme Whiteway nous l'avait dit, les gens adorent le perdant.

— Je vais aller prendre un train pour Chicago, dit Van Dorn. En attendant, Isaac, n'oubliez jamais que sabotage ou pas, notre tâche principale consiste à protéger Joséphine.

— Je vais retourner à Gary. Le temps devrait bientôt s'améliorer.

Bell raccrocha, l'air pensif. Tout en gardant le sang-froid promis, il ne pouvait ignorer le fait qu'il y avait autre chose que les attaques meurtrières de Frost contre Joséphine. Autre chose de peut-être plus important, plus compliqué que l'histoire d'un homme furieux qui veut tuer sa femme. Il y avait une deuxième tâche à accomplir, résoudre un autre crime avant que la course soit compromise. Il ne fallait pas seulement empêcher Harry Frost d'agir, il fallait aussi élucider un mystère dont il ne connaissait pas encore la nature.

24

Une nouvelle fois, Isaac Bell envoya un télégramme à Dashwood, à San Francisco, pour lui répéter ses instructions : enquêter sur le suicide de Di Vecchio. En outre, il voulait savoir ce que Marco Celere avait fait en arrivant d'Italie.

Son message parvint à Dashwood à l'un des rares moments où il ne se trouvait pas à l'extérieur ou en train d'enquêter. Il lui répondit sur-le-champ.

Désolé pour retard. Suicide Di Vecchio compliqué. A son arrivée San Francisco, Marco Celere interprète pour correspondant journal romain en Californie.

Isaac Bell lut deux fois le télégramme.

Interprète ?

Joséphine lui avait dit qu'elle avait du mal à communiquer avec Marco Celere, qu'elle ne comprenait pas son accent.

Mlle Joséphine, songea Bell en souriant, qu'est-ce que vous nous cachez ? Cherchiez-vous à égarer les soupçons concernant votre infidélité envers Harry Prost ? Cherchiez-vous à convaincre votre nouveau bienfaiteur, Preston Whiteway et sa redoutable mère que vos intentions étaient pures ? Ou bien protégiez-vous Marco Celere ?

Lorsque le détective James Dashwood entendit les premières notes de l'aria « *Celeste Aida* » percer le brouillard de la baie de San Francisco, il dit aux religieuses qui l'accompagnaient :

— Ils arrivent.

— Pourquoi ces pêcheurs chantent-ils du Verdi ? demanda la Mère supérieure en étreignant le bras d'une ravissante jeune novice qui parlait italien.

Dashwood les avait conduites au nouveau quai des pêcheurs où ils étaient entourés d'eaux qu'ils ne pouvaient pas voir. L'obscurité froide leur glaçait les poumons et leur mouillait les joues.

— Les pêcheurs chantent pour identifier leurs bateaux dans la brume, répondit le jeune Dashwood. En tout cas, c'est ce qu'on m'a dit, mais moi j'ai une autre théorie, je pense qu'ils naviguent grâce à l'écho de leur voix contre le rivage.

Il n'avait guère eu de mal à trouver un interprète italien à San Francisco, tant ils étaient nombreux à avoir fui leur pays pauvre et surpeuplé. En revanche, il s'était révélé impossible d'en trouver un à qui ces pêcheurs méfiants et repliés sur leurs clans acceptent de parler. Instituteurs, importateurs de fromage et d'huile d'olive et même un de leurs compatriotes travaillant à la fabrique de chocolat voisine du port s'étaient heurtés à un mur de silence. Cette fois-ci, se disait Dashwood, les choses devraient mieux se passer. Il lui avait fallu une chaleureuse recommandation de l'abbé d'un riche monastère avec qui il entretenait des relations dans le cadre de l'enquête sur Wrecker, et sa propre promesse de verser une contribution exorbitante à la caisse de secours aux pauvres du couvent, pour que la Mère supérieure consente à amener la jeune novice au quai des pêcheurs.

On entendait le chant de plus en plus distinct. Les sirènes des navires offraient un contrepoint en basse, tandis que des sifflets ponctuaient l'entrée prudente d'autres navires dans le port invisible. Le brouillard s'effilochait ou s'épaississait en larges bancs à la dérive. Soudain, la longue coque noire d'un quatre-mâts surgit de nulle part avant de disparaître aussitôt. Transparent comme un fantôme, un grand navire à vapeur passa devant eux et s'évanouit. Puis un petit bateau vert à voile latine émergea peu à peu de la brume.

— Les voilà, dit Dashwood. Ce sont Pietro et Giuseppe.

— Lequel n'a qu'un seul bras ? demanda la Mère supérieure.

— Giuseppe. D'après ce qu'on m'a dit, il lui a été arraché par un requin.

Giuseppe fit la grimace en apercevant le détective venu si souvent au quai des pêcheurs que certains le prenaient pour un mareyeur. Mais lorsqu'il découvrit les religieuses en habit noir, il se signa et donna un coup de coude à Pietro qui s'apprêtait à jeter un filin autour d'un taquet d'amarrage. Celui-ci se signa à son tour.

Voilà qui est mieux, songea Dashwood. Au moins ils ne lui jetteraient pas de têtes de poisson à la figure, ce qu'ils avaient fait à l'issue de sa dernière visite.

— Que voulez-vous que Maria leur demande ? s'enquit la Mère supérieure.

— D'abord, s'il est vrai qu'ils ont entendu, dans la rue, une dispute entre deux inventeurs de machines volantes.

— Et si c'est le cas ?

— Oh, mais ils l'ont bel et bien entendue. Ce qu'il faut, c'est les convaincre que je ne leur veux aucun mal et que je cherche à réparer un tort qui a été commis, que ça n'a rien à voir avec eux et que ça ne leur causera aucun ennui.

La Mère supérieure était une Irlandaise au parler franc, qui avait dirigé son couvent avec détermination lors du récent tremblement de terre et des incendies qui s'étaient ensuivis et avait accueilli des religieuses d'autres ordres, comme Maria, dont les couvents avaient été détruits.

— Maria va déjà avoir du mal à les convaincre que vous ne leur causerez aucun ennui, détective Dashwood.

Après trois jours d'attente, pluvieux et venteux, sur le terrain de foire boueux de Gary, dans l'Indiana, la Course Whiteway Atlantique-Pacifique prit l'air dans l'espoir d'atteindre l'arsenal de la Garde nationale de Chicago avant une autre tempête. A la foule des spectateurs impatients entassée sur les gradins érigés le long de la large avenue où passerait la parade de l'arsenal, on lut un télégramme annonçant qu'en raison du tonnerre et des éclairs, les aviateurs avaient dû regagner Hammond.

Les cinquante instrumentistes de la fanfare de la Garde nationale jouèrent pour calmer la foule. Puis les aviateurs locaux prirent l'air à bord de leurs anciens Wright Flyers et jetèrent des bombes de plâtre sur des navires de guerre dessinés à la craie au milieu de l'avenue. Les pavés étaient maculés de plâtre lorsque enfin un nouveau message fut lancé au mégaphone.

Le ciel au-dessus de Hammond s'étant éclairci, les concurrents avaient pu redécoller.

Une heure plus tard, une clameur s'élevait de la foule.

— Ils sont là !

Tous les yeux étaient tournés vers le ciel.

Une à une, les machines volantes firent leur apparition. Le biplan blanc de Steve Stevens arrivait en premier. Il fit le tour de l'arsenal, qui imitait un château, survola l'avenue et rebondit sur les pavés en soulevant des nuages de poussière de plâtre. Une compagnie de soldats en grand uniforme salua et une garde d'honneur présenta les armes.

Sur le toit de l'arsenal, deux agents du service de protection rapprochée de chez Van Dorn étaient appuyés contre la muraille et observaient le ciel. Derrière eux, une large silhouette, massive, émergea silencieusement de l'auvent abritant l'escalier, contourna une lucarne, puis un autre auvent destiné à la machinerie de l'ascenseur, et s'approcha d'eux.

— Si j'étais Harry Frost et que j'étais monté par l'escalier comme je viens de le faire, lança une voix glaciale, vous seriez tous les deux morts, les gars.

Les deux gardes du corps pivotèrent sur leurs talons et découvrirent le Grand Patron en personne, M. Joseph Van Dorn, la mine sévère.

— Et le salopard pourrait alors abattre sans difficulté l'aviatrice que notre agence est chargée de protéger, à prix d'or.

— Désolé, Monsieur Van Dorn, dit Milago d'un air contrit.

Lewis, lui, avait une excuse.

— On pensait que les soldats de la Garde nationale gardaient les escaliers de leur caserne.

— Les soldats de la Garde nationale sont des soldats du dimanche ! gronda Van Dorn, livide. Ils quittent la maison de leurs mamans pour défendre la ville de Chicago contre les émeutiers grévistes et les envahisseurs venus du Canada. Ils ne reconnaîtraient pas Harry Frost même s'ils le croisaient en bas de chez eux. D'ailleurs, même en bas de chez eux, ils seraient incapables de faire quoi que ce soit. Et c'est pour ça que vous êtes ici !

— Désolé, Monsieur Van Dorn, s'écrièrent-ils en chœur.

— Vous avez vos affiches ?

Ils déplièrent des affiches de recherche de Harry Frost avec et sans la barbe.

— Vous avez vos pistolets ?

Ils ouvrirent leur manteau pour montrer leurs revolvers dans l'étui.

— Ouvrez l'œil. Et surveillez l'escalier.

Sur le terrain de parade, Marco Celere – déguisé en Dmitri Platov – se tenait au milieu des mécaniciens qui scrutaient le ciel avec inquiétude, à la recherche des signes annonciateurs de nouvelles tempêtes.

Celere applaudit avec enthousiasme lorsque Steve Stevens atterrit le premier : c'était le moins que l'on puisse attendre de Platov. Mais tout en acclamant et en souriant, il imaginait des cohortes de machines volantes qui abattaient les soldats à la mitrailleuse et démolissaient leur arsenal en brique par une grêle de dynamite.

25

LE MASSACRE VENU DES CIEUX dont rêvait Marco Celere exigeait des machines volantes qui n'étaient pas encore construites. De tels navires de guerre aériens devraient posséder deux, trois, voire quatre moteurs et d'énormes ailes, afin d'emporter de nombreuses bombes sur de longues distances. Des machines plus petites et maniables seraient chargées de les protéger des contre-attaques.

Celere savait bien que son idée n'était pas nouvelle. Artistes visionnaires et militaires avaient depuis longtemps imaginé des navires aériens rapides, capables d'emmener de nombreux passagers ou d'importantes quantités de bombes. Mais les idées des autres formaient sa chair et son sang. Comme le lui avait hurlé Danielle Di Vecchio, il était une éponge. Un voleur et une éponge.

Et donc quelle importance si Dmitri Platov, mécanicien d'aéronautique russe, pilote et inventeur d'un moteur thermique, était sa seule création originale ? Comme le dit le proverbe, nécessité est mère d'invention. Marco Celere devait détruire les machines volantes de ses concurrents pour s'assurer que Joséphine gagne la course. Et pour les saboter, qui était le mieux placé sinon le gentil « Platov », toujours prêt à aider son prochain ?

Cela dit, Celere était un excellent mécanicien-outilleur, avec un talent particulier pour imaginer le produit fini dès sa conception. Ce talent l'avait d'emblée placé au-dessus des ouvriers et des mécaniciens ordinaires lors de son apprentissage à l'âge de douze ans dans une usine de machines-outils de Birmingham, un poste que son père, serveur de restaurant immigré, lui avait procuré en séduisant la femme du patron. En présence d'une pièce destinée à être usinée sur un tour, les autres garçons ne voyaient qu'un bloc de métal. Mais Marco, lui, voyait déjà la pièce finie avant même que le tour ne se mette en mouvement. C'était comme s'il devinait ce qu'elle recélait à l'intérieur.

Et cela fonctionnait également pour la vie. Dans le premier monoplan de Di Vecchio, il s'était vu lui-même, Marco Celere, signant des contrats avec l'armée italienne pour écraser le vieil ennemi de l'Italie, la Turquie, et s'emparer des colonies de l'empire ottoman en Afrique du Nord.

Peu de temps après que la machine volante qu'il avait copiée se fut écrasée, il vit sa vengeance « qui l'attendait » dans un luxueux train spécial se dirigeant vers le Premier meeting aérien de Californie à San Francisco. De ce train descendaient Harry Frost et sa toute jeune épouse. Ce couple si riche – le bombardier lourd et le chasseur d'escorte – bien plus riche que le roi d'Italie, lui avait offert une seconde chance de vendre des machines de guerre futuristes.

Follement désireuse de voler et en mal d'affection, Joséphine avait été une proie facile. Douée de capacités d'apprentissage peu communes, elle s'était montrée aussi volontaire et courageuse dans les airs qu'elle était aisément manipulable à terre.

La Coupe Whiteway, la course Atlantique-Pacifique, était une occasion rêvée de prouver que ses aéroplanes étaient les meilleurs, vu qu'il avait copié le meilleur. Entre les qualités de pilote de la jeune femme et le sabotage de la compétition, il n'avait aucun doute : Joséphine gagnerait la coupe. Cette victoire le vengerait aux yeux de l'armée italienne. Les précédents accidents seraient oubliés du jour où ses aéroplanes écraseraient la Turquie et quand l'Italie s'emparerait de ses colonies en Afrique du Nord.

Deux points jaunes apparurent dans le lointain : Joséphine et Bell, un peu au-dessus d'elle, qui la suivait à la trace. La foule se mit à scander : « Joséphine ! Joséphine ! » Le public aimait sincèrement l'Aérienne chérie de l'Amérique. Celere se dit que Whiteway était un génie. Quand elle aurait gagné la Coupe, le monde entier connaîtrait son nom. Et tous les généraux du monde sauraient quelle machine volante l'avait conduite à la victoire.

Et tant mieux si Steve Stevens parvenait à terminer la course : il vendrait à l'armée italienne des bombardiers lourds avec des chasseurs d'escorte. Mais rien n'était moins sûr. D'incontrôlables vibrations, dues au défaut de synchronisation des deux moteurs, menaçaient de faire éclater l'appareil. Si Stevens s'écrasait avant l'arrivée, Celere pourrait toujours mettre cela sur le poids du planteur de coton et sur ses piètres qualités de pilote. Mais il était bien obligé d'admettre qu'à sa place, le jeune Igor Sikorsky aurait résolu le problème des vibrations, lui en était incapable. Et même si Igor avait été ici, aux Etats-Unis, et non en Russie, il aurait de toute façon été trop tard pour lui voler ses idées. Si seulement le moteur thermique qu'il avait acheté à Paris avait fonctionné, mais pour cela non plus il n'avait pas eu le talent nécessaire.

Suivant les consignes de Joseph Van Dorn, les gardes du corps postés sur le toit de l'arsenal surveillaient attentivement la porte menant à l'escalier, bien que, à chaque clameur de la foule, ils soient tentés de baisser les yeux vers le terrain et les gradins, comme les machines qui descendaient du ciel.

Ils gisaient à présent aux pieds de Harry Frost, assommés à coups de poing après qu'il eût surgi de l'abri de l'ascenseur où il s'était caché depuis l'aube, et non de celui de l'escalier.

Frost cala un fusil Marlin entre deux merlons du parapet et attendit patiemment que la tête de Joséphine remplisse le cercle de sa lunette de visée. Elle se dirigeait droit sur lui et s'apprêtait à faire le tour de l'arsenal, comme l'exigeait le règlement ; il distinguait sa silhouette à travers le halo formé par l'hélice. Ce n'était certes pas aussi satisfaisant que de l'étrangler, car les Van Dorn ne lui laissaient aucune occasion de l'approcher, mais parfois il faut savoir saisir sa chance. En outre, la lunette télescopique lui donnait l'impression de la voir en face de lui, comme s'ils dînaient à la même table.

Dès que Isaac Bell aperçut le parapet crénelé de l'arsenal, il poussa en avant son volant de commandes pour faire plonger son *Eagle*. Ce toit était l'endroit idéal pour tendre une embuscade. Le règlement de la course garantissait à Harry Frost que sa victime passerait si près qu'il pourrait la toucher avec une pierre.

Pilotant de la main droite, il manœuvra son fusil automatique Remington de la gauche, puis remarqua l'expression d'étonnement sur le visage de Joséphine lorsqu'il passa devant elle. Au milieu des créneaux et des merlons, il aperçut le reflet de soleil sur l'acier. Derrière l'éclair, à demi dissimulée dans l'ombre, la silhouette massive de Harry Frost.

C'est alors que celui-ci vit foncer vers lui l'*American Eagle*.

Il tourna le canon de son arme en direction de Bell et ouvrit le feu. Solidement campé sur le toit de l'armurerie, il se révéla plus précis que sur la barge. Deux balles traversèrent le fuselage juste derrière les commandes et Bell comprit qu'il ne devait la vie qu'à son extraordinaire vitesse, mal évaluée par Frost.

A présent, c'était son tour. Attendant que son hélice soit hors de son champ de tir, il appuya sur la détente de son Remington. Des éclats de pierre sautèrent au visage de Frost qui lâcha son fusil et tomba à la renverse.

Isaac Bell effectua un virage serré – trop serré – sentit son *Eagle* partir en vrille, réussit à corriger sa trajectoire et revint vers l'arsenal. Frost courait maladroitement sur le toit, et sauta par-dessus les corps des deux détectives assommés. Il avait laissé son fusil là où il était tombé et il cachait ses yeux derrière sa main pour se protéger du soleil. Bell tira deux fois. La première balle fit éclater le verre de la structure abritant la machine d'ascenseur. L'autre emporta le talon de la botte de Frost. L'impact de la puissante munition de .35 fit tomber le grand costaud.

Bell fit virer une nouvelle fois son *Eagle* en ignorant les hurlements du vent dans les entretoises et le bruit menaçant qui résonnait dans les commandes. Il fonça droit sur le bâtiment de brique rouge pour terminer le travail. A l'extrémité du toit, la porte de l'escalier s'ouvrit à la volée, livrant passage à un groupe de soldats peu entraînés armés de longs fusils, qui se déployèrent en éventail, interdisant à Bell de tirer par crainte de les toucher. Frost se glissa derrière l'abri de l'ascenseur, ouvrit la porte et disparut à l'intérieur.

Bell regarda alors en bas et vit que Joséphine avait atterri et qu'il y avait aussi de la place pour lui. Il descendit en coupant et rallumant son moteur. Il toucha durement les pavés, effectua un demi-tour, reprit la maîtrise de son appareil et, lorsque la cane de queue fut presque immobilisée, il sauta à bas de la carlingue et escalada à toute allure les marches de l'arsenal, pistolet à la main.

Une garde d'honneur de soldats en grand uniforme, qui présentaient les armes, lui bloqua le passage.

— Détective Van Dorn ! lança-t-il à l'intention de leur sergent, la poitrine bardée de décorations, dont le ruban bleu et jaune des Marines gagné lors de la guerre hispano-américaine. « Il y a un assassin dans l'abri d'ascenseur. Suivez-moi ! »

Le vétéran se précipita en entraînant ses hommes. L'intérieur de l'arsenal avait les dimensions d'une véritable cathédrale et le plafond à caissons s'élevait jusqu'au toit. Bell se rua vers les cages d'ascenseur et d'escalier. Les portes de l'ascenseur étaient fermées et la flèche en cuivre indiquait que la cabine se trouvait au sommet de la cage.

— Deux hommes ici ! ordonna-t-il. Si la cabine arrive, ne le laissez pas sortir. Les autres, suivez-moi !

Il grimpa l'escalier quatre à quatre, suivi des soldats en grand tintamarre et déboucha sur le toit au moment même où le Liberator rouge de Joe Mudd contournait le bâtiment, devançant de quelques mètres le propulseur bleu Curtiss de Sir Eddison-Sydney-Martin.

Bell se précipita vers l'abri de l'ascenseur. La porte était verrouillée.

— Tirez dessus pour l'ouvrir.

Les soldats se tournèrent vers leur sergent.

— Allez-y ! ordonna-t-il.

Six hommes tirèrent chacun trois balles dans la porte qui s'ouvrit à la volée. Bell bondit en avant, pistolet à la main. La salle de la machinerie était vide. Juste en dessous, on apercevait la cabine ouverte, sans toit. Vide elle aussi. Harry Frost avait disparu.

— Où est-il ? s'écria le sergent. Je ne vois personne. Vous êtes sûr de l'avoir vu là-dedans ?

Isaac Bell montra alors une trappe ouverte dans le plancher de la cabine.

— Il est descendu par le câble.

— Impossible. Personne ne peut tenir sur un câble graissé comme ça.

Bell se laissa tomber dans la cabine et regarda à travers la trappe. Deux rainures apparaissaient dans la graisse qui enveloppait le câble d'acier tressé. Il les montra au sergent.

— Où diable a-t-il déniché un frein de câble ?

— Il avait tout préparé, dit Bell en remontant sur le toit.

Il se précipita vers l'escalier.

— Vous savez qui c'était ? demanda le sergent.

— Harry Frost.

Le vieux soldat ne tenta pas de dissimuler sa peur.

— On poursuivait Harry Frost ?

— Ne vous inquiétez pas. Il n'ira pas bien loin.

— A Chicago il est chez lui, monsieur.

— C'est aussi notre ville et les Van Dorn ne renoncent jamais.

26

Ce soir-là, Isaac Bell gara une grosse Packard modèle 30 à portée de tir d'une grande maison de deux étages, sur Deaborn Street, qui abritait l'Everleigh Club, le plus luxueux bordel de Chicago. La visière de sa casquette de chauffeur baissée sur les yeux, il observa deux détectives Van Dorn solidement bâtis escalader les marches. Ils ne résidaient pas à Chicago et ne risquaient donc pas d'être reconnus par le portier et le gérant, mais ils étaient en tenue de soirée et paraissaient assez fortunés pour fréquenter l'établissement. Ils sonnèrent à la porte. Le lourd battant de chêne s'ouvrit et ils disparurent à l'intérieur.

Bell surveillait les trottoirs, tentant de repérer gangsters et policiers.

Un mouvement furtif dans la flaque de lumière d'un lampadaire attira son attention. Une mince silhouette, celle d'un jeune homme vêtu d'un complet froissé et coiffé d'un chapeau melon s'approcha de sa Packard. Bell le reconnut aussitôt.

— Dash !

— Bonsoir, monsieur Bell.

— Mais d'où diable sortez-vous ?

— M. Bronson m'a donné l'autorisation de vous rendre mon rapport en personne. J'ai eu droit à un billet gratuit sur la Overland Limited.

— Vous arrivez au bon moment. Vous avez votre revolver ?

James Dashwood tira de son étui d'épaule un magnifique Colt à long canon.

— Le voilà, monsieur Bell.

— Vous voyez cette porte-fenêtre sur le balcon du deuxième étage ?

— Oui, je la vois.

— Cet escalier mène du balcon au toit. Je préférerais ne pas échanger de coups de feu avec quelqu'un qui tenterait de fuir par là. Vous voyez la poignée de la porte ?

A travers l'obscurité, Dashwood distingua la petite poignée en bronze, à peine visible.

— Oui, je la vois.

— Si elle bouge, tirez dessus.

Bell tira sa montre en or de sa poche et repéra la trotteuse.

— Dans vingt secondes, nos gars vont frapper à la porte donnant sur le couloir.

Vingt-trois secondes plus tard, la poignée de la porte-fenêtre se mit à tourner. Dashwood, formé par sa mère qui avait tiré dans le Wild West Show de Buffalo Bill, appuya sur la détente. La balle arracha la poignée de la porte.

— Allez-y, fit Bell. On va voir ce que ce gaillard aura à nous raconter.

Quelques instants plus tard, les costauds de chez Van Dorn ressortaient en soutenant entre eux un homme, comme s'ils raccompagnaient un ami soûl. Bell avança sa Packard et ils poussèrent l'homme sur le siège arrière.

— Vous savez qui je suis ? lança-t-il, furieux.

— Vous êtes William T. Foley, conseiller municipal, connu autrefois sous le nom de Bill Bordel, moins pour votre jolie petite gueule que pour vos prouesses dans le commerce de la chair humaine.

— Je vais vous faire arrêter.

— Vous êtes candidat à votre réélection sur la liste pour la réforme.

— Monsieur le conseiller municipal avait ça sur lui, dit l'un des détectives en montrant à Bell deux pistolets de poche, un poignard et une matraque.

— Où est Harry Frost ?

— Qui ça ? demanda Bill Foley d'un air innocent.

Comme n'importe quel gangster de Chicago parvenu à occuper un emploi public lucratif, Foley savait reconnaître des détectives Van Dorn au premier coup d'œil, et savait aussi qu'ils ne prendraient pas le risque de le descendre dans une ruelle ou de le noyer dans le lac Michigan.

« Harry Frost ? Jamais entendu parler.

— C'est son argent que vous étiez en train de dépenser ce soir dans l'un des bordels les plus chers de Chicago. Un argent que vous avez touché cet après-midi en encaissant un chèque de cinq mille dollars à la First Trust and Savings Bank. Où est-il ?

— Il est parti sans laisser d'adresse.

— Dommage pour vous.

— Qu'est-ce que vous allez faire ? Me livrer au shérif ? C'est l'oncle de ma femme.

— Vous vous présentez aux élections sur la liste pour la réforme. Notre client publie un journal dans cette ville, un journal qu'il vaudrait mieux ne pas avoir comme ennemi.

— Je n'ai pas peur des journaux de Whiteway, dit Foley d'un ton méprisant. A Chicago, tout le monde se fout de ce freluquet de Californien qui…

Bell l'interrompit.

— Les habitants de Chicago ont peut-être l'intention de continuer à supporter vos pratiques de corruption, mais ça ne leur plaira pas du tout si on suggère que le conseiller municipal William T. Foley cherche à attenter à la vie de l'Aérienne chérie de l'Amérique.

Foley se passa la langue sur les lèvres.

— Où est Harry Frost ? répéta Bell.

— Il a quitté la ville.

— Monsieur Foley, n'abusez pas de ma patience.

— C'est vrai, je ne plaisante pas. Il est parti. Je l'ai vu partir.

— Avec quel train ?

— En automobile.

— Quel genre ?

— Une Thomas Flyer.

Bell et Dashwood échangèrent un regard. Les Thomas étaient de robustes automobiles tout-terrain, ce qui expliquait pourquoi Bell les avait choisies pour les embarquer à bord du train d'assistance. Un tel véhicule, capable de rouler sur des routes en très mauvais état et sur des prairies, voire des voies ferrées en cas de nécessité, donnait à Harry Frost une grande mobilité.

— Par où est-il parti ?

— Vers l'ouest.

— Saint-Louis ?

Foley haussa les épaules.

— J'ai eu plutôt l'impression qu'il prenait la route de Kansas City, là où se dirige votre course aérienne si j'en crois ce qui se dit dans les journaux.

— Il est tout seul ?

— Il avait un mécanicien et un chauffeur.

Bell et Dashwood échangèrent un nouveau coup d'œil. Il y avait plus de 800 kilomètres, la plupart du temps en pleine nature, entre Chicago et Kansas City.

— Les deux sont des tueurs, ajouta Foley.

— Leurs noms ?

— Mike Stotts et Dave Mayhew. Stotts est le chauffeur, Mayhew le mécanicien. Lui était télégraphiste jusqu'au jour où il s'est fait pincer à vendre des résultats de courses à des bookmakers. Il était tenu au secret professionnel, vous savez.

— Ce que je ne sais pas, dit Bell d'un air soupçonneux, c'est pourquoi vous êtes soudain devenu bavard, monsieur le conseiller municipal. Etes-vous en train d'inventer tout ça ?

— Non. Je sais seulement que Harry ne reviendra pas. C'est le dernier service que je lui ai rendu.

— Comment savez-vous que Harry ne reviendra pas ?

— Je n'aurais jamais cru ça possible, mais vous, les maudits Van Dorn, vous avez réussi à le chasser de la ville.

Dans un petit restaurant où Isaac Bell l'avait conduit, le jeune James Dashwood rapporta ce qu'il avait découvert à San Francisco.

— La dernière fois que vous m'avez télégraphié, Dash, vous aviez découvert que Celere et Di Vecchio se trouvaient tous les deux à San Francisco l'été dernier. Celere était arrivé le premier, il travaillait comme interprète, puis il a construit un biplan qu'il a vendu par la suite à Harry Frost ; celui-ci a expédié l'appareil dans les monts Adirondacks et a engagé Celere pour qu'il travaille sur les machines volantes de Joséphine dans leur domaine à la campagne. Celere et Di Vecchio avaient tous les deux fui leurs créanciers italiens. Di Vecchio s'est suicidé. Que savons-nous d'autre, à présent ?

— Ils se sont disputés.

Dashwood expliqua alors que des immigrés italiens, des pêcheurs, avaient entendu une longue et furieuse dispute entre les deux hommes, dans la rue, devant leur pension. Di Vecchio accusait Marco Celere d'avoir volé ses plans de soutien des ailes.

— Ça, je le sais déjà, dit Bell. Celere, lui, disait que c'était le contraire. Quoi d'autre ?

— C'est Di Vecchio qui avait commencé la polémique et accusé Celere d'avoir copié les plans de son avion. Celere a répondu que si c'était vrai, pourquoi l'armée italienne avait-elle acheté ses machines et non celles de Di Vecchio ?

— Quelle a été la réponse de Di Vecchio ?

— Que Celere avait pourri le marché.

Bell acquiesça d'un air impatient. Cela aussi il l'avait appris par Danielle.

— Et ensuite ?

— Ensuite, il s'est mis à hurler que Celere ferait bien de ne pas toucher à sa fille. Elle s'appelle…

— Danielle. Quel rapport entre ne pas toucher à sa fille et l'acquisition par l'armée italienne de ses plans d'aéroplane ?

— Di Vecchio a hurlé : « Trouvez une autre femme pour faire votre sale boulot ! »

— Quel sale boulot ?

— Il a utilisé un mot que mes traductrices ont eu beaucoup de difficulté à répéter.

— Un mot technique ? *Alettone* ?

— Non, pas un mot technique. La fille savait ce que ça voulait dire, mais elle avait peur de le dire devant la Mère supérieure.

— La Mère supérieure ? répéta Bell en fixant sur son protégé un regard glacial. Dash, qu'est-ce que vous avez manigancé ?

— C'étaient des nonnes.

— Des nonnes ?

— Vous dites toujours que les gens ont envie de parler. Mais il faut les mettre à l'aise. Cette fille était la seule interprète d'italien à laquelle les pêcheurs acceptaient de parler. Mais une fois lancés, on ne pouvait plus les arrêter. Probablement parce que cette religieuse était ravissante.

Bell se pencha sur la table pour administrer une tape amicale sur l'épaule de Dashwood.

— Bravo !

— Mais j'ai mis beaucoup de temps à la trouver, c'est ce qui explique mon retard. En tout cas, elle traduisait sans problème jusqu'à ce qu'elle bute tout net sur ce mot. Je les ai suppliées de me le traduire, j'ai même proposé de prier avec elles, et finalement, la plus jeune m'a murmuré « gigolo ».

— Di Vecchio accusait Marco Celere d'être un gigolo ?

Bell n'était guère surpris : il se rappelait que peu de temps après l'apparition de Harry Frost et de Joséphine à San Francisco, la jeune mariée avait persuadé son mari d'acheter le biplan de Celere.

— A-t-il donné des détails ? reprit Bell.

— Di Vecchio disait que Celere avait persuadé la fille d'un général italien de pousser son père à lui acheter une machine. D'après ce qu'ils avaient entendu, les pêcheurs pensaient que ce n'était pas la première fois qu'il s'était servi des femmes pour conclure ses affaires.

— Accusait-il Celere d'accepter de l'argent de ces femmes ?

— Il y avait l'histoire d'une sorte de moteur qu'il avait acheté lors d'un salon aéronautique, à Paris. Apparemment, c'est une femme qui lui aurait donné l'argent. Mais à San Francisco, il était à nouveau fauché. Je crois que le contrat avec l'armée avait été rompu.

— La machine volante s'est écrasée avec le général à bord.

— Ça explique pourquoi Di Vecchio n'arrêtait pas d'accuser Celere de leur avoir vendu une machine de mauvaise qualité et d'avoir ainsi bouché le marché pour d'autres inventeurs.

— Est-ce que Di Vecchio pensait que Celere allait agir comme un gigolo auprès de Danielle ?

— C'est contre ça que Di Vecchio le mettait en garde. « Ne touchez pas à ma fille. »

— Vos pêcheurs sont tombés sur une sacrée engueulade.

— Ils ne sont pas vraiment tombés dessus. Ils vivaient là, eux aussi.

Bell regarda le jeune détective.

— Vous avez déniché beaucoup d'informations, Dash, ça valait le coup d'attendre. Vous avez eu de la chance ou bien vous saviez ce que vous cherchiez ?

— Vous ne voyez pas, monsieur Bell ? Ils se disputaient juste devant l'hôtel où Di Vecchio est mort. La nuit même où il est mort.

27

« La dispute aurait-elle pu se terminer par un meurtre ?

— La nuit même ? répéta Bell.

— Oui, la nuit même. Dans la maison où Di Vecchio s'est suicidé en soufflant une lampe à gaz et en laissant le gaz filer.

— Etes-vous certain qu'il se soit suicidé ?

— J'ai examiné cette possibilité. Voilà pourquoi je voulais vous rendre mon rapport en personne et vous expliquer ce que je pense.

— Allez-y.

— J'enquêtais déjà sur ce suicide, comme vous me l'aviez ordonné, lorsque j'ai entendu parler de cette dispute. Vous m'aviez dit aussi que le vrai nom de Celere était Prestogiacomo et j'ai découvert qu'il logeait dans cette maison sous ce nom-là. Vous dites toujours que vous détestez les coïncidences, alors je me suis dit qu'il devait y avoir un lien. J'ai parlé avec le coroner. Il a reconnu qu'ils ne poussent pas très loin les recherches lorsqu'un immigrant italien trouve la mort à San Francisco. Il y en a beaucoup là-bas, mais ils restent entre eux. Alors je me suis demandé : et si je faisais comme si le mort n'était pas italien mais américain ? Et comme s'il n'était pas pauvre mais qu'il gagnait trois mille dollars par an, qu'il avait une maison, des domestiques et un cuisinier ? Quelles questions est-ce que je poserais si un gars comme ça était gazé dans une chambre d'hôtel ?

Bell réprima un sourire de fierté et lui demanda froidement :

— A quelles conclusions êtes-vous arrivé ?

— Que le gaz est bien pratique quand on veut se débarrasser de quelqu'un.

— Disposez-vous d'indices permettant d'appuyer une telle hypothèse ?

— Le concierge de nuit m'a dit que Di Vecchio avait une grosse bosse sur le crâne, comme s'il était tombé du lit après s'être évanoui. Il aurait pu se réveiller dans le cirage, tenter de se lever et tomber. Ou bien il aurait pu être frappé à la tête par le type qui a ouvert le gaz. Le problème, c'est qu'on ne le saura jamais.

— Effectivement, concéda Bell.

— Puis-je vous demander quelque chose, monsieur Bell ?

— Allez-y.

— Pourquoi m'avez-vous demandé d'enquêter sur ce suicide ?

— Je pilote la dernière machine volante qu'a construite Di Vecchio et elle ne semble pas avoir été conçue par quelqu'un qui a décidé de se suicider. Elle est très robuste et elle vole comme une machine fabriquée par un homme qui aimait les aéroplanes et avait l'intention d'en construire d'autres. Mais ce n'est qu'un sentiment un peu curieux, pas une preuve.

— Mais si on ajoute la bosse sur le front de Di Vecchio, ça fait comme une coïncidence, vous ne trouvez pas ?

— Oui, dit Bell en souriant.

— Mais comme vous dites, monsieur Bell, on ne sait jamais. Di Vecchio est mort ainsi que le type qui l'aurait frappé à la tête.

— Peut-être, dit Bell, l'air pensif. Dites-moi, Dash, ce moteur que d'après Di Vecchio, Celere aurait acheté à Paris avec l'argent d'une femme. Vous avez dit « une sorte de moteur. » Qu'entendiez-vous par là ?

Dashwood sourit.

— Ça a beaucoup perturbé ces pauvres nonnes. Elles étaient époustouflées.

— Pourquoi ?

— Les pêcheurs l'appelaient le *polpo*. La pieuvre.

— Quel genre de moteur ressemble à une pieuvre ? demanda Bell. Peut-être l'Antoinette à huit cylindres. Mais alors que s'est-il passé quand les nonnes ont été perturbées ?

— Les pêcheurs ont essayé un autre mot. *Calamaro*. Le calmar.

— Un moteur qui ressemble à une pieuvre ou à un calmar ? Ce sont pourtant deux animaux très différents : le calmar est long et mince, avec des tentacules à l'arrière, alors que la pieuvre est ronde et ramassée avec huit bras. Dash, je veux que vous alliez en bibliothèque et que vous trouviez ce qu'ont en commun M. le Calmar et Mme la Pieuvre.

Eustace Weed, l'assistant originaire de Chicago que Isaac Bell avait engagé pour permettre à Andy Moser de consacrer plus de temps à l'enquête sur les causes mécaniques des accidents, demanda une soirée de liberté pour pouvoir dire adieu à sa bonne amie, qui habitait dans le South Side.

— Reviens avant le lever du soleil, lui dit Andy. Si le temps reste au beau, ils partiront pour Peoria.

Eustace promit de revenir à temps, Il savait qu'il ne prendrait pas de risques : la mère de Daisy se tiendrait derrière la porte du salon. Il ne fut pas déçu : à 21 heures, Mme Ramsey lança, depuis l'autre pièce :

— Daisy ? Dis bonne nuit à M. Weed. Il est l'heure d'aller te coucher.

Eustace et la très belle Daisy aux cheveux roux échangèrent un long regard de regret, songeant qu'il serait infiniment plus agréable d'aller se coucher si madame mère n'était pas là. Mais elle était là, et Eustace lança un très poli : « Bonne nuit, madame Ramsey », avant de recevoir en réponse un ferme : « Bonne nuit », à travers la porte fermée. Pourtant, l'espace d'un instant, Eustace eut le sentiment que Mme Ramsey n'était pas le dragon sans cœur qu'il imaginait. Il prit Daisy dans se bras pour un long baiser d'adieu.

— Quand vas-tu revenir ? chuchota-t-elle lorsqu'ils s'interrompirent pour reprendre haleine.

— La course va durer encore trois semaines si tout va bien, peut-être quatre. J'espère être de retour dans un mois.

— C'est si long, gémit Daisy.

Puis, soudain, elle ajouta :

— Est-ce qu'elle est jolie, Joséphine ?

Eustace vécut son deuxième instant de lucidité de la soirée et répondit :

— Je n'ai pas remarqué.

Daisy l'embrassa fougueusement sur la bouche et se serra fort contre lui, jusqu'à ce que sa mère lance à travers la porte :

— Bonne nuit !

Eustace Weed descendit l'escalier en titubant, le cœur serré, la tête dans les étoiles.

Deux voyous bloquaient le trottoir, des gars du West Side.

Il se dit qu'il allait y avoir de la bagarre et qu'il avait peu de chances d'en sortir vainqueur. Mieux valait prendre ses jambes à son cou. Il était grand et mince et avait de bon espoir de leur échapper. Mais avant qu'il ait pu faire un pas, les deux gars se déployèrent devant lui, et, à sa grande frayeur, brandirent des couteaux à cran d'arrêt.

— Le patron veut te voir, dit l'un d'eux. Tu viens sans faire d'histoires ?

Eustace regarda les couteaux et acquiesça.

— C'est à quel sujet ?

— Tu verras bien.

Encadré par les deux petites gouapes, il marcha un certain temps jusqu'à une rue bordée de saloons. Tous trois pénétrèrent alors dans un établissement enfumé et peu éclairé et se dirigèrent vers une salle à l'arrière. Le patron du saloon, un type ventru vêtu d'un complet-veston et coiffé d'un chapeau melon, était assis derrière un bureau. Au-dessus, chauffé par une bougie, un pot en fonte contenant de la paraffine bouillante dégageait une odeur semblable aux fumées de l'huile de ricin utilisée dans les moteurs Gnome. A côté du pot, on distinguait un court tuyau en cuivre, un pichet d'eau au goulot étroit, un sac en cuir un peu plus long que le tuyau et une vilaine matraque à tête épaisse et manche flexible.

— Fermez la porte.

Les voyous s'exécutèrent et demeurèrent debout, de part et d'autre du battant. Le patron du saloon fit alors signe à Eustace de s'approcher.

— Tu t'appelles Eustace Weed. Ta bonne amie se nomme Daisy Ramsey. Elle est très jolie. Tu veux qu'elle le reste ?

— Qu'est-ce que vous...

Le patron du saloon prit la matraque et la balança dans sa main comme un pendule.

— Ou est-ce que tu préfères, quand tu reviendras de la course, lui trouver le visage en bouillie ?

Pris de panique, Eustace se dit qu'il devait y avoir erreur sur la personne. Ils croyaient qu'il avait des dettes de jeu, mais il ne jouait jamais, sauf au billard, ce qui n'est pas la même chose. Puis il se dit que non, ils ne se trompaient pas de personne. Ils savaient qu'il travaillait pour la course aérienne. Et donc qu'il travaillait sur la machine volante appartenant à l'enquêteur en chef de chez Van Dorn. Et ils connaissaient l'existence de Daisy.

— Pourquoi...

Cela avait certainement un rapport avec Harry Frost, le fou qui cherchait à tuer Joséphine.

Avant qu'il ait pu terminer sa question, le patron l'interrompit d'une voix doucereuse. Ses yeux durs reflétaient la lumière comme des pièces de roulement à billes.

— Pourquoi est-ce qu'on te menace ? Parce que tu vas faire quelque chose pour nous. Si tu acceptes, quand tu reviendras à Chicago, tu retrouveras ta Daisy comme tu l'as laissée. Tu as ma promesse : à partir de ce soir, si quelqu'un se permet ne serait-ce que de la siffler, il se retrouvera ici pour que je lui cause du pays. Mais si tu ne fais pas ce qu'on te demande, alors... je te laisse deviner. D'ailleurs, t'as même pas besoin de deviner : je te l'ai déjà dit. T'as compris ?

— Que voulez-vous ?

— Avant qu'on passe à ce que nous voulons, je veux que tu me dises que tu as compris.

Pour sortir de cette histoire, Eustace ne voyait d'autre solution que de dire :

— J'ai compris.

— Tu comprends que si tu vas voir les flics, tu ne sauras jamais quels flics sont avec nous.

Eustace avait grandi à Chicago. Il connaissait les relations entre les flics et les gangsters et il avait entendu de drôles d'histoires à propos de Harry Frost. Il acquiesça. Le patron du saloon leva un sourcil interrogateur et attendit qu'Eustace ait répété à voix haute « j'ai compris. »

— Bien. Dans ce cas, Daisy et toi vous vivrez heureux jusqu'à la fin de vos jours.

— Quand me direz-vous ce que vous voulez ?

— Tout de suite. Tu vois ce pot ?

— Oui.

— Tu vois ce qui bout dedans ?

— Ça sent la paraffine.

— C'en est. C'est de la cire de paraffine. Tu vois ça ? ajouta-t-il en tenant le tube en cuivre de 7,5 centimètres. Tu sais ce que c'est ?

— Un tube en cuivre.

— Souffle la bougie.

Eustace ne cacha pas son étonnement.

— Baisse-toi et souffle la bougie de façon à ce que la cire de paraffine cesse de bouillir.

Eustace se pencha, craignant un coup tordu, se demandant s'ils allaient le frapper ou lui jeter de la cire bouillante au visage. En soufflant la bougie, il éprouvait des picotements dans la nuque. Mais personne ne le frappa et on ne lui jeta pas de cire bouillante au visage.

— Bien. Maintenant on va attendre un peu qu'elle refroidisse.

Le patron du saloon demeura silencieux, tandis que les petits durs à la porte passaient d'un pied sur l'autre. On entendit un faible brouhaha de conversations et un éclat de rire venus du bar.

— Prends le tube de cuivre.

Eustace s'exécuta, désormais plus curieux qu'effrayé.

— Plonge une extrémité dans la paraffine. Attention, ne te brûle pas les doigts sur le pot, il est encore chaud.

Eustace plongea le tube dans la paraffine qui devenait solide en refroidissant.

— Maintiens-le dedans.

Au bout d'une minute, le patron dit :

— Sors-le. Bien. Plonge-le dans ce pichet d'eau pour le refroidir… Laisse-le dedans. C'est bien, maintenant, il faut agir vite. Tiens-le de façon à ce que le bouchon de cire soit en bas… C'est un bouchon que tu as fait, tu vois, la cire bouche cette extrémité du tube. Tu le vois ?

— L'extrémité est bouchée.

— Maintenant, prends le pichet et verse de l'eau dans le tube. Doucement, on ne peut pas en mettre beaucoup. A ton avis, ça en contient combien ? Deux cuillers à soupe ?

— Oui, à peu près, dit Eustace.

— Maintenant, tout en le tenant de façon à ne pas renverser d'eau, enfonce le doigt de l'autre main dans la cire… ne t'inquiète pas, ça ne te brûlera pas… elle est encore tiède, ça picotera peut-être un peu, c'est tout.

Eustace enfonça l'index dans la cire molle et tiède.

— Tu y es presque, dit le patron. Prends un peu de cire sur ton doigt et utilise-la pour boucher l'autre extrémité du tube.

Eustace obéit et boucha l'autre extrémité du tube en ôtant le surplus de cire sur les bords.

— Rajoute un peu de cire, travaille-la bien et assure-toi que le bouchon est étanche… absolument étanche. Tu as compris ?

— J'ai compris.

— C'est bon. Retourne-le. On va voir si aucune goutte d'eau ne coule.

Eustace retourna le tube, un peu hésitant, comme il le faisait lors des travaux pratiques dans ses années d'apprentissage.

Le patron lui prit le tube des mains et le secoua vigoureusement. Aucune goutte d'eau ne s'en échappa. Il le déposa alors dans le petit sac en cuir, en serra fortement les cordons et le tendit à Eustace.

— Ne l'expose pas à la chaleur pour que la cire ne fonde pas.

— Que dois-je faire avec ça ?

— Cache-le jusqu'à ce que quelqu'un te dise où le mettre.

Interloqué, Eustace soupesait le sac dans sa main.

— C'est tout ?

— Tout ? Ta bonne amie s'appelle Daisy Ramsay. (Le patron de saloon ventripotent prit la matraque et l'abattit avec force sur le bureau, faisant bouger le pot en fonte.) C'est tout !

— J'ai compris, lança très vite Eustace qui en fait n'avait pas compris grand-chose, à commencer par toute cette démonstration avec la paraffine. Pourquoi ne pas lui avoir tout simplement donné le tube scellé à la cire ?

L'homme lui jeta un regard dur, puis lui sourit.

— Tu te demandes à quoi ça rime, tout ça, hein ? dit-il en lui montrant le pot.

— Oui, monsieur.

— Eh bien si tu perds le tube que je t'ai donné, tu n'auras pas d'excuse. Tu sauras comment en fabriquer un autre. Tu es un excellent mécanicien d'aviation. Tu es capable de fabriquer n'importe quoi. Alors quand quelqu'un te dira de le mettre quelque part, tu sauras le faire. Compris ?

— Oui, j'ai compris.

— C'est bon. Et maintenant fiche le camp !

Il adressa un signe à ses deux hommes de main.

— Ils vont te faire sortir du quartier en toute sécurité. Tu es quelqu'un de précieux, maintenant, on ne veut pas que tu récoltes des bleus et que les gens se demandent ce qui t'est arrivé. Mais n'oublie pas : personne ne doit voir ce tube rempli d'eau. Si quelqu'un se met à poser des questions, il y aura un joli petit visage en moins à Chicago.

Au moment où il franchissait la porte, le patron lança :

— Au fait, inutile de te demander à quoi ça sert et comment ça marche. Et si jamais tu comprenais et que ça te plaisait pas, n'oublie pas le joli petit nez de Daisy. Et ses beaux yeux.

Isaac Bell déposa Dashwood dans un petit hôtel qui offrait des réductions aux agents Van Dorn, puis il gagna le Levee District et se gara dans une rue qui n'avait pas changé depuis dix ans. Devant le dépôt de journaux, des camions automobiles avaient remplacé les voitures à cheval, mais le caniveau était toujours fait de pavés graisseux et les bâtiments délabrés abritaient toujours saloons, bordels, pensions et officines de prêteurs sur gages.

La faible lumière des rares lampadaires permettait quand même de distinguer la démarcation entre les briques anciennes et les neuves, là où la dynamite de Harry Frost avait démoli le mur du dépôt de journaux. Un homme dormait sur le seuil où les jeunes livreurs, terrorisés, s'étaient réfugiés. Une prostituée émergea alors de l'étroite ruelle. Elle remarqua la Packard et s'en approcha en souriant.

Bell lui rendit son sourire, la regarda droit dans les yeux et lui glissa une pièce en or de dix dollars dans la main.

— Retournez chez vous. Prenez votre nuit.

Il ne croyait pas le moins du monde que l'Agence Van Dorn eût réussi à chasser Harry Frost de Chicago. Ce maître du crime avait quitté la ville volontairement et pour des raisons qui lui étaient propres. Harry Frost était aussi adaptable qu'imprévisible. A bord de sa Thomas Flyer, ce gangster habitué des villes allait pouvoir régner en maître sur les prairies du Midwest et la vaste plaine au-delà du Mississippi tandis que politiciens, banquiers et escrocs de son organisation à Chicago couvriraient ses arrières, lui enverraient de l'argent et exécuteraient ses ordres.

Emmener avec lui un télégraphiste était un coup de génie. Dave Mayhew pourrait grimper aux poteaux télégraphiques pour intercepter les télégrammes et, grâce à sa connaissance de l'alphabet Morse, tenir Frost au courant de ce que les chefs de station rapportaient du déroulement de la course. Diabolique, se dit Bell. Frost avait engagé des centaines d'assistants dévoués pour suivre Joséphine à la trace.

Un ivrogne tourna le coin de la rue, écrasa sa bouteille dans le caniveau et se mit à beugler une chanson.

« Venez Joséphine, dans ma machine volante,
En haut, en haut, toujours plus haut
Ça par exemple ! La lune est en feu... »

28

James Dashwood retrouva Isaac Bell 275 kilomètres à l'ouest de Chicago, dans une gare de triage près du terrain de foire de Peoria, sur les rives de l'Illinois. C'était une soirée humide, étouffante – typique des Etats du Midwest – et l'odeur de fumée de charbon et de vapeur, des traverses imbibées de créosote et des dîners des mécaniciens flottait lourdement dans l'air.

Les trains étaient garés les uns contre les autres sur des voies parallèles réservées à la course. Celui de Bell n'était séparé de la voie principale que par un autre convoi, un train spécial de quatre voitures, d'un vert brillant fileté d'or, appartenant à un magnat du bois qui avait investi dans le syndicat Vanderbilt et annoncé qu'il ne voyait aucune raison de ne pas voyager avec les autres trains même si son avion s'était écrasé contre un poteau de signalisation. Après tout, Billy Thomas se remettait plutôt bien de son accident, et, en vrai sportif, déclarait que le spectacle devait continuer.

Le train jaune de Whiteway, le *Josephine Special* de six voitures, se trouvait à côté du *Eagle Special*, comme Bell l'avait demandé à ses mécaniciens. Tous deux avaient leurs rampes à automobiles baissées et, soit les décapotables se trouvaient à présent à Peoria, à la recherche de pièces détachées, soit elles exploraient le parcours. Whiteway donnait une réception dans son train d'où montaient des éclats de rire et des tintements de verres en cristal.

Dashwood trouva Bell penché sur de grandes cartes de la région qui s'étendait de l'Illinois et du Missouri jusqu'à Kansas City.

— Qu'avez-vous trouvé, Dash ?

— Un livre de zoologie marine intitulé *Rapport sur les céphalopodes*. Calmars et pieuvres sont des céphalopodes.

— Oui, j'ai appris ça autrefois. Et qu'ont-ils en commun ?

— La propulsion.

Bell détacha son regard de la carte.

— Bien sûr. Tous deux se déplacent en chassant l'eau dans la direction opposée.

— Les calmars plus que les pieuvres, qui elles ont tendance à marcher et à ramper.

— Ils se propulsent par réaction.

— Mais à quelle sorte de moteur est-ce que mes pêcheurs les comparaient ?

— Au moteur thermique de Platov. Il utilisait le mot « réaction. » (Bell demeura un instant songeur.) Vos pêcheurs ont donc entendu Di Vecchio accuser Celere d'être un gigolo parce qu'il avait utilisé l'argent d'une femme pour acheter une sorte de moteur à Paris, lors d'un salon aéronautique. Un moteur à réaction. Ça ressemble au moteur thermique de Platov.

On frappa fort sur le flanc de la voiture-atelier, et un homme couvert de sueur apparut en haut de la rampe.

— Enquêteur en chef Bell ? Je suis Asbury, contractuel pour le centre de l'Illinois.

— Entrez, Asbury.

Ce contractuel était un policier à la retraite qui couvrait la région de Peoria, en général à temps partiel, et d'ordinaire pour des affaires d'attaques de banque. Bell lui serra la main, présenta son jeune collègue de San Francisco, et demanda ensuite à Asbury :

— Qu'est-ce que vous avez pour nous ?

— Eh bien… (Il s'épongea le front avec un mouchoir rouge pour se donner le temps de préparer sa réponse.) La course a amené en ville un tas d'inconnus, mais je n'ai vu personne de la taille et de la corpulence de Harry Frost.

— Y en a-t-il qui aient attiré votre attention ? demanda Bell avec patience.

Plus on avançait vers l'ouest et plus il s'attendait à rencontrer policiers et détectives privés si laconiques qu'à côté d'eux le très taciturne agent Hodge de North River aurait pu passer pour un bavard.

— Il y a un gros joueur de New York. Accompagné de deux costauds. M'a fait tout de suite l'effet d'être un gros bonnet.

— Un type corpulent, d'âge moyen, vêtu d'un complet à carreaux ? Parfumé comme une boutique de coiffeur ?

— Tout à fait. Tellement parfumé que les mouches grouillaient autour de lui comme des chauves-souris au coucher du soleil.

— Johnny Musto, de Brooklyn.

— Qu'est-ce qu'il fait ici, à Peoria ?

— Je doute qu'il soit venu prendre les eaux. Merci, Asbury. Si vous allez à la voiture-cuisine du train de M. Whiteway, dites-leur que j'ai demandé qu'on vous serve à dîner. Et vous, Dash, allez donc voir ce que fabrique Musto. Pas de risque qu'il vous prenne pour un Van Dorn : vous n'êtes pas de New York. (En réalité, le meilleur déguisement de Dashwood était son allure d'enfant de chœur.) Donnez-moi votre revolver. Il remarquerait la bosse sous votre manteau.

Bell glissa le Colt à long canon dans le tiroir de son bureau. Puis, dans son chapeau, il prit son derringer à deux coups et le lui tendit.

— Mettez ça dans votre poche.

— Ça ira, monsieur Bell, dit Dashwood en souriant.

Il fit un petit mouvement du poignet et un derringer flambant neuf jaillit de sa manche pour se retrouver dans sa main.

Isaac Bell ne cacha pas son admiration.

— Joli geste, Dash. Joli petit revolver aussi.

— Cadeau d'anniversaire.

— De votre mère, j'imagine ?

— Non, j'ai fait la connaissance d'une fille qui joue aux cartes. J'ai pris exemple sur son père. Il joue aux cartes, lui aussi.

Bell hocha la tête, heureux de voir l'enfant de chœur s'émanciper.

— Retrouvez-moi ici quand vous en aurez fini avec Musto.

Sur ces mots, il partit à la recherche de Dmitri Platov.

Il trouva le Russe qui descendait la rampe de la voiture-hangar de Joe Mudd en essuyant la graisse sur ses doigts avec un chiffon imbibé d'essence.

— Bonsoir, monsieur Platov.

— Bonsoir, monsieur Bell. Faire chaud à Peoria.

— Je voudrais vous demander, monsieur, avez-vous vendu un moteur thermique à Paris ?

Platov sourit.

— Puis-je demander à vous pourquoi vous demandez ?

— J'ai appris qu'un inventeur italien de machine volante, un certain Prestogiacomo, aurait peut-être acheté une sorte de « moteur à réaction » au salon aéronautique de Paris.

— Pas à moi.

— Peut-être a-t-il utilisé un autre nom. Celere, par exemple.

— Encore, pas acheté à moi.

— Avez-vous déjà rencontré Prestogiacomo ?

— Non. D'ailleurs, jamais entendu parler de lui.

— Il a vendu un monoplan à l'armée italienne.

— Je ne connais pas Italiens. Sauf un.

— Marco Celere ?

— Je ne connais pas Celere.

— Mais vous voyez qui je veux dire ?

— Bien sûr. Italien fabriquer machine de Joséphine et grosse machine je travaille pour Steve Stevens.

Bell saisit la balle au bond.

— Que pensez-vous de la machine de Stevens ?

— Ce serait pas juste pour moi discuter ça.

— Pourquoi pas ?

— Parce que vous travailler pour Joséphine.

— Je ne travaille pas pour elle, je suis chargé de la protéger. Je vous demande seulement quelque chose qui pourrait m'aider à la protéger.

— Je ne vois pas quoi machine Stevens faire avec ça.

Bell décida une nouvelle fois de changer de tactique.

— Avez-vous déjà rencontré à Paris un Russe nommé Sikorsky ?

Un large sourire écarta les favoris de Platov.

— Compatriote génie.

— J'ai cru comprendre qu'en assemblant plusieurs moteurs, il y a des problèmes de vibrations. Est-ce que Sikorsky aurait pu vouloir votre moteur thermique pour ses machines ?

— Peut-être un jour. M'excusez, s'il vous plaît ? Travail m'attendre.

— Bien sûr. Excusez-moi d'avoir ainsi pris sur votre temps... Oh, monsieur Platov, puis-je vous poser encore une question ?

— Oui ?

— Quel était donc cet Italien que vous avez connu à Paris ?

— Professeur Di Vecchio. Grand homme. Pas pratique, mais grandes idées. Il savait pas réaliser, mais grandes idées.

— Mon monoplan Di Vecchio vole très bien, dit Bell en se demandant pourquoi Danielle lui avait dit ne pas connaître Platov. Pour moi, c'est une idée qui a été réalisée.

Platov haussa les épaules d'un air énigmatique.

— Vous connaissiez bien Di Vecchio ?

— Pas du tout. Seulement écouter ses conférences. (Il regarda soudain autour de lui, d'un air de conspirateur, et baissa la voix.) A propos biplan deux moteurs de Stevens... vous avez raison. Deux moteurs causer beaucoup vibrations. Secouer très fort. Et maintenant m'excuser, s'il vous plaît.

Isaac Bell observa Platov traversant le terrain, s'inclinant devant les dames, distribuant des baisemains. Platov, songea le détective, vous êtes décidément un beau parleur.

Comment croire que ce don juan n'avait jamais cherché à faire la connaissance de la ravissante fille du professeur Di Vecchio ?

De retour à ses cartes, Bell tenta de deviner l'endroit où Harry Frost pourrait monter une embuscade. Dashwood revint sur ces entrefaites et rapporta que Johnny Musto payait à boire aux journalistes.

— Ça n'est pas illégal, dit Bell. Les bookmakers vivent grâce aux informations. Comme les détectives.

— Oui, monsieur Bell. Mais je l'ai suivi jusqu'à la gare de triage et je l'ai vu glisser à ces mêmes journalistes des rouleaux de billets de banque.

— Qu'en pensez-vous ?

— S'il leur verse des pots-de-vin, ce que je me demande c'est ce qu'ils lui donnent en retour.

— Je doute qu'il ait envie de voir son nom dans les journaux, dit Bell.

— Qu'est-ce qu'il veut, alors ?

— Montrez-moi où il est.

Dash lui indiqua l'endroit en disant :

— Il y a un wagon près de la rivière, où on joue aux dés. Musto prend les paris.

— Restez assez près pour entendre, mais ne vous montrez pas avec moi, dit Bell.

Il sentit le parfum du bookmaker de Brooklyn avant même de l'entendre, car une puissante odeur de gardénia recouvrait celles des traverses de chemin de fer et des fumées de locomotive.

— Vos paris, messieurs, placez vos paris.

Bell fit le tour de la voiture isolée dans un coin de la gare de triage.

Un voyou au regard glacial donna un petit coup de coude à Musto pour le prévenir de l'arrivée d'un nouveau visiteur.

— Ah, mais voici l'un de mes meilleurs clients, lança le bookmaker. Il n'est pas trop tard pour augmenter vos paris, monsieur. Combien faut-il ajouter aux trois mille dollars que vous avez déjà placés sur Mlle Joséphine ? Mais je dois quand même vous prévenir que les pronostics ont changé. On en est maintenant à quinze contre un, parce que certains parieurs ont remarqué qu'elle perd du terrain au profit de Stevens.

Le sourire de Bell fut plus affable que sa voix.

— En tant que parieur, je me demande s'il n'y a pas des joueurs qui s'entendent pour truquer la course.

— Moi ?

— Nous sommes bien loin de Brooklyn, Johnny. Que faites-vous donc ici ?

— Je n'ai pas besoin de truquer la course, répondit Musto d'un ton véhément. Gagner, perdre, jouer à la loterie, tout ça m'est égal. Vous êtes un parieur, monsieur Bell. Et vous connaissez la chanson, pas vrai ? Vous savez qu'un bookie ne perd jamais.

— Ce n'est pas vrai. Parfois les bookmakers perdent.

Musto échangea un regard de stupéfaction avec ses gardes du corps.

— Ah bon ? Quand ça ?

— Quand ils se montrent trop gourmands.

— Qu'est-ce que vous voulez dire par là ? Qui est trop gourmand ?

— Vous corrompez des journalistes.

— C'est ridicule. Qu'est-ce que ces malheureux pisse-copie pourraient faire pour moi ?

— Faire de la retape pour une machine volante contre une autre auprès d'un million de parieurs. En d'autres termes, biaiser les cotes.

— Ah bon, et pour quelle machine je ferais de la retape ?

— Celle pour laquelle vous faites de la retape depuis le début : le propulseur sans soupapes d'Eddison-Sydney-Martin.

— Le Coitus est une excellente machine volante, rétorqua Musto. Elle n'a pas besoin que Johnny Musto lui fasse de la réclame.

— Pourtant, elle bénéficie de beaucoup d'aide de la part de Johnny Musto.

— Dites donc, c'est pas comme si je truquais la course. Je transmets des informations, c'est tout. On pourrait qualifier ça de service public.

— Moi je qualifierais ça d'aveu.

— Vous ne pouvez rien prouver.

Le sourire de Bell avait disparu. Il considérait le bookmaker d'un air glacial.

— J'imagine que vous connaissez Harry Warren ?

— Harry Warren ? (Musto caressa son double-menton d'un air dubitatif.) Harry Warren ? Harry Warren ? Laissez-moi réfléchir… Ah oui ! Ce n'est pas un de ces détectives Van Dorn de New York qui espionnent les gangs ?

— Dans deux jours, Harry Warren m'enverra un télégramme me confirmant que vous vous êtes présenté à lui au siège de l'Agence Van Dorn, à l'hôtel Knickerbocker, au coin de la 42e Rue et de Broadway, à New York. S'il ne le fait pas, c'est moi qui me chargerai de vous, personnellement. Et vite, croyez-moi !

Les gardes du corps de Musto se raidirent.

Bell les ignora.

— Johnny, je vous charge de passer le mot : parier sur la course, à la loyale, je suis d'accord, truquer les paris, ça ne me va pas.

— Je ne suis pas responsable de ce que font les autres joueurs.

— Passez le mot.

— Qu'est-ce que ça peut vous faire ?

— Ils ne pourront pas dire qu'ils n'ont pas été prévenus. Je vous souhaite un bon voyage de retour.

— Comment revenir à New York en deux jours ? demanda Musto, abattu.

Bell tira sa grosse montre en or de sa poche-gousset, ouvrit le couvercle et le montra à Musto.

— En courant, vous pourrez attraper le train de lait pour Chicago.

— Johnny Musto ne voyage pas sur un train de lait !

— Arrivé à Chicago, offrez-vous le Twentieth Century Limited.

— Et la course ?

— Deux jours. Et à New York.

Le bookmaker et ses gardes du corps quittèrent la gare de triage à toute allure en maugréant.

James Dashwood descendit de son poste d'observation, sur le toit de la voiture.

Bell lui adressa un clin d'œil.

— Un en moins. Mais il n'est pas le seul minable à parier gros dans cette course, alors je veux que vous surveilliez les autres. Vous êtes autorisé à parier, ce qui suffit pour être accepté dans le milieu.

— Vous croyez que Musto va se repointer ?

— Il n'est pas idiot. Malheureusement, le mal est fait.

— Que voulez-vous dire, monsieur Bell ?

— Les journalistes qu'il a payés ont déjà envoyé leurs histoires. Si, comme je le soupçonne, il y a un saboteur qui cherche à faire échouer les favoris, ça veut dire que Musto a Eddison-Sydney-Martin dans sa ligne de mire.

29

LA TEMPÊTE FRAPPA DE NOUVEAU, coupant la course en deux. Les aviateurs à la traîne, ceux qui avaient dû retarder leur départ de Peoria en raison d'avaries mécaniques ou d'erreurs de pilotage dues à la fatigue, s'arrêtèrent à Springfield. Mais les deux concurrents de tête, Steve Stevens et Sir Eddison-Sydney-Martin, défièrent les nuages noirs qui s'amoncelaient à l'ouest et décollèrent dans l'espoir d'atteindre le champ de course de Columbia avant que les tempêtes ne les effacent du ciel.

A mi-chemin entre les concurrents de tête et les retardataires, Joséphine poursuivait son vol avec obstination, talonnée par Isaac Bell qui scrutait le sol à la recherche de Harry Frost.

Les trains des aviateurs de tête, qui au départ les suivaient de près, chargèrent au maximum leurs chaudières pour arriver avant eux et les accueillir avec bâches, cordes et piquets afin de protéger les aéroplanes contre le vent.

Marco Celere joua à la perfection le rôle du gentil et serviable Dmitri Platov en dirigeant l'équipe de mécaniciens et de serviteurs de Steve Stevens chargée de protéger le gros biplan blanc. Puis il ramassa trois cirés et se précipita pour aider à amarrer les machines de Bell et de Joséphine qui venaient d'atterrir au milieu des éclairs.

Les deux monoplans jaunes s'immobilisèrent après deux ou trois rebonds, quelques secondes avant que des trombes d'eau ne se déversent du ciel.

Celere tendit un ciré à Joséphine et un autre à Bell qui le remercia avant de lancer d'une voix forte :

— Venez, Joséphine. Les gars vont s'occuper d'amarrer l'appareil.

Il lui passa un bras autour des épaules et l'entraîna au loin en disant à Platov :

— Vous me voyez annoncer à M. Van Dorn que l'Aérienne chérie de l'Amérique a été frappée par la foudre ?

— Ici aider, pas souci, répondit Platov en enfilant son propre ciré.

D'énormes gouttes se mirent à frapper la poussière. Pendant un moment elles déchirèrent la chaleur étouffante, puis, soudain, le ciel devint noir comme la nuit et un vent glacial balaya le champ de course. Les derniers spectateurs se ruèrent vers l'hôtel près des tribunes.

Les hommes de Bell – Andy Moser et ses assistants – déployèrent des bâches sur l'*Eagle*.

— C'est bon, monsieur Platov, on s'en occupe, dit Eustace Weed, le nouveau mécanicien que Bell avait engagé à Buffalo.

Celere se précipita alors vers l'équipe de détectives mécaniciens qui amarraient l'aéroplane de Joséphine, frustré de ne pas pouvoir veiller lui-même sur sa machine. Certes Joséphine était bonne mécanicienne, mais pas aussi bonne que lui.

Celere attendit que les machines soient amarrées et recouvertes, puis s'assura que Isaac Bell ne revenait pas après avoir conduit Joséphine à sa voiture privée. Alors, il se rendit en courant jusqu'à l'endroit où se trouvait le propulseur sans soupapes d'Eddison-Sydney-Martin. Ostensiblement, il vérifia les cordes qui le maintenaient au sol, bien qu'il y eût peu de chance qu'on l'aperçoive dans l'obscurité et la pluie qui tombait à verse. Le baronnet et ses mécaniciens s'étaient réfugiés dans leur train. La voie était libre pour commettre un méfait, mais il fallait agir vite et de façon inattendue.

Le tonnerre grondait. Les éclairs frappaient le toit des tribunes et un feu de Saint-Elme descendit le long des gouttières. L'éclair suivant frappa le milieu du champ de course et Marco Celere compris à quel point Bell s'était montré prudent. Il courut vers le premier abri, un appentis temporaire en bois destiné à l'approvisionnement des machines volantes en essence, huile et eau.

Quelqu'un s'y était déjà réfugié. Trop tard pour s'en aller. Il reconnut aussitôt Lionel Ruggs, le chef mécanicien d'Eddison, car c'était à cause de lui que, à part avoir fait un trou dans l'une des entretoises à Belmont Park, il n'avait pu s'approcher du propulseur sans soupapes.

— Qu'est-ce que vous fabriquiez près de la machine de l'aristo ?

— Je vérifiais les cordes.

— Ça vous a pris beaucoup de temps.

Celere baissa la tête d'un air faussement contrit.

— C'est bon, vous avez surpris. Je regardais concurrence.

— Vous regardiez ou vous trafiquiez ? demanda froidement Ruggs.

— Trafiquer ? Quoi je peux trafiquer ?

Lionel Ruggs s'approcha tout près de lui et le regarda avec attention. Il était plus grand et plus costaud. Un sourire un peu triste apparut sur ses lèvres.

— Jimmy Quick ! Je me disais bien que c'était toi, sous ces boucles.

Marco Celere savait qu'il ne servait à rien de nier. Ruggs l'avait bel et bien reconnu. Cela faisait quinze ans, mais ils avaient travaillé côte à côte dans le même atelier et partagé une chambre sous les toits de la maison du patron, alors qu'ils avaient entre quatorze et dix-huit ans. Celere avait toujours craint de tomber sur lui : combien y avait-il de mécaniciens dans le petit monde fermé et nouveau des machines volantes ?

Jimmy Quick avait été son surnom en Angleterre, jeu de mots amusant à partir du nom de Prestogiacomo que les Anglais avaient tant de mal à prononcer. Dès le début de la course, il avait reconnu Ruggs et réussi à s'en tenir éloigné. La tempête les avait réunis.

— Qu'est-ce que c'est que ce déguisement russe ? demanda Ruggs. Je parie qu'on t'a pris en train de voler, comme ça s'est déjà passé à Birmingham. Se faire la fille du vieux, c'était déjà quelque chose – ça te donnait plus de pouvoir – mais voler les plans de la machine-outil sur laquelle il avait travaillé toute sa vie, ça c'était une saloperie. Le vieux nous traitait bien.

Celere regarda autour de lui. Ils étaient seuls, personne en vue près de l'appentis.

— Le rêve du vieux ne fonctionnait pas. C'était un fiasco.

Ruggs devint cramoisi.

— Un fiasco parce que tu l'as volé avant qu'il le perfectionne... c'est toi, n'est-ce pas, qui a foré un trou dans notre entretoise ?

— Non, c'est pas moi.

— Je ne te crois pas, Jimmy.

— Ça m'est égal que tu me croies ou pas.

Lionel Ruggs se frappa la poitrine.

— Moi, ça m'importe. L'aristo, c'est un brave type. Il est peut-être de la haute, mais c'est un brave type, et il mérite de gagner, honnêtement, à la loyale. Et pas de mourir dans un accident à cause d'une petite fripouille dans ton genre.

Une fois encore, Marco Celere regarda autour de lui pour s'assurer qu'ils étaient bien seuls. La pluie tombait toujours plus fort, martelant le toit en zinc. On ne voyait pas à plus de deux mètres au-dehors de l'appentis.

— Tu oublies que je fabrique des machines-outils.

— Comment je pourrais l'oublier ? C'est ce que le vieux nous a appris à faire. Il nous a donné un toit sur la tête, le petit déjeuner, le déjeuner et le thé de cinq heures. Il nous payait bien. Tu l'as remercié en lui volant son rêve. Et tu l'as fichu en l'air parce que tu étais trop paresseux et trop impatient pour le réaliser correctement.

De sous son ciré, Celere tira un pied à coulisse.

— Tu sais ce que c'est ?

— C'est le pied à coulisse que tu agites pour ton déguisement.

— Tu crois que ce pied à coulisse n'est que ça ?

— Je t'ai déjà vu l'agiter. Qu'est-ce qu'il a ?

— Laisse-moi te montrer.

Celere leva son outil dans la faible lueur venue de la porte ouverte. Ruggs le suivit des yeux, d'un geste vif Celere lui fit décrire un arc de cercle, comme un archet de violon. Ruggs étouffa un cri et porta les mains à sa gorge pour tenter de contenir le flot de sang.

— Ça, c'est un rasoir, c'est pas celui que « Dmitri Platov » agite en tout sens. Un rasoir, au cas où… et tu es le cas.

Ruggs sentait les yeux lui jaillir des orbites. Il lâcha sa gorge et saisit Celere. Mais il n'avait plus aucune force dans les mains et il s'effondra, inondant de sang l'Italien.

Celere le regarda mourir à ses pieds. C'était la deuxième fois qu'il tuait un homme. La chose n'en devenait pas pour autant plus facile, seulement nécessaire. Ses mains tremblaient, la panique s'emparait de tout son être, transformant son cerveau en marmelade et l'empêchant de réfléchir ou d'agir. Fuir. Nul endroit où se débarrasser du corps, nul endroit où se cacher. La pluie allait cesser et on l'arrêterait. Il tenta d'imaginer sa fuite. La pluie allait laver le sang répandu sur son ciré. Mais on le poursuivrait quand même. Il regarda son rasoir et l'imagina découpant du tissu.

Vivement, il s'agenouilla, trancha les poches de Ruggs et en tira des pièces de monnaie, des billets de banque et un portefeuille qui contenait d'autres billets. Il fourra le tout dans ses poches à lui, taillada la veste de Ruggs, avisa la montre bon marché en nickel et l'empocha. Puis il ôta l'alliance en or au doigt du cadavre et s'enfuit sous la pluie.

Plus le temps de saboter. Si par miracle, il parvenait à s'échapper, il pourrait revenir.

A 200 kilomètres à l'ouest de Columbia, dans l'Illinois, mais toujours proche du Mississippi, le train ralentit et s'immobilisa le long d'un quai. Marco Celere pria pour qu'il s'agisse d'un ravitaillement en eau. Dans sa fuite éperdue, il s'était accroché au fol espoir que s'il parvenait à franchir le Mississippi, on ne le rattraperait plus. Il appuya son visage contre la vitre, cherchant à apercevoir le réservoir d'eau. Mais pourquoi s'arrêter si près de la prochaine ville ?

Celere avait choisi de voyager dans une voiture de luxe, estimant cela plus sûr qu'une voiture ordinaire, mais deux hommes d'affaires assis de l'autre côté du couloir central semblaient le dévisager. Soudain, un brouhaha s'éleva dans la voiture et Celere imaginait déjà l'arrivée d'un gros shérif avec une étoile argentée sur la poitrine, brandissant un pistolet.

Au lieu de cela, un vendeur de journaux bondit à bord et se mit à courir dans l'allée centrale en criant :

— La course aérienne arrive par ici !

Marco Celere acheta le *Hannibal Courrier-Post* et le parcourut fébrilement à la recherche d'un article sur un meurtre dans lequel figurerait sa description.

La course occupait la moitié de la une. En gros caractères, une déclaration de Preston Whiteway : « Plus triste encore que la récente disparition de Mark Twain, le barde d'Hannibal, le fait que M. Twain n'ait pu assister à l'arrivée dans sa ville chérie de la grande course aérienne Whiteway Atlantique Pacifique. »

Celere lut ensuite les courts entrefilets que les journaux locaux consacrent aux nouvelles qui ne concernent pas leur localité et qu'ils tirent des dépêches télégraphiques. Le premier était une interview d'un « célèbre spécialiste de l'aviation », qui déclarait que le propulseur sans soupapes Curtiss d'Eddison-Sydney-Martin était l'aéroplane à battre. « De loin le plus solide et le plus rapide, son moteur est perfectionné de jour en jour. »

Il s'améliorera moins vite maintenant que Ruggs a débarrassé le plancher, songea Celere. Mais le *Curtiss* n'aurait aucun mal à attirer les meilleurs mécaniciens, trop heureux de rejoindre un concurrent déjà désigné comme gagnant. Le propulseur sans soupapes restait la principale menace contre Joséphine.

Celere parcourut plus avant le journal à la recherche de sa description. On avait fait appel à la milice d'Etat. Les battements de son cœur s'accélérèrent, mais il vit rapidement qu'il s'agissait de briser une grève à l'usine de ciment d'Hannibal. La grève était mise sur le compte d'« étrangers » poussés par des « Italiens » qui recherchaient la protection du consulat d'Italie à Saint-Louis.

Grâce à Dieu, songea Celere, il était déguisé en Russe, mais au même moment, il vit les deux hommes d'affaires, le visage sombre, abaisser leur journal et le dévisager de plus belle. Il n'avait pas l'air d'un Italien, en revanche il avait incontestablement l'allure du passager le plus étranger de toute la voiture. Mais peut-être avaient-ils déjà lu ailleurs la description du meurtrier, avec ses cheveux bouclés, ses favoris, son éternel pied à coulisse et son canotier orné d'un joli ruban rouge.

Le plus proche se pencha à travers l'allée centrale.

— Hé, vous ! lança-t-il avec familiarité. Vous… monsieur !

— C'est à moi que vous parlez, monsieur ?

— Vous êtes un gréviste ?

Quelle était la position la plus dangereuse ? Celle d'un meurtrier en fuite ou celle d'un agitateur étranger ?

— Je suis mécanicien aviation pour la Course Whiteway Atlantique-Pacifique.

Un sourire éclatant illumina les deux visages jusque-là soupçonneux.

— Vous êtes de la course ? Topez-là, mon brave !

De douces mains roses serrèrent vigoureusement celle de Celere.

— Quand est-ce que vous allez arriver à Hannibal ?

— Après fin tempête.

— Espérons qu'il n'y aura pas de tornades.

— Dites-moi, fit l'autre, si vous deviez parier, qui donneriez-vous vainqueur ?

Celere brandit le journal.

— Ici, on dit que propulseur de l'Anglais est meilleur.

— Ouais, j'ai aussi lu ça à Chicago. Mais vous, vous êtes de la partie. Et Joséphine ? Cette fille, là, elle est encore à la traîne ?

Celere se raidit. Son regard venait de tomber sur une dépêche en bas de page.

VOL ET MEURTRE À LA FAVEUR DE LA TEMPÊTE

Joséphine encore à la traîne ?

— Elle rattrape son retard, grommela Celere en lisant à toute vitesse :

« Un mécanicien aérien a été découvert odieusement assassiné, la gorge tranchée, sur le terrain de foire de Columbia. Ses affaires personnelles lui ont également été dérobées. D'après le shérif Lydem, le meurtrier pourrait être un agitateur de la grève de cimenterie qui serait prêt à tout pour couvrir sa fuite. En raison de la violente tempête qui a sévi la nuit dernière, le corps n'a été découvert que plusieurs heures après le meurtre. »

Marco Celere releva la tête et adressa un large sourire aux deux hommes d'affaires.

— Joséphine rattrape son retard, répéta-t-il.

Le train s'engagea bruyamment sur un pont métallique et le ciel s'ouvrit soudain sur le vaste espace d'un fleuve.

— Voici le Mississippi, dit l'un des deux hommes. J'ai lu que les aviateurs portent des vestes en liège lorsqu'ils survolent des étendues d'eau. C'est vrai ?

— C'est bon pour flotter, dit Celere en regardant le fleuve à travers les poutrelles d'acier.

De couleur brune, gonflé par les pluies et tacheté de moutons d'un blanc sale, il roulait paresseusement ses eaux à travers la ville d'Hannibal dont on apercevait les maisons sur la berge.

— Je croyais plus large, dit Celere.

— Oh, essayez donc de le traverser sans ce pont. Mais il est encore plus large en dessous de Saint-Louis, là où il est rejoint par le Missouri.

— Et plus encore, renchérit le deuxième homme d'affaires, là où l'Ohio se jette dans le fleuve. Dites, monsieur, qu'est-ce que vous faites dans ce train alors que la course revient vers l'Illinois ?

Ils le dévisageaient à nouveau, soupçonnant d'avoir été victimes de quelque supercherie.

— Examiner route, répondit aimablement Celere. Je descends train à Hannibal et reviens à course.

— Ah, je vous envie, monsieur. Vu votre sourire, je vois que vous êtes heureux de participer à cette course aérienne.

— Oui, heureux. Très heureux.

Un bon plan le rendait toujours heureux. Et il venait d'en inventer un magnifique. Platov, le gentil Russe un peu fou mais au grand cœur, allait se porter volontaire pour remplacer le pauvre chef mécanicien Ruggs qui avait été assassiné.

Steve Stevens serait furieux, mais au diable ce gros lard ! Dmitri Platov l'aiderait jusqu'à ce qu'il en ait fini une bonne fois pour toutes avec l'infernal propulseur sans soupapes d'Eddison-Sydney-Martin.

30

— EUSTACE, DIT ISAAC BELL, cela fait quelque temps que je t'observe et tu n'as pas l'air heureux. Tu as le mal du pays ?

Ils se trouvaient à Topeka, dans le Kansas, et préparaient la machine pour le décollage. Le jeune garçon de Chicago qu'il avait engagé pour aider Andy Moser versait de l'essence dans le réservoir, le filtrant avec de l'étamine pour éliminer toute trace d'eau qui pourrait contaminer le carburant. C'était une routine quotidienne effectuée avant de procéder au mélange d'huile de ricin qui lubrifiait le moteur Gnome.

— Non, monsieur Bell, répondit hâtivement Weed.

Mais vu sa moue et ses sourcils froncés, Bell se disait qu'il allait vraiment mal.

— Ta bonne amie te manque ?

— Euh, oui, monsieur. Bien sûr... mais... enfin, vous voyez, quoi.

— Oui, oui, je vois, dit Bell avec sincérité. Moi aussi je suis souvent loin de ma fiancée. Mais aujourd'hui j'ai de la chance, parce qu'elle filme la course pour le compte de M. Whiteway, alors je peux la voir de temps en temps. Comment s'appelle ta bonne amie ?

— Daisy.

— C'est un joli nom. Et son nom de famille ?

— Ramsey.

— Daisy Ramsey. Ça va bien ensemble… Dis-moi, mon garçon, est-ce que je peux faire quelque chose pour t'aider ?

— Non, merci, monsieur. Tout va bien.

Eddie Edwards, le chef de l'agence de Kansas City, arriva au même moment en murmurant :

— On a des ennuis.

Bell se précipita à sa suite vers la voiture-hangar.

Andy Moser, qui s'affairait non loin de là à resserrer les attaches des entretoises de l'*Eagle*, lui dit :

— Tu es sûr que ça va, Eustace ? M. Bell avait l'air inquiet pour toi.

— On a l'impression que ses yeux glacés vous transpercent comme un éclair.

— Il se soucie seulement de toi.

Pourvu que Andy ait raison, se dit Eustace Weed. Parce que ce que Bell avait remarqué sur son visage, c'était la soudaine prise de conscience de ce qu'on allait le forcer à faire avec ce tube de cuivre rempli d'eau et bouché à la paraffine.

Pendant un moment, il avait espéré que les criminels qui avaient menacé Daisy finiraient par changer d'avis. Ni à Peoria, ni à Columbia, ni à Hannibal, personne n'était venu lui dire quoi faire de ce tube. Après Hannibal, lorsque la course avait traversé le Mississippi, il s'était dit que cela se passerait à Kansas City. Depuis Chicago, c'était la première grande ville et il imaginait que les patrons de saloons des grandes villes se connaissaient et méprisaient ceux des petites bourgades. Aussi avait-il redouté Kansas City.

Mais personne ne l'avait approché là-bas, pas plus lorsque la course avait remonté le Missouri. Et même une lettre de Daisy l'attendait, et elle semblait aller bien. Ce matin-là, sur les rives de la Kansas River, dans les environs de Topeka, et alors qu'ils s'apprêtaient à traverser les plaines vides en direction du sud-ouest, vers Wichita, le mécanicien terrifié en était arrivé à se demander si le cauchemar n'allait pas tout simplement se dissiper. Le problème, c'était qu'il ne cessait d'y penser. Et là, soudain, alors que Mr. Bell le regardait filtrer l'essence avant d'y mêler l'huile, Eustace Weed avait soudain compris que l'homme de main de Harry Frost lui demanderait de jeter le tube en cuivre dans le réservoir d'essence d'Isaac Bell.

Il avait déjà compris comment ce petit tube en cuivre ferait s'écraser la machine volante de Bell. C'était aussi ingénieux qu'effroyable. Le moteur rotatif Gnome de l'*Eagle* était lubrifié par le carburant. Il n'avait pas de réservoir d'huile, pas de carter, pas de pompe pour maintenir la pression d'huile… En fait, il n'avait pas d'huile du tout. L'huile en suspension dans l'essence graissait le passage du piston dans chacun des cylindres, puis le mélange s'effectuait parfaitement quand l'huile se mélangeait à l'essence.

Comme la paraffine. La cire de paraffine qui bouchait le tube de cuivre se diffuserait également dans l'essence. Lorsque l'essence aurait dissous le bouchon, une heure ou deux après l'immersion, l'eau s'échapperait du tube et contaminerait le carburant. Il suffisait de deux cuillères à café d'eau dans le réservoir d'essence pour arrêter brutalement le moteur. Si à ce moment-là il volait très haut, il pourrait peut-être réussir à se poser en vol plané. Mais au décollage, à l'atterrissage ou lors d'un virage serré près du sol, il s'écraserait.

Inquiet mais pas vraiment surpris, Isaac Bell écouta Eddie Edwards lui rapporter les mauvaises nouvelles qu'il venait de recevoir par l'intermédiaire d'un contact au sein de l'armée. On avait exécuté un raid d'une audace inouïe contre l'arsenal militaire de Fort Riley, au Kansas.

— L'armée a étouffé l'affaire, expliqua Eddie, ils n'avaient pas envie qu'on lise dans tous les journaux que des criminels s'étaient servis dans leur arsenal.

— Qu'ont-ils emporté ?

— Deux mitrailleuses à bandes Colt-Browning M-1895, à refroidissement à air.

— Ça devait être Frost, dit Bell qui voyait déjà dans son esprit les mitrailleuses crachant leurs quatre cent cinquante balles à la minute envelopper d'un blizzard de plomb le monoplan de Joséphine.

— Faut reconnaître que ce type a du cran. Faire ça sous le nez de l'armée américaine !

— Comment est-il entré ?

— De la façon habituelle. Il a graissé la patte à un intendant militaire.

— Difficile de croire qu'un intendant de troisième classe, même plus cupide que les autres, prenne le risque de voir disparaître des mitrailleuses d'un arsenal.

— Frost lui a fait croire qu'il ne volait que des uniformes en surplus qu'il comptait revendre au Mexique, ou un autre bobard du même genre. L'intendant l'a cru ou a fait semblant de le croire. Un ivrogne, cela va sans dire. En tout cas, il a eu la surprise de sa vie quand il s'est réveillé au bloc. Mais à ce moment-là, les armes avaient déjà disparu.

— Ça s'est produit quand ?

— Il y a trois jours.

Bell fit descendre du plafond de la voiture-hangar la carte topographique du Kansas.

— Frost a eu tout le temps de se placer entre nous et Wichita.

— Voilà pourquoi je disais qu'on avait des ennuis. Même si je me demande comment il va installer deux mitrailleuses dans une Thomas Flyer. Et plus encore comment il va les dissimuler. Il faut trois hommes pour monter l'une de ces armes. Avec leur voiturette, elles pèsent près de 180 kilos.

— Il est assez fort pour en soulever une lui-même. En outre, il a deux assistants dans cette Thomas Flyer.

Sur la carte, Bell traça la voie de chemin de fer qu'ils devaient suivre jusqu'à Wichita, puis celles qui convergeaient à Junction City, la ville la plus proche de Fort Riley.

— Il va déplacer les mitrailleuses en train, puis les charger sur une charrette ou un camion automobile.

— Donc il peut attaquer n'importe où entre le Kansas et la Californie.

Bell était arrivé à la même conclusion.

— On sait déjà qu'il ne voit pas les choses en petit. Il va engager d'autres hommes pour la deuxième mitrailleuse et les disposer de part et d'autre de la voie de chemin de fer que nous suivrons dans les airs. Elle se fera tirer dessus des deux côtés.

Bell procéda à quelques rapides calculs mentaux et ajouta sombrement :

— Ils ouvriront le feu à 1,5 kilomètre de distance. Si elle arrive à les dépasser, ils vont faire pivoter l'arme et continuer à tirer. Comme elle vole à près de 100 kilomètres-heure, ils vont pouvoir tirer avec précision pendant plus de deux minutes.

Steve Stevens fourra un exemplaire du *Wichita Eagle* sous le nez de Preston Whiteway.

— D'après votre *San Francisco Inquirer*, rugit-il d'un ton indigné, j'aurais dit être très heureux que ce fou de Russe aide l'Anglais parce que dans cette course, tout le monde est ensemble, que nous formons une seule et grande famille.

— Oui, j'ai lu ça, dit doucement Whiteway. Ça ne vous ressemblait pas.

— Ça c'est sûr ! Pourquoi l'avez-vous raconté ?

— Si vous lisez plus attentivement, vous verrez que mes journalistes ont rapporté les propos de M. Platov, qui lui-même racontait que vous aviez dit que cette grande course Atlantique-Pacifique, la Coupe Whiteway et ses cinquante mille dollars étaient pour tout le monde et que nous formons tous une seule et grande famille.

— Je n'ai pas dit ça.

— Vous auriez pu. Et maintenant, tout le monde le croit.

Stevens passait d'un pied sur l'autre, l'air furibond, le teint cramoisi, la bedaine ballottante.

— Ce cinglé de Russe m'a attribué ces paroles. Je n'ai jamais dit que…

— Où est le problème ? Tout le monde pense que vous êtes quelqu'un de bon.

— Je me fiche éperdument d'être un homme bon. Je veux gagner cette course. Et pendant ce temps-là, Platov fait des ronds de jambe pour aider Eddison-Duchâteau-Sydney-Machin alors que ma propre machine fait un raffut de tous les diables.

— Je compatis, dit Preston Whiteway, ravi de constater que les rumeurs rapportées par ses espions étaient confirmées : le planteur de coton risquait fort de ne pas tenir la distance.

« Maintenant, si vous voulez bien m'excuser, je tiens à voir mon appareil à moi – qui ne fait pas un bruit de tous les diables, merci beaucoup – décoller entre les mains expertes de Joséphine, l'Aérienne chérie de l'Amérique, qui va gagner la course.

— Ah bon ? Alors laissez-moi vous dire, Monsieur le vendeur de journaux « M'as-tu-vu », on raconte partout que les gens se désintéressent de votre course maintenant qu'on est si loin dans l'Ouest qu'il n'y a plus personne pour la regarder, à part des lièvres, des Indiens et des coyotes.

Preston Whiteway lança un regard dédaigneux au gros planteur de coton qui était très riche, mais pas aussi riche que lui :

— Ne cessez pas de lire les journaux, monsieur Stevens. Les prochaines nouvelles vont vous surprendre, croyez-moi, et mettront les lecteurs ordinaires sur les dents.

Isaac Bell manœuvra plusieurs fois le bouton d'arrêt pour ralentir le Gnome. Andy Moser avait si bien réglé le moteur que son *American Eagle* semblait devenir de plus en plus solide et sans le faire exprès, il prenait l'avantage sur le monoplan Celere de Joséphine qui commençait à souffrir alors qu'il était supposé la suivre. Quant à Andy, il ne cessait de répéter que le père de Danielle les « construisait pour durer. »

Six cents mètres en dessous, le blé d'hiver du Kansas étendait sa blondeur des deux côtés des rails jusqu'à l'horizon. La monotonie de cette campagne plate et vide était rompue de temps à autre par une ferme isolée avec ses granges et ses silos ou par un ruban d'arbres bordant une rivière ou un ruisseau. Bell s'attendait à ce que Frost profite de l'un de ces rubans d'arbres pour tirer sur

Joséphine et il l'avait convaincue de voler à quatre cents mètres à droite des voies et de se tenir à l'écart des alignements d'arbres. Il lui avait également donné pour instruction, en cas d'attaque, de rebrousser chemin tandis que lui-même descendrait en spirales serrées tout en tirant au fusil automatique.

Ils venaient à peine de traverser un embranchement signalé par des flèches en toile, lorsque Bell sentit du mouvement derrière lui. Il ne fut pas surpris de découvrir le propulseur bleu sans soupapes de sir Eddison-Sydney-Martin qui gagnait sur eux. Le nouveau moteur Curtiss était le plus rapide, ce que Andy Moser mettait sur le compte du « cinglé de Russe ». Bell, lui, n'en était pas convaincu. A la suite de conversations avec les mécaniciens habituels d'Eddison-Sydney-Martin, il en était arrivé à la conclusion que le vrai héros était le moteur six cylindres lui-même, non seulement plus puissant mais encore plus régulier que les quatre cylindres. Et ces mécaniciens estimaient que le Russe n'avait fait qu'offrir son aide.

— Notre six-cylindres n'est peut-être pas aussi régulier que votre Gnome rotatif, monsieur Bell, disaient-ils, mais il est plus facile à régler. Vous avez de la chance d'avoir Andy Moser.

Le propulseur bleu dépassa Bell, puis Joséphine, avec un battement des ailes en guise de salutation à chacun d'entre eux. Bell vit alors Joséphine tripoter son réservoir de carburant alimenté par la pesanteur. Sa vitesse s'accrut mais son moteur se mit à lâcher de la fumée grise. Eddison-Sydney-Martin continuait à prendre de l'avance et se trouvait à plusieurs centaines de mètres de Joséphine lorsque quelque chose de noir fut propulsé à l'arrière de son appareil.

Apparemment, l'Anglais avait heurté un oiseau.

Mais lorsque le Curtiss se mit à tanguer dans les airs, Bell comprit que l'objet qui tombait derrière la machine volante n'était pas un oiseau mais son hélice.

Brusquement dépourvu de puissance, contraint au vol plané, Eddison-Sydney-Martin essaya de baisser son gouvernail de profondeur. Mais avant que le propulseur ait pu se mettre en position de glisser de façon maîtrisée, une pièce se détacha de la queue.

Elle fut suivie d'une autre, puis d'une autre encore : en se détachant, l'hélice avait haché des morceaux de la queue et elle poursuivait sa course en tournoyant comme une scie circulaire.

Le gouvernail de profondeur du biplan se détacha au milieu d'une traînée de lambeaux bleus. La partie verticale de la queue suivit avec son gouvernail. A trois cents mètres d'altitude, le propulseur sans soupapes se mit à chuter comme une pierre.

31

LE CHAT N'AVAIT PLUS DE VIES.

— Ne dites pas ça ! lança Joséphine au mécanicien qui venait de prononcer ces mots que tout le monde redoutait. Elle se précipita vers Abby, qui pleurait, mais lorsqu'elle voulut la prendre dans ses bras, elle s'écarta d'elle, raide comme une statue.

Joséphine se rappela alors les promesses de Marco : « Tu gagneras. Je ferai en sorte que tu gagnes. Ne t'inquiète pas. Personne ne te devancera. »

Qu'a-t-il fait ? songea-t-elle.

Sur les rives d'une rivière à 30 kilomètres au sud-ouest de Topeka, se trouvaient à présent rassemblés, outre Joséphine et Abby, Bell et tous les mécaniciens qui avaient assisté à l'accident. Le propulseur bleu, ou ce qu'il en restait, flottait au milieu de la rivière, accroché par un obstacle.

Marco avait-il saboté la machine du mari d'Abby pour lui permettre de gagner ? Il était là, déguisé en Russe fou. Joséphine était la seule à savoir qui il était réellement, et la seule à le soupçonner d'avoir commis quelque chose de terrible. Mais elle avait peur de lui poser la question.

Il le faut, se disait-elle. Il faut lui demander. Et si c'est vrai, il faudra admettre qu'il a menti depuis le début. Elle se dirigea vers Marco qui agitait son pied à coulisse et semblait aussi hagard que les autres. A voix basse, elle lui dit :

— Il faut que je te parle.

— Oh, pauvre Joséphine, s'écria-t-il de sa voix la plus Platov. Vous voyez tout ça sous les yeux.

— Il faut que je te demande quelque chose.

— Quoi ?

Un hurlement lui coupa la parole. Abby. Puis une clameur de joie s'éleva de la petite foule. Joséphine pivota sur ses talons, et, comme tout le monde, regarda vers l'aval de la rivière. Le baronnet Eddison-Sydney-Martin longeait la berge en claudiquant, trempé, couvert de boue et tentant en vain d'allumer une cigarette.

Bell raconta à Andy Moser avoir vu se détacher l'hélice d'Eddison-Sydney-Martin.

— Est-ce courant ?

— Ça arrive, répondit Andy.

— Quelle en serait la cause ?

— Des tas de choses. Une fissure dans le moyeu.

— Mais il inspecte sa machine avant chacun de ses vols. Il tourne autour, il vérifie poutrelles et entretoises, absolument tout. Comme nous le faisons tous, d'ailleurs. Ses mécaniciens le font aussi, comme vous le faites pour moi.

— Le moyeu a peut-être été touché par une pierre sur le terrain.

— Il l'aurait remarquée, l'aurait sentie, entendue.

— Il l'aurait remarquée si elle avait fait éclater l'hélice. Mais si une pierre touche le moyeu au moment où il a les mains sur les commandes pour le décollage et que le moteur est lancé à plein régime, qu'il fait beaucoup de bruit, il est possible qu'il ne remarque rien. Il y a deux mois, j'ai entendu parler d'une hélice devenue instable parce qu'elle avait été entreposée verticalement. La pale inférieure avait commencé à moisir.

— La sienne était flambant neuve et utilisée presque tous les jours.

— Oui, mais il peut y avoir des fissures.

— Voilà pourquoi elle était peinte en argenté, rétorqua Bell, de façon à ce que la moindre fissure se voie.

C'était une procédure habituelle sur les aéroplanes propulseurs. La sienne n'était pas peinte en argenté car elle aurait donné des vertiges au pilote.

— Je sais, monsieur Bell. Et de toute façon, elle n'était pas assez vieille pour pourrir. (Il regarda dans les yeux le détective.) Si vous me demandez mon avis, c'est un sabotage.

— De quelle façon ? Si vous vouliez qu'une hélice se détache, comment procéderiez-vous ?

— Je ferais n'importe quoi pour la détraquer. Quand une hélice est déséquilibrée, elle vibre. Les vibrations casseraient ou fausseraient le moyeu, voire détacheraient le moteur de ses fixations.

— Mais il ne faudrait pas qu'il y ait trop de vibrations pour que le pilote qu'on veut tuer ne s'en rende pas compte, coupe le moteur et se mette en vol plané.

— Vous avez raison, dit Andy d'un ton grave. Le saboteur doit bien connaître son affaire.

N'importe quel mécanicien de la course aurait été compétent, à l'exception, probablement, des mécaniciens chargés de protéger Joséphine. Et Preston Whiteway était près de son but : même si Chicago était loin et que la course se déroulait au beau milieu du Kansas, il ne restait plus que les meilleurs aviateurs face à Joséphine.

Eddison-Sydney-Martin, sans doute le meilleur concurrent, venait d'être éliminé, victime d'un sabotage. Restaient l'obstiné Joe Mudd, qui n'était pas manchot, et le déplaisant mais courageux Steve Stevens qui poursuivait la course à bonne allure sans se laisser décourager par les vibrations menaçantes de sa machine.

Bell n'avait aucun moyen de savoir à qui le saboteur s'attaquerait ensuite. En revanche, il savait que sa tâche essentielle demeurait avant tout d'empêcher Harry Frost de tuer Joséphine.

Bell se demandait si le vol des mitrailleuses à Fort Riley n'aurait pas pu être une feinte de Harry Frost, une façon de pousser les protecteurs de Joséphine à relâcher leur vigilance le soir sur les champs de foire et dans les gares de triage. Après les tristes adieux d'Eddison-Sydney-Martin, dont le train d'assistance s'en retournait à Chicago, il attendit l'obscurité et grimpa en embuscade sur le toit de la voiture privée de Joséphine. Pendant des heures, il demeura à l'affût, scrutant les convois garés de l'autre côté du train spécial de Whiteway, guettant le crissement du gravier sous les bottes.

La nuit était chaude. Vitres, lucarnes et trappes de toit étaient ouvertes. Murmures de conversations et éclats de rire occasionnels se mêlaient au ronronnement des locomotives qu'on alimentait pour que leur vapeur produise eau chaude et électricité.

Vers minuit, il entendit frapper à la porte arrière de la voiture de Joséphine, celle du vestibule. Celui qui frappait avait dû venir par le train lui-même car Bell ne l'avait ni vu ni entendu sur le ballast. Il tira quand même son Browning et le braqua sur la porte à travers une trappe de toit laissée ouverte. On entendit la voix endormie de Joséphine :

— Qui est-ce ?

— Preston.

— Oh, monsieur Whiteway, il est tard.

— Il faut que je vous parle, Joséphine.

Une robe de chambre enfilée sur son pyjama de coton, Joséphine gagna le salon de devant et ouvrit la porte.

Whiteway, ses cheveux blonds ondulés bien coiffés, était vêtu d'un complet avec une cravate en soie.

— J'ai beaucoup réfléchi avant de venir vous parler, dit-il en se mettant à arpenter l'étroit salon. Et là, c'est curieux, je n'y arrive pas.

Lovée dans un gros fauteuil, Joséphine glissa sous elle ses pieds nus et le considéra avec inquiétude.

— J'espère que vous n'avez pas changé d'avis. J'améliore mon temps. Je rattrape mon retard. Et maintenant que le pauvre Eddison a quitté la course, j'ai de très bonnes chances.

— Mais bien sûr !

— Joe Mudd n'est pas si rapide que ça. Et Steve Stevens ne durera pas bien longtemps.

— Vous allez gagner. J'en suis sûr.

Joséphine sourit.

— Quel soulagement. Vous aviez l'air si nerveux que je pensais que vous alliez me dire d'arrêter… Mais, que vouliez-vous me dire ?

Whiteway, dressé de toute sa taille, bomba le torse et le ventre et lança :

— Epousez-moi !

— Quoi ?

— Je serai un mari merveilleux et vous, vous serez riche et vous pourrez piloter des aéroplanes jusqu'à ce que nous ayons des enfants… Qu'en dites-vous ?

Joséphine demeura un long moment silencieuse.

— Je ne sais pas quoi dire. C'est une proposition très gentille de votre part, mais…

— Mais quoi ? Que pourriez-vous rêver de mieux ?

Joséphine prit une profonde inspiration et se leva. Whiteway ouvrit les bras pour la serrer contre lui.

— Et ensuite, que s'est-il passé ? chuchota Marion lorsque Isaac lui raconta l'histoire, au petit déjeuner, dans le wagon-restaurant du *Josephine Special.*

Ses grands yeux d'un vert corail étaient si magnifiques que pendant un long moment, Bell perdit le cours de ses pensées.

— A-t-elle dit oui ? insista Marion.

— Non.

— Bien. Preston est trop amoureux de lui-même pour faire un bon mari. Si c'est une fille aussi bien que ce que j'ai lu dans les journaux, elle mérite mieux.

— Tu l'as vue de près.

— On s'est seulement saluées en se croisant. Mais j'aurais plutôt imaginé qu'elle répondrait « peut-être. »

— Pourquoi ?

Marion demeura un instant silencieuse.

— J'ai l'impression que c'est quelqu'un qui obtient ce qu'elle veut.

— C'était une sorte de peut-être. Elle a dit qu'elle allait y réfléchir.

— J'ai le sentiment qu'elle n'a personne à qui parler. Je ferai en sorte qu'elle se confie à moi. Et si elle le demande, je lui donnerai mon avis.

— Je n'en attendais pas moins de toi, dit Bell. En fait, j'espérais surtout que tu réfléchisses à quelque chose : à ton avis, que voulait dire Frost lorsqu'il disait que Celere et elle manigançaient quelque chose ?

Marion regarda par la fenêtre. Des bourrasques de vent soulevaient de minuscules tornades de fumée de charbon, de paille et de cendre autour des trains.

— Aujourd'hui, les concurrents ne volent pas. Je vais y réfléchir.

— Quand je serai grande, je veux être comme vous, dit Joséphine à Marion en souriant.

Les deux femmes se trouvaient dans la voiture privée de Joséphine, lovées dans des fauteuils, devant des tasses de café auxquelles elles n'avaient pas touché.

— J'espère que je n'ai pas l'air si vieille que ça. De plus, vous êtes déjà grande. Vous pilotez une machine volante à travers tout le continent.

— Ce n'est pas la même chose. Je voudrais être aussi directe que vous.

— Que voulez-vous dire ?

— Vous m'avez dit d'emblée que Isaac avait entendu Preston me demander en mariage.

— Je vous ai dit aussi que j'ai très envie de savoir ce que vous pensez de sa proposition.

— Je ne sais pas. Pourquoi veut-il absolument m'épouser ? (Elle adressa un grand sourire à Marion.) Je ne suis qu'une grande fille toute simple, une fille de la campagne.

— Les hommes sont d'étranges créatures, dit Marion en lui rendant son sourire. En tout cas la plupart. Peut-être qu'il vous aime.

— Il n'a pas dit qu'il m'aimait.

— Bon, Preston n'est pas un type brillant. Cela dit, il est bel homme.

— Admettons.

— Et très, très riche.

— Comme Harry.

— Sauf qu'à la différence de Harry, Preston, en dépit de ses défauts, n'est pas une brute.

— Oui, mais il est aussi costaud que Harry.

— Et il devient de plus en plus gros. S'il ne fait pas attention, il va finir comme le président Taft.

— Ou Steve Stevens.

Elles éclatèrent de rire en même temps. Marion observa Joséphine avec attention et lui demanda :

— Vous hésitez ?

— Pas du tout. Je ne l'aime pas. Je sais qu'il m'achèterait des aéroplanes. Il a dit qu'il m'en achèterait, au moins jusqu'à ce qu'on ait des enfants. Ensuite, il voudra que j'arrête de voler.

— Mon Dieu, Preston est encore plus bête que ce que je croyais.

— Vous ne pensez pas que je devrais l'épouser… n'est-ce pas ?

— Je ne peux pas vous dire ça. C'est à vous de savoir ce que vous voulez faire.

— Vous voyez, si je gagne ces cinquante mille dollars, j'aurai mon argent à moi. Je pourrai m'acheter moi-même mes avions.

— Mais ma chérie, si vous remportez la course, ils se battront pour vous donner des aéroplanes.

— Vraiment ?

— J'en suis sûre. Ils savent que les clients voudront acheter les aéroplanes que vous pilotez. Alors épouser Preston, ça n'a rien à voir avec les aéroplanes.

— Si je gagne.

— Isaac dit que vous êtes certaine de gagner.

Et elle ajouta, en riant à nouveau :

— Lui, en tout cas, il est sûr que vous allez gagner. Il a parié trois mille dollars sur vous.

Joséphine acquiesça d'un air distrait et se prit à regarder par la vitre que le vent secouait toujours. Elle ferma les yeux et des mots se formèrent sur ses lèvres avant qu'elle ne les serre très fort. Marion remarqua le manège : la parole lui était douloureuse, comme si la proposition de Preston l'obligeait à songer à des choses qu'elle préférait ignorer.

— Qu'y a-t-il ? demanda-t-elle. Qu'est-ce qui vous trouble à ce point ?

Joséphine laissa échapper un soupir.

— Pouvez-vous garder un secret ? demanda-t-elle en dardant un regard suppliant sur Marion.

— Non. Pas vis-à-vis d'Isaac.

Joséphine leva au ciel ses yeux noisette.

— Pourquoi êtes-vous tellement honnête, Marion ?

— Parce que je préfère l'être. Que vouliez-vous me dire ?

— Rien… quand j'ai vu Marco abattu, j'ai été si surprise.

— Bien sûr, je comprends.

— C'était la dernière chose à laquelle je m'attendais.

— Et ensuite, raconta Marion Morgan à Isaac Bell, j'ai fait une gaffe. Au lieu de me taire en attendant qu'elle se décide à parler, j'ai dit quelque chose d'idiot, du genre « Comment s'attendre à ce que son mari tue son ami ? » et Joséphine s'est refermée comme une huître.

— La dernière chose à laquelle elle s'attendait, murmura Bell, songeur. Comme si elle s'attendait à quelque chose d'autre. Comme si elle « manigançait quelque chose », comme l'a dit Harry Frost… alors, va-t-elle épouser Preston ?

— Elle a dit que non, qu'il n'en était pas question.

— Tu crois qu'elle peut changer d'avis ?

— Seulement si elle craint de ne pas gagner cette course.

— Parce qu'elle n'obtiendrait pas ces cinquante mille dollars et que Preston est riche ?

— Tu aurais dû voir son regard s'illuminer quand je lui ai dit que si elle gagnait, les inventeurs lui donneraient des aéroplanes.

Je crois qu'elle n'y avait même pas pensé auparavant. Elle a du mal à penser à l'avenir. Je crois qu'elle ferait n'importe quoi pour continuer à voler. Y compris épouser Preston. Mais ce serait uniquement pour les machines. Ce n'est pas le genre de fille à rêver d'avoir des enfants, des bijoux, des maisons.

— Ce qui me rappelle une chose, dit Bell en prenant Marion dans ses bras. Quand est-ce que toi, tu vas m'épouser ?

Marion baissa les yeux sur l'émeraude à son doigt. Puis elle lui sourit, effleura du bout du doigt sa moustache blonde et l'embrassa sur les lèvres.

— Quand tu présenteras ta demande avec force, dit-elle. Tu sais que je ferais n'importe quoi pour toi. Mais en attendant, je suis très, très heureuse et satisfaite d'être ta fiancée.

Toute la journée, toute la nuit et la matinée du lendemain, le vent hurla sur ce coin du Kansas.

Comme les aéroplanes ne volaient pas, Andy Moser en profita pour démonter le moteur Gnome et le remonter après l'avoir nettoyé, poli et réglé.

De leur côté, les maçons, plâtriers et conducteurs de locomotive de Joe Mudd en firent autant avec le moteur du Liberator et finirent par découvrir le tuyau en cuivre fissuré à l'origine de la fuite d'huile qui teintait en noir la machine rouge.

Dmitri Platov, lui, dirigeait l'équipe de mécaniciens de Steve Stevens qui tentait en vain de synchroniser les deux moteurs du biplan. Lorsque Stevens se plaignit et menaça sans façon de diminuer tous les salaires, l'inventeur russe, d'ordinaire accommodant, s'en alla aider Joséphine à démonter le haut de son moteur Antoinette pour remplacer un joint défaillant.

Isaac Bell les observait. Platov lui parlait à voix basse, avec insistance. Il se demanda si Joséphine ne discutait pas avec le Russe de la proposition de Whiteway, ce qui semblait tout de même improbable, mais leur conversation était très animée… Et chaque fois qu'il se rapprochait d'eux, ils cessaient de parler.

— Pourquoi est-ce que ce détective rôde par ici ? demanda Marco Celere en adressant un geste amical à Bell avec son pied à coulisse.

— Il veille sur moi.

— J'imagine quand même qu'il n'a pas peur pour toi en présence du si gentil Platov.

— Je crois qu'il se méfie de tout le monde.

Celere entreprit de retirer le vieux joint de culasse du moteur de Joséphine.

— Je te trouve bien irritable aujourd'hui, ma chérie.

— Désolée. Je suis très préoccupée.

— Notamment par la proposition de M. Whiteway ?

— A ton avis ?

— Moi, je pense que tu devrais l'épouser.

— Marco !

— Je ne plaisante pas.

— C'est répugnant. Comment peux-tu vouloir que j'épouse un autre homme ?

— C'est plus qu'un « autre homme ». C'est le plus grand patron de presse des Etats-Unis. Lui et son argent pourraient être très utiles pour toi. Et pour moi.

— Quel avantage pour nous si je suis mariée avec lui ?

— Le moment venu, tu le quitteras pour moi.

— Ça me rend malade que tu puisses vouloir une chose pareille.

— En fait, je te conseille de repousser la lune de miel après la course. Tu pourrais sans problème dire que tu as besoin de te consacrer entièrement à la compétition pour pouvoir gagner.

— Et la nuit de noce ?

— Ne t'inquiète pas. Je trouverai quelque chose.

Le vent retomba et la météo annonça que l'accalmie pourrait durer quelques heures. En fin d'après-midi, les concurrents quittèrent le champ de foire du comté de Morris. Avant la tombée de la nuit, tous atterrirent sains et saufs à Wichita, où Preston Whiteway se tenait de façon théâtrale dans la lumière des lampes à arc de Marion Morgan.

Les opérateurs de Marion maniaient deux caméras de cinématographe : elle avait fini par obtenir gain de cause auprès de Whiteway, faisant valoir que deux caméras permettraient de magnifiques changements de points de vue qui attireraient un plus large public. La première de ces caméras était braquée sur le patron de presse tandis que la deuxième s'attachait aux réactions des journalistes.

Whiteway annonça que le lendemain serait une journée de congé qui ne compterait pas dans le décompte des cinquante jours impartis à la course, parce que « demain, je donnerai la fête la plus grandiose que l'Etat du Kansas ait jamais connue pour célébrer mes fiançailles avec Mlle Joséphine Josephs, l'Aérienne chérie de l'Amérique. »

Placée entre les deux caméras, Marion échangea un regard stupéfait avec Bell. Ce dernier hocha la tête d'un air incrédule.

La première réaction vint d'un journaliste du *San Francisco Inquirer :*

— Quand aura lieu le mariage, monsieur Whiteway ?

Comme on le leur avait enjoint, d'autres employés de Whiteway lui firent écho :

— Faudra-t-il attendre la fin de la course ?

— Joséphine ne veut pas en entendre parler, lança Whiteway en se rengorgeant. A la demande de ma très belle promise, nous allons organiser un mariage d'une dimension toute texane au North Side Coliseum de la grande ville de Fort Worth, un bâtiment connu pour être le plus somptueux de tout l'hémisphère occidental. Nous serons mariés lorsque la grande course Whiteway Atlantique-Pacifique, la Coupe Whiteway dotée d'un prix de cinquante mille dollars atteindra Fort Worth, au Texas.

Marion adressa un petit sourire discret à Bell et forma sur ses lèvres les mots : « sans vergogne ».

Bell lui rendit son sourire et esquissa de la même façon les mots : « sans complexes ».

Mais il fallait bien reconnaître qu'en matière de réclame pour sa course aérienne, Preston Whiteway savait plus encore fouetter l'attention du public que P.T. Barnum, Florenz Ziegfeld et Mark Twain réunis.

La seule question qui se posait était de savoir pourquoi Joséphine avait changé d'avis. Ses performances s'amélioraient, elle dépassait même souvent ses concurrents et son moteur tournait à la perfection. Rien ne pouvait lui laisser penser qu'elle ne gagnerait pas la course.

32

L'enquête sur Dmitri Platov.

Isaac Bell envoya des télégrammes aux enquêteurs des agences Van Dorn de Chicago et de New York. Il était sûr que, d'une façon ou d'une autre, l'inventeur russe avait convaincu Joséphine d'épouser Preston Whiteway. Mais pourquoi ? La raison demeurait bien énigmatique. Mais ce qui intriguait le plus le détective, c'était ce qui permettait à Platov d'influencer à ce point Joséphine pour une décision aussi importante et aussi intime que son mariage.

Bell devait tout savoir sur cet homme qui pouvait aller et venir à sa guise sur les terrains d'aviation et pénétrer dans toutes les voitures-hangars. D'autant que Dmitri Platov s'était porté volontaire pour remplacer le mécanicien assassiné quelques jours seulement avant que l'hélice de l'Anglais ne se détache et que son avion ne s'écrase dans un ruisseau. Et si dans cette course il y avait un mécanicien qui connaissait son affaire, c'était bien Dmitri Platov.

Le premier rapport préliminaire, qui lui parvint une demi-journée plus tard, était sidérant.

Les seules informations disponibles sur Dmitri Platov provenaient des dossiers de l'Agence Van Dorn : des articles de journaux traitant de la préparation de la Course Whiteway à Belmont Park et des rapports d'Isaac Bell lui-même. De la même façon, le moteur thermique révolutionnaire de Platov était décrit, avec plus ou moins de précision, dans des articles relatant sa destruction au cours de l'accident où le chef mécanicien de Steve Stevens avait trouvé la mort.

Cela corroborait l'assertion de Danielle Di Vecchio selon laquelle elle n'avait jamais rencontré Dmitri Platov au Salon aéronautique international de Paris et n'avait même jamais entendu prononcer son nom là-bas.

Se pouvait-il que Platov ne se fût jamais rendu à ce Salon aéronautique ?

Mais s'il ne se trouvait pas à Paris, dans ce cas, à qui Marco Celere avait-il acheté son soi-disant moteur à réaction ?

Bell envoya au service des recherches le télégramme suivant :

Faites recherches sur moteur à réaction.
Tout de suite !

Puis, il appela Dashwood dans sa voiture qui servait de poste de commandement :

— Je vous retire des joueurs. Surveillez Dmitri Platov. Ne vous faites pas remarquer mais suivez-le comme son ombre.

— Que dois-je chercher ?

— Il me met mal à l'aise. Il est peut-être aussi innocent qu'il en a l'air, mais il a eu la possibilité de saboter le propulseur de l'Anglais.

— Pourrait-il être l'agent de Harry Frost ?

— Il pourrait être n'importe quoi.

Isaac Bell rassembla les quelques agents Van Dorn qu'il put trouver dans le Sud-Ouest pour protéger le mariage de Joséphine contre les mitrailleuses de Harry Frost. Aux détectives venus se présenter à bord du *Eagle Special* arrêté à Fort Worth, il martela ses instructions :

— Faites en sorte que Harry Frost ne puisse se glisser assez près pour faire des dégâts. Faites jouer tous vos contacts. Nous ne sommes pas très nombreux, mais si nous mettons en commun nos liens avec les avocats et les magistrats, la police ferroviaire, les indicateurs, les joueurs et les criminels qui nous doivent quelque chose, nous pourrons établir un périmètre de sécurité.

La portée de tir des mitrailleuses de Frost représentait la principale menace. Elles étaient mortelles jusqu'à 1,6 kilomètre de distance, mais il suffisait d'élever les canons pour faire pleuvoir les balles sur une cible, et alors la portée pouvait être de plus de 4 kilomètres.

— Ce n'est pas aussi difficile que ça en a l'air, dit Bell aux détectives Van Dorn. Le shérif de Fort Worth nous donne aimablement un coup de main avec un tas d'adjoints temporaires, y compris des cow-boys. Ils sauront reconnaître des gens qui ne sont pas du coin. Il y a aussi les détectives des chemins de fer. La Texas & Pacific et la Fort Worth & Denver sont d'accord pour nous aider.

— Et si Harry Frost a la même idée et engage lui aussi des gens de la région ? demanda un détective tout juste arrivé de Los Angeles, qui portait un chapeau melon couleur crème et une cravate rose.

— Qu'en dis-tu, Walt ? demanda Bell à son vieil ami, « Texas » Walt Hatfield, qui venait d'arriver à cheval.

Droit comme un rail de chemin de fer et plus solide encore, l'ancien ranger du Texas regarda de sous son Stetson le dandy de Californie.

— Rien n'empêche Frost de réunir une bande de voyous, dit-il avec un fort accent du Sud, mais il ne pourra pas les amener en ville, parce que les policiers d'ici les connaissent certainement. En tout cas, ajouta-t-il en se tournant vers Isaac Bell, repérer Harry Frost ce n'est pas l'arrêter. J'ai lu tes rapports sur lui, et j'ai l'impression que ce type n'a peur de rien. Il serait capable de vouloir éteindre les flammes de l'enfer avec un seau d'eau.

Bell hocha la tête.

— Frost n'est pas du genre à foncer tête baissée. Il ne faut pas s'attendre à des attaques insensées, à des charges désespérées. Il m'a dit tout net qu'il n'avait pas peur de mourir. Mais seulement après avoir tué Joséphine.

Après avoir installé ses caméras et ses lampes à arc Cooper-Hewitt à l'intérieur du North Side Coliseum, Marion Morgan rejoignit Isaac Bell dans la voiture qui lui servait de poste de commandement. Bell lui fit compliment de sa nouvelle jupe fendue d'équitation, qu'elle avait découverte dans un grand magasin de Fort Worth, destiné à une clientèle de riches femmes d'éleveurs, et lui demanda :

— A quoi ressemble le lieu de la noce ?

Marion éclata de rire.

— Tu te rappelles la façon dont Preston l'a décrit ?

— Le bâtiment le plus somptueux de tout l'hémisphère occidental ?

— Il a oublié de préciser « pour le bétail ». C'est dans ce somptueux bâtiment que se déroule la Foire nationale aux bestiaux.

Marion riait tellement que des larmes commencèrent à lui couler sur les joues.

— Joséphine est la fille d'un fermier.

— Elle va se marier dans une étable. Bon, en fait c'est un bâtiment immense. Beaucoup de lumière pour mes caméras. Des lucarnes dans le toit et de l'électricité pour mes lampes. Pour moi, ça ira. Et pour toi ?

— Les lieux fermés sont plus faciles à garder.

Lorsqu'il alla l'inspecter, il se dit que le choix était bon : une énorme gare de triage pour les trains d'assistance et les trains spéciaux des invités et des enclos facilement démontables pour permettre l'envol et l'atterrissage des machines volantes.

Après un voyage de 1 600 kilomètres depuis Chicago sur des routes effroyables, la Thomas Flyer modèle 35 de Harry Frost était prise dans une gangue de boue, grise de poussière et festonnée de câbles de remorquage et de chaînes, de bidons d'huile et d'essence et de pneus de secours plusieurs fois réparés. Mais elle roulait de façon impeccable et Frost éprouvait une manière de liberté qu'il n'avait jamais éprouvée à bord des trains, même son propre train spécial. Comme Joséphine se vantait de voler dans les airs – sur les airs, disait-elle en affirmant que l'air était presque solide – lui-même pouvait rouler là où il lui plaisait.

A 50 kilomètres de Fort Worth, une ville de conserveries de viande qui maculait le ciel de ses fumées, Frost donna l'ordre de s'arrêter en haut d'une petite côte. Il examina alors la prairie parsemée de broussailles avec les puissantes jumelles allemandes achetées pour ses safaris en Afrique. La voie ferrée se trouvait à 1,5 kilomètre de là. Un wagon de marchandise, tout seul, était abandonné sur une voie secondaire qui desservait autrefois une ville à présent effacée de la carte par une tornade.

— On y va !

Mike Stotts, le mécanicien de Frost, lança le moteur de la Thomas. Trois heures et 40 kilomètres plus tard, ils s'arrêtèrent à nouveau. Frost envoya Stotts à bicyclette (volée à Wichita) reconnaître le terrain et prendre contact avec ses hommes à Fort Worth.

— Vous voulez que j'aille avec lui ? demanda Dave Mayhew, le télégraphiste.

— Toi, tu restes ici.

Il pourrait toujours trouver un autre mécanicien, mais un télégraphiste, de surcroît habile au maniement des armes, était un oiseau rare. Stotts revint plus tôt que prévu.

— Alors ? demanda Frost.

— Un barrage. Il y a des hommes qui patrouillent à cheval.

— Tu es sûr que ce n'était pas des cow-boys ?

— Je n'ai pas vu de vaches.

— Et en ville ?

— Des policiers partout. La moitié des hommes que j'ai vus portaient une étoile d'adjoints. Et la plus grande partie de ceux qui n'en portaient pas avaient des têtes de détectives.

— Tu as vu des détectives des chemins de fer ?

— Environ une centaine.

Frost rumina en silence. Visiblement, Bell avait pris ses dispositions, en partant du fait qu'il avait en sa possession les mitrailleuses Colt volées à Fort Riley.

Mais il y a d'autres façons d'écorcher un chat. Frost ordonna à Mayhew de grimper en haut d'un poteau télégraphique pour envoyer un message à un employé de la Texas & Pacific Railway, puis ils prirent la direction de l'ouest en contournant Fort Worth.

Après la tombée de la nuit, la Thomas Flyer escalada le remblai de la voie ferrée, et, chevauchant les rails, poursuivit sa route en direction de l'ouest. Frost ordonna au mécanicien de surveiller derrière eux l'apparition de lampes de locomotives, tandis que le télégraphiste et lui surveillaient en avant. Cinq fois au cours de la nuit ils durent s'écarter des rails pour laisser passer un train.

Le lendemain, en fin de journée, à mi-chemin d'Abilene, Frost vit dans ses jumelles un gros chariot tiré par six puissants mulets s'immobiliser à côté d'un wagon de marchandises garé sur une voie secondaire de la Texas & Pacific Railway. Cette voie secondaire desservait un énorme ranch distant d'une quinzaine de kilomètres, propriété d'une société d'investissement de Wall Street dans laquelle Frost détenait la majorité des parts. Six hommes de main déguisés en cow-boys accompagnaient le chariot. Ils descendirent de leurs montures, déverrouillèrent un cadenas, ouvrirent la porte du wagon et amenèrent dans le chariot de lourdes caisses portant sur leurs flancs l'inscription HOLIAN PLOW WORKS SANDY HOOK.

Frost parcourut aux jumelles les immenses étendues d'herbe et de broussailles pour s'assurer qu'il n'y avait personne, mais la prairie s'étendait vide jusqu'à l'horizon. A l'ouest, des nuages ou peut-être des collines. A une quinzaine de kilomètres au nord, une structure étroite qui pouvait être soit une éolienne pour pomper de l'eau soit un derrick à pétrole. Les voies de chemin de fer luisaient, toutes droites, vers l'est et vers l'ouest, flanquées de poteaux télégraphiques.

Une fois chargé, le chariot se dirigea vers l'ouest sur une piste qui courait parallèlement à la voie ferrée, escorté par les hommes à cheval. La Thomas les rejoignit à 3 kilomètres de la voie secondaire. En les voyant de près, n'importe quel policier aurait immédiatement sorti son arme, car ces hommes, aux mains de citadins, ressemblaient plus à des voleurs de banque qu'à des cow-boys. Bas sur les hanches, ils portaient deux six-coups et des Winchesters accrochés à leur selle. En apercevant les trois occupants de la

Thomas, les durs se tournèrent vers le plus grand d'entre eux, qui chevauchait au milieu. Harry Frost avait déjà deviné qu'il était le chef avec qui un intermédiaire, bénéficiant depuis longtemps de sa confiance, l'avait mis en contact.

— Qui d'entre vous a participé à la guerre contre l'Espagne ?

Quatre hommes coiffés de chapeaux de cow-boy firent un signe de tête.

— Avez-vous utilisé la mitrailleuse Colt ?

Nouveau hochement de tête accompagné d'un coup d'œil vers leur chef.

— Suivez-moi. On va pouvoir monter les mitrailleuses dans le lit d'une rivière.

Aucun ne bougea.

— Herbert ? dit Frost d'un ton aimable. Mes copains de Chicago m'ont dit que vous étiez un vrai dur. Je peux pas m'empêcher de remarquer que tout le monde se tourne vers vous comme si la vérité allait sortir de votre bouche. Alors, qu'est-ce que vous pensez ?

Herbert répondit avec un fort accent traînant du Sud.

— On se demandait si, au lieu de flinguer des machines volantes, on ferait pas mieux de prendre tout de suite ton fric, ton automobile, tes mitrailleuses et, si tu nous causes pas d'ennuis, vous laisser sauter dans un train de marchandises qui vous ramènerait à Chicago… tu vois, vous êtes que trois et on est six.

D'une main puissante, Harry Frost saisit d'entre ses bottes la crosse d'un fusil aux doubles canons sciés.

Le voyou regarda sans peur apparente les gueules doubles.

— J'apprécie pas trop un homme qui braque une arme sur moi. Surtout un fusil de cocher.

— Je ne braque pas une arme sur vous, monsieur Herbert. Je vous arrache la tête.

Il appuya sur les deux détentes. Le fusil de chasse fit un bruit de canon et la volée de plombs précipita Herbert à bas de sa selle.

Nul écho sur la vaste étendue sans reliefs, seulement un coup de tonnerre et le hennissement de chevaux effrayés. Lorsque les hors-la-loi parvinrent à maîtriser leurs montures, Stotts et Mayhew se tenaient face à eux, un revolver dans chaque mains et Harry Frost lui-même avait rechargé son fusil. Son visage était rouge de colère.

— A qui le tour ?

Ils tirèrent des caisses les mitrailleuses, les affûts, les boîtes de munitions et les voiturettes dans l'ombre chiche des broussailles et des arbustes bordant le ruisseau. Ils démontèrent et nettoyèrent les armes et les assemblèrent sur les voiturettes à deux roues. Les mitrailleuses pesaient près de 180 kilos avec les caissons de munitions. En pestant contre leur poids, ils roulèrent les armes dans le lit asséché de la rivière, profond et étroit comme une tranchée militaire. Ils les placèrent sur leurs affûts à un peu moins de deux cents mètres l'une de l'autre, de façon qu'elles couvrent la voie ferrée que les aéroplanes suivraient jusqu'à Abilene.

Pour s'assurer que les Colt fonctionnaient bien, ils introduisirent les bandes de munitions dans les culasses et tirèrent cinquante cartouches avec chacune d'entre elles, tuant quelques vaches qui paissaient à 800 mètres de là.

Harry Frost tendit à Stotts son couteau de chasse.

— Va nous découper de quoi dîner. Et tant que tu y es, coupes-en aussi pour le petit déjeuner. On risque d'être ici pour un bout de temps.

Il ordonna ensuite à Mayhew de grimper à un poteau et d'intercepter les messages.

Le télégraphiste descendit un fil jusqu'à terre, le relia à une clé, s'assit dos au poteau avec la clé sur les genoux et traduisit les messages que les aiguilleurs se transmettaient entre gares. Plusieurs fois, il prévint de l'arrivée d'un train et tous se dissimulèrent sous le petit pont qui enjambait le ruisseau, jusqu'à ce que le grondement ait disparu. La plus grande partie des échanges télégraphiques concernaient le trafic de trains supplémentaires : trains spéciaux de gens riches ou affrétés par des journaux qui tous se dirigeaient vers Fort Worth pour la grande fête de mariage.

33

Isaac Bell fut d'abord étonné lorsque Preston Whiteway lui demanda d'être son témoin, puis il comprit que le magnat de la presse ne fréquentait que des gens qui travaillaient pour lui et que la façon hautaine dont il traitait ses employés leur interdisait à jamais de devenir ses amis.

— J'en serais très honoré, répondit Bell, enchanté de pouvoir se tenir aux côtés de Joséphine au cas où Harry Frost parviendrait à forcer les barrages.

Mais il se montra beaucoup moins enthousiaste lorsque celle-ci demanda à Marion d'être sa demoiselle d'honneur. Sa fiancée se retrouvait de ce fait au beau milieu d'un éventuel champ de tir, mais elle affirma tout net qu'il n'était pas question de refuser : Joséphine était la seule femme de la course et se trouvait à des milliers de kilomètres de sa famille.

Joseph Van Dorn envoya un télégramme à Isaac Bell pour s'enquérir du « mariage à grand tralala ». Isaac lui répondit : « Preston grand homme de spectacle ».

Des centaines d'invités et des hordes de spectateurs convergeaient vers Fort Worth à bord d'automobiles, de chariots, de calèches et à cheval. Des trains bondés arrivaient de Chicago, New York, Los Angeles et San Francisco. La Northern Texas Traction Company fit venir des trolleys supplémentaires depuis Dallas. On fit appel à une compagnie de la milice d'Etat pour canaliser la foule et protéger les machines volantes. D'autres compagnies se tenaient en réserve à Tyler et à Texarkana. Des légions de dessinateurs de presse et de photographes bousculaient les opérateurs de prise de vues de Marion Morgan, jusqu'au moment où Preston Whiteway en personne intervint pour signifier qu'en tant que propriétaire de Picture World il n'appréciait guère de voir ses caméras ainsi chahutées.

Une succession d'incidents retarda la cérémonie.

Le North Side Coliseum, que Preston Whiteway avait garni de bancs d'église et d'un autel expédié depuis Saint-Louis, était plus conçu pour accueillir du bétail que des gens, et il fallut longtemps pour que tout le monde se retrouve assis. Puis des orages d'été obscurcirent le ciel, mécaniciens et aviateurs, y compris la future mariée, se précipitèrent au-dehors pour amarrer les appareils et les recouvrir de bâches.

Le tonnerre secoua le Colisée tandis que des vents violents soufflaient de la prairie. Le biplan de Steve Stevens arracha ses amarres. Joséphine, même si tout le monde savait qu'elle méprisait le planteur de coton, se précipita une nouvelle fois à l'extérieur pour sauver sa machine. Ils parvinrent à la clouer au sol mais pas avant que ne se déversent sur eux des trombes d'eau.

Ses dames d'honneur, une bande de matrones de Fort Worth qui s'étaient proposées de remplacer la famille de la célèbre aviatrice, entreprirent de la sécher. Le coadjuteur de l'évêque de San Francisco (son éminence elle-même ayant argué d'engagements pris en vue de la récolte de fonds pour ériger une cathédrale à Nob Hill ravagé par un terrible séisme) venait à peine de rassembler ses ouailles devant l'autel temporaire, lorsque le sol se mit à trembler : une énorme locomotive noire Mikado 2-8-2 faisait son entrée dans la gare de triage. Avec leurs foyers profonds, leurs chaudières chauffées à l'extrême et leurs huit roues motrices, les puissantes Mikado tiraient d'ordinaire d'immenses convois à près de 100 kilomètres-heure. Celle-ci, pourtant, ne tractait qu'une unique et longue voiture noire qui s'immobilisa face à une rampe à bestiaux menant à l'intérieur du bâtiment.

— Mon Dieu, murmura Preston Whiteway, c'est Mère.

Vêtue de soie noire de la tête aux pieds et couronnée de plumes de corbeau, la Veuve Whiteway s'avança alors d'un air compassé.

Le patron de presse se tourna d'un air implorant vers l'enquêteur en chef de l'Agence Van Dorn.

— Je la croyais en France, murmura-t-il. Bell, vous êtes mon témoin. C'est à vous de faire quelque chose. Je vous en supplie.

Le grand détective redressa les épaules et se dirigea à grands pas vers la rampe à bestiaux. Issu d'une vieille famille de banquiers de Boston, pensionnaire pendant sa scolarité puis étudiant à Yale, Isaac Bell avait été élevé dans la tradition qui veut que le témoin d'un mariage doit être prêt à tout pour sauver une noce du désastre, que ce soit en retrouvant une bague égarée ou en écartant les anciens fiancés en état d'ébriété. Mais là, c'était comme demander à un cow-boy du Texas d'attraper au lasso un rhinocéros.

Il tendit la main à la veuve en s'inclinant.

— La cérémonie peut enfin commencer, dit-il à la mère du promis qui n'était pas invitée.

— Qui êtes-vous ?

— Je suis Isaac Bell, le témoin de Preston et fidèle lecteur de vos articles dans les suppléments du dimanche.

— Dans ce cas, vous devez savoir que je ne supporte pas le divorce.

— Joséphine non plus. Si son malheureux mariage n'avait pas été annulé en bonne et due forme, jamais elle ne se serait remariée. Ah, la voici.

Joséphine se dirigeait vers eux avec un grand sourire.

— Elle est plus courageuse que mon fils, grommela Mme Whiteway. Regardez-le, il a peur de sa propre mère.

— Il est mortifié, madame. Il vous croyait en France.

— Il espérait que j'étais en France, plutôt. Que pensez-vous de cette fille, monsieur Bell ?

— J'admire son courage.

Joséphine s'avança en tendant les deux mains, d'un air chaleureux.

— Je suis si heureuse que vous ayez pu venir, madame Whiteway. Ma mère à moi ne le pouvait pas, et jusqu'à maintenant je me sentais si seule.

Mme Whiteway regarda Joséphine de la tête aux pieds.

— C'est vous, la fille très ordinaire ? Jolie, mais pas vraiment belle, grâce à Dieu. La beauté gâte une femme, lui tourne la tête… Mais qui est cette femme vêtue en demoiselle d'honneur, elle dirige ces hommes qui pointent vers moi leurs caméras de cinématographe ?

— Ma fiancée, dit Bell qui était déjà sorti du champ de la prise de vue, c'est Mlle Marion Morgan.

— Bon, apparemment il y a des exceptions à ce que je viens de dire à propos des belles femmes, grommela Mme Whiteway. Dites-moi, ma jeune dame, est-ce que vous aimez mon fils ?

— Je l'aime bien, répondit l'aviatrice en regardant la matrone droit dans les yeux.

— Pourquoi ?

— Parce que c'est un homme d'action.

— C'est un trait qu'il a hérité de mon mari. (Elle prit la main de Joséphine.) Allez, on y va, ajouta-t-elle en l'entraînant vers l'autel.

On installa Mme Whiteway au premier rang, et l'évêque coadjuteur répéta pour la troisième fois : « Nous sommes rassemblés ici aujourd'hui… » lorsque le ciel, qu'on apercevait par les vastes lucarnes, prit soudain une teinte vert-de-gris.

— Des tornades ! s'écrièrent les habitants des plaines du Texas habitués à ces épisodes d'une grande violence.

Tous se ruèrent vers les abris et y invitèrent le plus de gens qu'ils pouvaient contenir. Les visiteurs venus en trains spéciaux s'en furent vers leurs improbables refuges, tandis que les autres en étaient réduits à trouver des saloons.

Les tornades parcoururent les prairies longtemps après la tombée de la nuit, rugissant comme des trains fous, projetant dans les airs bétail et baraquements d'ouvriers. La ville fut toutefois épargnée, mais il fallut attendre minuit pour que la foule des invités sente enfin les fumets du repas de noce et entende les mots : « Je vous déclare mari et femme. »

Preston Whiteway, dont le teint rubicond témoignait des multiples toasts auxquels il avait dû répondre, planta un baiser sur les lèvres de Joséphine. A tous ceux qui s'en enquéraient auprès d'elle, Marion Morgan, la dame d'honneur, répondit qu'elle pouvait certifier que Joséphine y avait répondu de bon cœur, vu qu'elle était à côté d'elle.

De centaines de poitrines s'éleva alors une clameur : « A table ! »

Whiteway leva haut son verre.

— A la santé de ma très belle épouse, l'Aérienne chérie de l'Amérique. Puisse-t-elle voler plus haut encore et plus vite entre mes bras…

Mais les mots de Whiteway se perdirent dans le rugissement caractéristique des huit cylindres Antoinette qui emmenaient au cœur de la nuit le biplan de Steve Stevens.

Joséphine bondit sur ses pieds et se rua vers une rampe à bestiaux recouverte de tissu qui menait directement au terrain d'aviation. Crachant du feu par ses deux moteurs, la machine de Stevens survola une barrière et la locomotive de Mme Whiteway, se dirigea droit vers des lignes télégraphiques qu'elle évita de justesse, passa au-dessus d'une grange et finit par disparaître dans la nuit.

Marco Celere se tenait sur le terrain avec à ses pieds les cales qu'il venait d'ôter de sous les roues et saluait l'aviateur d'un grand geste, dans la main son pied à coulisse et son canotier à ruban rouge.

— Je t'avais bien dit que je trouverais quelque chose pour ta nuit de noces.

— Où va-t-il ?

— A Abilene.

— Cette espèce de gros…

— Je l'ai persuadé de partir en avance de façon à ce que nous ayons le temps de travailler sur les moteurs.

— Comment peut-il voir en pleine nuit ?

— Les rails reflètent la lueur de la lune et des étoiles.

Joséphine hurla à ses mécaniciens de remplir les réservoirs d'huile et d'essence et de faire tourner le moteur. Elle fonça vers son appareil, en traînant sa robe de mariée tel un nuage de fumée blanche. Marco se précipita à sa suite pour retirer la bâche tandis qu'elle s'agenouillait pour ôter les amarres des piquets de tente.

— Il faut que je te prévienne, chuchota-t-il.

— Quoi ?

Elle défit une amarre, la jeta au loin et s'agenouilla de nouveau pour en défaire une autre.

— S'il arrive quelque chose à « Dmitri Platov », ne t'inquiète pas.

— Que veux-tu dire ? Dépêchez-vous, hurla-t-elle à l'intention de ses détectives mécaniciens qui remplissaient les réservoirs. Qu'est-ce que tu racontes ? Dmitri Platov, c'est toi.

— Dmitri Platov est surveillé par les détectives de Bell. Il va falloir qu'il disparaisse.

Joséphine détacha la dernière amarre, sauta sur la caisse à savon et s'installa sur son siège, impatiente de prendre l'air. La traîne de sa robe se prit dans une entretoise.

— Un couteau ! lança-t-elle à un détective mécanicien qui en sortit un à la lame acérée et coupa la traîne importune.

— Tenez-la loin de l'hélice ! ordonna-t-elle.

Le mécanicien l'emporta loin de l'aéroplane. Marco, lui, se tenait encore sur la boîte à savon, le visage à quelques centimètres de celui de Joséphine.

— Et toi ? lui demanda-t-elle.

— Je reviendrai, ne t'inquiète pas.

Elle manœuvra son manche à balai vers l'avant et l'arrière puis sur les côtés, s'assurant que les gouvernails de profondeur et de direction et les ailerons bougeaient correctement.

— C'est bon, je ne m'inquiéterai pas. Et maintenant, écarte-toi… Contact !

Elle décolla dix minutes après Stevens.

Bell, lui, avait dès le début donné comme instructions à Andy Moser de garder le moteur chaud et de veiller au remplissage du réservoir d'essence et d'huile de ricin. Une fois dans les airs, il contempla le North Side Coliseum et la ville de Fort Worth et n'y vit qu'une triste lueur au milieu de l'infinie plaine du Texas, plongée dans l'obscurité.

Joséphine volait en direction de l'ouest, suivant la voie ferrée à la lueur de la lune.

Bell la suivait, repérant l'aviatrice à la traînée de feu produite par son moteur Antoinette. Pendant les quinze premiers kilomètres, il prit soin de ralentir son moteur pour ne pas la dépasser. Mais lorsque la lueur de Fort Worth eut complètement disparu et qu'au-devant de lui la terre fut aussi sombre que derrière, il garda les yeux rivés sur la double ligne d'acier éclairée par la lune, et laissa filer son *Eagle*.

LIVRE QUATRE

« La voilà ! »

34

HARRY FROST CRUT ENTENDRE quelque chose venir de l'est. Aucune lumière de locomotive. Il s'agenouilla et colla son oreille contre le rail en acier pour s'assurer qu'il ne s'agissait pas d'un train : il ne transmettait aucune vibration.

Dave Mayhew se pencha sur sa clé de télégraphe. C'était lui, en espionnant les aiguilleurs de trains, qui avait rapporté l'incroyable nouvelle : plusieurs machines volantes avaient décollé de Fort Worth en pleine nuit. La jeune mariée Joséphine était du voyage.

— Cette fois-ci, dit Harry Frost d'une voix grave qui glaça l'impassible Mayhew jusqu'aux os, je vais lui offrir une nuit de noces qu'elle n'est pas près d'oublier.

Il surveillait le ciel à l'est depuis presque une heure, s'attendant à voir surgir la silhouette de sa machine dans les premières lueurs de l'aube. Mais jusque-là, rien. Il faisait noir comme dans une mine de charbon. A présent, il était sûr d'avoir entendu un moteur.

Il se tourna vers la gauche et lança :

— Vous m'entendez ?

— Oui, Monsieur Frost.

Il se tourna vers la droite et répéta la même question.

— Oui, Monsieur Frost.

— Préparez-vous !

Il attendit la réponse :

— Prêts !

Puis il se tourna à nouveau vers la droite.

— Préparez-vous !

— Prêts !

Le son portait loin dans l'air froid de la nuit. Des deux côtés, lui parvint le claquement sec des mitrailleuses Colt lorsque l'on chambre les premières munitions.

Chaque arme était servie par trois hommes, agenouillés dans la boue laissée par la tempête : un mitrailleur, un ravitailleur posté à sa gauche chargé de guider la bande de toile garnie de cartouches et un observateur avec des jumelles de campagne. Mike Stotts demeurait aux côtés de Frost et devait courir transmettre les ordres aux servants des mitrailleuses si ceux-ci ne l'entendaient pas.

Le bruit d'un moteur qui peinait se fit entendre. Puis Frost remarqua le claquement de deux moteurs. Ils doivent voler très près l'un de l'autre, se dit-il. Trop près. Bizarre. Soudain, il comprit qu'il s'agissait de deux moteurs mal synchronisés et que c'était donc le biplan de Steve Stevens. Il faisait la course en tête.

— Ne tirez pas ! Ce n'est pas elle. Ne tirez pas !

Le biplan passa au-dessus d'eux à faible altitude, de façon à ce que le pilote pût suivre les rails. Joséphine aussi devrait voler bas, ce qui ferait d'elle une cible facile.

Dix minutes plus tard, on entendit une autre machine. De nouveau, Frost ne vit aucun phare de locomotive. C'était bien un aéroplane. Joséphine ou Isaac Bell ? Il approchait rapidement. Il n'avait que quelques secondes pour prendre une décision. D'ordinaire, Bell volait derrière elle.

— Préparez-vous !

— Prêts, Monsieur Frost.

— Prêts, Monsieur Frost.

Le mitrailleur de gauche s'écria, au comble de l'excitation :

— La voilà !

— Attendez !... Attendez !

— La voilà, les gars ! s'écrièrent les hommes sur sa droite.

— Attendez !

Soudain, Frost entendit le bruit sourd et très reconnaissable d'un moteur rotatif.

— C'est un Gnome ! Ce n'est pas elle. C'est un Gnome ! Il vole devant elle. Ne tirez pas ! Ne tirez pas !

Trop tard. Ses derniers mots furent noyés dans les longues rafales de mitrailleuse qui épuisaient rapidement les bandes de munitions. Crachant des douilles en cuivre et des bandes de tissu, les armes tiraient quatre cents coups à la minute sur l'aéroplane qui approchait.

Isaac Bell repéra les deux mitrailleuses grâce aux flammes sortant des canons : elles se trouvaient à deux cents mètres l'une de l'autre au nord et au sud de la voie ferrée. Aveuglés par ces éclairs, les tireurs ne pouvaient certainement pas le voir, mais ils tiraient avec précision, se calant sur le bruit du moteur, s'interrompant pour écouter avant de tirer à nouveau.

Les balles sifflaient tout près des commandes vitales de l'*Eagle*.

Bell coupa le moteur, glissa silencieusement en vol plané, puis le ralluma. Après une interruption, les mitrailleuses se remirent à tirer. Des coups de boutoir ébranlèrent les entretoises derrière lui. Le gouvernail de profondeur reçut plusieurs balles et il sentit des secousses dans son volant.

Bell fit demi-tour et remonta les rails dans la direction d'où il venait. Face à l'est et à Fort Worth, il aperçut les premières lueurs de l'aube et un point à plusieurs kilomètres de distance. Joséphine arrivait à près de 100 kilomètres-heure. Il avait deux minutes pour mettre hors de combat les mitrailleuses avant qu'elle pénètre dans le nuage de plombs. Mais avec son unique fusil Remington il était désavantagé. Seul espoir : semer la confusion.

Il coupa de nouveau le moteur et vira silencieusement sur la droite. Il le ralluma. La mitrailleuse côté sud se mit à aboyer, suivant le bruit du moteur mais révélant du même coup sa position. Bell plongea en piqué vers les éclairs et tira. Une fois passé au-dessus de la mitrailleuse, très bas, il ralluma son Gnome, fit demi-tour et vola à la perpendiculaire des voies.

Les deux mitrailleuses déchaînèrent un rideau de feu. Bell plongea vers la plus proche. A la lueur des éclairs il vit que les trois hommes manœuvraient leur arme sur une voiturette légère et s'apprêtaient à le prendre à revers.

Bell passa sous le déluge de balles tandis que Harry Frost tirait au fusil de chasse en direction de la traînée de flammes laissée par le Gnome. Bell piqua presque jusqu'au sol, manquant d'arracher la tête de Frost avec ses patins et tira au fusil sur les servants de la mitrailleuse nord, les obligeant à lui tirer dessus de manière continue. De là où il se trouvait, Bell voyait le canon de la mitrailleuse chauffé au rouge : s'ils avaient appuyé sur la détente quelques secondes de plus, la Colt refroidie à l'air aurait explosé. Mais ils cessèrent soudain le feu et coururent se mettre à couvert car les servants de la mitrailleuse sud, trompés par la manœuvre de Bell, arrosaient copieusement leur position.

Une seconde plus tard, la mitrailleuse sud explosa lorsque les dernières balles tirées par celle du nord touchèrent leurs caisses de munitions.

Bell exécuta de nouveau un virage serré et tira ses dernières cartouches de fusil en direction des éclairs de la mitrailleuse. Il n'avait guère de chance de toucher Frost, mais il espérait que les balles de .35 de son Remington forceraient le tueur à se mettre à l'abri.

Frost demeura immobile.

Debout, il tira sans discontinuer jusqu'à ce que son chargeur fût vide.

Puis il sauta dans le lit du ruisseau, et, avec une agilité stupéfiante, franchit en courant la centaine de mètres le séparant de la mitrailleuse abandonnée par ses servants. Il tourna l'arme pesante vers l'aéroplane de Joséphine qui passait au-dessus de lui à basse altitude et lâcha une longue rafale. Bell dirigea alors sa machine volante droit sur lui. Le Remington étant vide, il sortit son pistolet et tira aussi rapidement qu'il le put. Frost riposta jusqu'à ce que la bande de munitions, que personne ne guidait, s'emmêle et se bloque.

L'aéroplane de Joséphine pencha sur une aile et piqua vers le sol. Bell, au comble de l'inquiétude, se disait qu'elle était peut-être blessée ou que ses commandes étaient endommagées : l'aile allait toucher le sol. La gorge serrée, il s'attendait à la voir s'écraser, mais au dernier moment, le Celere releva son aile, se redressa et escalada le ciel.

Bell demeura proche de Joséphine tout au long du vol jusqu'à Abilene. Elle atterrit maladroitement et effectua un demi-tour en dérapage devant la gare de fret. Bell atterrit à côté d'elle.

Il la trouva recroquevillée sur ses commandes, serrant son bras. Elle avait été touchée par une balle de mitrailleuse. Sa robe de mariée était tachée de sang et de graisse de moteur. Ses lèvres tremblaient.

— J'ai failli perdre la maîtrise.

— Désolé. J'aurais dû le neutraliser.

— Je vous avais dit que c'était un animal sournois. Personne ne peut l'arrêter.

Bell entoura d'un mouchoir sa blessure qui saignait encore.

Des gamins venaient d'arriver, suivis de vieux messieurs arborant de longues barbes à la mode de la guerre de Sécession. Ensemble, ils contemplaient les aéroplanes jaunes, bouche bée.

— Allez, les garçons ! s'écria Bell. Allez chercher un médecin !

Joséphine se raidit mais ne tenta pas de descendre de sa machine, elle était pâle et semblait épuisée par les efforts qu'elle avait dû consentir pour continuer à voler. Bell lui passa un bras autour des épaules.

— Vous pouvez pleurer, lui dit-il avec douceur. Je ne le dirai à personne.

— Ma machine est intacte, dit-elle d'une voix faible, mais ma robe de mariée est fichue. Mais pourquoi est-ce que je pleure ? Je me fiche de cette robe. Attendez un instant ! (Elle jeta autour d'elle un regard éperdu.) Où est Steve Stevens ?

Le médecin arriva en courant, sa sacoche à la main.

— Avez-vous vu un biplan blanc avec un gros pilote ? lui demanda Joséphine.

— Il est parti, madame. Pour Odessa. Il a dit qu'il espérait atteindre El Paso dans deux jours. Et maintenant, laissez-moi vous aider à descendre de cette machine.

— Il me faut de l'huile et de l'essence.

— Il vous faut surtout un pansement, du phénol et une semaine au lit, ma petite dame.

— Regardez-moi. (Elle leva son bras ensanglanté et remua les doigts.) Vous voyez que je peux bouger ma main.

— Je vois que l'os n'est pas cassé, mais vous avez subi un choc terrible.

Bell remarqua alors les mâchoires contractées de Joséphine et la lueur farouche dans son regard. Il adressa un signe aux garçons et leur glissa à chacun une pièce en or de cinq dollars.

— Allez chercher de l'huile et de l'essence, nous devons refaire le plein. Tout de suite !

— Dans son état, elle ne peut pas piloter, protesta le médecin.

— Pansez sa plaie, lança Bell.

— Vous croyez sérieusement qu'elle pourra voler jusqu'à El Paso ?

— Non, dit Isaac Bell. Elle va voler jusqu'à San Francisco.

35

DEUX JOURS PLUS TARD, Joséphine décrivait des cercles autour du quartier des affaires d'El Paso, tandis que Bell scrutait les toits à l'aide de jumelles pour dénicher Harry Frost armé d'un fusil. Ce jour-là, le Celere de Joséphine volait en tête de la course depuis Pecos, comme il l'avait fait la veille à partir de Midland.

En bas, des milliers de Texans étaient venus accueillir l'aviatrice dont l'arrivée avait été annoncée en gros titres par la presse locale :

« VIVE LA MARIÉE ! »

Le quartier des affaires, ses rues, ses jardins publics étaient envahis par les gens qui se pressaient aux fenêtres et sur les toits. Rendu prudent par les foules rassemblées à Fort Worth, Bell avait exigé que Whiteway déplace le terrain d'atterrissage vers une gare de triage le long du Rio Grande, plus facilement défendable. En voyant les scènes de folie en dessous de lui, il se félicitait de son initiative.

Joséphine offrait encore son spectacle aérien lorsque le gros biplan blanc de Steve Stevens, suivi non sans peine par le Liberator rouge de Joe Mudd firent leur apparition à l'est. Elle fit une nouvelle fois le tour du quartier à l'intention de la foule puis entama sa manœuvre d'approche par une série de piqués en spirale qui arrachèrent des cris d'effroi et d'admiration aux spectateurs, avant d'atterrir sur un espace découvert de la gare de triage.

Bell vint se poser à côté d'elle.

Toute la journée, les concurrents avaient dû affronter de forts vents contraires et leurs trains d'assistance étaient déjà sur place. Les équipes fêtaient l'étape, maintenant que le Texas était derrière elles. De l'autre côté du fleuve, la terre du Mexique semblait trembler dans la chaleur, mais c'était l'ouest qui accaparait toutes leurs attentes, les territoires du Nouveau-Mexique et de l'Arizona, et, pour finir, la Californie, riveraine de l'océan Pacifique.

Ils n'étaient pourtant pas arrivés, et Bell gardait l'œil rivé sur les crêtes des montagnes bleues, en direction du Continental Divide, qui marque la ligne de partage des eaux entre l'Atlantique et le Pacifique. Pour franchir ne serait-ce que la partie la plus basse des montagnes Rocheuses, les machines devraient voler à plus de 1200 mètres d'altitude.

Des télégrammes l'attendaient. L'un d'eux le réjouit particulièrement : Archie se sentait assez rétabli pour risquer le voyage vers l'ouest avec Lilian à bord du train spécial d'Osgood Hennessy pour assister à l'arrivée de la course. Bell lui télégraphia qu'ils devraient exercer toutes les pressions imaginables sur les avocats chargés de faire sortir Danielle Di Vecchio de l'asile et l'amener avec eux. Ainsi, elle pourrait constater que la machine de son père avait traversé le continent. Mentalement (et en touchant du bois) il se dit : « A moins qu'il ne s'écrase ou ne soit abattu en plein ciel par Harry Frost. »

Un long télégramme du service des recherches apportait des informations moins réjouissantes :

Platov inconnu au bataillon.

Ainsi commençait le texte de Grady Forrer, avouant n'avoir rien trouvé sur l'inventeur russe Dmitri Platov en dehors des rapports de Belmont Park. Et pour ajouter au mystère, le chef du service recherches de l'Agence Van Dorn ajoutait même :

Salon aéronautique international Paris, inventeur et berger australien Rob Connolly a présenté moteur thermique. Pas Platov.

Australien a vendu moteur et rentré chez lui.

A présent intérieur pays, impossible communiquer.
Acheteur moteur thermique inconnu.
Platov ???

Isaac Bell s'en fut à la rencontre de Dmitri Platov.

Il trouva James Dashwood, qu'il avait chargé de surveiller le Russe, contemplant l'arrière du train d'assistance de Steve Stevens, l'air sidéré. Lorsqu'il aperçut l'enquêteur en chef, il baissa la tête d'un air piteux.

— Si j'ai bien compris, dit Isaac Bell d'un ton sec, vous avez perdu Platov.

— Pas seulement Platov. Son wagon-atelier aussi a disparu.

C'était le dernier wagon du train spécial de Stevens.

— Il n'est pas parti tout seul.

— Non, monsieur. En se réveillant, ce matin, les gars ont constaté que le wagon avait été détaché et qu'il avait disparu.

Bell examina la voie secondaire sur laquelle se trouvait le train spécial de Stevens. Les rails descendaient en pente douce. Détaché, le wagon de Platov avait pu rouler.

— Il n'a pas pu aller très loin, dit-il.

Mais à l'extrémité de la gare de triage, un aiguillage ouvert permettait la jonction entre la voie secondaire réservée aux trains d'assistance et une autre voie qui se perdait au milieu des usines et des hangars disséminés le long de la berge.

— Trouvez-moi une draisine, James.

Quelques instants plus tard, Dashwood revint en manœuvrant à la main une draisine légère destinée à l'inspection des voies. Bell sauta dessus et ils se lancèrent sur la voie menant aux usines. Bell aida Dashwood à actionner le levier et bientôt ils roulaient à 30 kilomètres-heure. Au sortir d'une courbe, ils aperçurent de la fumée mais sa source était dérobée à leur vue par des entrepôts.

— Plus vite !

Après une scierie et un abattoir des plus odoriférants, ils découvrirent la voiture-atelier de Platov immobilisée par un butoir qui fermait la voie secondaire. Des flammes et des volutes de fumée jaillissaient des vitres, des portes et de la trappe de toit. Le temps que Bell et Dashwood y parviennent, la voiture était entièrement la proie des flammes.

— Pauvre M. Platov ! s'écria Dashwood. Tous ses outils... mon Dieu, j'espère qu'il n'est pas à l'intérieur.

— Pauvre M. Platov, répéta Bell.

Une voiture-atelier pleine de bidons d'huile et d'essence brûle en effet très vite.

— Heureusement que cette voiture n'était pas rattachée au train spécial de M. Stevens, dit Dashwood.

— Certes.

— Qu'est-ce que c'est que cette odeur ?

— J'ai bien peur que ce soit un pauvre diable en train de rôtir, dit Bell.

— M. Platov ?

— Qui d'autre ?

Des véhicules d'incendie tirés par des chevaux arrivèrent par la voie ferrée. Les pompiers déroulèrent leurs tuyaux jusqu'au fleuve et démarrèrent les pompes à vapeur. Rapidement, ils déversèrent des trombes d'eau sur le brasier, mais en vain. Les flammes consumèrent les flancs, le plancher et le toit de la voiture, tous en bois, jusqu'à ce qu'il ne reste plus qu'un tas de cendres entre les essieux et les roues en acier. Lorsque tout fut terminé, les pompiers découvrirent les restes d'un corps humain dont on distinguait à peine les vêtements et les bottines carbonisés.

Bell fouilla les cendres mouillées.

Une lueur attira son regard et il ramassa un tout petit morceau de verre cerclé de cuivre, encore chaud. Il le retourna entre ses doigts. Le cuivre portait des rainures sur les deux faces. Il montra le fragment à Dashwood.

— Le pied à coulisse Faber-Castell... ou ce qu'il en reste.

— Et voici Steve Stevens.

Le gros planteur de coton, les mains sur les hanches, se prit à contempler le tas de cendres.

— Ça, c'est le comble ! Un syndicaliste rouge qui me suit à la trace ! Tous les crétins sentimentaux du pays en pincent pour Joséphine parce que c'est une fille. Et maintenant, mon mécanicien engagé à prix d'or se fait griller lui-même. Qui va entretenir ma machine, maintenant ?

— Pourquoi ne pas demander aux mécaniciens à qui Dmitri apportait son aide ? suggéra Bell.

— Jamais entendu une idée aussi idiote ! Même ce foutu Russe n'arrivait pas à synchroniser mes moteurs. Cette pauvre machine aurait mieux fait de brûler avec lui. Il la connaissait à fond. Sans lui, j'aurai de la chance si j'arrive à traverser le Territoire du Nouveau-Mexique.

— Non, ça n'est pas une idée idiote, dit Joséphine.

A la différence de Stevens, Bell l'avait vue arriver en silence sur une bicyclette empruntée Dieu sait où.

Le gros homme pivota sur ses talons.

— D'où vous arrivez, vous ? Ça fait combien de temps que vous écoutez ?

— Depuis que vous avez dit que les gens en pincent pour moi parce que je suis une fille.

— Eh bien c'est la vérité, et vous le savez aussi bien que moi.

Joséphine contempla la voiture de Platov réduite en cendres.

— Mais Isaac a raison. Maintenant que Dmitri a... disparu, vous avez besoin d'aide.

— Oh, mais je vais continuer. Ne croyez pas que je vais renoncer parce que j'ai perdu mon mécanicien.

— Monsieur Stevens, j'ai des oreilles, dit-elle en hochant la tête. J'entends vos moteurs secouer à mort votre machine chaque fois que vous vous envolez. Voulez-vous que j'y jette un œil ?

— Euh... je ne suis pas sûr que...

Bell l'interrompit.

— Je vais demander à Andy Moser s'il veut bien les examiner avec Joséphine.

— Au cas où vous croiriez que je cherche à saboter votre machine quand vous avez le dos tourné, dit Joséphine en souriant.

— J'ai pas dit ça.

— Mais vous le pensiez. Laissez-nous vous aider, Andy et moi. (Son sourire s'élargit et elle se fit taquine.) Isaac va dire à Andy de me surveiller de près de façon à ce que je n'abîme rien « accidentellement. »

— C'est bon, c'est bon, ça ne pourra pas faire de mal d'y jeter un coup d'œil.

Joséphine repartit à bicyclette vers la gare de triage.

— Montez, dit Bell à Stevens.

Ils firent le chemin en sens inverse sur la draisine. Stevens demeura silencieux jusqu'à ce qu'ils eussent dépassé l'abattoir et les usines.

— Merci pour votre aide, Bell, dit-il à ce moment-là.

— C'est Joséphine qu'il faut remercier.

— Elle m'a pris par surprise.

— Je crois que tous les deux vous êtes en train de vous rendre compte que vous êtes embarqués dans la même aventure.

— Voilà que vous parlez comme ce cinglé de rouge, maintenant !

— Mudd aussi est embarqué là-dedans.

— Maudit syndicaliste !

Mais les meilleures intentions ne pouvaient rien contre les tensions nées de près de 5 000 kilomètres de vol dans des conditions éprouvantes. Andy et Joséphine déployèrent leur savoir-faire tout l'après-midi sur les deux moteurs de Stevens, avant de déclarer forfait.

Joséphine prit Bell à part.

— Je doute que Stevens m'écoute, mais peut-être écouterait-il Andy.

— Ecouter quoi ?

— Que sa machine n'arrivera jamais à San Francisco. S'il s'obstine, il va se tuer.

Bell s'en ouvrit à Andy qui lui répondit :

— Le mieux que j'ai pu faire c'était de les synchroniser pendant quelques minutes avant qu'ils se remettent à se détraquer. Mais même si on pouvait les synchroniser, les moteurs sont cuits. Il ne réussira pas à franchir les montagnes.

— Dites-le-lui.

— Vous ne voulez pas venir avec moi, monsieur Bell ? Au cas où ça le rendrait fou.

Bell se tenait à ses côtés lorsque Andy exposa la situation à Steve Stevens.

Ce dernier se planta les mains sur les hanches et devint cramoisi.

— Vraiment désolé, monsieur Stevens, dit Andy, mais je vous explique seulement la vérité. Ces moteurs vont vous tuer.

— Ecoutez, mon garçon, il n'est pas question que je revienne dans le Mississippi avec la queue entre les jambes. Soit je reviens avec la Coupe Whiteway, soit je ne reviens pas du tout. (Il se tourna vers Bell.) Allez-y, dites ce que vous avez à dire. Vous pensez que je suis fou, hein ?

— Je pense qu'il y a une différence entre le courage et la bêtise.

— Et vous allez m'expliquer la différence ?

— Je le ferais juste parce que c'est vous.

Stevens se prit à contempler son gros biplan blanc.

— Est-ce que vous avez déjà été gros, Bell, quand vous étiez enfant ?

— Pas que je me souvienne.

— Oh, vous vous en souviendriez, fit Stevens avec un petit rire. C'est pas quelque chose qu'on oublie... J'ai été gros toute ma vie d'homme. Et avant ça, j'étais un enfant gros.

Il s'approcha du biplan et passa une main grassouillette sur la toile avant de caresser l'une des hélices.

— Mon père me disait que jamais personne n'aimerait un homme trop gros. Il s'est avéré qu'il avait raison... (Stevens déglutit avec difficulté.) Je sais très bien qu'en rentrant chez moi, ils ne m'aimeront pas plus. Mais au moins ils me respecteront.

36

L'AIR AU-DESSUS DES MONTAGNES effrayait Joséphine. Il lui semblait mince, surtout aux moments les plus chauds de la journée, et pas aussi fort que celui auquel elle était habituée, même à grande vitesse. Dans le ciel le plus bleu qu'elle ait jamais vu, elle s'efforçait pourtant de prendre de l'altitude au-dessus de la ville ferroviaire de Deming, dans le Territoire du Nouveau-Mexique. Incrédule, elle surveillait l'altimètre artisanal qui semblait bloqué. Elle le tapota avec le bout du doigt mais l'aiguille ne bougea pas. En bas, le Union Depot et son restaurant Harvey, entre les voies parallèles de l'Atchinson, Topeka & Santa Fe et celles de la Southern Pacific ne semblaient pas diminuer de taille et elle comprit que ce n'était pas son altimètre qui était détraqué, elle peinait bel et bien à prendre de l'altitude.

Steve Stevens et Joe Mudd volaient bien en dessous d'elle et elle imaginait les difficultés qu'ils éprouvaient. Elle au moins avait l'expérience de la montagne pour avoir volé dans les monts Adirondacks. Pour autant, cela ne lui était guère utile lorsque les contre-courants de l'ouest s'acharnaient sur ses ailes, que les courants ascendants la frappaient comme des ruades de mulet et que ce même air qui la précipitait vers le sol se révélait incapable de la faire remonter. Elle regarda par-dessus son épaule. L'*Eagle* d'Isaac qui la suivait fidèlement au-dessus semblait attaché à un élastique tellement il rebondissait de bas en haut.

Elle parvint quand même à gagner l'altitude de 900 mètres, grimpa encore un peu et prit la direction de Lordsburg en espérant monter encore pour franchir les montagnes. En suivant les voies de la Southern Pacific Railroad elle ne tarda pas à dépasser un train express qui avait quitté Deming une demi-heure avant elle. La locomotive crachait haut son panache de fumée en escaladant une pente raide, signe pour elle aussi qu'elle aurait à prendre de l'altitude.

Soudain, elle songea à Marco.

Elle ne pleurait pas la mort de Platov puisque, à Fort Worth, il l'avait avertie qu'il allait « disparaître ». Mais lorsqu'il réapparaîtrait, il faudrait qu'elle lui demande qui était mort dans l'incendie du wagon-atelier. Aucune réponse ne lui semblait satisfaisante. Elle écarta ces pensées de son esprit et essaya de se concentrer sur la façon de franchir le Continental Divide.

Devant elle, les rails du chemin de fer s'enfonçaient dans une passe entre deux sommets. Le ciel avait beau être d'un bleu limpide tout autour, un épais nuage bouchait l'entrée du col, comme si l'on avait bourré du coton entre les deux montagnes. Il lui fallait grimper au-dessus de ce barrage car, prise à l'intérieur, elle n'aurait aucun moyen de voir où se trouvaient les parois.

Mais en dépit de tous ses efforts pour manœuvrer ses ailerons et son gouvernail de profondeur, et de la peine que se donnait son moteur Antoinette, elle se retrouva vite enveloppée par le froid brouillard. Parfois si épais qu'elle ne distinguait même plus son hélice. Puis, à un moment, il s'effilocha et elle aperçut les pics. Elle corrigea sa trajectoire et s'apprêta à affronter une nouvelle période de vol à l'aveugle. Tout le temps, elle chercha à gagner de l'altitude. Une fois encore, le brouillard diminua d'intensité et elle constata qu'elle avait dérivé sur la droite. Elle redressa sa course à la hâte avant que le nuage ne se reforme autour d'elle. De nouveau, elle ne vit plus rien mais cette fois-ci, il lui sembla que l'air était plus fort.

Soudain, elle se retrouva au-dessus du nuage, plus haut que la passe, plus haut même que les sommets et le ciel, tout, autour d'elle, était d'un bleu plus intense qu'elle ne l'avait jamais vu.

— Bravo, Elsie ! lança-t-elle à l'adresse de son monoplan.

L'espace d'un instant, elle crut pouvoir apercevoir l'océan Pacifique, mais il s'en fallait encore de 11 000 kilomètres. Elle regarda derrière elle. Isaac Bell volait au-dessus d'elle et elle se jura que si elle remportait la Coupe, ses premiers dollars seraient consacrés à l'achat d'un moteur rotatif Gnome.

Plus loin derrière, le poussif biplan tracteur rouge de Joe Mudd décrivait des cercles pour tenter de prendre de l'altitude. Steve Stevens le dépassa alors en dessous et fila droit sur la passe, utilisant la puissance de ses deux moteurs pour gagner de l'altitude. Il s'enfonça dans le banc de nuages, parallèlement à la voie de chemin de fer. Dès lors, Joséphine ne cessa de regarder en arrière en espérant le voir émerger.

Mais le biplan blanc ne jaillit pas de la brume : une brillante fleur rouge s'enflamma soudain sur la paroi rocheuse. Le rugissement de son propre moteur l'empêcha d'entendre l'explosion et il lui fallut un moment pour prendre conscience de ce qui venait de se passer. Sa gorge se serra. Steve Stevens s'était écrasé contre la montagne. Son biplan brûlait et il était mort.

Deux pensées effroyables la transpercèrent de part en part.

Le rapide bimoteur de Stevens, stupéfiante création de Marco, était désormais hors course, ne laissant plus face à elle que le lent Liberator de Joe Mudd. Elle s'en voulut de penser cela : non seulement c'était peu charitable et injuste, mais de plus elle se rendait compte que même si elle n'avait jamais apprécié Stevens, il faisait partie de leur petit groupe d'aviateurs aventuriers.

Sa deuxième réflexion fut plus effroyable encore à supporter. Sir Eddison-Sydney-Martin aurait probablement gagné cette course si Marco n'avait pas saboté son propulseur Curtiss.

Ce soir-là, à Wilcox, dans le Territoire de l'Arizona, Joséphine entendit Marion dire à Isaac :

— Whiteway est ravi.

— Il a enfin ce qu'il désirait, répondit Isaac. Une ultime compétition entre la courageuse Aérienne chérie de l'Amérique et un syndicaliste sur une machine poussive.

Le pire cauchemar d'Eustace Weed se réalisa à Tucson. La course était immobilisée par une terrible tempête de sable qui avait à moitié enseveli les machines. Après les avoir dégagées et nettoyées, Andy Moser lui donna son après-midi pour aller jouer au billard en ville.

Là-bas, Eustace rencontra un Indien Yaqui qui tenta de le dépouiller de son argent au billard à huit boules. L'Indien était bon, excellent même, et il fallut à Eustace la plus grande partie de l'après-midi pour rafler l'argent du Yaqui et celui de ses amis qui prenaient des paris annexes, convaincus que l'Indien de Tucson battrait le jeunot de Chicago. Lorsque Eustace quitta la salle de billard, à l'heure du dîner, l'Indien l'appela « le Kid de Chicago », ce qui le remplit de bonheur, mais sur le trottoir, un homme l'attendait :

— C'est bon, mon garçon.

— Qu'est-ce que vous voulez dire ?

— Tu as toujours ce qu'on t'a donné à Chicago ?

— Quoi ?

— Tu l'as perdu ?

— Non.

— Fais voir.

A regret, Eustace Weed lui montra le petit sac en cuir. Le type en sortit le tube en cuivre, vérifia que les bouchons de cire étaient intacts et le lui rendit.

— On va te revoir… bientôt.

— Est-ce que vous vous rendez compte de l'effet que ça aura sur une machine volante ?

— Raconte.

— C'est pas comme si le moteur s'arrêtait dans une automobile. On est en l'air.

— Logique, puisqu'il s'agit d'une machine volante.

— De l'eau dans l'essence, ça va bloquer le moteur. Si ça arrive en altitude, le pilote pourra peut-être se poser en vol plané. Peut-être. Mais si le moteur se bloque à basse altitude, sa machine va s'écraser et il se tuera.

— Tu comprends ce qui va arriver à ta chère Daisy Ramsey si tu ne fais pas ce qu'on t'a dit ?

Eustace Weed se sentait incapable de regarder le type dans les yeux. Il baissa la tête.

— Oui.

— Ça suffit pas. Tu comprends ?

— Oui, je comprends.

37

« Texas » Walt Hatfield apparut soudain à Yuma, dans le Territoire de l'Arizona, par une matinée d'orage. La ville se trouve sur les berges du Colorado, récemment endigué, qui trace la limite avec l'Etat de Californie. Les concurrents étaient impatients de gagner Palm Springs avant la tombée de la nuit, mais c'était la saison des tempêtes et les habitants leur conseillèrent d'attendre quelques heures pour que cessent les éclairs et les pluies torrentielles. Les machines étaient solidement amarrées et recouvertes de bâches et les trains d'assistance attendaient dans la gare de triage.

— M. Van Dorn sait que vous êtes là ? demanda Bell, qui connaissait la tendance du Texan aux initiatives intempestives.

— C'est le grand patron lui-même qui m'a donné l'ordre de venir le plus vite possible et de faire mon rapport en personne.

— Vous avez des nouvelles de Frost ?

Texas Walt recula son chapeau à larges bords sur le haut de son crâne.

— Il a quitté Tucson à bord de sa Thomas Flyer. Je ne sais pas comment il l'avait amenée jusque-là, mais on n'a pas vu le bout de son oreille ni de celle de ses gars. Je me disais qu'ils étaient venus en train. Hier, on s'est rendu compte qu'ils avaient réservé une cabine de luxe sur la Limited.

— Dans quelle direction ?

— Californie.

— Alors pourquoi est-ce que M. Van Dorn vous a envoyé ici ?

Texas Walt sourit, découvrant des dents d'une éclatante blancheur qui contrastaient avec sa peau tannée par le soleil comme une selle de cheval.

— Oh, c'est qu'il avait raison. Isaac, mon vieux, attendez un peu de voir qui je vous amène.

— Il n'y a que deux personnes que j'ai envie de voir : Harry Frost, ou bien Marco Celere, ressuscité des morts.

— Ah, la barbe ! Vous avez toujours un coup d'avance. Comment le saviez-vous ?

— Savoir quoi ?

— J'ai amené Marco Celere.

— Vivant ?

— Et comment ! Je l'ai récupéré grâce à des relations à moi, des détectives de la Southern Pacific. Ils avaient attrapé un vagabond qui sautait d'un train de marchandise et qui jurait ses grands dieux qu'il travaillait pour la course aérienne. Il disait connaître Joséphine et il exigeait de voir les détectives Van Dorn chargés de la protéger. Comme cette information ne figure pas dans les journaux, les gars ont décidé de m'envoyer un télégramme.

— Où est-il ?

— Je l'ai conduit directement à la cuisine. Il meurt de faim.

Isaac Bell se précipita vers la voiture-cuisine et découvrit un inconnu en haillons, les yeux brillants d'intensité, occupé à dévorer des œufs au bacon accompagnés d'impressionnantes quantités de pain. Ses cheveux noirs et graisseux étaient partagés par une cicatrice rouge qui courait depuis le sourcil jusqu'au haut du crâne ; sur son avant-bras, une autre cicatrice rouge.

— Vous êtes Marco Celere ?

— C'est bien mon nom, répondit l'homme avec un accent italien presque plus prononcé que celui de Danielle Di Vecchio, mais qui le rendait moins difficile à comprendre que ne l'avait suggéré Joséphine. Où est Joséphine ? demanda-t-il.

— Où étiez-vous pendant tout ce temps ?

Celere sourit.

— J'aimerais bien le savoir.

— Il vous faudra répondre à cette question avant que je vous laisse approcher à un kilomètre de Joséphine. Qui êtes-vous ?

— Je suis Marco Celere. Je me suis réveillé il y a deux semaines au Canada. Je ne savais pas qui j'étais ni comment j'étais arrivé là. Et puis, petit à petit, la mémoire m'est revenue. Par morceaux. D'abord comme un minuscule ruisseau et puis comme un torrent. J'ai commencé par me rappeler mes aéroplanes. Puis j'ai vu un article de journal sur la Coupe Whiteway, la course aérienne. En lisant cet article, j'ai appris que je n'avais pas seulement une mais deux machines engagées : mon lourd biplan et mon monoplan léger. Soudain tout m'est revenu.

— Où étiez-vous au Canada ?

— Dans une ferme, au sud de Montréal.

— Une idée de la façon dont vous êtes parvenu là-bas ?

— Franchement, je n'en sais rien. Les gens qui m'ont sauvé m'ont trouvé près de la voie de chemin de fer. Ils pensent que j'ai dû monter dans un wagon de marchandise.

— Quels gens ?

— Une très gentille famille de cultivateurs. Ils m'ont soigné pendant tout l'hiver et le printemps avant que je commence à retrouver la mémoire.

Bell continua de bombarder de questions l'homme que Danielle Di Vecchio avait qualifié de voleur et d'escroc, qui avait troqué son nom de Prestogiacomo pour celui de Celere, et que James Dashwood soupçonnait d'avoir assassiné le père de Danielle à San Francisco.

— Vous avez une idée de ce qui a pu provoquer cette amnésie ?

— Je sais comment c'est arrivé. (Il passa la main sur la cicatrice de son crâne.) Je chassais avec Harry Frost. Il m'a tiré dessus.

— Qu'est-ce qui vous amène dans le Territoire de l'Arizona ?

— Je suis venu aider Joséphine à gagner la course avec ma machine volante. Puis-je la voir, s'il vous plaît ?

— Quand avez-vous lu un journal pour la dernière fois ?

— J'ai vu un bout de journal la semaine dernière, à la gare de triage de Kansas City.

— Savez-vous que votre gros biplan s'est écrasé ?

— Non ! On peut le réparer ?

— Il s'est écrasé sur une montagne.

— Et le pilote ?

— A votre avis ?

Celere posa sa fourchette.

— C'est terrible. J'espère que la machine n'est pas en cause.

— Comme les autres, la machine était à bout. La course est longue.

— Mais c'est un défi extraordinaire, dit Celere.

— Je dois aussi vous avertir, dit Bell en le regardant attentivement dans les yeux, que Joséphine s'est remariée.

Celere le surprit. Il s'attendait à le voir troublé en apprenant que sa maîtresse s'était remariée, mais il s'écria :

— Magnifique ! Je suis très heureux pour elle ! Mais son mariage avec Frost ?

— Annulé.

— Parfait. Ce n'est que justice. C'était un mari horrible. Qui a-t-elle épousé ?

— Preston Whiteway.

Celere applaudit avec ravissement.

— Ah ! Parfait !

— Pourquoi est-ce parfait ?

— Elle aime les courses. Et lui en organise. C'est un mariage béni par le ciel. J'ai hâte de le féliciter et de souhaiter à Joséphine tout le bonheur du monde.

Bell lança un coup d'œil à Texas Walt, qui écoutait près de la porte, puis demanda à l'inventeur italien :

— Ça ne vous dérangerait pas d'aller d'abord faire votre toilette ? Je vais vous trouver un rasoir et des vêtements propres. Il y a une salle de bains à l'arrière de la voiture-hangar.

— *Grazie !* Merci. Je dois avoir l'air d'un épouvantail.

Bell échangea un nouveau regard avec Texas Walt, et répondit avec un sourire qui n'éclaira pourtant pas son regard :

— Vous avez vraiment l'aspect de quelqu'un qui a traversé le continent dans un wagon de marchandise.

Bell et Hatfield le conduisirent à la salle de bains et lui donnèrent une serviette et un rasoir.

— Merci, merci. Puis-je vous demander encore un service ?

— Oui, que vous faudrait-il ?

— Auriez-vous de la brillantine ? (Il passa les doigts dans ses cheveux sales.) Comme ça, je pourrai lisser mes cheveux.

— Je vais vous en apporter, dit Texas Walt.

— Merci, monsieur. Et de la cire à moustache ? Ce serait merveilleux de retrouver mon apparence habituelle.

— Quelqu'un qui a traversé le continent dans un wagon de marchandise ? répéta Texas Walt avec un sourire dubitatif.

Bell lui rendit son sourire.

— Qu'en pensez-vous ?

— J'ai plutôt l'impression qu'il a voyagé sur les coussins, dit Hatfield avec l'expression utilisée par les vagabonds pour désigner ceux qui arrivent à acheter un billet de voiture-salon. A mon avis, ce type-là n'a fait que les cent cinquante derniers kilomètres dans un wagon de marchandise.

— Exact, dit Bell qui avait lui-même utilisé ce moyen de transport, déguisé en vagabond. Il n'est pas assez sale.

— J'imagine qu'une fermière solitaire a dû le récurer de bas en haut.

— Possible.

Texas Walt se roula une cigarette, souffla la fumée bleue, et dit :

— Je peux pas m'empêcher de me demander ce que va penser Mlle Joséphine. Vous croyez qu'elle aurait accepté d'épouser Whiteway si elle avait su que Celere était vivant ?

— J'imagine que ça dépend des sentiments qu'ils éprouvaient l'un pour l'autre.

— Qu'est-ce qu'on fait avec lui, patron ?

— Attendons de voir ce qu'il mijote, répondit Bell qui ne pouvait s'empêcher de rapprocher le retour miraculeux de Celere et la remarque furieuse de Harry Frost : « *Vous ne savez pas ce qu'ils préparaient* ».

Marco Celere émergea de la voiture-hangar de Bell, lavé, rasé et brillantiné, les cheveux noirs luisants, les joues lisses, les pointes de moustache relevées. Quant à la moustache de Bell, elle se releva un peu lorsqu'il sourit en voyant Texas Walt lui lancer un coup d'œil. Comme lui, le Texan au regard acéré avait remarqué que les joues rasées de Celere étaient pâles. La différence par rapport à son nez et à son menton était presque imperceptible, mais ils guettaient la fausse note et elle était là, sous leurs yeux, il s'était rasé la barbe depuis peu.

Joséphine fut sidérée en apprenant que Celere était vivant, mais déclara n'avoir jamais perdu l'espoir de le revoir.

— Oh, mon pauvre ami, dit-elle en écoutant son histoire.

Elle lui prit la main. Bell, qui l'observait, trouva qu'elle semblait heureuse de le revoir, mais elle retourna vite à ses affaires.

— Tu n'aurais pas pu tomber à un meilleur moment, Marco. J'ai besoin d'aide pour régler cet aéroplane. Il a beaucoup souffert. Je vais demander à mon mari de t'engager.

— Inutile, répondit Marco. Je travaillerai gratuitement. Après tout, il est aussi de mon intérêt que ma machine gagne cette course.

— Dans ce cas, il vaudrait mieux vous mettre tout de suite au travail, dit Bell. Le temps s'éclaircit et Weiner vient d'annoncer que nous allons décoller pour Palm Springs.

Conscient que Isaac Bell le surveillait de près, Marco Celere attendit patiemment de pouvoir converser avec Joséphine. Le lendemain de leur arrivée à Palm Springs, alors qu'ils remplissaient le réservoir en vue du court vol qui devait amener les concurrents à Los Angeles, il prit le risque de lui parler. Ils étaient seuls et versaient de l'essence dans le réservoir alors que les mécaniciens aidaient la police à chasser les spectateurs du terrain.

Ce fut Joséphine qui parla la première.

— Qui est mort dans l'incendie ?

— J'ai trouvé le corps d'un vagabond dans un terrain vague. Et maintenant, Platov n'existe plus.

— Il était déjà mort ?

— Bien sûr. Un pauvre vieux. Il en meurt tout le temps. Qu'est-ce que tu croyais ?

— Je ne sais pas quoi penser.

— C'est peut-être ta vie de femme mariée qui te trouble.

— Que veux-tu dire ?

— Quel effet ça te fait d'être Mme Preston Whiteway ? lui demanda-t-il d'un ton taquin.

— J'ai repoussé ma « nuit de noces », il faudra attendre la fin de la course. Tu le sais. Je t'avais dit que je le ferais.

Marco haussa les épaules.

— On dirait un opéra bouffe.

— Je ne connais pas du tout l'opéra.

— L'opéra bouffe est du genre drôle. C'est comme un vaudeville.

— Pour moi ce n'est pas drôle, Marco.

— Pour moi, ça vaut le coup de se faire descendre.

— Pourquoi ? Comment ça ?

— C'est seulement que s'il arrivait quelque chose à Preston Whiteway, tu hériterais de son empire de presse.

— Je ne veux pas de son empire. Je veux voler avec des aéroplanes et gagner cette course. (Elle le regarda droit dans les yeux.) Et être avec toi.

— J'imagine que je devrais t'être reconnaissant d'avoir conservé ces sentiments.

— Qu'arrivera-t-il à Preston ?

— Ah bon, maintenant M. Whiteway est devenu « Preston ? »

— Je ne peux quand même pas appeler mon mari « Monsieur Whiteway. »

— Non, j'imagine.

— Marco, qu'est-ce qu'il y a ? Où veux-tu en venir ?

— Je me demande… est-ce que tu vas continuer à m'aider ?

— Bien sûr… Qu'est-ce que tu voulais dire par « s'il arrive quelque chose à Preston » ?

— Par exemple si Harry Frost, ton ancien mari, le fou de jalousie, tuait ton nouveau mari.

— Qu'est-ce que tu racontes ?

Marco retroussa alors la manche de la blouse de Joséphine, révélant le pansement qui recouvrait la blessure par balle sur son avant-bras.

— Rien que tu ne saches déjà au sujet de cet homme.

38

UN CARNAVAL BRUYANT ET COLORÉ avait planté ses tentes près de Dominguez Field, au sud de Los Angeles. Là, 250 000 spectateurs s'étaient massés pour saluer l'arrivée des deux derniers concurrents de la Coupe Whiteway et leur départ le lendemain matin pour Fresno.

Malade de peur à l'idée d'altérer le carburant d'Isaac Bell, Eustace Weed n'avait aucune envie de participer à un carnaval, mais M. Bell avait insisté : « Il faut te changer les idées, mon garçon, il n'y a pas que le travail dans la vie. » Il accompagna sa phrase d'un billet de cinq dollars avec défense de ramener la monnaie. Un ami de M. Bell, un gars de l'âge d'Eustace, nommé Dash, et qui traînait dans le coin depuis l'Illinois en plaçant des paris, l'accompagna hors de la gare de triage en lui promettant de le retrouver plus tard pour qu'ils rentrent ensemble au train d'assistance.

Eustace gagna un ours en peluche en renversant avec une balle de base-ball des bouteilles de lait en bois. Fallait-il l'envoyer à Daisy ou le lui remettre en main propre ? Il soupesait le pour et le contre, lorsque le vieux bonimenteur édenté qui lui tendait son prix lui chuchota d'une voix rauque :

— C'est bon, Eustace.

— Quoi ?

— Demain matin. Dépose le tube dans le réservoir de Bell avant le décollage.

— Et s'il me voit ?

— Cache-le dans le creux de ta paume pour qu'il te voie pas.

— Mais il est malin comme un singe. Il pourrait me voir.

Le vieil édenté lui tapota affectueusement l'épaule.

— Ecoute, Eustace, je ne sais pas ce que c'est que cette histoire et je ne veux pas le savoir. Tout ce que je sais, c'est que les gars qui m'ont dit de te passer le message sont pas des plaisantins. Alors laisse-moi te donner un conseil : même s'il est malin, ce Bell, fais en sorte qu'il ne te voie pas.

Une grande roue de 25 mètres de haut trônait au milieu du carnaval, et, l'espace d'un instant, Eustace se dit qu'il pourrait se jeter du sommet : laisseraient-ils alors Daisy en paix ? Au même moment, Dash fit son apparition.

— Qu'est-ce qu'il s'est passé ? T'as perdu tout ton fric ? T'as l'air complètement lessivé.

— Non, ça va.

— Hé, dis donc, t'as gagné un ours en peluche.

— C'est pour ma bonne amie.

— Comment elle s'appelle ?

— Daisy.

— Dis-moi, si vous vous mariez, elle va s'appeler Daisy Weed !

Dash se mit à rire comme si la blague était nouvelle, puis il demanda à Eustace s'il avait faim et insista pour lui offrir une saucisse et une bière. Eustace eut l'impression d'avaler de la sciure et du vinaigre.

Deux types à la mine patibulaire, aux paupières tombantes, attendaient Bell devant la voiture-hangar de l'*Eagle Special*. Coiffés de chapeaux mous à larges bords, la cravate défaite,vêtus de chemises crasseuses, et de complets noirs laissant apparaître une bosse sous l'aisselle, là où ils rangeaient leur arme. L'un d'eux avait le bras dans une écharpe plus blanche que sa chemise, tant comme le pansement qui ornait le front du deuxième. Les détectives mécaniciens de Joséphine ne les quittaient pas des yeux, surveillance qu'ils affrontaient avec une arrogance non dissimulée.

— Vous vous souvenez de nous, monsieur Bell ?

— Griggs et Bottomley. On dirait que vous vous êtes fait percuter par une locomotive.

— C'est tout à fait ça, reconnut Griggs.

Bell leur serra la main, mais prit soin de prendre la gauche de Bottomley par égard pour son bras en écharpe.

— C'est bon, les gars, lança-t-il à l'adresse des détectives mécaniciens. Je vous présente Tom Griggs et Ed Bottomley, détectives de la Southern Pacific.

Les Van Dorn toisèrent les deux hommes, car au sein de la profession, le statut de détective des chemins de fer était tenu en piètre estime. Bell se sentit alors obligé d'ajouter :

— Je vous signale que c'est grâce à Griggs et à Bottomley qu'on a résolu l'affaire Glendale, je ne sais pas si vous vous en souvenez. Bon, que se passe-t-il, les gars ?

— On a appris que c'était vous le détective Van Dorn qui vous occupiez de l'affaire Joséphine.

Bell acquiesça.

— Pas le genre de chose que j'ai envie de voir figurer dans les journaux, mais c'est vrai. Et j'ai comme dans l'idée, vu votre passage chez les toubibs, que vous êtes tombés sur Harry Frost.

— Ed lui a tiré dessus, dit Griggs. En plein dans le ventre. Ça ne l'a même pas ralenti.

— Il porte une veste à l'épreuve des balles.

— J'ai entendu parler de ces machins-là, dit Griggs. Je ne savais pas que c'était au point.

— Maintenant, on le sait, ajouta Bottomley.

— Ça s'est passé où ?

— A Burbank. Un aiguilleur nous a dit que quelqu'un fouillait dans le magasin d'outillage. Quand on est arrivés, le gars était en train de charger de la marchandise dans un camion automobile. Il a ouvert le feu. On a riposté. Il s'est dirigé droit sur nous, il m'a frappé à la tête et a tiré une balle dans le bras de Tom.

— Quand on s'est remis sur nos pieds, il avait disparu. On a retrouvé le véhicule le lendemain matin. Vide.

— Qu'a-t-il volé ?

— Deux cent cinquante kilos de dynamite en caisses, des détonateurs et un rouleau de cordeau détonant.

— Ça ne m'étonne pas, dit Bell. Il adore la dynamite.

— C'est sûr, monsieur Bell. Mais on s'est quand même creusé la tête, Tom et moi, pour comprendre comment il compte faire sauter une machine volante.

— Ce matin, la course part pour Fresno, répondit Bell. Je vais téléphoner au superintendant Watt, lui dire ce que vous avez découvert et lui demander d'envoyer toute la brigade de Californie de la police de la Railroad Pacific inspecter les ponts de la ligne principale à la recherche de sabotages.

— Mais les machines volantes n'utilisent pas les ponts.

— Elles non, mais leurs trains d'assistance, oui. Et je peux vous dire qu'à la fin de la course, comme ça, après 6 500 kilomètres, les machines ne tiennent plus l'air que grâce aux mécaniciens et aux pièces détachées qu'il y a dans les wagons-hangars. Au fait, est-ce que par chance vous l'auriez blessé ?

— Je crois que je lui ai touché la jambe en tombant. Ça ne m'étonnerait pas qu'il boite.

— Bravo, fit Bell.

Eustace Weed décida que, puisqu'il n'avait pas le choix, il accomplirait son forfait au mieux, de façon à ce qu'il n'arrive rien à Daisy. Le pire ne serait pas de se faire surprendre mais que Daisy en subisse les conséquences.

Pour garder son sang-froid, il s'imagina de retour à Tucson, défiant les joueurs de billard locaux dans leur propre salle à péquenauds. Pour gagner au billard, il faut être sûr de soi. A la fin de la partie, le vainqueur est celui qui a su conserver son sang-froid.

Il glissa le tube en cuivre dans sa main gauche et se mit à remplir le réservoir de l'*American Eagle* d'essence et d'huile de ricin, sous le nez d'Isaac Bell. Comme ça, il était sûr d'écarter tout soupçon en n'étant pas obligé de le tirer de sa poche. Andy fit alors son apparition pour annoncer que la machine était prête. Bell se tourna pour parler à Andy et Eustace posa la main droite sur le bouchon du réservoir.

— Andy, on vérifie une dernière fois les commandes, dit Bell.

Eustace passa la main gauche au-dessus du réservoir ouvert.

Le pouce et l'index d'Isaac Bell se refermèrent comme un étau sur son poignet.

— Eustace, il va falloir que tu m'expliques un certain nombre de choses.

Eustace Weed demeura pétrifié, incapable de prononcer le moindre mot. Ses yeux se remplirent de larmes.

Bell l'observait d'un air dur. Lorsqu'il reprit la parole, sa voix était glaciale.

— Moi, je vais te dire ce qui s'est passé. Tu n'auras qu'à hocher la tête. Tu as compris ?

Eustace tremblait.

— Tu as compris ? répéta Bell.

Eustace acquiesça.

Bell lui lâcha le poignet et récupéra d'un même mouvement le tube en cuivre. Il le secoua d'un air dubitatif et le tendit à Andy qui se contenta d'un simple coup d'œil avant de devenir cramoisi.

— Quand l'essence aura dissous la cire, le contenu du tube s'échappera. Qu'est-ce que c'est ? De l'eau ?

Eustace Weed se mordit la lèvre et acquiesça de nouveau.

Bell tira alors un carnet de la poche de son manteau.

— Tu reconnais ce visage ?

— C'est un patron de saloon de Chicago. Je ne sais pas comment il s'appelle.

— Et celui-ci ?

— Il travaille pour le patron du saloon. C'est lui qui m'a conduit à lui.

— Et celui-là ?

— C'est l'autre qui m'a amené là-bas.

— Et cet homme ?

Bell lui montra le portrait d'un homme au visage dur, plus effrayant encore que les deux autres, l'allure d'un boxeur qui n'a jamais perdu un match.

— Non. Je ne l'ai jamais vu.

— Ce gars est un détective Van Dorn, et ça fait quinze jours qu'il vit dans la chambre en face de l'appartement de Mlle Daisy Ramsey et de sa mère. Il partage cette chambre avec un autre gars, encore plus costaud. Quand l'un est obligé de sortir, l'autre reste là, de l'autre côté du couloir. Quand Daisy va à son travail, au central téléphonique, un détective Van Dorn surveille la rue et un autre le central téléphonique. Tu comprends ce que je suis en train de te dire, Eustace ?

— Daisy est en sécurité ?

— Oui, Daisy est en sécurité. Et maintenant, raconte-moi tout. Vite.

— Comment connaissez-vous son nom ?

— Je te l'ai demandé à Topeka, dans le Kansas. Tu me l'as dit, confirmant ainsi ce qu'on avait déjà découvert à Chicago. C'est notre ville.

— Mais vous ne pourrez pas la surveiller toute sa vie.

— On n'en aura pas besoin. (Bell lui montra de nouveau les dessins.) Ces deux-là vont retourner dans la prison de Joliet pour terminer une condamnation à vingt ans bien méritée. Quant à ce patron de saloon, il est sur le point de fermer boutique et d'aller à Seattle ouvrir un magasin de nouveautés. Il a compris que c'est meilleur pour sa santé.

Entre Los Angeles et Fresno, dans un endroit plutôt désolé, la Southern Pacific West Side Line, que les concurrents devaient suivre, croisait la ligne Topeka & Santa Fe. Du même aiguillage partaient des voies secondaires desservant les fermes viticoles et les ranchs de la vallée de San-Joaquin. L'entrelacs de voies, d'aiguillages et de passages souterrains était tel que conducteurs de train et aiguilleurs l'appelaient la Danse du Serpent. Les employés de la Coupe Whiteway avaient indiqué la bonne direction au moyen d'une immense flèche en tissu blanc.

Dave Mayhew, le télégraphiste de Harry Frost, descendit d'un poteau et lut à haute voix ses transcriptions en alphabet Morse.

— Joséphine est en tête. Joe Mudd a eu du mal à décoller. A présent, il est cloué au sol dans un champ de coton du côté de Tipton.

— Où est le train d'assistance de Joséphine ? demanda Frost.

— Il garde la même vitesse. Juste en dessous d'elle.

— Et Isaac Bell ?

— Quand Joséphine et lui ont décollé, l'aiguilleur de Tulare a entendu que le moteur de Bell avait des ratés. Depuis ce moment-là, personne ne l'a vu. Le dernier aiguilleur à avoir vu Joséphine a déclaré qu'elle volait seule.

— Où est le train d'assistance de Bell ?

— Sur une voie secondaire au nord de Tulare. Probablement à l'endroit où il s'est écrasé.

Harry Frost tira sa montre de sa poche-gousset. A cette heure, l'eau avait dû passer dans l'essence et l'aéroplane de Bell s'écraser au sol.

— Va chercher l'automobile, dit-il à Mayhew.

Avec un peu de chance, Bell était mort, mais au pire il ne représentait plus une menace et ne pourrait pas l'empêcher d'abattre Joséphine en plein vol et de faire sauter le train d'assistance de Whiteway.

— Déplace la flèche, ordonna-t-il à Stotts.

Mike Stotts gagna la voie principale de la Southern Pacific, roula la toile qui indiquait le nord et la replaça en direction du nord-ouest, vers la ligne secondaire menant aux collines pelées bordant la vallée à l'ouest. Puis il manœuvra l'aiguillage de façon à envoyer le train d'assistance de Joséphine dans la même direction.

Dave Mayhew amena une Thomas Flyer flambant neuve sur cette voie secondaire. Frost et Stotts montèrent en voiture et les trois hommes prirent la direction du nord-ouest.

39

Isaac Bell descendait doucement en vol plané, en décrivant de larges cercles. On n'entendait que le murmure du vent dans les entretoises, tandis qu'en bas, des vaches broutaient, paisibles, et qu'un vol de pélicans blancs ne se détournait pas, preuve qu'il survolait le sol aussi silencieusement qu'un condor.

Une tempête venue du Pacifique franchissait les montagnes côtières, de lourds nuages cachaient, puis découvraient le soleil, hachant l'ombre de sa machine volante. Tandis que cette ombre s'étirait en courbes paresseuses sur les flancs des collines, Bell manœuvrait avec dextérité pour qu'elle ne recouvre pas la Thomas Flyer qui roulait sur la voie secondaire en soulevant un nuage de poussière.

Bell volait trop haut pour pouvoir identifier les trois hommes dans la voiture découverte, même avec ses jumelles, mais la silhouette massive de celui qui se tenait à l'arrière, ainsi que la flèche de toile déplacée en direction de la voie secondaire, sans parler de la tentative ratée d'Eustace pour saboter sa machine volante, tout cela lui disait qu'il devait s'agir de Harry Frost.

Il avait repéré le nuage de poussière une quinzaine de kilomètres après avoir suivi la flèche en toile disposée à la Danse du Serpent et avait immédiatement coupé son moteur Gnome. Joséphine était en sécurité à terre, 50 kilomètres en arrière, furieuse contre ce retard, bien que la direction de la course eût décompté ce temps sur ordre de Preston Whiteway lui-même, pour donner à Bell la possibilité de capturer Frost.

Bell retourna vers l'aiguillage et fit repartir son Gnome. Lorsqu'il aperçut le long serpent jaune, le *Josephine Special*, il piqua droit sur le train, racla le toit du wagon-hangar avec ses patins, surprenant les détectives armés de fusils, effectua un nouveau virage et repartit à la recherche de la Thomas Flyer à la faible altitude de 150 mètres.

Dix minutes plus tard, il pensait l'avoir rejointe, mais la voie de chemin de fer était vide et on ne voyait plus aucun nuage de poussière. Une large rivière à sec apparut devant lui, fracture dans le paysage monotone, tandis que la voie commençait d'escalader les contreforts des montagnes côtières. Un long pont en bois à chevalet traversait le lit de la rivière.

Tenant d'une main les commandes, le détective examina l'ouvrage aux jumelles. L'entrelacs de poutres offrirait une cachette idéale à des hommes armés de fusils. Et ils avaient pu dissimuler la Thomas Flyer à l'ombre du pont. Mais il n'aperçut ni hommes ni voiture automobile. Soudain, il entendit deux explosions, plus fortes que le rugissement du Gnome. Ce n'étaient pas des coups de feu. Et elles ne venaient pas du pont à chevalet mais directement d'en dessous de lui, comme de la locomotive.

La grosse Atlantic noire ralentit brusquement, arrachant aux rails des gerbes d'étincelles. Bell comprit alors que les explosions venaient de détonateurs au fulminate de mercure attachés aux rails, destinés à prévenir d'un danger en avant. Lorsqu'une locomotive passe dessus, ils explosent bruyamment de façon à être entendus par le mécanicien et le chauffeur en couvrant le rugissement du foyer et le vacarme de la vapeur.

Sous chaque voiture, le serrage des freins entraîna une émission de fumée blanche et, dans un fracas métallique, le train finit par s'immobiliser au milieu du pont. Instantanément, la locomotive émit cinq coups de sifflet accompagnés de vapeur, ce qui signifiait au serre-frein qu'il devait sauter de la voiture arrière – la voiture privée de Preston Whiteway – et courir sur les voies en agitant un drapeau rouge. Ainsi, il signalait aux convois circulant derrière lui que le train spécial avait dû s'arrêter pour des raisons d'urgence et qu'il bloquait la voie. A ce moment-là, Bell avait déjà dépassé le train et le pont à chevalet.

Il aperçut alors un reflet sur du verre.

Au même instant, il repéra la Thomas Flyer garée à l'ombre d'une cabane d'entretien des voies. Un rayon de soleil se refléta une nouvelle fois sur la lunette télescopique. Bell compta deux fusils sur le toit de la cabane, qui crachaient des flammes rouges.

Le piège était bien conçu. Le train immobilisé pour faire diversion, la position de tir solidement assurée, la surprise totale. Bell se dit alors que s'il avait été la jeune aviatrice dont le nom était peint sur les flancs du monoplan jaune, Frost l'aurait abattue lors de la deuxième salve, au moment où, d'instinct, elle aurait viré sur l'aile, présentant ainsi une cible plus large.

Isaac Bell plongea sur l'abri, vira au dernier moment pour dégager l'hélice de son champ de tir et vida si rapidement le chargeur de cinq balles de son Remington que le bruit des détonations se mêla en un unique rugissement, comme celui d'un canon. En remontant pour faire un nouveau passage, il s'aperçut qu'il avait touché les deux tireurs qui encadraient Harry Frost. Il retira le chargeur vide, le remplaça par un plein et plongea une nouvelle fois sur la cabane.

Frost ne lui tira pas dessus. L'avait-il touché lui aussi ? Était-il trop grièvement blessé pour poursuivre le combat ? Mais non, Frost courait en direction de la Thomas Flyer. Il fit démarrer le moteur, sauta à l'intérieur et se mit à rouler sur la voie. Puis, stupéfait, Bell le vit descendre de l'automobile et s'agenouiller un instant à côté des rails.

Puis il remonta tout de suite dans la Thomas et se dirigea vers les collines.

Moins de dix secondes s'étaient écoulées depuis le début de la fusillade. Des détectives descendaient encore de la voiture-hangar. Bell réprima l'envie de prendre en chasse la Thomas Flyer : connaissant la cruauté de Frost, il décida d'examiner l'endroit où il s'était agenouillé.

Il aperçut de la fumée, un mince chemin de fumée blanche.

Sans hésiter, Bell poussa son volant vers l'avant et plongea en direction de la voie. Au milieu de la fumée qui courait le long du rail il distingua un point rouge qui se déplaçait de la même façon. Frost avait allumé un cordeau détonant qu'il avait volé dans le magasin de fournitures ferroviaires en même temps que la dynamite et les détonateurs.

Bell comprit alors qu'il avait truffé de dynamite le pont à chevalet. L'embuscade avait deux buts : abattre Joséphine en plein vol et faire sauter le train spécial de Preston Whiteway, tuant du même coup les détectives Van Dorn qui se trouvaient à bord.

Volant en rase-motte, Bell racla les rails avec ses patins. L'aéroplane rebondit violemment sur l'acier et il aurait été plus sûr de prendre à nouveau de l'altitude, mais il n'y avait pas un moment à perdre. La machine descendit à nouveau et cette fois ses patins heurtèrent les traverses, arrachant des éclats de bois et faisant hurler l'acier des rails. Bell sauta alors de l'*Eagle* et toucha brutalement terre.

La fumée avançait plus vite que lui, accélérant au fur et à mesure qu'elle s'approchait du pont. Bell fonça lui aussi ; il était près de la rejoindre lorsqu'elle disparut sous les chevalets, hors d'atteinte.

— Reculez la loco ! hurla-t-il sans cesser de courir. Quittez le pont !

Trop tard. Il vit le mécanicien qui le regardait, sidéré, et ses détectives qui accouraient à son aide sans se rendre compte du danger. Parmi eux se trouvait Dashwood.

— Dash ! hurla-t-il. Il y a un cordeau détonant sous les voies. Tire dessus !

Bell grimpa sur le parapet et se glissa sous l'entrelacs de poutres et d'entretoises. Il aperçut alors le cordeau brillant qui courait de poutre en poutre. Dashwood réagit rapidement. Lui aussi escalada la balustrade, se faufila au milieu des chevalets et repéra l'extrémité du cordeau allumé, à 15 mètres de distance. Accroché à une poutre par un bras, le jeune détective sortit son Colt à long canon, visa et tira. La balle arracha des éclats de bois mais le cordeau enflammé poursuivit sa course. Dashwood tira à nouveau. Le cordeau tressauta sans s'éteindre.

Bell, de son côté, courait sous la voie, sautant de poutre en poutre. Devant lui, dans l'ombre de la locomotive, il aperçut la dynamite : des dizaines et des dizaines de bâtons. Assez pour détruire le pont, le train et tous ses passagers. Dashwood tira une fois encore. Le cordeau refusait de s'éteindre.

Bell s'allongea sur une entretoise horizontale, tira le Browning de sa veste et appuya sur la détente.

La flamme dansante s'évanouit. Une écharpe de fumée qui s'attardait frissonna un court instant dans le vent, avant de disparaître comme celle d'une bougie que l'on souffle à la fin d'une plaisante soirée.

Bell escalada les chevalets pour regagner la voie et courut vers le train pour donner ses ordres.

Les détectives mécaniciens de Joséphine connaissaient bien leur métier, mais c'étaient des citadins, plutôt gauches en campagne.

— Démarrez la décapotable de Whiteway, leur lança-t-il, et descendez-la par la rampe. Enlevez la dynamite sous le pont et ensuite réparez les patins sous ma machine, que je puisse prendre l'air.

« Dash ! Couvrez les mécaniciens. Logez une balle dans la tête de Frost si cette crapule revient par ici.

Il lui fit signe d'approcher et ajouta plus bas :

« Ne laissez pas Celere s'approcher. Et puis, au fait... je sais que c'est votre mère qui vous a donné ce Colt. Mais ça me ferait très plaisir si vous laissiez mon armurier vous donner un bon Browning.

— Texas Walt ! Toi, tu viens avec moi !

Bell sauta au volant de la Rolls-Royce jaune de Preston Whiteway. Walt Hatfield prit place à ses côtés avec deux carabines Winchester à levier. Après avoir quitté le pont, ils suivirent la voie ferrée en direction des montagnes côtières.

8 kilomètres plus loin, après avoir escaladé une pente assez raide parmi les buissons et les arbustes, ils découvrirent la Thomas Flyer

immobilisée au milieu de la voie, avec deux pneumatiques crevés par les éclats métalliques provenant des rails. Texas Walt repéra la trace de Frost, d'abord le long du ballast, puis au milieu des herbes qui montaient à hauteur des genoux.

Bell couvrit les buissons et les escarpements rocheux avec sa Winchester tandis que Hatfield bondissait d'une bande de sable à un bouquet d'herbes ployées, puis à une petite branche cassée. Bell lui-même était un pisteur expérimenté, mais Texas Walt pouvait lire des traces sur le sol comme les Comanches qui l'avaient élevé.

Au-dessus des collines, éclairs et coups de tonnerre jaillissaient des nuages noirs qui s'amassaient de façon menaçante. Le vent leur soufflait au visage des bourrasques tantôt brûlantes tantôt glaciales.

A 800 mètres de là, un geai bleu s'envola d'un bouquet de chênes verts.

C'était une longue distance pour un fusil, mais Bell lança :

— A terre !

Les collines répercutèrent l'écho d'un coup de feu. Walt s'accroupit à côté de lui.

40

BELL PRIT SUR LA DROITE, cherchant l'abri d'un rocher. Une balle de .45-70 siffla à quelques centimètres de sa joue. Au lieu de plonger à couvert, il bondit au-delà du rocher dans un étroit ruisseau.

Il se mit ensuite à courir silencieusement dans le lit à sec, tous les sens en alerte pour ne pas faire de bruit. Le lit du ruisseau se poursuivait vers la droite, en s'éloignant de Frost tout en escaladant la pente raide. Bell accéléra l'allure. Il grimpa ainsi sur 1,5 kilomètre puis s'immobilisa pour reprendre haleine. Il se trouvait à présent sur une saillie surplombant le terrain qu'il avait laissé derrière lui. A plat ventre, il s'avança jusqu'à découvrir l'arrière du hallier d'où Frost avait tiré.

A environ 800 mètres de lui, ces buissons recouvraient une partie de la colline. Frost pouvait y être dissimulé ou bien avoir battu en retraite et se trouver plutôt au niveau de Bell. S'il avait agi avec perspicacité, il aurait reculé, mais Bell fit le pari qu'il avait commis une faute de chasseur au gros gibier en demeurant sur place ou en ne se déplaçant que très peu pour tendre une nouvelle embuscade à sa proie. Lorsqu'ils sont chassés, la plupart des animaux prennent la fuite. Certains, comme la panthère ou l'éléphant, peuvent parfois charger. Très peu se faufilent dans les broussailles pour attaquer par-derrière.

Bell choisit d'attaquer à partir d'un taillis situé au-delà d'un ruisseau peu profond. Il quitta la saillie, à reculons pour ne pas être vu, et se mit à descendre en silence. Lorsque le lit du ruisseau, trop peu profond, ne le dissimula plus, il rampa jusqu'au fourré le plus proche et poursuivit sa progression.

Un éclair déchira soudain le ciel de plomb.

De grosses gouttes d'eau s'abattirent dans la poussière.

Une fois encore, le vent fouetta les buissons d'épineux, alternant le chaud et le froid.

Soudain, Bell perdit l'équilibre et toucha une pierre qui roula bruyamment.

Un coup de feu retentit et une balle souleva la poussière à moins de cinq mètres en dessous de lui. Aussitôt, Bell ramassa une autre pierre et la jeta loin à droite. Elle atterrit avec un claquement sec qui attira d'autres coups de feu. A présent, Frost devait se demander quelle pierre avait roulé accidentellement et quelle autre avait été lancée intentionnellement. Bell poursuivit sa descente. Frost avait tiré presque de l'endroit qu'il avait prévu. Il demeurait dissimulé dans le hallier à moins de 300 mètres de lui, en contrebas. Mais maintenant, Frost savait qu'il fallait regarder derrière lui.

Soudain, il jaillit des épais fourrés où il se cachait, pour chercher abri vers un ravin qui ressemblait à l'entrée d'un canyon. Comme l'avait prévu Tom Griggs, il boitait, mais il couvrait la distance avec une stupéfiante rapidité pour un homme de son âge. Bell tira et le manqua. Il fit monter une nouvelle cartouche dans sa Winchester et demeura debout pour mieux viser, calculant l'effet du vent sur les 200 mètres qui les séparaient. Sa carabine aboya.

Frost jeta les bras en l'air, laissant tomber son Marlin. Il était trop loin pour l'avoir entendu crier, mais Bell eut l'impression de l'avoir grièvement blessé. Pourtant, Frost ramassa son fusil et disparut dans le canyon.

Bell dévala la pente à toute allure, bondissant de monticule en monticule, sautant au-dessus des rochers et des buissons. A un moment, il perdit l'équilibre, tomba à terre, roula sur le côté, se remit sur ses pieds et reprit sa course, serrant toujours sa Winchester.

Il devina plus qu'il ne vit le mouvement à l'embouchure du canyon et il se jeta au sol. Une balle de pistolet gémit à l'endroit qu'il venait de quitter. Etreignant sa Winchester contre sa poitrine, il roula sur le dos et cette fois, en se relevant d'un bond, il fit pleuvoir une grêle de balles dans l'ouverture du canyon, forçant Frost à battre en retraite.

Frost n'utilisait pas son Marlin. Peut-être avait-il été endommagé lorsque la balle de Bell l'avait projeté au loin, auquel cas il en était réduit aux armes de poing. Bell se rua à l'intérieur du canyon qui n'était pas plus large qu'une maison de ville mais semblait s'enfoncer profondément dans le flanc de la colline. Il dut se frayer un chemin au milieu des épais buissons d'épineux qui encombraient l'ouverture. Des coups de feu révélèrent la position de Frost : il était accroupi et tirait avec son revolver automatique Webley-Fosbery à canon court, la même arme qui avait failli tuer Archie Abbott. Mais la distance était trop grande pour ce revolver à canon scié et les balles s'égaraient, arrachant des volées de petit bois.

Bell essaya de riposter. Sa Winchester était vide.

Frost chargea comme un bison à travers les broussailles tout en tirant avec son lourd revolver. C'était la première fois que Bell le voyait d'aussi près. Il avait un œil à moitié fermé, l'arcade sourcilière barrée d'une cicatrice datant du jour où les balles du Remington avaient fait sauter des éclats de pierre, à l'Arsenal de Chicago. L'oreille qui avait aussi été touchée n'était plus qu'un morceau de chair déchiquetée. Il avait la mâchoire brisée, de travers, souvenir du coup de poing d'Archie. Mais son œil valide brûlait comme enflammé à l'essence et l'homme courait avec la puissance d'une locomotive.

Bell ficha un genou en terre, tira son couteau de lancer de sa bottine et le projeta de toutes ses forces. La lame s'enfonça dans l'avant-bras de Frost et le redoutable Webley-Fosbery glissa de ses doigts gourds. Avant même qu'il ait atteint le sol, Frost tira un pistolet de sa main gauche.

Bell appuya deux fois sur la détente du Browning. Leurs armes se firent écho à l'unisson. La veste de Frost repoussa les deux balles de Bell, tandis que l'une des balles de Frost effleurait la joue de Bell et que l'autre traversait la manche de sa veste. Le pistolet de Frost s'enraya et il sortit alors son propre Browning. Bell se précipita sur lui et fit voler l'arme de sa main. Frost, alors, lui catapulta un crochet du gauche, arrosant Bell du sang de son avant-bras blessé.

Bell amortit une partie de l'impact avec son épaule, mais le coup de poing du géant le sonna et il faillit tomber à genoux. Des éclairs blancs passaient devant ses yeux. Ses mains lui semblaient lourdes comme du plomb. Sentant venir un deuxième coup de poing, il roula sur le côté et frappa à son tour, visant la mâchoire qu'Archie avait déjà brisée.

Frost tituba, laissa échapper un grognement de douleur mais parvint tout de même à balancer un coup de poing qui jeta au sol le détective. Il ramassa ensuite son fusil endommagé et le leva haut au-dessus de sa tête, comme une massue. Isaac Bell tira un derringer de sous son chapeau.

— Lâchez ça, sinon vous êtes mort.

Frost abattit le fusil.

Bell appuya sur la détente.

Un éclair et une explosion cent fois plus forte qu'un coup de pistolet envoyèrent le fusil à 10 mètres de là. Frost fut projeté au sol. A moins de 2 mètres de lui, Bell demeurait debout, les oreilles bourdonnantes, et contemplait, stupéfait, son adversaire à terre. Une odeur de chair brûlée flottait dans l'air. Le visage de Frost était noirci, sa barbe brûlée, sa chemise et son pantalon fumants, les semelles de ses bottes arrachées.

La vie s'échappait des yeux de Frost. Il inspirait l'air à travers ses lèvres brûlées, mais sa voix était forte, dure, et le ton méprisant.

— C'est pas vous qui m'avez touché. L'éclair a frappé mon fusil.

— Je vous aurais tué, répondit Bell. L'éclair vous a atteint avant moi.

Un rire amer et croassant.

— C'est pour ça que les Van Dorn ne renoncent jamais ? Parce que les dieux du temps sont avec vous ?

Bell regarda d'un air triomphant le criminel agonisant.

— Nul besoin des dieux du temps, dit-il avec calme. J'avais Wally Laughlin à mes côtés.

— Qui c'est, celui-là ?

— C'était un vendeur de journaux à la criée. Vous l'avez assassiné, lui et deux de ses amis quand vous avez dynamité le dépôt de journaux de Dearborn Street.

— Un vendeur de journaux ? Ah, oui... je me souviens. (Il frissonna de douleur et lança un autre sarcasme.) J'en entendrai parler en enfer. Quel âge avait-il ?

— Douze ans.

— Douze ans ? (Il s'étira sur le sol. Sa voix faiblit.) Douze ans, c'était ma grande année. Jusque-là, j'étais un nabot et tout le monde me marchait sur les pieds. Et puis je me suis mis à grandir, j'arrêtais pas, et tout me réussissait. J'ai gagné ma première bagarre. Réuni ma première bande. Tué mon premier homme... il avait vingt ans, un adulte.

Une effroyable parodie de sourire tordit les lèvres brûlées de Frost.

— Pauvre petit Wally, murmura-t-il, sarcastique. Qui sait ce que ce petit saligaud serait devenu.

— Il a laissé un beau souvenir, dit Isaac Bell.

— Comment ça ?

— Il avait une âme noble.

Bell se redressa et rassembla ses armes.

Harry Frost le héla. On sentait la peur dans sa voix.

— Vous allez me laisser mourir tout seul ?

— Vous avez laissé des tas de gens mourir tout seuls.

— Et si je vous disais des choses que vous ignorez à propos de Marco Celere ?

— Marco Celere a réapparu à Yuma, il y a trois jours, frais comme un gardon. Vous avez fui à cause du seul meurtre que vous n'avez pas commis.

Frost se releva sur un coude et lança :

— Je le sais.

Intrigué, Bell s'agenouilla à côté du mourant, surveillant tout de même ses mains au cas où il aurait dissimulé un couteau ou un autre pistolet de poche dans ses vêtements fumants.

— Comment cela ?

— Marco Celere a réapparu à Belmont Park il y a six semaines.

— Celere m'a dit qu'il était au Canada, il y a six semaines.

— Il était ici, au beau milieu de la course, croassa Frost. Arpentant le terrain comme s'il en était le propriétaire. Et vous, les Van Dorn, vous n'y avez vu que du feu.

— Platov ! s'écria Bell. Bien sûr !

C'était Marco Celere, le saboteur, bien qu'il fût presque impossible d'en apporter la preuve devant un tribunal.

— Un beau loupé, là, monsieur le détective, ironisa Frost.

— Comment avez-vous fait pour le voir ?

— Un soir, il m'a repéré quand je tentais de m'approcher de la machine de Joséphine. Il s'est avancé vers moi, bien vivant, et m'a proposé un marché.

— Et vous ne l'avez pas tué sur place ?

— Vous connaissez ce fusil de cocher à canon scié que les Italiens appellent une *lupara* ? Il le braquait sur ma tête, les deux chiens relevés.

— Quel était le marché ?

— Vous voulez que je vous offre une information que vous pourriez utiliser contre Celere ? Demanda Frost d'un ton moqueur. Vous croyez que si je vous rends un service, ça adoucira mon sort en enfer ?

— Je crois que vous n'aurez pas d'autre occasion. C'était quoi, le marché ?

— Si j'attendais qu'elle ait gagné la course pour tuer Joséphine, alors Marco m'amènerait dans un endroit où je pourrais vivre caché et dans le luxe pour le restant de mes jours.

— Et où se trouvait ce paradis ? demanda Bell, sceptique.

— En Libye. Dans les colonies turques que l'Italie allait leur arracher. D'après lui, on y vivrait comme des rois et en totale sécurité.

— Une vraie promesse d'escroc.

— Non. Celere sait de quoi il parle. Les Ottomans, les Turcs, sont en pleine décadence, et l'Italie est un pays tellement pauvre et surpeuplé qu'ils veulent des colonies. Celere se présente comme le chevalier blanc qui va fournir à l'armée italienne des machines volantes. Et quand l'Italie aura écrasé la Turquie grâce à ses aéroplanes bombardiers équipés de mitrailleuses, il deviendra un héros national. Mais il sait qu'il doit d'abord faire ses preuves. Ils n'achèteront ses machines que si Joséphine gagne la course.

— Pourquoi n'avez-vous pas accepté ?

Le visage de Frost se tordit de colère.

— Je vous l'ai déjà dit, je ne suis pas un fou. Si je me retrouvais en Afrique du Nord, sous sa protection, c'est lui qui aurait les clés de ma cellule. Autant retourner à l'orphelinat.

— Pourquoi ne vous a-t-il pas arraché la tête avec sa *lupara* ?

— Celere est une sorte de jongleur, qui jette des balles en l'air. Il avait fait le pari que vous la protégeriez, que moi je changerais d'avis… et que le moment venu, je tuerais Whiteway.

— Quel moment ?

— Le mariage. Il savait que Whiteway en pinçait pour Joséphine. Marco se disait que je serais fou de rage, que je tuerais Whiteway et que Joséphine hériterait. Il pourrait ensuite l'épouser. Et si après ça, je la tuais, eh bien il raflait tout.

L'œil unique de Frost chercha le regard de Bell.

— C'est Marco qui est à l'origine de tout ça. C'est lui qui lui a tourné la tête. Alors ma plus belle vengeance, c'est quand le jongleur voit toutes ses balles retomber par terre.

— Quelle autre raison pour tuer Joséphine ? demanda Bell.

— Marco savait que le biplan de Stevens ne terminerait jamais la course. Il avait besoin de Joséphine pour prouver que ses machines étaient meilleures que les autres.

— Joséphine, elle, n'a qu'une envie : voler.

— Je lui en ai donné la possibilité et elle s'est retournée contre moi. Elle mérite la mort, chuchota Frost.

— Vous mourez en crachant encore la haine.

Isaac Bell fut soulagé de retrouver Texas Walt, mais celui-ci était assis sous la pluie, la tête entre les mains.

— J'ai l'impression que John Philip Sousa joue de l'orgue à vapeur dans mon crâne.

Bell le ramena à la Rolls-Royce et ils rejoignirent le pont. Durant tout le trajet, Walt jura comme un charretier à chaque nid-de-poule. Sur place, Bell constata que les mécaniciens avaient réparé l'*Eagle*. Il installa Walt confortablement dans le train d'assistance, puis décolla pour Fresno, dernière étape de la course avant San Francisco. La machine jaune de Joséphine et le biplan tracteur rouge de Joe Mudd étaient amarrés à une cinquantaine de mètres l'un de l'autre, sur un terrain de foire boueux. Appuyé sur des béquilles, Joe Mudd plaisantait avec les mécaniciens qui s'affairaient sur son train d'atterrissage.

— Un atterrissage brutal ? demanda Bell.

Mudd haussa les épaules.

— Une jambe cassée, c'est tout. La machine, ça va. Enfin, presque.

— Où est Joséphine ?

— Whiteway et elle sont à l'hôtel du terrain de foire. A votre place, je me tiendrais à l'écart.

— Que se passe-t-il ?

— Le temps est à l'orage.

Un peu plus loin, les détectives mécaniciens de Joséphine apportaient des pièces détachées à Marco qui avait la tête plongée dans le moteur. Bell leur fit signe de le rejoindre.

— Gardez un œil sur Celere et ne le laissez pas approcher de la machine de Joe Mudd.

— Et s'il prend ses jambes à son cou ? demanda Dashwood.

— Il ne le fera pas. Celere ne tentera rien tant que Joséphine a une chance de remporter la course.

Il gagna ensuite l'hôtel dont Preston avait loué le premier et unique étage. En entendant le magnat de la presse hurler comme un possédé, il grimpa l'escalier quatre à quatre. Il frappa fort à la porte et entra sans attendre la réponse. Whiteway se tenait au-dessus de Joséphine qui était recroquevillée dans un fauteuil, les yeux rivés sur le tapis.

En voyant Bell, au lieu de lui demander ce qui était arrivé à Harry Frost, Whiteway s'écria :

— Ramenez-la à la raison ! Peut-être qu'elle vous écoutera, vous !

— Que se passe-t-il ?

— Ma femme refuse de terminer la course.

— Pourquoi ?

— Elle refuse de me le dire. A vous elle le dira peut-être. Et où est mon train, maintenant ?

— Il vient d'arriver.

— Je serai à San Francisco pour l'arrivée de la course.

— Où est Marion ?

— Elle est partie en avance, avec les caméras. (Il baissa alors la voix et ne fit plus entendre qu'un murmure.) Essayez de voir si vous pouvez la raisonner… elle gâche la chance de sa vie.

Bell acquiesça en silence.

Au moment de quitter la pièce, Whiteway sembla découvrir Bell pour la première fois.

— On dirait que vous vous êtes battu avec des grizzlys.

— Vous auriez dû voir l'autre.

— Servez-vous un whisky.

— J'allais le faire.

41

— VOUS EN VOULEZ UN ? DEMANDA BELL À JOSÉPHINE.

— Non.

Bell se versa un petit verre, l'avala d'un trait et s'en resservit un deuxième qu'il dégusta plus lentement.

— Joséphine, qu'avez-vous dit quand Marco vous a demandé de venir avec lui en Afrique du Nord ?

Elle le regarda, sidérée.

— Comment le savez-vous ?

— Il a fait la même proposition à Harry Frost.

— A Harry ? Pourquoi ?

— Marco voulait que Frost tue votre nouveau mari.

— Marco est pire que Harry, murmura-t-elle, atterrée.

— Je dirais qu'ils se valent. Alors, Joséphine, que lui avez-vous répondu ?

— Je lui ai dit non.

Bell la regarda droit dans les yeux.

— Je parie que Marco pense que vous changerez d'avis lorsque vous serez une riche veuve.

— Jamais... Est-ce que Preston est en danger ?

— Harry Frost est mort.

— Tant mieux... Pensez-vous que Marco aurait le courage de tuer Preston sans l'aide de Harry ?

Mais Bell choisit de ne pas répondre à la question.

— Je sais pourquoi vous voulez quitter la course.

— Non, vous ne le savez pas.

— Vous voulez abandonner parce que Marco Celere, déguisé en Dmitri Platov, a saboté les meilleures machines volantes.

Elle détourna le regard.

— Je le soupçonnais. Mais je ne l'en ai pas empêché. Ma punition ce sera de perdre cette course. J'ai été horrible.

— Parce que vous ne l'avez pas empêché ou parce que vous étiez d'accord avec le plan de Marco qui consistait à faire accuser Harry de meurtre ?

— Harry vous a aussi dit ça ?

Bell sourit.

— Non, j'ai découvert ça tout seul.

— En y repensant, je me dis que c'était un plan effroyable. Je le savais déjà, à l'époque, mais Harry méritait d'être renvoyé en prison.

— Pourquoi Marco a-t-il réussi à vous persuader d'épouser Whiteway ?

— J'étais trop fatiguée pour discuter. Je voulais seulement gagner la course…

— Peut-être vous êtes-vous dit que si un premier mariage avait été annulé, il pourrait en être de même d'un autre ?

— Bien sûr, si nous n'avions pas vécu de lune de miel. Et je vous jure, Isaac, que je ne me doutais pas que Marco projetait de tuer Preston, il est si… Pauvre Preston, il m'aime vraiment.

Bell lui adressa un sourire à la fois taquin et affectueux.

— Preston pense peut-être que, puisque vous tombez amoureuse d'hommes dont il ne faudrait pas tomber amoureuse, et que vous ne voyez pas ce qu'ils manigancent, alors ça veut dire que vous n'êtes pas si terrible que ça, mais entêtée, décidée avant tout à voler. Voilà pourquoi, peut-être, il n'arrive pas à croire que vous ne terminerez pas la course.

— Je ne mérite pas de gagner. Allez-vous arrêter Marco ?

— Pour l'instant, je ne le peux pas. Je n'ai pas assez de preuves pour l'amener devant un tribunal. En outre, je veux qu'il puisse continuer à travailler sur votre machine au cas où vous changeriez d'avis.

— Je ne changerai pas d'avis. Le vainqueur doit gagner à la loyale.

— Joe Mudd et vous êtes au coude à coude. Ce serait bien pour le gagnant et bien pour l'aviation si vous poursuiviez tous les deux jusqu'à la ligne d'arrivée. Même si vous avez eu des torts, ça ne change rien au fait que vous avez traversé le continent. Pourquoi ne pas vous donner une nuit de réflexion ? Pendant ce temps, je ferai en sorte que Marco travaille sur votre machine.

ÉPILOGUE

Allez ! Ma chère, nous allons voler

MARCO CELERE IMAGINA UNE FAÇON de se sortir de cette fâcheuse situation. Plutôt que d'attendre sans espoir que Joséphine change d'avis, il appela San Francisco depuis l'hôtel. Preston Whiteway répondit avec la vivacité d'un homme qui a attendu toute la nuit des nouvelles de Fresno.

— Alors, elle va voler ?

— Ici Marco Celere, l'inventeur de votre aéroplane et chef mécanicien.

— Ah... bon. Alors, elle va voler ?

— Je crois, répondit suavement Celere, que M. Bell en discute avec elle au petit déjeuner. Mais il est encore temps... le terrain est recouvert d'une brume matinale que le soleil n'a pas encore dissipée. Mais j'ai une proposition à vous faire. Si Joséphine ne peut pas gagner la Coupe Whiteway, sa machine volante, elle, le peut à coup sûr.

— Qu'est-ce que vous racontez ?

— Si elle refuse de terminer la course, je peux piloter la machine pour la dernière étape et gagner à sa place.

— C'est contraire au règlement. Un seul pilote, une seule machine, du début à la fin.

— Nous savons tous deux comment marche le monde, monsieur Whiteway. C'est votre règlement à vous. La Coupe Whiteway est votre course. Vous pouvez certainement modifier votre règlement.

— Ecoutez, monsieur Celere, vous vous y connaissez peut-être en mécanique mais vous n'y connaissez rien à la presse. Les lecteurs croiront n'importe quel mensonge imprimé... sauf si c'est un mensonge qui touche à quelque chose que vous les avez déjà convaincus d'aimer. Ils aiment Joséphine. Ils veulent qu'elle gagne. Ils se fichent de votre machine volante.

— Mais ce serait si bon pour l'aviation, plaida Celere.

— Et encore meilleur pour vous. Je ne suis pas né de la dernière pluie.

Whiteway raccrocha au nez de Celere.

A côté, dans la salle à manger de l'hôtel, Bell semblait s'adresser d'une voix pressante à Joséphine. Puis il entendit Joséphine répondre très fort et très clairement : « Non. »

Celere se précipita alors sur le terrain de foire, là où se trouvait son monoplan. La brume était encore épaisse et on distinguait à peine les machines de Joe Mudd et d'Isaac Bell. Les mécaniciens Van Dorn de Joséphine le surveillaient d'un air soupçonneux, même s'il les avait dirigés depuis l'étape de Yuma, en Arizona.

— On devrait démarrer le moteur, dit-il.

— Pourquoi ? Elle ne part pas.

— M. Bell se montre très persuasif. Il peut encore la convaincre de changer d'avis. On n'a qu'à remplir les réservoirs, faire tourner le moteur et le chauffer pour elle. (Les détectives échangèrent des regards.) Les mécaniciens de Mudd n'ont pas l'air de se tourner les pouces, ajouta Celere. Ils seront prêts quand le brouillard se lèvera. Et nous ? Au cas où ?

Cette remarque emporta leur décision. Après tout, c'était une course, et même s'ils étaient meilleurs détectives que mécaniciens, ils participaient tous les jours à cette compétition.

— Commencez à remplir. Je reviens tout de suite.

Il gagna la petite pièce qu'on lui avait réservée à bord du train et revint avec un tube en papier ondulé d'1 mètre de long sur 6 centimètres de large scellé aux deux extrémités, et le posa dans la nacelle de pilotage.

— Qu'est-ce que c'est ? demanda un détective.

— Le drapeau du *San Francisco Inquirer*, que Joséphine est censée agiter lorsqu'elle atterrira au Presidio. Qu'est-ce qui ne va pas avec le moteur ?

— Que voulez-vous dire ?

— Je n'aime pas son bruit.

— Moi je trouve que le bruit est bon.

Celere regarda le détective droit dans les yeux, puis lui adressa son sourire le plus désarmant.

— Je vous propose un marché, monsieur. Je n'arrêterai pas de criminels. Et vous, vous ne m'assurerez pas qu'un moteur de machine volante ne va pas tomber en panne en plein vol.

— Excusez-moi, Celere. Vous avez raison. Qu'est-ce que vous entendez ?

— Apportez-moi la boîte à savon.

Juché sur la boîte, Celere grimpa à l'intérieur de la nacelle et joua avec la manette des gaz du moteur Antoinette. Il pencha l'oreille et secoua la tête, étonné.

— Retirez les cales, on va le faire rouler un peu.

— Faites attention de ne rien heurter, on n'y voit pas à 15 mètres.

Les mécaniciens ôtèrent les cales en bois qui bloquaient les roues.

Celere poussa les gaz.

— Vous entendez ? Vous entendez ?

— Je ne sais pas.

— Ecoutez... là, je pousse encore les gaz.

Il ouvrit la manette à fond. Le couinement de l'Antoinette se mua en rugissement. Il tourna le gouvernail, mit les ailerons en position, roula une cinquantaine de mètres sur l'herbe et disparut dans le brouillard.

Bell ordonna qu'on prépare son *Eagle*, mais il était impossible de suivre Celere dans le brouillard, personne ne savait dans quelle direction il était parti. Il fallait attendre qu'un aiguilleur des chemins de fer signale son passage par télégramme. Près d'une heure plus tard, Isaac Bell reçut un appel téléphonique des détectives du rail Tom Griggs et Ed Bottomley.

— Vous êtes sûr d'avoir eu Harry Frost ?

— Je l'ai moi-même laissé sur un bloc de glace au poste de police de Fresno.

— Bon, nous venons d'avoir notre deuxième vol de dynamite en deux jours. Un type est entré dans notre dépôt de Merced avec un fusil de cocher, il a terrorisé le malheureux employé qui a été obligé de charger près de 100 kilos de dynamite, des détonateurs et des pinces à glace sur une draisine d'inspection des voies et de pomper pour la faire rouler. On a retrouvé la draisine à 5 kilomètres de là à côté d'une prairie fauchée. Aucune trace du gars, ni de la dynamite ni des pinces à glace.

— Des pinces à glace ? fit Bell, interloqué. Qu'a-t-il pris d'autre ?

— 100 kilos de dynamite c'est pas suffisant ?

— Quoi d'autre ?

— Attendez... Hé, Tom, monsieur Bell veut savoir si le gars a emporté autre chose... Ah, oui. Tom dit qu'il a pris une lampe-torche, du câble électrique et des détonateurs.

— Quel genre de détonateurs ? Au fulminate de mercure ?

— Electriques.

— Vous avez découvert un camion ou des traces de camion ?

— C'est ça le plus étrange. Les seules traces de roues se trouvaient au milieu de la prairie. Et sur la route, rien à part des traces de pas. Etonnant, vous ne trouvez pas ?

— Pas s'il est venu et reparti en machine volante !

— Ah ! On n'avait pas pensé à ça... Vous êtes toujours là, monsieur Bell ?

Isaac Bell se ruait vers son *American Eagle.*

— Faites tourner l'hélice !

Joe Mudd entendit le bruit caractéristique du moteur Gnome mais il dut laisser Bell décoller avant son Liberator. Bell suivit les voies de la Southern Pacific et se dirigea vers le nord, vers San Francisco. Il avait moins de 320 kilomètres à parcourir pour rejoindre Marco Celere.

Les détonateurs électriques, la lampe-torche et le câble électrique lui indiquaient clairement les intentions de Celere. Ce matériel lui permettait de fabriquer une bombe aérienne avec un détonateur au fulminate de mercure qui explose au contact. Très dangereux à bord d'une machine volante qui rebondit en quittant le sol et que les bourrasques de vent secouent rudement pendant le vol. N'importe quel mouvement un peu brusque ferait exploser la dynamite et l'aéroplane en même temps.

Mais un détonateur électrique se commande au moyen d'un simple interrupteur placé entre lui et les piles de la lampe-torche. Tant que l'interrupteur est fermé, la dynamite est en sécurité.

Celere avait dû confectionner le dispositif de manière à ce qu'un premier interrupteur se retrouve en position ouverte seulement après le largage, puis un deuxième au moment de l'impact.

Mais à quoi pouvaient servir des pinces à blocs de glace ?

Le reste, en revanche, semblait limpide. Whiteway avait refusé de le laisser terminer la course, ce qui aurait démontré la supériorité de sa machine : il ne restait plus à Celere qu'à prouver à l'armée italienne que son aéroplane pouvait être une véritable machine de guerre. Cette explosion de 100 kilos de dynamite prouverait son efficacité et retentirait tout autour du monde. Quant à l'objectif, il était évident. Au fond, un escroc comme Celere n'était pas différent d'un magnat de la presse comme Whiteway. Tous deux savaient d'instinct comment faire un maximum de réclame. Peu d'immeubles de San Francisco étaient aussi hauts et aucun plus célèbre que le San Francisco Inquirer Building. Tous les généraux du monde entendraient le coup de tonnerre de sa destruction par une machine volante.

Et si Whiteway devait trouver la mort dans son bureau du dernier étage, ce n'en était que mieux : la riche veuve Joséphine serait libre. Bell savait que plus jamais elle ne retomberait amoureuse de lui, mais Celere, lui, ne le savait pas. Dans son idée, il faisait d'une pierre deux coups : démontrer la puissance de son avion de guerre et épouser une riche veuve.

Le temps se révélait propice au vol. Le vent était tombé, le ciel clair, l'air assez frais pour refroidir le moteur et le rotatif Gnome lui permettrait de rattraper Celere. Mais lorsque Bell aperçut la trouée dans les collines que la voie ferrée suivait jusqu'à Oakland, puis jusqu'aux baies d'Oakland et de San Francisco, il ne l'avait toujours pas repéré. Celere s'était peut-être écrasé en chemin, dans l'eau ou dans les forêts. C'était tout à fait possible tant les machines étaient fatiguées.

Soudain, le cœur serré, Bell distingua un point jaune : Celere traversait la baie et se dirigeait vers la ville. Il volait plus bas que lui, peut-être alourdi par le poids des explosifs, ou alors parce qu'il était ainsi plus facile d'atteindre sa cible. Mais cela donnait à Bell un léger avantage dont il tira aussitôt parti en piquant pour accélérer l'allure.

Devant, le Môle d'Oakland s'enfonçait profondément dans la baie de San Francisco. Ce quai desservait les cargos et les ferrys urbains, et, en le longeant, il aperçut, immobile, le célèbre train spécial vert foncé de la Southern Pacific, propriété du président de la ligne, Osgood Hennessy. Archie et Lilian étaient arrivés en compagnie de Danielle Di Vecchio.

Il gagnait du terrain.

Il se trouvait largement au-dessus des flots alors que Celere n'avait pas encore franchi le rivage.

Bell fixa son fusil sur son affût. Dans son esprit, les grosses balles du Remington devaient surtout distraire Celere et l'empêcher de lâcher sa bombe, exercice quasi impossible lorsque l'on est soi-même devenu une cible.

Mais lorsque Bell trouva le monoplan dans ses puissantes jumelles, il éprouva un choc.

Il comprenait à présent pourquoi Celere avait également dérobé des pinces à glace. Il avait oublié qu'en dépit de ses défauts, Celere était un mécanicien des plus habiles. Jeter sa bombe par-dessus bord se révélerait pour lui un geste simple.

Les quatre boîtes de dynamite pendaient sous le monoplan, à l'aplomb de Celere lui-même, là où l'équilibre des 100 kilos se révélait le meilleur, et elles étaient suspendues à une pince à bloc de glace, elle-même attachée par une corde qui rejoignait la nacelle du pilote.

Pour lancer la dynamite, il n'avait qu'à pousser l'interrupteur du détonateur électrique et lâcher la corde.

Bell reposa ses jumelles et visa avec son Remington automatique. La distance était encore trop grande, mais Celere survolait à présent la forêt des mâts de voiliers qui marquait le front de mer et n'était plus qu'à quelques minutes du quartier général de Whiteway sur Market Street. Bell accentua sa descente en piqué et gagna ainsi un peu de vitesse. A présent, lui aussi survolait le front de mer, et Celere était à portée de fusil. Mais il volait désormais au-dessus de Bell parce que la descente en piqué l'avait amené si bas qu'il effleurait presque le toit des bâtiments.

Devant eux se dressait l'Inquirer Building, plus haut que tous les immeubles alentour, surmonté de la bannière jaune de la course. Bell manœuvra légèrement son gouvernail de profondeur, jusqu'à avoir Celere dans son viseur. Mais au moment de presser la détente, il aperçut un scintillement sur la terrasse extérieure du bureau de Whiteway, au dernier étage. Il prit ses jumelles.

Juste en face du monoplan chargé de dynamite, en plein dans sa ligne de mire, des opérateurs de prise de vues installaient des caméras. Ils étaient dirigés par une grande femme blonde vêtue d'un chemisier blanc, les cheveux relevés de façon à pouvoir vérifier ce qu'ils voyaient dans l'objectif. Marion avait choisi de filmer l'arrivée de la course de façon spectaculaire, depuis le toit du bâtiment dont les aviateurs devaient faire le tour avant d'atterrir au Presidio.

Bell vira sur la droite pour changer son angle de tir tandis que Celere, lui, poursuivait sa route vers l'immeuble. Il se trouvait à moins de 30 mètres au-dessus de lui et s'approchait rapidement, lorsque Bell le vit tendre la main pour saisir la corde.

Il ne pouvait tirer sur Celere sans mettre en danger Marion.

Mais s'il ne tirait pas, Celere jetterait sa bombe.

Bell fit virer sa machine sur la gauche. Les ailes grincèrent et les entretoises gémirent. Le moteur hurla, l'hélice hachait l'air qui défilait à toute allure. Il s'écarta du trajet de Celere de façon à trouver un angle de tir favorable, mais la distance entre les deux aéroplanes s'accrut dangereusement. Il ne disposait que d'une seule seconde pour tirer. Il appuya sur la détente. Marco Celere baissa la tête, regarda autour de lui et découvrit, sidéré, l'*Eagle* de Bell qui le poursuivait.

Il saisit la corde au bout de laquelle pendaient les boîtes de dynamite. Trop tard. Sa machine volante avait dépassé l'Inquirer Building. Il vira sur l'aile pour repasser devant.

— Eh non, je suis là ! dit Isaac Bell.

Les gens de la terrasse désormais à l'abri derrière eux, Bell tira une nouvelle fois sur Celere. La balle dut passer tout près car Celere fit un violent mouvement de tête et grimpa en chandelle, de côté, pour s'éloigner de Bell. Mais celui-ci le suivit en s'efforçant de demeurer à l'intérieur du cercle qu'il décrivait pour pouvoir continuer à tirer et l'éloigner ainsi de sa cible.

Celere grimpa à nouveau, Bell fit de même. Celere descendit, Bell le suivit de si près qu'il pouvait voir son visage comme s'ils allaient débuter un match de boxe. Celere se pencha pour chercher quelque chose au fond de la nacelle et ramena une arme courte que Bell reconnut aussitôt : sa *lupara* au canon scié. Une volée de chevrotines traversa les entretoises de son aile.

— Tu es armé ? grommela Bell. Moi aussi.

Il appuya sur la détente de son Remington.

Celere ôta les mains des commandes comme si elles étaient brûlantes. Bell tira à nouveau.

Celere actionna son gouvernail et ses ailerons, et sa machine fila en direction de la baie de San Francisco. Bell le suivit en espérant le forcer à s'écraser dans l'eau. Mais Celere vira sur l'aile et fonça vers l'Inquirer Building. Bell exécuta un virage plus serré encore et prit soudain conscience qu'après plus de 6 000 kilomètres à travers le continent, il maîtrisait désormais sa machine.

Il se plaça à côté de Celere, leva son fusil et abandonna ses commandes pour lui signifier qu'il devait atterrir sans quoi il l'abattrait. Celere braqua alors sa *lupara* sur lui et tira à bout portant. La plupart des chevrotines le manquèrent, à part une bille qui frappa la culasse du Remington et l'enraya.

Isaac Bell prit son Browning et tira plusieurs fois en direction de Celere.

La réponse de la *lupara*, en dessous, lui signifia que Celere n'était guère impressionné. Dès lors, l'Italien profita de sa plus grande puissance de feu en tirant coup sur coup. Seule la faible portée du fusil de chasse sauva Bell du désastre.

Celere s'apprêta alors à pousser le premier interrupteur électrique.

Bell lança l'*Eagle* dans une trajectoire de collision. La panique s'empara de Celere. Au moment d'enfoncer le flanc du monoplan jaune, Bell vira pour croiser sa route juste devant. Celere le suivit avec les deux canons de sa *lupara* jusqu'à ce que Bell fût assez près pour voir à l'intérieur des gueules béantes.

Lorsqu'il fut sûr de ne pas le manquer, Celere appuya sur les deux détentes.

Isaac Bell vit des flammes jaillir.

Un rugissement de chevrotines et Bell comprit que sa tactique était couronnée de succès. Il avait gagné la bataille. Les pales qui tournaient à toute allure avaient bloqué les chevrotines, réduisant l'hélice de 2,50 mètres à l'état de brindilles. Le monoplan jaune cahota dans l'air. Celere tenta le vol plané en piquant pour gagner de la vitesse. Mais le poids de la dynamite était trop important pour la machine volante soudain privée de puissance. Au lieu de virer elle se mit en vrille. Une aile heurta le parapet de l'Inquirer Building et fut arrachée.

Le monoplan mutilé tomba comme une pierre vers Market Street.

Isaac Bell retint sa respiration. Pourvu, se dit-il, que Celere n'ait pas eu le temps de brancher le circuit électrique, sinon l'aéroplane exploserait en touchant le sol. Pendant les deux secondes que dura l'impact et qui lui semblèrent une éternité, Bell attendit l'explosion, mais l'appareil ne fit que tuer son inventeur meurtrier et endommager la Rolls-Royce jaune de Preston Whiteway sur laquelle il était tombé.

Isaac Bell fit le tour de l'Inquirer Building et échangea des gestes de joie avec Marion Morgan.

Puis il contourna Nob Hill et survola la ville en direction du Golden Gate.

Loin derrière lui, il aperçut un point rouge dans le ciel. Le Liberator de Joe Mudd s'approchait d'Oakland. Bell sourit de plaisir. Plus qu'une quinzaine de kilomètres, et Mudd remporterait la Coupe Whiteway avec son petit biplan tracteur. Il avait hâte de voir la tête que ferait Whiteway.

Le Presidio avait l'air d'une flaque verte à l'extrémité de la péninsule abritant la baie de San Francisco de l'océan Pacifique. Le sol de la base militaire semblait en mouvement, comme un champ de blé agité par le vent. Mais en s'approchant, Bell vit qu'il s'agissait d'une marée de spectateurs qui, par dizaines de milliers, avaient envahi le terrain de parade, les rues et les toits des casernes. De plus près, il en vit même agrippés en haut des arbres.

Le seul endroit où l'on pouvait atterrir était le terrain de parade en pente devant les bâtiments de l'Infanterie, les casernes en brique rouge de Montgomery Street, gardé par une compagnie de soldats qui tenait la foule à distance.

Bell vira dans le vent soufflant du Pacifique, coupa les gaz de son Gnome et toucha le sol sur l'étroite bande de terrain libérée par l'armée. Le rugissement de la foule étouffa le bruit de son moteur. Il contempla les visages qui l'entouraient et la joie l'envahit. Archie Abbott se tenait là, pâle mais souriant, appuyé au bras de Lilian. Il lui fallut ensuite un moment pour reconnaître la grande et élégante femme brune à leurs côtés : Danielle Di Vecchio qui souriait de fierté en regardant la machine volante de son père. A côté d'elle, nettement moins élégant mais souriant avec autant de fierté, Andy Moser. Bell se dit alors que la compagnie ferroviaire avait dû libérer les voies pour permettre à l'*Eagle Special* de l'Agence Van Dorn d'arriver aussi rapidement à San Francisco.

Tandis que Bell sautait à bas de l'*Eagle*, Weiner, de la comptabilité, fit son apparition, suivi des nombreux assistants qu'il traînait à sa suite depuis le début de la course.

— Félicitations, monsieur Bell.

— Pour quoi ?

— Vous avez gagné.

— Gagné quoi ?

— La course aérienne Atlantique-Pacifique. Vous venez de remporter la Coupe Whiteway.

— Mais qu'est-ce que vous racontez, monsieur Weiner ?

Le comptable expliqua alors que, en protégeant Joséphine, Isaac Bell avait traversé les Etats-Unis à bord de son monoplan, l'*American Eagle*, et qu'il avait atterri le premier en réalisant le meilleur temps.

— Comment voulez-vous que je gagne puisque je ne participais pas à la course ?

— Je suis comptable agréé, monsieur. Et mon équipe et moi avons calculé très exactement les temps réalisés par chaque concurrent. Vous avez gagné. En toute impartialité.

— Mais je ne me suis pas inscrit. Je n'ai même jamais obtenu ma licence de pilote.

Mais Bell découvrit que Weiner avait autant de talent pour la réclame que pour la comptabilité.

— Je suis sûr, dit-il avec un clin d'œil, que M. Whiteway ne verra aucun inconvénient à écarter quelques difficultés techniques tout à fait subalternes lorsqu'il verra le nombre de journaux que nous vendrons en faisant la promotion d'un vainqueur qui est non seulement un talentueux détective, mais encore le fiancé d'une ravissante réalisatrice de cinéma. Votre public vous attend, ajouta-t-il.

D'un geste, Weiner montra la foule de photographes et de journalistes prête à se ruer sur le vainqueur.

— Ne vous inquiétez pas pour les détails, monsieur Bell, nous ferons de vous l'homme le plus célèbre d'Amérique.

Un peu plus loin sur le côté, à l'écart de la foule, Bell aperçut « Texas » Walt Hatfield, avec ses pansements, et James Dashwood qui fêtaient l'événement en se passant une flasque et en tirant sur leurs cigares. Dash se mit à tousser à cause de la fumée et le Texan lui administra une tape dans le dos. Dash réagit en tirant son nouveau derringer de sa manche et, lorsque les deux hommes éclatèrent de rire, Bell comprit que s'il acceptait la Coupe Whiteway, l'homme le plus célèbre d'Amérique serait beaucoup trop connu pour travailler encore en qualité de détective Van Dorn.

C'est alors que Marion Morgan arriva à bord d'un taxi et ordonna à ses opérateurs de planter leurs trépieds. Elle adressa un sourire radieux à Bell et le désigna du doigt aux opérateurs en leur enjoignant fermement, une fois encore, de le tenir hors du cadre de l'image.

Preston Whiteway fit son apparition juste derrière elle, dans un camion de livraison de journaux conduit par le chauffeur de sa Rolls-Royce démolie.

— Qui est le vainqueur ? demanda-t-il d'emblée.

Weiner se tourna d'un air encourageant vers Bell.

— Vous le voyez de vos propres yeux, répondit le détective.

Bell accorda un dernier et long regard à la foule en liesse, puis montra le ciel du doigt. Le Liberator rouge révolution de Joe Mudd franchit la colline, se plaça dans le vent venu de l'océan et atterrit sur l'herbe.

— Les ouvriers ? s'étrangla Whiteway.

— Maçons, tailleurs de pierre, plâtriers et chauffeurs de locomotives.

— Ce sont des syndicalistes qui ont gagné ma course ?

— Dites à vos lecteurs qu'ils ont œuvré pour cela.

Marion, Archie et Lilian étaient rassemblés autour de lui, tandis que Andy et Danielle aidaient Isaac Bell à remplir le réservoir de sa machine volante. Andy l'assura que l'aéroplane était encore en état de voler en dépit des quelques trous de chevrotines et répéta :

— Le père de Danielle a construit une machine sacrément solide. N'est-ce pas, Danny ?

— Elastico ! dit Danielle en couvant Andy et Bell d'un sourire éblouissant. Il serait fier de vous deux.

— Votre père nous a facilité les choses, répondit Isaac Bell.

Puis il se tourna vers Marion Morgan et lui prit la main.

— Je t'ai promis un voyage dans les airs.

Marion se glissa dans la nacelle derrière lui et l'entoura de ses bras. Andy fit tourner l'hélice, l'*American Eagle* quitta la pelouse et grimpa rapidement dans les airs.

Loin au-dessus des flots de la baie de San Francisco, Bell coupa le moteur.

Lorsque l'on n'entendit plus que le murmure du vent dans les entretoises, il se retourna et l'embrassa.

— Ma chérie, nous ne redescendrons pas avant d'avoir fixé une date pour notre mariage.

Marion lui rendit son baiser. Son regard parcourut les baies bleues, les péninsules vertes et le soleil qui descendait des nuages écarlates pour se fondre dans l'immensité de l'océan Pacifique. Elle l'embrassa à nouveau et se pencha en avant pour poser la tête sur son épaule.

— C'est tellement beau. Restons ici pour toujours.

Cet ouvrage a été imprimé par
CPI BRODARD ET TAUPIN
72200 La Flèche
pour le compte des Éditions Grasset
en mai 2014

Ce volume a été composé
par BELLE PAGE

PAPIER À BASE DE FIBRES CERTIFIÉES

Grasset s'engage pour l'environnement en réduisant l'empreinte carbone de ses livres. Celle de cet exemplaire est de :
850 g Éq. CO_2
Rendez-vous sur www.grasset-durable.fr

Dépôt légal : juin 2014
N° d'édition : 18362 - N° d'impression : 3005487
Imprimé en France